ATLANTIS
Das Herz des Kriegers

Weltbild Taschenbuch

Die Autorin:

Alyssa Day ist das Pseudonym der preisgekrönten US-Bestsellerautorin Alesia Holliday. Unter diesem Namen verfasste sie bereits eine Reihe von Frauenromanen. *Atlantis – Das Herz des Kriegers* ist der dritte Band einer Reihe um die Krieger von Atlantis. Alesia Holliday lebt mit ihrem Mann und ihren Kindern an wechselnden Orten der USA – stets aber zieht es sie in die Nähe des Ozeans.

ALYSSA DAY

ATLANTIS
Das Herz des Kriegers

Roman

Aus dem Amerikanischen
von Dr. Bernhard Liesen

Weltbild

Die amerikanische Originalausgabe erschien 2009 unter dem Titel
Atlantis Unleashed bei Berkley Publishing Group, New York.

Besuchen Sie uns im Internet:
www.weltbild.de

Übersetzung: Dr. Bernhard Liesen
Projektleitung und Redaktion: usb bücherbüro, Friedberg/Bay.
Umschlaggestaltung: bürosüd° München
Umschlagmotiv: bürosüd° München
Satz: Lydia Kühn
Druck und Bindung: CPI Moravia Books s.r.o., Pohorelice
Printed in the EU
ISBN 978-3-86365-087-2

2015 2014 2013 2012
Die letzte Jahreszahl gibt die aktuelle Ausgabe an.

Für Debbie Wooley,
die mich auf den Titel dieses Buches gebracht hat.

Für Cindy Hwang, die mir mehr bedeutet,
als ich in Worten ausdrücken kann.
Hoffentlich kannst du bis an dein Ende dreimal
am Tag im Hotel frühstücken.

Und wie stets, für Judd,
meinen »Wissenschaftsberater«, und Princess:
Ich liebe euch mehr als Schokolade.

Das Bekenntnis der Krieger

Wir warten, wachen und bewahren.
Wir geben das erste Zeichen, wenn das Ende
der Menschheit anbricht.
Dann, und nur dann, wird Atlantis auferstehen.
Denn wir sind die Krieger Poseidons und tragen
das Zeichen des Dreizacks zum Zeugnis unserer
heiligen Pflicht, die Menschen von Unheil zu bewahren.

1

Vier Monate zuvor,
in einer Höhle tief unter dem Mount Rainier,
Kaskadengebirge, Washington

Wie so oft während seines Jahrhunderte währenden Daseins als Krieger schätzte Justice die Lage ein. Er dachte an seine Verfassung, seine Waffen und seine Chancen und kam zu diesem Resultat:

1. schlecht
2. schlechter
3. gut möglich, dass er in fünf Minuten tot war.

Verfassung, körperlich: Er lag auf dem kalten feuchten Höhlenboden, das Gesicht an die Seite eines nassen Tigers gepresst, der bald ernsthaft ungehalten sein würde. Am Hinterkopf hatte er eine Beule von der Größe eines Pfaueneis. Die Vampire und Wolfsmetamorphen waren nicht gerade zimperlich mit ihm umgegangen, als sie ihn den langen, feuchten Tunnel hinab in diese Höhle geschleppt hatten. Wahrscheinlich waren eine oder zwei Rippen gebrochen. Aufgrund des speziellen Immunsystems der Atlanter war die Wirkung der Droge, die sie ihm mittels des Pfeils verabreicht hatten, größtenteils verflogen, doch er hätte nicht darauf gewettet, dass er weiterhin über die Fähigkeit verfügte, sich in Wassernebel aufzulösen.

Verfassung, mental: Wut, an Mordlust grenzend. Mit anderen Worten, das Übliche. Poseidon suchte seine Krieger umsichtig aus. Zumindest hatte er das immer gehört.

Der Meeresgott musste alles bedacht haben an jenem Tag, als er beschlossen hatte, Justice' Namen auf die Liste zu setzen.

Waffen: Keine. Sein Schwert hatten sie ihm abgenommen. Jenes Schwert, das ihm vor Hunderten von Jahren der König von Atlantis wortlos und mit einem verächtlichen Blick überreicht hatte. Am Eingang der Höhle standen zwei Metamorphen, die ihn und seinen Tigerfreund Jack bewachten. Einer der beiden spielte mit seinem Schwert, als könnte er sein Glück nicht fassen. Vor dem Hintergrund des aus der benachbarten Höhle hereinsickernden schwachen Lichtes zeichneten sich die Silhouetten der beiden Wächter scharf ab, doch dort, wo sie Justice hingeworfen hatten, war es stockfinster. Von ohnmächtiger Wut gepackt sah er, wie der Metamorph sein Schwert in die Luft hielt, als würde er ein neues Spielzeug bewundern.

Aber der Spaß währte nur so lange, bis einem ein Atlantiskrieger damit den Bauch aufschlitzte.

Justice hätte fast gelacht, wollte es aber nicht riskieren, danach nasse Tigerhaare im Mund zu haben.

Auch seine Dolche hatten sie ihm abgenommen.

Damit hätte er sie besser töten können.

Er versuchte, über die den Atlantern gemeinsame Gedankenverbindung Kontakt zu seinem Bruder aufzunehmen, hörte in seinem Kopf aber nur ein unangenehmes Knistern. Wahrscheinlich beeinträchtigte die Droge auch seine Fähigkeit, das Element des Wassers zu beherrschen oder Energie freizusetzen. Er musste davon ausgehen, hilflos zu sein. Es war besser so.

Man durfte sich nicht auf Wunder verlassen, wenn man es mit zwei Wolfsmetamorphen und einem Tiger zu tun hatte, dem möglicherweise auch eine Droge verabreicht worden war, die ihn unberechenbar machen würde.

Chancen: Er hätte darauf gewettet, mit den meisten Metamorphen fertigzuwerden, selbst im Nahkampf in einer engen Höhle, aber mit einem ausgewachsenen, zweihundertfünfzig Kilogramm schweren Tiger? Das galt auch für Jack, der eine Art Freund war, wenn er auf zwei Beinen ging.

Da standen die Chancen fünfzig zu fünfzig. Und dann waren da noch die beiden Wolfsmetamorphen. Vielleicht sollte er die zuerst aus dem Verkehr ziehen.

Denn eines wusste er mit Sicherheit: Er hatte absolut keine Lust, sein Gesicht auch nur eine Minute länger in das säuerlich stinkende Fell eines nassen Tigers zu pressen. Lieber hätte er eine Ewigkeit in der untersten der neun Höllen geschmort.

Die Metamorphen beendeten ihre leise Diskussion darüber, sich davonzustehlen, weil sie sich die Action nicht entgehen lassen wollten. Sie verließen die Höhle so unauffällig wie zwei betrunkene Wasserbüffel. Bis heute hätte Justice darauf gewettet, dass ein so mächtiger – unterdessen zum Vampir mutierter – römischer Kaiser wie Caligula es verstanden hätte, besseres Personal zu rekrutieren.

Es wäre ein Irrtum gewesen. Kein Wunder, dass das Römische Reich untergegangen war.

Und umso besser.

Er wartete, bis er sich sicher war, dass das Verschwinden der Metamorphen kein Täuschungsmanöver war. Dann sprang er auf und entfernte sich von dem noch immer bewusstlosen, aber unheilvoll zuckenden Tiger. Vielleicht würde er im Kampf wieder einen klaren Kopf bekommen, denn plötzlich wusste er mit Sicherheit, dass endlich sein Bruder eintraf. Der Lord Rächer kam ihm zur Hilfe.

Nur wusste Ven nicht, dass er Justice' Bruder war.

»Ich könnte es dir sagen, doch dann müsste ich dich töten«, murmelte er.

Er wirbelte herum und sah Ven mit gezücktem Schwert im Eingang der Höhle stehen. Er sagte etwas von Katzenhaaren und Tigerkopfkissen, doch Justice hörte es kaum, weil auf einmal das dröhnende Geläut einer unsichtbaren

Glocke ertönte. Er hielt sich die Ohren zu, und doch schien ihm von dem Lärm der Schädel zu platzen.

Eine blitzartige Vorahnung überkam ihn, und plötzlich *wusste* er, dass sich in der nächsten Stunde alles ändern würde.

Alles.

Dann trat die Göttin ein, inkarniert in den Körper von Vens Geliebter, und Justice war keines rationalen Gedankens mehr fähig. Da war nur noch das wilde, primitive Erbe seiner nereidischen Vorfahren. Eine an Wahnsinn grenzende Kampfeslust überkam ihn. Er starrte seinen Bruder an, dem er sich so gern offenbart hätte, und sein letzter bewusster Gedanke war einer des Bedauerns.

Waren erst Minuten oder schon Stunden vergangen? Justice kauerte hinter einem Felsvorsprung, den Blicken entzogen, und beobachtete das Gemetzel. Der Boden der Höhle war mit toten oder sterbenden Metamorphen und Vampiren übersät. In der Luft hingen der säuerliche Verwesungsgestank der Vampire und der metallisch kupferartige Geruch von Blut. Das flackernde Licht der Fackeln an den Wänden fiel auf zerschmetterte oder aufgeschlitzte Körper.

Er hatte seinen Teil beigetragen, aber seine Deckung nicht verlassen. Stattdessen hatte er seine Feinde hinter die vielen Felsvorsprünge in der Höhle gelockt. Selbst die übernatürlichen Sinne der Vampire waren durch das Blutbad benebelt worden, und niemand schien ihn bemerkt zu haben.

Zumindest niemand, der noch lebte.

Er beabsichtigte, in diesem Spiel die Trumpfkarte zu sein, und jeder gute Spieler wusste, dass man sich nicht in die Karten blicken lassen durfte. Er schaute auf die matt funkelnde, feuchte Klinge seines Schwertes.

Ein tödlicher Trumpf. In diesem Spiel war er der Joker, und als Nächstes stand die Todesgöttin auf seiner Liste.

Dann hörte er ihre Stimme, und er wusste, dass er versagt

hatte. Die Vampirgöttin Anubisa hatte Ven und seine Geliebte in ihrer Gewalt – trotz Vens Stärke und Erins Hexerei.

Er hatte sie im Stich gelassen.

Seinen Bruder und Erin.

Während er lauschte, schossen ihm Gedanken an mögliche Strategien und Verzweiflungsmaßnahmen durch den Kopf, doch er konnte immer noch nicht wirklich klar denken. Und dann hörte er sie es sagen, die gefürchteten Worte. Anubisa würde Ven mit sich nehmen. Und den Rest von ihnen Caligula als kleines Geschenk überlassen.

Sie ihm zum Fraß vorwerfen.

Justice sprang auf und trat hinter dem Felsvorsprung hervor. Er erstarrte, als er sah, dass Anubisa Erin festhielt, während Ven die Spitze seines Schwertes gegen seine Brust drückte.

»Wenn du wirklich wünschst, dass ich dir freiwillig folge, lass sie los und schwöre, dass ihr nichts geschieht. Andernfalls stoße ich mir dieses Schwert ins Herz«, sagte Ven mit grimmiger Entschlossenheit. »Dann kannst du dir deinen Wunsch abschminken.«

Justice wäre fast ins Taumeln geraten, als ihm schlagartig klar wurde, was er zu tun hatte. Um seinen Bruder zu retten – und um Erin zu befreien, die möglicherweise das ungeborene Kind seines anderen Bruders, den Thronfolger, heilen konnte –, musste er das ultimative Opfer bringen.

Schlimmer noch, er musste sie glauben machen, dass er es so wollte.

Es lief ihm kalt den Rücken hinab, als er an eine Zukunft endloser Qualen dachte. Fast hätte er gelacht. Eigentlich hatte er es verdient.

Und damit gerechnet.

Unter ihm, auf dem Boden der Höhle, ging das Gespräch weiter, aber er verstand nichts. In seinem Kopf hallte ein schrilles Klingeln, und dann hörte er schließlich die eiskalte Stimme der Vampirgöttin.

»So begibst du dich also freiwillig in meine Dienste, Lord Rächer, der du vom selben Blute bist wie Conlan?«

Justice kam die Galle hoch, und er bekämpfte den Brechreiz. Er trat einen weiteren Schritt auf dem Felsvorsprung unter der Höhlendecke vor. Er stand direkt über den anderen. Jetzt musste er die Vorstellung seines Lebens liefern.

Glücklicherweise hatte er von allen Atlantern das beste Pokerface. »Natürlich nicht, du Miststück. Aber du hast seine Freundin als Druckmittel. Ihm bleibt nichts anderes übrig.«

Ihre geschockte Miene befriedigt ihn. Er hatte eine Göttin überrascht. Vielleicht hatte er eine minimale Chance, diese Geschichte zu überleben.

Vielleicht.

Anubisa schoss quer durch die Höhle, und er sprang von dem Felsvorsprung herab und bereitete sich stumm auf das Schlimmste vor. Sie bremste abrupt ab, blieb wenige Zentimeter vor ihm stehen. Ihre Augen glühten tiefrot, und dann begann sie zu schnüffeln, seinen Geruch einzusaugen, wie ein Raubtier. Justice bekam vor Ekel eine Gänsehaut.

»Blaue Haare«, sagte sie. »Und doch riechst du wie …«

»Wie ein Blutsverwandter von Conlan und Ven«, sagte er mit einem gefährlichen Lächeln. »Ich bin ihr Bruder und opfere mich für Ven.«

Ven widersprach heftig, doch Justice hörte es kaum. Der Fluch, er spürte es bis in die letzte Faser seines Körpers. Er war verflucht, jeden zu töten, dem er die Wahrheit über seine Geburt offenbarte. Tat er es nicht, würde er den Verstand verlieren.

Ein Kampf mit einer Vampirgöttin. Vielleicht hatte er noch ein bisschen Spaß, bevor sie ihn tötete.

Alle starrten ihn an. Die Zeit war gekommen.

Er lachte. »Du glaubst, ich lüge, was? Diese verwöhnten Prinzensöhnchen aus dem Königshaus, die nie auf die Idee gekommen wären, ihr Vater könnte es mit einer anderen getrieben haben als mit ihrer Mutter. Mit jemandem, der nicht einmal zu seiner *Art* gehörte.«

Anubisa warf ihr langes schwarzes Haar zurück und starrte ihn an. Offenbar versuchte sie sich darüber klar zu werden, ob er die Wahrheit gesagt hatte. Eine Vampirgöttin zeigte keine Gefühle. Und doch ließ ihn ein kaum merkliches Flackern in ihrem Blick vermuten, dass sie ihm glaubte.

»Die Kopulation, die ich Conlans Vater aufgezwungen habe, hatte Folgen? Das ist einfach zu köstlich!« Sie warf den Kopf zurück und lachte, und die noch lebenden Metamorphen begannen zu heulen.

»Ja, und der aus dieser Verbindung hervorgegangene Spross wird aufgrund des auf ihm lastenden Fluchs alle in dieser Höhle töten, wenn du mich nicht von hier fortbringst.« Justice versuchte sich etwas einfallen zu lassen, um sie zu überzeugen. »Du willst jemanden, der freiwillig mit dir geht? Glaub's mir, nach Jahrhunderten, in denen ich dazu verdammt war, Befehle entgegenzunehmen von diesen Thronfolgern von Atlantis, die glauben, alles drehe sich immer nur um sie, bin ich mehr als bereit, auf die andere Seite überzuwechseln.«

Ven protestierte erneut, doch Justice schnitt ihm das Wort ab. Er steckte das Schwert in die Scheide und lächelte Anubisa an. »Ich statt Ven. Freiwillig.«

Dann nahm er all seinen Mut zusammen, legte ihr die Hände auf die Schultern, zog sie an sich und küsste sie. Sie erschauderte und schmolz in seinen Armen dahin.

Also hatte die Vampirgöttin wenigstens etwas gemeinsam mit einer sterblichen Frau. Vielleicht konnte er das ausnutzen. Womöglich hatte er noch eine Überlebenschance. Wenn auch eventuell mit einer gebrochenen Seele.

Als er sie schließlich losließ, waren Anubisas Augen nicht mehr glühend rot, sondern schwarz. Die Welt schien auf dem Kopf zu stehen, als sie für einen Augenblick fast menschlich wirkte. Die Schönheit dieser Frau war so dunkel und schrecklich, dass sie bei jedem Mann selbstzerstörerische Triebe weckte.

»Seit mehr als fünftausend Jahren hat mich kein Mann mehr freiwillig geküsst«, flüsterte sie. »Ich nehme dein Angebot an, Lord Justice, der du vom selben Blut bist wie Conlan und Ven.«

»Nein!«, schrie Ven, doch es war zu spät. Anubisa legte ihre Arme um Justice' Taille und schwebte mit ihm ans hinterste Ende der Höhlendecke. In der Luft fiel Justice ein, dass sie einen Rubin mit Heilkräften bei sich trug – jenen Edelstein, der möglicherweise seine ungeborene Nichte oder Neffen retten konnte. Er küsste sie erneut und stieß ihr das Tuch mit dem Rubin aus der Hand. Dafür musste er wahrscheinlich mit dem Tod bezahlen.

Aber sie schien es nicht einmal bemerkt zu haben.

So weit, so gut. Ven und Erin waren in Sicherheit, wie auch Conlan, seine Frau und ihr ungeborenes Kind.

Jetzt hatte er – *fast* – so etwas wie eine richtige Familie, und er hatte so gehandelt, dass ihnen nichts passieren würde. Seine gebrochene Seele für ein unschuldiges neues Leben. Dafür waren Tod oder Wahnsinn ein geringer Preis.

Doch er wollte es sagen. *Musste* es sagen. Nur einmal. Er neigte den Kopf, schaute Ven an und sagte das Wort, das auszusprechen ihm für Jahrhunderte verboten gewesen war. »Bruder.«

Dann flüsterte Anubisa etwas in einer längst toten Sprache, und die Realität löste sich auf. Er war auf dem Weg in die Ödnis.

2

Archäologisches Institut
Ohio State University, Columbus, Ohio

Als Dr. Keely McDermott ihr Büro aufschloss, war sie dankbar, dass sie die wenigen Studenten in dem langen, von Neonröhren beleuchteten Flur nicht weiter beachteten. Nach dem langen Flug von Rom in die Vereinigten Staaten hatte sie keine besondere Lust, Fragen zu beantworten.

Während sie die schwere Tasche mit ihren geliebten Werkzeugen in das Büro schleppte, nahm sie sich vor, einen neuen Spatel zu bestellen. Ihrer hatte schon bessere Tage gesehen, und wie die meisten Archäologen zählte sie ihre Werkzeuge zu ihren kostbarsten Besitztümern. Vielleicht würde sie den alten Spatel aus sentimentalen Gründen behalten. Es war ihr Erster gewesen, und er hatte sie zu *ihm* geführt.

Zu ihrem Krieger.

An einer silbernen Kette um ihren Hals hing ein kleiner, geschnitzter Fisch, den sie mit dem alten Werkzeug entdeckt hatte. Seit sie den Fisch vor drei Jahren zum ersten Mal berührt hatte, hatte sie sich wahrscheinlich zu oft in Vorstellungen ihres imaginären Freundes verloren, in Träumen von jenem blauhaarigen Krieger, der vor Hunderten von Jahren gelebt hatte. Er hatte den Fisch geschnitzt, neben einem Lagerfeuer sitzend, mit Freunden plaudernd und lachend. Als sie ihn zum ersten Mal sah, war sie konsterniert. Er war attraktiv, von einer so ursprünglichen Männlichkeit, dass es ihr im wahrsten Sinne des Wortes den Atem verschlagen hatte.

Mit seinem in etlichen Farbschattierungen changierenden Haar, den hohen Wangenknochen, dem muskulösen Hals und den breiten Schultern hätte er einem Bildhauer Modell stehen sollen statt kleine Fische zu schnitzen. In ihrer Vorstellung waren die Konturen seines muskulösen Körpers so klar umrissen, wie er dort saß, nur mit einer kurzen Hose bekleidet, den Kopf geneigt, ganz auf seine Schnitzerei konzentriert.

Selbst jetzt noch, wahrscheinlich Hunderte von Jahren, seit jenes Feuer erloschen war, glaubte sie, wann immer sie den hölzernen Fisch berührte, fast körperlich die zarte emotionale Berührung zu spüren. Es spielte keine Rolle, dass ihr Krieger seit sehr langer Zeit im Grab lag. Sie musste wohl etwas absonderlich sein, wenn sie sich nach einem Mann sehnte, der vor Jahrhunderten gestorben war, doch wenn sie den Fisch berührte, war das eine Art Trost. Und doch spürte sie auch ein brennendes sinnliches Verlangen, das sie für so ausgelöscht gehalten hatte wie jene Zivilisationen, deren Studium sie sich beruflich widmete. Ein Verlangen nach *ihm.* Nicht nach einem lebenden, erreichbaren Mann.

Immer nur nach ihm.

Als sie erneut die kleine hölzerne Flosse berührte, war es fast, als wäre er bei ihr. Das war einer der wenigen Pluspunkte für jemanden, bei dem eine Berührung übersinnliche Fähigkeiten auslöste. Ihr Gesicht verzog sich zu einem verbitterten Lächeln. Lebende Freunde hatte sie nicht mehr, und als Kompensation genoss sie die Gesellschaft eines imaginären vorzeitlichen Kriegers.

Seufzend wünschte sie sich mindestens zum tausendsten Mal, wenigstens seinen Namen zu kennen. Doch wer er auch gewesen war, es war nicht seine Schuld, dass sie eine vereinsamte Einzelgängerin war. Ja, sie würde den alten Spatel mit Sicherheit aufbewahren.

Etwas riss sie aus ihren Gedanken, und sie schloss die

Bürotür hinter sich und sah sich um. Erinnerungen an ihre Reisen, an Ausgrabungen … Abgüsse einiger ihrer Funde, ein paar Geschenke örtlicher Bekannter. Auf den Regalen farbenfrohe Töpferwaren und kleine Schnitzereien, an den Wänden gerahmte stratigrafische Zeichnungen, welche die historische Abfolge von Erdschichten an archäologischen Grabungsstätten dokumentierten.

Die Bücherregale bogen sich unter den unzähligen geliebten Bänden, und auch unten an den Wänden türmten sich wackelige Bücherstapel. An der dicken Staubschicht konnte sie erkennen, dass die Sekretärin des Instituts ihrer Anweisung gefolgt war, während ihrer Abwesenheit niemanden in das Büro zu lassen.

Keely atmete erleichtert auf, weil sie sich endlich wieder an jenem Ort befand, der seit vielen Jahren noch am ehesten eine Art Zuhause gewesen war. Die unpersönliche Wohnung, wo sie den Rest ihrer Habe aufbewahrte, war nie ein Zuhause gewesen, sondern nur ein Platz, wo sie duschen und sich umziehen konnte. Eigentlich hielt sie sich immer in ihrem Büro oder den Seminarräumen auf. Wenn nicht, nahm sie an archäologische Grabungen teil, wo sie aus dem Koffer lebte.

In ihrem Büro hatte sie jeden einzelnen Gegenstand mit Bedacht ausgewählt. Hier gab es nichts, das sie verstörte, nichts, das sie in die Emotionen eines anderen verstrickt hätte.

Hier konnte sie endlich ihre Handschuhe ausziehen. Sie streifte sie ab und warf sie auf den Schreibtisch. Staub wirbelte auf und kitzelte ihr in der Nase. Es war schön, geradezu perfekt, durch nichts gestört zu werden, doch nach ihrer Rückkehr musste sie sich um einiges kümmern.

Später.

Sie ließ sich auf den Schreibtischstuhl fallen und schloss erschöpft die Augen. Nach all diesen Jahren und zahllosen Flügen schaffte sie es immer noch nicht, im Flugzeug zu schlafen. Sie musste sich vor unerwünschten Berührungen schützen. Zu groß war die Gefahr, dass ihr Kopf zur Seite kippte, wenn sie ein Nickerchen machte. Ihre Wange konnte den Sitz berühren und in ihrem überempfindlichen Gehirn die Emotionen wütender, ungeduldiger, verängstigter oder sonst wie überreizter Flugpassagiere entfesseln.

Ihr Blick fiel auf das alte, mit einem rotgrünen Karostoff bezogene Sofa. Sie fragte sich, ob es nicht eine gute Idee wäre, erst etwas zu schlafen, bevor sie sich den Briefstapeln, den Hunderten von Voicemails und den anderen Dingen widmete, die nach einer monatelangen Abwesenheit zu erledigen waren.

Sie seufzte erneut und griff zum Telefon. Ein bisschen würde sie sofort erledigen, dann konnte sie immer noch ein Nickerchen halten. Sie benötigte nur einige Augenblicke, um sich an den Code zu erinnern, und gab ihn ein. Dann griff sie nach einem Stift und wartete darauf, dass die Flut von Nachrichten auf ihrem Anrufbeantworter über sie hereinbrach.

»Keine neuen Nachrichten.«

Sie blinzelte irritiert und zuckte die Achseln. Wahrscheinlich hatte sie einen falschen Code eingegeben, und sie sah unter ihrem Tintenlöscher nach, wo sie ihn genau für einen solchen Fall notiert hatte. Wieder gab sie den Code ein.

»Keine neuen Nachrichten.«

Als sie das Telefon langsam sinken ließ, spürte sie ein flaues Gefühl im Magen. Das schlechte Essen im Flugzeug und der Schlafmangel waren schon schlimm genug, und jetzt musste sie sich auch noch fragen, warum keiner ihrer Kollegen es für nötig befunden hatte, sie während ihrer über dreimonatigen Abwesenheit auch nur einmal anzurufen.

Sie hatten gewusst, dass sie sich im Ausland aufhielt. Natürlich, das war's. Dass bis jetzt immer eine Unmenge von Nachrichten auf sie gewartet hatte, war nicht von Bedeutung. Oder es bedeutete, dass die Leute endlich gelernt hatten, sie auf ihrem Handy anzurufen, über das sie auch im Ausland erreichbar war. Und nicht hier, wo sie ja nicht war. Wo sie nicht gewesen war.

Nur hatte sie auch in Italien leider kaum jemand angerufen. Schon wahr, während der ersten Tage der Grabung hatte sie ein paar Anrufe von George. Sie war viel zu aufgeregt und beansprucht gewesen wegen der Entdeckung der berühmten Lupercale, jenes sagenumwobenen Ortes, den die alten Römer für jene Höhle gehalten hatten, wo die legendären Gründer der Stadt, die Zwillinge Romulus und Remus, von einer Wölfin aufgezogen worden.

Als sie den kaiserlichen Adler gesehen hatten, an der höchsten Stelle der gewölbten Decke, ganz so, wie er in Texten des sechzehnten Jahrhunderts beschrieben wurde, gerieten alle Anwesenden in einen Begeisterungstaumel.

Noch jetzt bekam sie bei der Erinnerung daran eine Gänsehaut. Eine der größten archäologischen Entdeckungen aller Zeiten, und sie war dabei gewesen. Natürlich war da keine Zeit dafür geblieben, ihren Institutsleiter zurückzurufen. Nur wenige ihrer Kollegen riefen sie an, wenn sie an einer Grabung teilnahm; sie hatten verstanden.

Oder etwa nicht?

Und doch, alle anderen Institutsangehörigen schienen sich ständig untereinander anzurufen, wenn sie an Ausgrabungen teilnahmen. Sie teilten ihre Aufregung über das Wunder von Entdeckungen. Sie hatte einige Telefonate mitgehört während einer der seltenen Versammlungen der Institutsangehörigen, an denen sie teilgenommen hatte. Doch irgendwie war sie in diesem kollegialen Kreis außen vor.

Sicher, sie selbst zog es vor, andere auf Distanz zu halten. Es ging nicht um die Geschichte mit den Handschuhen; in den Zeiten von *Deal or No Deal,* wo Howie Mandel ganz offen über seinen Waschzwang sprach, sah man jemanden, der erklärtermaßen auf Abstand hielt, bestimmt nicht als beunruhigend weit von der Normalität entfernt. Und doch, wenn Menschen Freunde wurden, umarmten, berührten sie sich. Sie wollten, dass sie Dinge berührte. Ihr Baby hielt. Ihren Hund streichelte. Dass sie eine neue Anschaffung bewunderte.

Es war zu schwer, dem allen aus dem Weg zu gehen. Zu schwer. Und zu auffällig.

Sie konnte ihnen nicht die Wahrheit sagen. Niemals. Was dabei herauskam, hatte sie auf der Highschool in der Beziehung zu einigen engen Freunden auf schmerzliche Weise erfahren müssen. Und dann mit dem einzigen Mann, von dem sie je geglaubt hatte, ihn zu lieben. Er hatte sie verlassen. Hatte sie eine Verrückte genannt.

Sie hatte es nicht ganz leugnen können. Und konnte es auch heute nicht.

Doch wenn sie arbeitete, spielte all das keine Rolle. Wozu brauchte sie menschliche Beziehungen, wenn sich vor ihren Augen jahrhundertealte Welten offenbarten? Sie hatte damit gerechnet, noch mindestens ein halbes Jahr in Italien bleiben zu können.

Und dabei hätte sie wissen müssen, dass es besser war, auf nichts und niemanden zu zählen.

Jetzt, wo die Metamorphen bekannt waren, fiel ein völlig neues Licht auf den Mythos von Romulus und Remus. Ganz zu schweigen davon, dass nun auf einmal andere für die Grabung zuständig waren. Das italienische Kontingent der europäischen Werwölfe hatte das Kommando übernommen und ihr Forscherteam nach Hause geschickt.

»Wir rufen an, falls wir Sie brauchen, Frau Dr. McDermott«, hatte einer der Italiener höhnisch erklärt, als er sie aus dem Besprechungszentrum der Grabungsstätte hinauskomplimentierte. »Aber rechnen Sie nicht zu sehr damit.«

Das Echo des Gelächters war ihr gefolgt und hatte angesichts des Mondlichts leicht irre geklungen. Es war die Stunde der Dämmerung, und da der Mond schon fast voll war, hatte sie nicht widersprochen.

Hätte sie selbstzerstörerische Neigungen gehabt, hätte sie es schließlich nicht so weit gebracht. Sie schüttelte die Erinnerung ab und bemerkte, dass sie noch immer das Telefon in der Hand hielt. Sie legte es weg und sah sich erneut in dem zugestaubten Büro um. War es eine Heimkehr ohne unwillkommene Störungen, oder sollte sie sich vernachlässigt und verlassen fühlen?

Schon merkwürdig, wie ein alltägliches Phänomen wie ein leerer Anrufbeantworter das Denken eines Menschen beeinflussen konnte.

Man kann auch selbst jemanden anrufen, dachte sie und griff nach dem Telefon. Es gab einen Menschen, den sie jederzeit anrufen konnte. Sie strich mit einem Finger über den Rand des einzigen gerahmten Fotos auf dem Schreibtisch. Die Frau, welche auf dem Bild nervös in die Kamera lächelte, sah ihr so ähnlich. Vielleicht war das Rot ihres Haares etwas weniger intensiv. Die Lachfältchen waren etwas ausgeprägter. Der einstmals so athletische Körperbau war in ihrem Alter nicht mehr so auffällig, doch sie war noch immer eine wunderschöne Frau.

Früher hatte Keely sie für die schönste Frau der Welt gehalten. Vor der Geschichte mit den Ärzten, der Fassungslosigkeit, den Zweifeln.

Nach dem vierten Klingeln hörte sie ein vertrautes Klicken. Irgendetwas an den Telefonleitungen in den Wäldern des östlichen Ohio ließ die Verbindung immer so klingen, als spräche man innerhalb einer Glaskugel.

Aber vielleicht lag es doch nicht an der schlechten Verbindung, sondern an der achtundzwanzigjährigen Geschichte der Enttäuschung auf beiden Seiten.

»Hallo?«

Keely schluckte, denn sie hatte einen Kloß im Hals. »Hi, Mom.«

»Keely?«

Sie unterdrückte eine bereits gewohnte Ungeduld. Wer hätte es sonst sein sollen? Ihre Eltern hatten kein zweites Kind haben wollen, denn sie, Keely, litt an einer … Anomalie.

»Ja, Mom, ich bin's. Alles in Ordnung bei dir? Und wie geht's Dad?«

»Oh, bist du endlich zurück von diesem schrecklichen Kontinent? Wir haben gerade in den Nachrichten gehört, dass die Vampire versuchen, den russischen Thron zu übernehmen. Diese Frau hat behauptet, sie sei die Prinzessin Anastasia und sei nach der Ermordung ihrer Familie in einen Vampir verwandelt worden. Hältst du das für möglich? Du bist doch seit Einbruch der Dunkelheit nicht mehr aus dem Haus gegangen, oder? Wir haben jede Menge Knoblauch geerntet und verkaufen ihn … Die Leute reißen ihn uns aus den Händen. Hast du …«

»Mom«, unterbrach Keely, die sich wieder einmal wunderte, wie ihre Mutter drauflosplapperte, ohne anscheinend auch nur einmal Atem zu holen. »Ja, Mom. Ich bin zu Hause, und es geht mir gut.«

Aus Erfahrung wusste sie, dass es besser war, auf Fragen nach ihrem persönlichen Befinden nicht weiter einzugehen. Dann nahm das Gespräch immer einen unerwünschten Verlauf. »Aber was ist mit dir? Was macht die Arthritis? Und wie geht's Dad?«

»Uns geht's beiden gut, Honey. Aber Dad macht sich Sorgen um dich, weil du dich so lange nicht gemeldet hast. Hast du wieder unter diesem … Zustand gelitten?«

Keely empfand zugleich ein Schuldgefühl und Schmerz. Irgendwie schafften ihre Eltern es immer, sie an der empfindlichsten Stelle zu treffen, auch wenn sie es gut meinten.

Gerade weil sie es gut meinten.

»Du weißt, dass dieser *Zustand* keine Krankheit ist, Mom. Ich habe einfach nur ein paar übersinnliche Fähigkeiten. Wenn ich Gegenstände berühre, habe ich Visionen. Darüber haben wir doch seit Jahren immer wieder gesprochen, Mom.«

Am anderen Ende der Leitung herrschte Schweigen, und dann hörte sie ein leises schnüffelndes Geräusch, ganz so, als stünde ihre Mutter kurz davor, in Tränen auszubrechen. Einmal mehr.

Sie fragte sich, wie viele andere Töchter ihren Müttern durch ihre bloße Existenz solche Schmerzen zufügten, doch sie versuchte den Gedanken zu verdrängen, weil sich ihr der Magen umzudrehen drohte.

»Musst du immer noch diese Handschuhe tragen, um direkte Berührungen zu vermeiden? Warst du bei Dr. Koontz? Er meint, wenn du es noch mal mit Hypnose versuchen würdest …«

»Nein, und ich werde nie wieder zu Dr. Koontz gehen, Mom. Er hält mich für verrückt und hat sich geweigert, mir zu glauben, selbst dann noch, als ich den Halter für die Stifte berührt habe, den sein Sohn ihm geschenkt hat.«

»Das war nicht besonders höflich, dass du Geschichten über seinen armen kleinen Sohn ausgebrütet hast, der angeblich seine Schwester in einem Schrank eingeschlossen hatte«, sagte ihre Mutter tadelnd.

»Es war keine Geschichte, und hättest du ihn beobachten können, als ich ihm von meiner Vision erzählte, hättest du bemerkt, dass er selbst vermutete, sein Sohn könnte seit einiger Zeit seine Schwester tyrannisieren. Doch selbst wenn ich wollte, könnte ich mich dort nicht mehr blicken lassen. Dr. Koontz hat mich als Patientin gefeuert.«

Sie hatte gar nicht gewusst, dass Seelenklempner Patienten feuern konnten, doch offenbar war es so. Wie die meisten Menschen, die persönlich Bekanntschaft gemacht hatten mit ihrer »Gabe«, wollte auch er nichts mehr mit ihr zu tun haben. Schon seltsam, dass selbst ein Seelenklempner sie so absonderlich fand. Vielleicht musste sie diese Typen trotz ihrer persönlichen Unsicherheit gar nicht mehr aufsuchen.

Hoffentlich hatte er wenigstens seinen Sohn wieder unter Kontrolle.

»Kann ich Dad sprechen?«

»Nun, er …« Die Stimme ihrer Mutter zitterte. »Er macht gerade ein Nickerchen.«

Plötzlich hatte Keely wieder diesen Kloß im Hals, nur war es diesmal noch schlimmer.

»Dad hat im Leben tagsüber noch kein Nickerchen gemacht, Mom. Kannst du nicht wenigstens versuchen, dir etwas Glaubhaftes auszudenken?«

»Du weißt, dass er dich liebt, Keely. Er weiß nur einfach nicht, wie er mit deinem Problem umgehen soll.«

»Schon gut, Mom.«

Sie versuchte, die Verbitterung in ihrer Stimme zu unterdrücken, doch ihr war klar, dass es ihr nicht gelang. »Mein Problem. Also, ich muss Schluss machen. Ich muss auf Hunderte von Voicemails reagieren und jede Menge Briefe beantworten. Die kommen von Menschen, die tatsächlich mit mir reden *wollen*.«

»Das ist ungerecht, Keely. Du weißt, wie glücklich ich immer bin, von dir zu hören.«

»Ja, ich weiß, Mom. Ich habe daran gedacht, euch diese Woche zu besuchen. Wir könnten gemeinsam nach …«

»Diese Woche kommt es etwas ungelegen, Honey, wir haben so viel zu tun. Ich ruf dich am nächsten Wochenende an, dann reden wir weiter, okay?«

»Okay, Mom. Am Wochenende. Ich …« Ihre Stimme stockte, aber sie atmete tief durch und zwang sich gegenüber einer Mutter, die sie nicht einmal sehen wollte, die Worte herauszubringen. »Ich liebe dich, Mom.«

»Ich dich auch. Wir hören bald voneinander.«

Nachdem sie die Verbindung unterbrochen hatte, legte sie den Kopf auf ihre Arme, die auf dem verstaubten Schreibtisch ruhten. Und dann, ganz allein in ihrem stillen Büro, wehrte sie sich schließlich nicht mehr gegen die Tränen.

3

Die Ödnis, erschaffen von Anubisa,
der Göttin des Chaos und der Nacht

Justice schwebte durch eine düstere Sphäre, wo es nichts als Schmerz gab. Er durchstöberte seine Erinnerungen in einem Versuch, sich seiner selbst bewusst zu werden. Nichts als Schmerz, heraufbeschworen von einer unheimlichen Zauberin. Nun war er bloß noch ein demütiger Sklave, ein unfreiwilliger Mitspieler in einem perversen, quälenden Spiel.

Sein Bewusstsein war nur noch ein schwach flackerndes Licht. Er wusste, wie er hieß, und dass er sich geopfert hatte, um andere zu retten, doch deren Namen waren ihm längst entfallen. Ein Opfer, durch das er seelische Größe bewiesen hatte. Doch der Schmerz fraß alles auf, seelische Größe, Willensstärke, den Stolz. Sein Verstand schrie ohnmächtig auf und protestierte gegen das omnipräsente Böse, das ihm das Blut aussaugte und sich an seiner Angst ergötzte.

Ab und zu tauchten Bruchstücke von Erinnerungen auf, die sich schnell wieder auflösten. Die Höhle, dann das Danach, als der Schmerz begonnen hatte. Wenigstens dessen war er sich sicher.

Als er langsam zu Bewusstsein kam, fand er sich in einem Albtraum wieder, der ihn an die unterste der neun Höllen denken ließ.

Er starrte auf den Baldachin des riesigen Bettes, der – kein Scherz – mit schwarzem und rotem Satin bezogen war. Die Schnitzereien an den Bettpfosten zeigten Satyrn und seltsame

Nymphen, die es in den unmöglichsten Stellungen miteinander trieben. Doch nach dem Satinbaldachin überraschte ihn das auch nicht mehr.

»Wem willst du damit imponieren?«, fragte er. »Hast du einen Ausstatter von Billigpornos engagiert? Wenn gleich noch Musik mit monotonen Bässen kommt, bin ich weg.«

Dann kamen die Erinnerungen zurück. Die Höhle. Sein Opfer. Der Kuss.

Anubisa hatte es nicht vergessen, und trotz ihres schlechten Geschmacks beim Thema Innenausstattung war sie keine Idiotin. Bösartig, blutlüstern, pervers und besessen, aber nicht dumm.

Göttinnen waren selten dumm.

Selbst jene nicht, die über ihr eigenes Leben in den neun Höllen verfügten.

Sie saß auf der Bettkante, und das Gestell bog sich, ganz so, als würde ihre von Zorn und vom Tod besessene Seele ihren schlanken Körper schwerer machen. Fast gegen seinen Willen berührte er ihr Haar, das bis zu den Hüften reichte. Oder vielleicht definitiv gegen seinen Willen. Vielleicht manipulierte sie ihn so geschickt, dass es ihm nicht einmal bewusst war.

Doch wenn das so war, musste er versuchen, sie zu töten, um sich nicht in sein Schicksal zu ergeben. Auch wenn das womöglich eine selbstmörderische Dummheit war.

Er war kein Gott, aber ebenfalls nicht dumm. Er würde sich Zeit nehmen.

»Wenn dir die Möblierung nicht gefällt, ändere ich sie«, sagte sie im gütigen Ton einer Mutter, die ihrem Kind ein Geschenk gibt. Dann klang ihre Stimme fast schüchtern. »Gibt es hier nichts, das dir gefällt?«

In seinem Jahrhunderte währenden Dasein hatte er auch einiges über Frauen erfahren. Es amüsierte und beruhigte ihn, dass diese Göttin – seit Jahrtausenden der Fluch von Atlantis – zumindest ein paar oberflächliche Ähnlichkeiten mit einer sterblichen Frau hatte.

Er fragte sich, ob sie früher mal eine gewesen war.

Und auch, ob er sich jemals trauen würde, sie danach zu fragen.

»Du weißt es genau.« Nicht sicher, ob sie ihn nicht töten würde wegen seiner Verwegenheit, packte er ihren Arm und zog sie zu sich herab. »Deine Schönheit ist makellos.«

In ihren Pupillen flackerte ein scharlachrotes Licht auf, und sie lächelte. »An mir ist sehr viel makellos, Krieger. Bist du neugierig?«

Ihr Lächeln wurde breiter, und sie entblößte ihre Reißzähne, als sie den Kopf hob, um zum Angriff überzugehen.

Auch wenn der Schmerz seine Erinnerung auffraß, kam Justice langsam wieder zu Bewusstsein. Er hatte also mitgespielt? Hatte er so getan, als begehrte er sie? Bei dem Gedanken bekam er eine Gänsehaut.

Wann genau bemächtigte sich das Böse einer Seele? Was geschah, wenn man sich mit einer teuflischen Göttin einließ? Visionen von riesigen, mutierten Fliegen, die an seiner Leber fraßen, trugen nichts dazu bei, ihn von seiner geistigen Gesundheit zu überzeugen, doch nun erinnerte er sich an jemanden.

An etwas.

Vielleicht an sich selbst?

Doch der Schmerz nahm ihm erneut die Fähigkeit, klar zu denken. Er war Justice und seit Jahren, Jahrhunderten oder Jahrtausenden von Schmerz überwältigt – oder doch erst seit Minuten? Doch der Schmerz existierte außerhalb der Realität der Zeit, bis nur noch willkürliche und verzerrte Wahrnehmungen blieben.

Und doch war da dieses schwach flackernde Licht, das einzige Überbleibsel seines Seins. Er hieß Justice, und was auch geschehen mochte, bis seine Zeit kam, der Gerechtigkeit würde Genüge getan werden.

Als sollte sein Mut belohnt werden, sich der Vergeblichkeit und der völligen Hoffnungslosigkeit zu stellen, öffnete sich in der Finsternis ein Fenster, und er sah ein Gesicht. Nicht sein Gesicht, sondern ein weibliches, das nicht bösartig war, nicht von Tod, Zerstörung oder Verzweiflung kündete. Als er das Gesicht betrachtete, *sie* betrachtete, fasziniert von den leuchtend grünen Augen, die ein bisschen Licht in die ewige Finsternis warfen, sah er schließlich auch ihren Oberkörper und ihre Hände, die etwas an einer Halskette berührten.

Einen geschnitzten Anhänger?

Sie hielt ihn hoch und drückte ihn an ihre Lippen. Tränen schimmerten in ihren smaragdgrünen Augen und liefen ihr die Wangen hinab.

Plötzlich traf ihn ein Blitz der Erkenntnis, fast stark genug, um wieder klar denken zu können. Es war ein kleiner hölzerner Fisch, wie er ihn nur in den untersten Meerestiefen gesehen hatte, in Schwärmen über der Kuppel von Atlantis. Die Kinder liebten es, diese Fische zu betrachten.

Wie er es vor langer Zeit getan hatte, in unschuldigen Kindertagen.

Ein Landläufer konnte diesen Fisch niemals gesehen und ihn folglich auch nicht geschnitzt haben. Wer immer diese Frau war, den hölzernen Fisch, den sie in den Händen hielt, hatte *er* geschnitzt. Er sah sie einsam weinen, und eine Träne fiel auf den Fisch, den sie noch immer an ihre Lippen drückte. Auch wenn es irgendwie unmöglich schien, er spürte einen tiefen Schmerz in seiner Brust.

Unmöglich oder nicht, dieser geschnitzte Fisch war eine Verbindung zwischen ihnen. Er gab ein Geräusch von sich, das von Sehnsucht, Verlust oder Einsamkeit kündete, und ob es eine Art von Magie oder Halluzination war, sie hörte es.

Sie schien nach Luft zu schnappen und sah ihn aus diesen wunderschönen grünen Augen an.

Dann, als sich ihr Bild auflöste, versank er wieder in der

Finsternis, aber nicht in Verzweiflung. Die Wahrheit war nicht zu leugnen.

Sie war *sein.*

Oder doch nur ein Produkt seiner Fantasie? Eingeschlossen in der unendlichen Finsternis, brach er in Gelächter aus.

4

Rowes Wharf, Boston

Alexios blickte an dem vom Mondlicht beschienenen, riesigen, teilweise mit Granit verkleideten Backsteingebäude hinauf, das an neues Geld und alte Überheblichkeit denken ließ. Er pfiff erstaunt durch die Zähne und wandte sich Brennan zu. »Machst du Witze? Das soll ihr Hauptquartier sein? Wo sind sie hin, die guten alten Zeiten, als sich die Apostaten von Algolagnia in verlassenen Lagerhäusern und feuchten Kellern herumdrückten?«

Fast hätte Alexios gelacht, obwohl nichts an der Situation komisch war. Zwei Männer unterhielten sich, alles ganz normal.

Wenn es nicht jahrhundertealte Atlantiskrieger gewesen wären, die das Wasser und die Lüfte beherrschten und jetzt über dem Hafen von Boston schwebten, wo es nach Salzwasser und Diesel roch.

Neben ihnen tauchte Christophe auf und gesellte sich zu ihnen. Mit dem *Firefly*-T-Shirt und den verwaschenen Jeans unterschied sich sein Outfit deutlich von der schwarzen Kluft, die Alexios, Brennan und die restlichen Mitglieder der Sieben bei Missionen außerhalb von Atlantis trugen. Eigentlich hätten die Kämpfer von Fürst Conlans Elitegarde nicht aussehen sollen wie Grufties vom College, welche die Rebellen spielten.

Als hätte er diesen Gedanken erahnt, richtete Christophe seinen durchdringenden Blick auf Alexios, dem plötzlich bewusst wurde, dass die Klamotten irrelevant waren. Die geballte, kaum gebändigte Energie, die in Christophes Augen glühte, ließ sein Outfit vergessen – dieser Krieger war ein eiskalter Killer.

Doch dies war nicht der richtige Zeitpunkt, über Christophes Moral oder Gewissen nachzudenken – oder über den Mangel an beidem. Sie mussten Justice finden, bevor noch mehr Zeit verstrich und alle Hoffnung schwand, dass er noch am Leben war.

»Also los, checken wir's aus«, rief Alexios leise. Die drei lösten sich in Wassernebel auf und stiegen weiter empor, bis sie etwa zehn Meter über dem eiskalten Wasser des Bostoner Hafens schwebten.

Die Krieger Poseidons, die gleich die Spanner spielen würden.

Dieser Gedanke machte Alexios ganz krank, wenn er sich vorstellte, was bei den Mitgliedern einer Sekte zu erwarten war, die sich durch Schmerz Befriedigung verschafften. Aber es war egal. Er hätte sein Leben dafür gegeben, Justice zu finden. Wie die anderen auch. Da war es keine große Sache, aus ein paar Perversen die nötigen Informationen herauszuquetschen.

»Trotzdem kommt es mir sehr unwahrscheinlich vor, dass sie in dem Gebäude sein sollen«, fügte er laut hinzu.

»Die Zeiten ändern sich«, erwiderte Christophe höhnisch. »Anubisas perverse Sekte beherrscht das Leben und die verkommenen Seelen von Mitgliedern, die jede Menge Geld und noch mehr Beziehungen haben. Die Menschen nennen diesen Gebäudekomplex ›Gateway to Boston‹. Gibt es einen passenderen Ort für Anubisas Lakaien, um ihre Ansprüche hinsichtlich des Rests der Neuen Welt anzumelden?«

»Ansprüche anmelden. Ich hab's kapiert. Eine Sekte, die Vampire verehrt.« Alexios war ganz und gar nicht amüsiert. »Wo sind sie?«

Brennan räusperte sich, als müsste er seine eingerosteten Stimmbänder lockern. In letzter Zeit war der Krieger immer schweigsamer geworden. Nicht zum ersten Mal fragte sich Alexios, ob Brennan jetzt nicht doch daran zugrunde ging, dass er jahrhundertelang keine Gefühle empfinden konnte. »Als Quinn Atlantis informierte, sagte sie, die Sekte praktiziere ihre Riten im Penthouse des Boston Harbor Hotel, das in diesem riesigen Kasten untergebracht ist.« Er zeigte auf einige Stockwerke des Gebäudes.

Alexios' Blick verfinsterte sich. »Sie veranstalten ihre perversen Spielchen in einem Luxushotel? Und wo demnächst? Vielleicht im Weißen Haus? In Lincolns Schlafzimmer?«

»Abraham Lincoln würde sich im Grab umdrehen, wenn er wüsste, was für ein Schwächling jetzt sein Amt innehat«, sagte Brennan. »Wie auch immer, es gibt keine Anzeichen dafür, dass Präsident Warren den Apostaten von Algolagnia beigetreten ist.«

Christophe warf den Kopf in den Nacken und lachte. »Die First Lady ist eine geile Braut, da hat er es nicht nötig, sich einer Sekte anzuschließen, wo man sich durch sadistische Spielchen sexuelle Befriedigung verschafft.«

»Vielleicht sollten wir solche Spekulationen vorerst beiseitelassen«, sagte Brennan leise, aber bestimmt. »Wir sind die Krieger Poseidons, und es ist nicht unsere Aufgabe, Spekulationen über die Menschen und ihre politischen Führer anzustellen, so wenig uns diese gefallen mögen. Unsere Ehre und Pflicht ist es nur, die Menschheit vor diesen Raubtieren zu schützen, die sich bisher im Dunkel der Nacht versteckt haben.«

»Du sagst es. Wir sollen stolz darauf sein, diese verdammten Schafe zu beschützen, welche die Wölfe an ihren Essenstisch geladen haben«, sagte Christophe höhnisch. »Seit einem Jahrzehnt haben Vampire und Metamorphen das Regiment übernommen. Vampire im amerikanischen Kongress, jetzt auch im britischen Parlament. Die Metamorphen kontrollieren die Medien. Sie stolzieren herum, als würde ihnen alles gehören. Und so ist es auch.«

Er knurrte einen Spruch in der uralten Sprache der Atlanter vor sich hin und fuhr mit der Hand durch die Luft. Eine Wassersäule stieg auf und benetzte ihre Stiefel.

Alexios biss die Zähne zusammen, um dem Bedürfnis zu widerstehen, den jüngeren Krieger zurechtzuweisen. Christophe zauberte hier herum, weil er wie sie alle total frustriert war. »Wir haben jetzt keine Zeit für solche Spielchen. Vielleicht wissen die Sektenmitglieder etwas, das uns bei der Suche nach Justice helfen könnte. Alles andere ist im Moment unwichtig. Wir haben den Auftrag, die Informationen aus ihnen herauszupressen, mit welchen Mitteln auch immer.«

Als die drei Krieger im Aggregatzustand des Wassernebels zum Dach des Gebäudes aufstiegen, verdrängte Alexios die bitteren Erinnerungen an jene Zeit, als er selbst ein Gefangener Anubisas gewesen war. Erinnerung war kaum das angemessene Wort, so realistisch waren die schrecklichen Bilder der erlittenen Folter, durch die er seelische und körperliche Narben davongetragen hatte. Es war fast, als müsste er alles noch einmal erleben, von den Auspeitschungen bis zu den psychischen Misshandlungen.

Zwei Jahre als Gefangener der Vampirgöttin, als Rache dafür, dass Anubisa glaubte, Poseidon habe ihr etwas angetan, und zwar vor so langer Zeit, dass sich niemand mehr daran erinnerte. Zumindest kein Sterblicher.

Aber Göttinnen hatten ein sehr, sehr langes Gedächtnis.

Zwei Jahre lang hatte er wieder und wieder den Tod vor Augen gehabt. Dass er überlebt hatte, hatte nichts mit seiner physischen oder psychischen Stärke zu tun, sondern nur damit, dass er auf Anubisas Prioritätenliste so weit unten gestanden hatte. Sie war nicht besonders oft anwesend gewesen, um ihre perversen Spielchen zu spielen. Andernfalls wäre er jetzt tot gewesen.

Oder, noch schlimmer, ein mitleiderregendes Spielzeug in ihren Händen, das sie für ihre Zwecke eingesetzt hätte. Ein

Mann konnte eine Göttin nicht überlisten. Nicht mal ein Atlantiskrieger.

Trotz der aufwühlenden Erinnerungen versuchte er, sich auf die aktuelle Mission zu konzentrieren. Er dachte an Justice, seinen Mitstreiter und Freund. Und er versuchte den Gedanken zu verdrängen, dass es nach vier langen Monaten, in denen sich Anubisa persönlich um ihn gekümmert hatte, möglicherweise keinen Justice mehr gab, den sie hätten befreien können.

Sie benötigten nur ein paar Augenblicke, um das richtige Fenster im obersten Stock des Hotels zu finden. Diese schamlosen Exhibitionisten hatten nicht mal die Vorhänge zugezogen. In der Fensterscheibe sah Alexios das Spiegelbild seines vernarbten Gesichts. Und durch sie eine Szenerie, die der Imagination eines Dante hätte entsprungen sein können.

Das luxuriöse Hotelmobiliar war an die Wand geschoben und so in der Mitte der Hotelsuite ein quadratischer Raum frei geräumt worden, wo sich jetzt Dutzende verschwitzter nackter Körper am Boden wanden und krümmten. Mehrere Apostaten in roten Gewändern gingen von einem Opfer zum anderen und quälten sie mit Peitschen und anderen, sehr viel mysteriöseren Folterinstrumenten.

Am schlimmsten war, dass das Ganze sadistische Spektakel an einen sorgfältig choreografierten, rhythmischen Tanz denken ließ.

Überall sickerte Blut in den beigefarbenen Teppich, grell rotes, fast irreal wirkendes Blut, und Alexios beobachtete schockiert, wie sich die Folterinstrumente der Gestalten in den roten Gewändern weiter in menschliches Fleisch bohrten und die Nackten sich schreiend am Boden wanden.

Er fluchte in seiner uralten Muttersprache und materialisierte sich wieder in seiner normalen körperlichen Gestalt. Gleichwohl konnte aus dem Hotelzimmer heraus niemand sehen, wie er in der Dunkelheit seine Dolche zog.

Doch die Gedanken, die Brennan ihm unausgesprochen übermittelte, ließen ihn mitten in der Bewegung innehalten. *Noch nicht, Alexios. Wir warten auf ihr Oberhaupt. Diese Menschen reagieren nicht so, wie du es dir vielleicht vorstellst. Sie werden uns mit Sicherheit nicht willkommen heißen. Es ist nicht gut, wenn wir schon jetzt eingreifen.*

»Was zum Teufel soll das heißen?«, fragte Alexios leise. »Wenn ich mir ansehe, wie das Fleisch dieser Leute zerfetzt wird, würde ich sagen, dass sie allen Grund hätten, unser Eingreifen zu begrüßen.«

Neben ihm materialisierte sich Christophe, dessen Augen vor Glut funkelten. »Sieh dir die kranken Dreckskerle doch an, Alexios. Sie genießen es.«

Alexios starrte auf die sich in Schmerzen am Boden windenden Menschen. »Es sind keine …«

Doch dann unterbrach er sich. Während seiner Gefangenschaft hatte er oft genug gesehen, dass die Apostaten einen Kult daraus machten, sexuelle Befriedigung durch Schmerz zu erlangen – durch den Schmerz anderer und den eigenen.

Aber die schlimmsten von ihnen waren Blutsauger wie die von ihnen verehrte unheimliche Göttin. Mitglieder ihres Blutsrudels.

Dies waren Menschen.

Menschen. Blutende Menschen, die es auf dem Teppich des Hotelzimmers miteinander trieben.

Alexios spürte, wie ihm die Galle hochkam. »Poseidon steh uns bei. So etwas Ekelhaftes habe ich lange …«

Christophe schnitt ihm das Wort ab. »Jedem das Seine, Alexios. Auch wenn es dir nicht gefallen hat, wie Anubisa deine hübsche Visage massakrierte, gibt es doch andere, die eine härtere Gangart zuweilen genießen.«

Als er zu dem anderen Krieger herumwirbelte, war Alexios nicht einmal bewusst, dass er mit der Faust ausholte und zuschlagen wollte, doch Brennan packte mit einem harten

Griff sein Handgelenk. »Christophe reißt öfter die Klappe auf, ohne vorher nachzudenken, alter Freund«, sagte Brennan ruhig. »Aber wir sind nur zu dritt und können uns keinen Streit leisten, wenn wir Neuigkeiten über Justice herausfinden wollen.«

Alexios nickte, doch sein Blick schien immer noch ein Loch in Christophes Schläfe zu bohren. »Du hast recht, Brennan. Aber wenn diese Geschichte ausgestanden ist, kommt der Tag der Abrechnung.«

Christophe machte sich nicht einmal die Mühe, sich Alexios zuzuwenden, sondern starrte weiter durch das Fenster. Aber seine Hände ballten sich immer wieder zu Fäusten, und er verströmte so mächtige Energiestöße, dass Alexios glaubte, sein Schädel würde platzen.

»Lass es, Christophe. Sofort.«

Der antwortete nicht, doch der Druck in Alexios' Kopf ließ nach, als Christophe auf das Fenster zeigte und sein Körper erstarrte. »Ich wette, das ist unser Dreckskerl. Seht euch nur an, wie die Typen in den roten Gewändern vor ihm buckeln.«

Es war kein Mann, sondern ein Vampir. Jeder, dessen bleiche Gesichtsfarbe dem Weiß eines Fischbauchs glich, konnte nur zu den Untoten gehören. Er musste fast zwei Meter groß sein. Seine Glatze glänzte, als wäre sie eingeölt – wie der Rest seines Körpers, soweit man den sehen konnte. Für Alexios' Geschmack sah man deutlich zu viel davon.

»Was trägt der Typ da?«, fragte Christophe angewidert. »Die neueste Kollektion von Sado-Maso-Klamotten und Ketten?«

»Ich kann nicht hinsehen«, stöhnte Alexios.

»Ob uns sein Geschmack gefällt oder nicht, wir sollten jetzt handeln.«

Christophe hob die geöffneten Hände. Sofort erschienen zwei blaugrüne Energiekugeln, und die Macht Poseidons durchlief ihn wie ein mächtiger Stromstoß. »Genau, sofort.«

»Lass die Menschen in Ruhe«, schrie Alexios, doch es war zu spät. Christophe schleuderte die Energiekugeln auf das riesige Panoramafenster. Die Scheibe zersprang, und ein Regen scharfer Glassplitter ergoss sich in das Hotelzimmer.

Die Sektenmitglieder in der Nähe des Fensters schrien auf und wollten den tödlichen Glasscherben auszuweichen. Auf blutenden Händen und Knien versuchten sie sich stöhnend und schreiend in Sicherheit zu bringen.

Perfekt. Solche Geräusche kannte die Security von diesen Typen bestimmt. Man würde sich nicht die Mühe machen, nach dem Rechten zu sehen. Trotzdem richtete Alexios ein Stoßgebet an Poseidon, die Security möge nicht aus Metamorphen bestehen. Dann stieß er Christophe aus dem Weg und flog in das Zimmer.

Als die Atlanter auf dem mit Scherben übersäten Teppich landeten, versuchten die Sektenmitglieder so viel Distanz wie möglich zwischen sich und die Eindringlinge zu bringen.

Alle außer dem Sektenoberhaupt. Der Vampir blickte Alexios direkt in die Augen und grinste ihn an. »Ich hatte euch eher erwartet, Schwächlinge. Wollt ihr den Apostaten von Algolagnia beitreten? Ich selbst, Xinon, wäre nur zu erfreut, euch demonstrieren zu können, wie aus Schmerz Lust wird.«

»Ich glaube, dass eher wir dir demonstrieren werden, dass Schmerz auch nichts als Schmerz sein kann, Blutsauger«, sagte Alexios, während sein Blick den Raum nach weiteren Bedrohungen absuchte. »Übrigens, nettes Outfit.«

Der Vampir blickte auf die Lederstrapse, die er statt eines Slips trug, und grinste erneut. »Ja, mir ist zu Ohren gekommen, du hättest unsere Spiele genossen, als du unser … Gast warst.«

Im Gegensatz zu dem idiotischen Zwischenfall mit Christophe glaubte Alexios jetzt nicht mehr, sein Temperament noch weiter zügeln zu können, und er zückte seine

Dolche. »Du bist dem wahren Tod näher, als du glaubst, Vampir. Vielleicht solltest du besser die Klappe halten.«

Brennan begann mit seinen Wurfsternen in der Hand den Raum zu durchmessen. Die eiskalte Miene des Kriegers hatte eine seltsam beruhigende Wirkung auf die in den Ecken kauernden Menschen, die eben noch laut geschrien und gejammert hatten. Sie zuckten zurück und erstickten ihre Schluchzer mit den Händen.

Brennan ignorierte es. »Das hier stinkt nach irgendeiner Form von Gehirnwäsche. Was machen wir da, Christophe?«

Der trat näher und näher an das Sektenoberhaupt heran und produzierte diesmal zwei Energiekugeln pro Hand. Seine Augen glühten so grell vor Energie, dass die Menschen in den Ecken sich die Hände vors Gesicht schlugen, um den Anblick nicht ertragen zu müssen. »Vielleicht sollte ich einfach unseren guten alten Xinon hier töten, um zu sehen, ob das hilft«, sagte Christophe.

Der Vampir warf nur den Kopf in den Nacken und lachte. »Wollt ihr mich einschüchtern, Atlanter? Ich bin mehr als tausend Jahre alt und habe Kriege, Hungersnöte und Angriffe mit brennenden Fackeln überstanden.« Er schüttelte den Kopf. Seine silbernen Ohrringe funkelten. »Glaubt ihr wirklich, *ihr* könntet mir gefährlich werden?«

»Spuck aus, wo diese teuflische Hure von einer Göttin Justice versteckt, sonst wird's ernst«, knurrte Alexios. Er ließ seinen Dolch durch die Luft sausen. Das war ein vorab besprochenes Zeichen, und die drei traten gemeinsam auf den Vampir zu.

»Nach dem, was ich gehört habe, hat sich euer Lord Justice freiwillig in die Arme von Anubisa begeben, der hohen Göttin des Chaos und der Nacht«, spottete der Vampir, der ein zischendes Geräusch von sich gab, als er seine Reißzähne bleckte und in die Hocke ging. »Vielleicht will er nicht gefunden werden. Wer weiß, womöglich liegt er gerade jetzt in ihren Armen und genießt ihre Gunst.«

Bevor Alexios reagieren oder auch nur einen Gedanken fassen konnte, schleuderte Brennan zwei seiner silbernen Wurfsterne, und alles ging so schnell, dass selbst Alexios' scharfes Atlanterauge kaum etwas davon mitbekam.

Die Sterne schnitten mit solcher Wucht in den Hals des Vampirs, dass schon der erste ihn halb durchtrennte und der zweite den Job vollendete. Alexios, hingerissen zwischen Schock und Wut, sah konsterniert, wie sich ihre einzige Hoffnung, etwas über Justice zu erfahren, vor ihren Augen in einen zischenden, säuerlich stinkenden Schleimhaufen auflöste, der sich durch den Teppich fraß.

Er wirbelte zu Brennan herum. »Was hast du dir dabei gedacht? Wir mussten ihn zum Reden bringen, um …«

Er unterbrach sich, als er Brennans Miene sah. Von der jahrhundertealten Emotionslosigkeit war nichts mehr übrig. Seine Augen brannten wie geschmolzenes Silber, die Gesichtszüge waren verzerrt, und er zitterte am ganzen Leib. Der Grund dafür konnte nur Wut sein.

Wut. Bei Brennan, der verflucht gewesen war, keinerlei Gefühle zu empfinden.

Christophes leiser Pfiff riss Alexios aus seiner Trance. »Was ist los? Brennan? Jahrhunderte ohne jede Emotion, und jetzt reitest du uns in die Scheiße?«

Alexios war unfähig, auch nur ein Wort herauszubringen. Es schien, als wäre plötzlich alles durcheinandergeraten. Als ob Fische fliegen und Vögel schwimmen würden. Brennan, von Wut verzehrt. Der Schock vereitelte jeden klaren Gedanken. Brennan hatte es dagegen nicht die Sprache verschlagen. Zwischen den entblößten Zähnen des Kriegers quoll ein Sturzbach harter, verbitterter Worte hervor, die in der uralten Sprache der Atlanter aber trotzdem einen lyrischen Klang annahmen. Seine Augen funkelten silbrig, und erst als Alexios das Blut aus Brennans geballten Fäusten tropfen sah, wurde ihm bewusst, dass dieser noch immer tödlich scharfe Wurfsterne umklammerte.

Er schien den Schmerz und das Blut nicht einmal zu bemerken. Unablässig sprach er weiter, mit leiser, heiserer Stimme, und dann ließ er den Blick über die Anwesenden in dem Hotelzimmer gleiten. Natürlich verstand Alexios jedes seiner Worte, denn Brennan sprach schließlich in seiner Muttersprache.

»Töten. Alle töten. *Sofort.*«

5

Oktober 1776,
die ehemaligen britischen Kolonien in Nordamerika

Justice blickte noch versonnen auf den schmalen steinigen Pfad, als der von den Pferdehufen aufgewirbelte Staub sich längst wieder gelegt hatte. Die letzten Strahlen der untergehenden Sonne wirkten wie eine Segnung, ganz so, als würde die Natur die von dem Reiter überbrachte Nachricht gutheißen.

Unabhängigkeit.

Offenbar schon seit Anfang Juli, als diese verwegenen und mutigen Menschen sich für unabhängig von der britischen Herrschaft erklärt hatten, sich gelöst hatten von der Unterdrückung durch eine ferne Monarchie. Jetzt konnten sie ihr Schicksal selbst in die Hand nehmen in einem Land, das bekannte und unbekannte Gefahren barg. Und natürlich würden sie zu weit gehen in ihrem Kampf gegen diejenigen, die schon hier gelebt hatten, bevor die Auswanderer aus dem fernen England in Amerika gelandet waren.

In der Geschichte änderte sich nichts.

Schlachten und Eroberungen. Triumph oder Niederlage. Der Friede war ein illusorisches Trugbild, an das nur Verrückte glaubten.

»Wir wussten, dass es so kommen würde«, sagte Ven, der plötzlich neben ihm auftauchte. »Glaub's mir, ich mag diese Kolonisten. Jede Menge Schneid und Mumm. Aber die Ureinwohner haben auch ein Wörtchen mitzureden, insbesondere der Häuptling der Illini. Er ist ein guter, besonnener Mann, wird sich aber nicht kampflos ergeben.«

Justice seufzte. »Da hast du wohl recht. Ich wünschte, es wäre anders.« Als er sich zur Seite drehte, sah er den überraschenden Anblick eines atlantischen Prinzen, der eine Bärenfellmütze trug. »Was ist Mumm?«

Ven schnaubte. »Du solltest die Landessprache lernen.« Jetzt, wo er als Pelzjäger posierte, hatte Ven Gefallen daran gefunden, sich den Einwanderern anzupassen. Justice grinste. Er musste daran denken, wie sehr es Ven missfiel, dass heutzutage in Rom niemand mehr eine Toga trug.

»Mumm ist ein anderes Wort für Mut. Viele dieser Männer würden gute Krieger abgeben, sollten sie sich für den Kampf gegen Metamorphen und Vampire entscheiden.«

»Mutig oder nicht, ein Gewehr und ein Bohnengericht im Bauch werden ihnen nicht weiterhelfen beim Kampf mit den Vampiren«, antwortete Justice. »Und nein, ich werde bestimmt keine Pelzmütze tragen, also gib dir keine Mühe.«

»Meinetwegen, dann führe weiter dieses langweilige Leben. Überdies ähnelst du eher einem Indianer als einem Pelzjäger französischer Herkunft.«

Das stimmte. Der bis zur Taille reichende Zopf brandmarkte ihn als einen Ureinwohner oder – für einige noch schlimmer – als ein Halbblut. Dies war ihm klar geworden durch die Reaktion etlicher Einwohner in den kleinen Nestern, wo sie während ihrer Reise Halt gemacht hatten.

Ein paar von den Mutigeren hatten es auch laut ausgesprochen. Doch dann hatten sie den abgewetzten Griff des hinter seinem Rücken in der Scheide steckenden Schwertes gesehen. Vielleicht hatten sie auch einfach nur seinem Blick entnommen, was ihnen zustoßen konnte.

Danach hatte es niemand mehr gewagt, einen derartigen Kommentar abzugeben.

Justice wusste schon, dass es etwas scheinheilig war, jemand anderen ein Raubtier zu nennen, aber ein gesundes

Selbstbewusstsein war auch eine besondere Form der Freiheit. Wenn es überhaupt so etwas wie Freiheit gab für jemanden, der sich mit Schwert, Schweiß und Seele dem Meeresgott verschrieben hatte.

»Stell dir vor, wie Poseidon reagieren würde, wenn die Atlanter eine Unabhängigkeitserklärung unterzeichnen würden«, sagte Justice trocken.

Ven fiel die Kinnlade herunter, doch dann warf er den Kopf in den Nacken und lachte so laut, dass die Pferde unruhig wurden.

»Warum benutzen wir eigentlich Pferde, wo wir uns doch viel schneller und problemloser fortbewegen könnten, wenn wir uns in Wassernebel auflösen würden?« Justice trat ein paar Schritte zurück. »Und es würde nicht so stinken.«

»Bei ein paar Pelzjägern rechnen die Vampire nicht mit viel Widerstand«, sagte Ven. »Was ganz anders wäre, wenn sich ein paar Krieger in ihrer Mitte materialisieren.«

»Zumindest hätten wir damit das Überraschungsmoment auf unserer Seite«, bemerkte Justice. Aber er wusste, dass er den Kürzeren gezogen hatte. Wieder einmal.

»Oh, sie werden überrascht sein. Jeder ist perplex, wenn er sieht, dass ein netter Junge wie du tatsächlich weiß, wie man ein Schwert benutzt.« Debatte beendet. Ven ging kichernd zum Lagerfeuer zurück, um sich zu den anderen zu setzen.

Justice musste unwillkürlich lächeln. Ven war exakt so, wie ein älterer Bruder sein sollte. Zu schade, dass sie alle längst in der untersten der neun Höllen verrotten würden, bevor jemand herausfand, dass er *wirklich* Vens Bruder war.

Sein Lächeln löste sich auf. Ganz so, wie sich seine Hoffnung aufgelöst hatte, jemals eine eigene Familie zu haben.

Alle waren mit dem Abendessen fertig, außer Bastien, der sich noch fünf- oder sechsmal den Teller gefüllt hatte. Justice saß neben dem Feuer und wartete auf den Einbruch der Nacht. Da sie nicht wussten, wo sich die Vampire versteckt hielten, war es am ratsamsten, darauf zu warten, dass sie die Deckung verließen, um ihren Blutdurst zu stillen. Die Kleinstadt, wo sie das bisher getan hatten, lag ganz in der Nähe.

Dieses Blutsrudel von Vampiren hatte die Atlanter stärker als gewöhnlich alarmiert. Meistens formierten sich die Blutsauger in kleinen Gruppen, weil sie eine natürliche Abneigung gegen Autoritäten und den Untertanengehorsam hegten. In diesem Fall ging allerdings das Gerücht um, es handele sich um eine riesige Meute. Vielleicht Hunderte von Vampiren, alle an einem Ort.

Es hieß, der Anführer der Vampire habe eine Spezialwaffe, einen Edelstein, mit dem er Angehörige seiner eigenen Spezies töten konnte. Sie schreckte jeden ab, der kühn genug war, den Anführer im Stich lassen zu wollen. Hier an der Siedlungsgrenze verbreiteten sich Gerüchte in Windeseile. Conlan hatte darauf bestanden, dass sie der Sache auf den Grund gingen. Und deshalb hatten sie jetzt hier ihr Lager aufgeschlagen. Wie echte Kolonisten.

Zumindest bestand Ven auf dieser Folklore. Justice schüttelte lächelnd den Kopf und blickte sich in dem kleinen, unauffälligen Lager um, das sie aus Gründen der Tarnung aufgeschlagen hatten. Es lag dicht genug an der Kleinstadt, um das vorab als Signal abgesprochene Läuten der Kirchenglocke hören zu können, und weit genug entfernt, um auf einen Späher der Vampire harmlos zu wirken.

Nun warteten sie also, schon seit einer Ewigkeit. Sehr viel länger, als Justice erwartet hatte. Aus Langeweile hatte er mit dem Schnitzen begonnen. Es war eine gute Methode, sich vor der Schlacht zu sammeln.

Er drehte das Holzstück immer wieder in den Händen und fragte sich, welche Form er darin entdecken konnte. Bisher hatte er schon einen Planwagen, einen Apfel und ein Pferd geschnitzt, die jetzt auf einem Stück atlantischer Seide ruhten, das auf seiner zusammengefalteten Satteldecke lag.

Neben ihm tauchte Bastien auf. Er hielt einen Teller mit gebratenem Fleisch und den unvermeidlichen Bohnen in einer seiner riesigen Hände und warf einen demonstrativ lüsternen Blick auf das Holzstück. »Willst du nicht mal eine Braut mit scharfen Rundungen schnitzen?«

Justice schüttelte lächelnd den Kopf. Keiner der Siedler, die meistens schon die Flucht ergriffen, wenn sie Bastien nur sahen, hätte geglaubt, dass er ein Faible dafür hatte, mit den anderen Kriegern zu scherzen. Der bloße Anblick des über zwei Meter großen Hünen reichte oft, Ärger im Ansatz zu ersticken. Zumindest Ärger mit *Menschen.* Dagegen hoben die hiesigen Metamorphen nicht mal eine Augenbraue, wenn sie die Atlanter sahen.

Und die Vampire? Sie waren ja bereits tot. Vermutlich glaubten sie, nicht viel zu verlieren zu haben.

Ven warf einen weiteren Ast auf das Feuer. »Wenn Justice eine Frau haben will, muss er sie sich schnitzen?«, rief er. »Wolltest du das sagen?

Justice ignorierte das Hin und Her des Geplauders. Er versuchte, in das Stück Holz hineinzusehen, zu fühlen und zu hören, was es ihm zu sagen hatte.

Er hatte nicht vor, eine Frau zu schnitzen.

Sondern etwas Einfacheres.

Etwas, das ihn an Atlantis erinnerte, an die kühlen Tiefen des Meeres. Eine Erinnerung an die Heimat in den Gedanken eines Kriegers, der nun in dieser staubigen, felsigen Einöde seine Pflicht tun musste.

Er schloss die Augen und betastete mit den Fingern das Holzstück. Und dann, wie immer, wusste er es plötzlich.

Er würde einen Fisch schnitzen. Einen *Fisch.*

Er spürte, wie er errötete. Die anderen würden sich gnadenlos über ihn lustig machen. Ausgerechnet ein Fisch.

Doch es war, wie es war. Längst hatte er gelernt, gar nicht zu versuchen, ein Stück Holz in eine andere Gestalt zu schnitzen als jene, welche ihm das Holz selbst verriet. Auf jeden Fall war dies kein gewöhnlicher Fisch. Sondern einer, der in den Tiefen jenes Meeresgrabens schwamm, wo Atlantis lag, den Blicken entzogen und wartend.

Wo es seit langen Jahrtausenden auf einen Tag wartete, der vielleicht nie kommen würde.

Er würde sich ganz auf den Fisch konzentrieren. Auf nichts anderes. Dieser Fisch hatte nie etwas von einem durch das Meereswasser gefilterten Sonnenstrahl gesehen. Unmengen von ihnen schwammen in der Nähe der Kuppel, und die Kinder liebten es sie zu betrachten. Wenn die Lichter der Sieben Inseln sie berührten, nahm ihr Körper die Farbe eines intensiven Grüns an.

Eines schimmernden Smaragdgrüns.

Wie durch diese Gedanken heraufbeschworen, erschien vor seinem inneren Auge das Gesicht einer Frau. Sie lachte, und doch lag etwas wie Trauer in ihrem Blick.

Im Blick ihrer smaragdgrünen Augen.

Bastien berührte seine Schulter, und das riss ihn aus seiner Vision. Justice wusste nicht, ob er es bedauern oder Erleichterung empfinden sollte. Er konnte sich nicht entscheiden.

»Träumereien von der hölzernen Frau, mein Freund?«

»Nein, nur von einem Fisch.«

Er blendete das Gelächter der anderen aus und beugte sich über das Stück Holz. Jetzt sah er es. Ihr fein geschnittenes Gesicht.

Nein. Nicht ihr Gesicht.

Den Fisch. Nur einen Fisch.

Und doch …

Und doch irgendwie weit mehr. Irgendwie, irgendetwas, *irgendjemanden*, smaragdgrün in den Winkeln seines Geistes schimmernd.

In ein paar Tagen würde er mit dem Schnitzen fertig sein und den Fisch dann wahrscheinlich einem der hiesigen Kinder schenken. Es war sinnlos, ihn zu behalten oder nach Atlantis mitzunehmen.

Es war schließlich nur ein Fisch.

6

Die Ödnis

Geräusche drangen durch die Finsternis an Ohren, die nicht mehr daran gewöhnt waren, etwas zu hören. Ein Gebrüll aus der Ferne, Seufzer aus der Nähe. Etwas tat sich in der Finsternis.

Die *Ödnis.* Justice wusste, dass dieses Wort eine spezielle Bedeutung hatte, doch er konnte sie nicht konkret benennen. Er war Justice aus … aus Atlantis.

Doch was für eine Vorstellung hatte sein vernebeltes Gehirn sich von Atlantis bewahrt?

Der Fluch war gebrochen. Er hatte ihn gebrochen. Für Jahrhunderte war er an den Fluch gebunden gewesen, die Umstände seiner Geburt nicht offenbaren zu dürfen. Es sei denn, er hätte umgehend jeden getötet, den er in die Wahrheit eingeweiht hatte. Er war für immer dazu verdammt gewesen, von seinen beiden Halbbrüdern getrennt zu sein. Er hatte sich über diesen Fluch hinweggesetzt in jenem Moment, als er …

Doch die Erinnerung lag verschüttet unter all dem Schmerz. Um seine geistige Gesundheit war es seit Langem geschehen. Nun drangen das Pflichtgefühl und ein Rachebedürfnis an die Oberfläche seines Bewusstseins, appellierten an die Überreste seines Ichs. Mit Emotionen aufgeladene Namen tauchten auf.

Ven.

Conlan.

Erin.

Riley.

Und …

Anubisa.

Er zuckte zusammen in der Finsternis der Vorhölle. Seelische Qualen und Wut machten sich breit in seinem vernebelten Geist. *Anubisa.* Es war besser, nicht an sie zu denken.

Wieder diese Geräusche. Irgendeine klagende Kreatur näherte sich in der Finsternis.

Aber dieses Gesicht. Das Licht. *Sie.* Der Name. Er bemühte sich verzweifelt, sich zu erinnern, schrie stumm in der grenzenlosen Leere der Finsternis. Er fiel ihm nicht ein, ihr Name, er kam nicht darauf.

Sie.

Das Biest – Biest? Monster? Das Stöhnen der namenlosen Kreatur, die sich ihm näherte, wurde lauter.

Konzentriere dich. Ein Name, doch nicht ihrer. Eine uralte Weisheit meldete sich. Archelaus. Eine Stimme in seinem Kopf.

Benutze all deine Sinne. Du darfst dich nie nur auf deinen Verstand verlassen. Wenn du die Fähigkeiten deines Feindes unterschätzt und dich Illusionen hingibst, bedeutet das den sicheren Tod. Konzentriere dich, sonst wirst du sterben.

Der Tod. War seine Zeit gekommen? Würde er es überhaupt bedauern, wenn sein Ende kam? Philosophische Gedanken, die vielleicht nicht zur ewigen Finsternis der Ödnis passten.

Der Tod, warum nicht?

Das Ende dieser unablässigen Schmerzen.

Ein goldener Lichtstrahl durchdrang die Finsternis und blendete ihn. Nach der endlosen Schwärze bohrte sich das Licht durch seine Netzhaut und in sein Gehirn. Es bewahrte ihn vor der Resignation.

Das Licht umhüllte ein Gesicht. *Ihr* Gesicht, eingerahmt von flammend roten Haaren. Smaragdgrüne, intelligente Augen, in denen doch so etwas wie Trauer lag.

Sie war ein Rätsel. Und doch die personifizierte Hoffnung.

Sie war *sein.*

Er wusste es und war wie verwandelt. Er rief der monströsen Kreatur, die sich ihm näherte, etwas Provokantes zu. Das goldene Licht erfasste ihn erneut, und die Hitze hätte ihn fast zusammenbrechen lassen.

Sie war *sein.* Und ihr Name war Keely.

7

Archäologisches Institut
Ohio State University, Columbus, Ohio

Keely verschränkte trotzig die Arme vor der Brust. Die beiden Männer in ihrem vollgestopften Büro mussten ihre Körpersprache deuten können, doch sie scherten sich nicht darum. »Es ist mir egal, was für ein wissenschaftliches Renommee sich mit diesem Projekt verbindet oder was für eine Ehre es ist, daran teilnehmen zu dürfen. Es ist mir auch gleichgültig, wer mich dazu einlädt. Ich brauche einen Urlaub.«

Der muskulöse Mann in dem schwarzen Anzug schien etwas sagen zu wollen, aber sie hob eine Hand. »Hören Sie, Mr Liam …«

»Liam reicht«, sagte er mit einem Unterton von Ungeduld.

Sie betrachtete seine markanten Wangenknochen und das wellige, seidig schimmernde schwarze Haar. Ein bisschen zu lang für einen typischen Lakaien aus einem Ministerium. Und die erstaunliche Größe, die breiten Schultern, die Muskeln und der voluminöse Brustumfang passten auch nicht zu einem Bürohengst. Seit wann sahen Bürokraten wie vorzeitliche Krieger aus?

Vorzeitliche Krieger? Woher war dieser Gedanke aufgetaucht?

Keely blinzelte irritiert, doch dann wusste sie es. Der geschnitzte Fisch an der Halskette schien ihre Brust beinahe zu versengen. Dieser Liam sah aus wie *er*. Wie ihr Krieger. Jener Krieger, der den Fisch geschnitzt hatte. Diese Wangenknochen und die herrische Miene …

Sie hätten Brüder sein können … Nein, vielleicht eher Cousins.

Aber vielleicht vernebelte ihr auch der Jetlag das Gehirn.

Liams dunkelblaue Augen verengten sich zu Schlitzen, und für eine halbe Sekunde schienen sie Silber in ihre Richtung zu sprühen. Es schien fast, als könnte er in ihren Kopf blicken und ihre Gedanken lesen.

Genau. Dieser erstaunliche Trick, mit dem man mal eben die Augenfarbe wechselte. Mein Gott. Mit Müdigkeit war ihr Zustand gar nicht mehr zu beschreiben, sie war schon halb weggetreten. Plötzlich glaubte sie, sich schützen zu müssen. Ihr Blick fiel auf die Handschuhe auf dem Schreibtisch. Aber sie brauchte sie nicht. In ihrem eigenen Büro war sie in Sicherheit. »Okay, Liam. Hören Sie jetzt gut zu …«

Sie hob die Schultern und bewegte den Kopf, um die Verspannung ihrer Nackenmuskulatur zu lindern. »Von den letzten zwei Jahren habe ich achtzehn Monate in Italien verbracht und einiges erlebt. Drei Einstürze bei den Grabungen, einen Raubüberfall, zwei Ausflüge in die Notaufnahme.« Sie schüttelte den Kopf. »Man sollte meinen, dass mein Italienisch mittlerweile besser sein müsste.«

In der Nähe der Tür hatte sich George Grenning in einen schmalen Sessel gezwängt. Keely arbeitete seit fünf Jahren zusammen mit ihm im Archäologischen Institut. George war ein renommierter Forscher, der viel veröffentlichte und gerne den Möchtegern-Indiana-Jones gab. Er war der Institutsleiter und somit ihr Boss. Doch obwohl er fünfzehn Jahre älter war und also deutlich mehr berufliche Erfahrung hatte, mangelte es ihm immer noch an Selbstvertrauen.

»Sie redet von der Lupercale«, bemerkte er. »Von der Höhle, wo eine Wölfin Romulus und Remus aufgezogen hat, jene Zwillinge, welche die Stadt Rom gegründet haben. Ich hätte meinen linken Arm dafür gegeben, zu dieser archäologischen Grabung eingeladen zu werden.«

Keelys Blick verfinsterte sich, doch Georges offene,

freundliche Miene verriet keinen Neid, höchstens einen Anflug von Ehrfurcht. Die Welt der Archäologen war klein, und unter Akademikern waren Intrigen und beruflicher Neid manchmal weiter verbreitet als echte Kollegialität. Das hatte sie schmerzhaft am eigenen Leibe erfahren müssen. Obwohl George eine höhere Position innehatte als sie, war sie aufgrund ihrer speziellen … Gabe … bei Grabungen sehr gefragt.

Sehr gefragt, auch wenn niemand von ihren Kollegen wusste, dass sie alles andere als normal war. Was ihre Gabe anging, sprachen sie von »erstaunlichen Erkenntnissprüngen« oder, weniger schmeichelhaft, von »weiblicher Intuition«.

Hätte sie ihnen erzählt, dass Gegenstände förmlich zu ihr sprachen, hätte sie künftige Grabungen gleich aus der Klapsmühle koordinieren können.

Liam richtete seinen Blick auf George, und dieser Blick gab ihm zu verstehen, wer hier das Sagen hatte. Der schlaksige Institutsleiter sank in seinem Sessel zusammen. »Ich verstehe ja Ihre professionelle Neugier, Herr Dr. Grenning, aber ich habe nur sehr wenig Zeit. Vielleicht könnten Sie uns allein lassen, damit ich mit Frau Dr. McDermott die Einzelheiten meiner Bitte erörtern kann?«

Der Mann hatte Nerven. Keely hätte fast gelacht. Er hatte gerade sozusagen George aus *ihrem* Büro hinausgeworfen. »George bleibt, wo er ist«, sagte sie mit tonloser Stimme. Sie trank einen großen Schluck Cola Light. Vielleicht war ein bisschen Koffein hilfreich. »Und Sie sind nicht der Einzige, der sehr wenig Zeit hat. Da ich Nein gesagt habe, sollten Sie sich jetzt vielleicht besser verabschieden.«

Liams Miene verhärtete sich. Die Maske freundlicher Jovialität bröckelte, jetzt wirkte sein Gesichtsausdruck nur noch herrisch und arrogant. »Ich wäre nur zu glücklich, mich mit Ihrer Ablehnung abzufinden, aber mein Fürst hat mich mit dieser Mission beauftragt«, stieß er zwischen zusammengebissenen Zähnen hervor. »Wir sind uns Ihrer Gabe nur zu bewusst. Wir wissen, dass Sie eine Objektdeuterin sind, und somit besitzen Sie eine Gabe, von der wir glaubten, sie sei im Laufe der Jahrhunderte längst verloren gegangen. Aus diesem Grund und wegen Ihres Rufs als exzellenter Archäologin von unbezweifelbarer Integrität ist es mir eine Ehre, Sie nach Atlantis einzuladen.«

Keely blieb das Lachen im Hals stecken, als sie in Liams Augen blickte, die wieder pures Silber versprühen zu schienen. »Wie machen Sie das mit Ihren Augen? Und jetzt mal im Ernst. Atlantis? Der versunkene Kontinent? Sie …«

Erst jetzt wurde ihr richtig bewusst, was Liam gesagt hatte, und sie warf George einen beunruhigten Blick zu. Der Institutsleiter starrte den Verrückten an, der behauptete, aus Atlantis zu kommen. »Meine Gabe?«, sagte sie. »Ich habe keine Ahnung, wovon Sie reden. Offenbar haben Sie nicht alle Tassen im Schrank. Atlantis, schon klar. Moment, ich trage das mal in meinen Terminkalender ein.« Sie tat so, als würde sie ihren Terminkalender durchblättern, doch das, was der Mann darüber gesagt hatte, dass Gegenstände zu ihr redeten, ging ihr nicht aus dem Kopf. Seine Worte kratzten an ihrem Unterbewussten. Sie ignorierte es und bedachte Liam mit einem breiten und absolut unaufrichtigen Lächeln. »Kein Problem, in zwei Wochen habe ich Zeit für die Atlantis-Exkursion. Bis dahin habe ich Oz ausgegraben.«

Liam war nicht belustigt. »Ich weiß nicht, was Oz ist, aber Sie werden nun andere Prioritäten setzen müssen.«

»Hören Sie, ich rufe jetzt die Security an.« Sie stand auf und sah sich nach etwas um, das sie als Waffe benutzen konnte, falls der Mann gewalttätig wurde. Die Marmorbüste von Philipp von Makedonien kam in Betracht, doch sie war zu weit weg.

»Dann rufen Sie doch die Sicherheitsbeamten an«, sagte Liam, der sich plötzlich blitzschnell über den Schreibtisch beugte und ihr etwas fest in die Hand drückte.

Sofort empfand sie bis in die letzte Faser ihres Körpers das unglaubliche Alter des glatten Steins zwischen ihren Fingern. »Nein! Nein, meine Handschuhe! Sie verstehen nicht …«

Dann versank sie in den Untiefen der Geschichte, wurde in den Mahlstrom der Jahrhunderte hineingezogen. Krampfhaft zuckend fiel ihr Körper auf den Schreibtisch, und sie schrie auf. Als Letztes sah sie einen Schimmer des Bedauerns in Liams Augen.

Völlig unvorbereitet ging sie unter.

»Ich brauche dich, Darling« Die Worte kamen über Keelys Lippen, aber es war nicht ihre Stimme. Ihr Blick fiel auf das blaue Seidengewand, das sich über einem üppig gerundeten Körper spannte, der ebenfalls nicht der ihre war. Wie so häufig, wenn sie einen bestimmten Gegenstand berührte, war sie in einer ihrer Visionen gefangen, bei denen sie in ein fremdes Leben und fremde Emotionen eintauchte.

Der Stein. Liam.

Angesichts der Vision löste sich die Erinnerung an ihr Büro auf, und sie blickte auf den großen Saphir in ihrer Hand, der so sehr funkelte, als erwachten in ihm kleine Universen zum Leben.

Der Anblick ihrer Hände lenkte ihre Aufmerksamkeit von dem Saphir ab. Sie trug an jedem Finger einen Ring, und silberne Armbänder klingelten wie Glöckchen, wenn sie ihre zarten Hände bewegte. Hände, die weder gebräunt noch durch Kratzer verunstaltet waren, wie man sie sich bei archäologischen Grabungen unweigerlich zuzieht.

Das waren definitiv nicht ihre Hände.

Keely blickte sich in dem sonnendurchfluteten Raum um, erstaunt über seine exotische Fremdartigkeit. Die Marmorsäulen in den Ecken waren mit Edelsteinen und einem kupferartigen Metall verziert. In der Mitte des Raums stand ein riesiges, mit weißer, blauer und grüner Seide bezogenes

Bett, in dem zehn Menschen Platz gefunden hätten. Vom Balkon aus blickte man auf eine Stadt mit Säulen und Türmen aus Marmor und Kristall.

Und dann war da eine Kuppel. Eine Kuppel, die sie kannte. Sie schützte die Sieben Inseln auf dem Meeresgrund. Die Sieben Inseln.

Atlantis.

Der Edelstein entglitt ihren plötzlich gefühllosen Fingern, und aus einem kalten Luftzug materialisierte sich ein großer und außergewöhnlich attraktiver Mann. Seine maskuline Schönheit weckte ein dunkles Verlangen in ihr. Er fing den Saphir auf, bevor dieser den Mosaikboden berührte, und streckte ihr den im Licht funkelnden Edelstein entgegen. »Normalerweise bist du nicht so ungeschickt, *mi amara.* Und das an einem so wichtigen Tag wie dem heutigen. Wir krönen heute unseren neuen König.«

Es war, als hätten diese Worte ihre anderen Sinne wachgerufen. Aus der Ferne hörte sie die Geräusche einer großen Menschenmenge, die in Festtagsstimmung zu sein schien. Durch die offene Balkontür drang der Duft gebratenen Fleisches, und ihr Magen begann unerwartet ein bisschen zu knurren.

Der Mann lächelte, und in seinen Augen flackerte etwas. »Wir müssen etwas gegen deinen Hunger tun, Liebste, doch eigentlich hatte ich gehofft, einen anderen Hunger befriedigen zu können, bevor wir gehen müssen.«

Keely spürte, wie sie rot wurde, doch sie lächelte ihn an, denn sie war nun nur noch eine Zuschauerin in einem anderen Körper. »Dafür bleibt jetzt keine Zeit. Du krönst den neuen König. Als Hohepriester Poseidons ist das deine Pflicht und Ehre.«

Er beugte sich zu ihr hinab und küsste sie, und es verschlug ihr den Atem.

»Es ist mir eine Freude. So wie es auch dir eine Freude sein wird, der Königin dieses kleine Ergänzungsstück zum Stern von Artemis zu überreichen. Selbst wenn es heißt, der Stern selbst heile den gebrochenen Geist eines Kriegers, kann dieser Stein doch auch den Schmerz eines verwundeten Herzens lindern.«

»Doch was tröstet das verwundete Herz eines Königsreichs, das dazu verdammt ist, auf dem Meeresboden begraben zu sein?«

Seine Brauen zogen sich zusammen, sein Blick verfinsterte sich. »Nicht einmal Poseidon würde dazu etwas sagen. Die sieben Edelsteine des Dreizacks wurden vor dem Kataklysmus in die hintersten Ecken der Welt verstreut. Bis sie nicht erneut an ihren angestammten Platz sind, kann Atlantis nicht auferstehen. Der Zauber wird sich gegen es selbst wenden und die Kuppel zerstören.«

Keely schnappte nach Luft, als die Worte des Mannes/ihres Gatten unheilvoll von den Wänden zurückgeworfen wurden. Für einen Augenblick war sie sich sicher, dass seine Worte für ihre eigene Zeit von großer Bedeutung waren, doch dieser Gedanke verflüchtigte sich, da der fremde Geist ihres Wirtskörpers über ihr eigenes Bewusstsein die Kontrolle zu erlangen trachtete, dessen wissenschaftlichem Weltbild die Vorstellungen von Juwelen mit magischen Kräften fremd waren.

Er berührte sanft ihre Schultern. »Jetzt kennst du die Wahrheit über den Dreizack, doch außer mit dem König oder mir darfst du mit niemandem darüber reden. Wäre diese Wahrheit allgemein bekannt, würde unsere Bevölkerung jede Hoffnung verlieren.«

Sofort gingen ihr etliche Fragen durch den Kopf, und gab es einen besseren Moment, sie zu stellen? Sie durchforschte den Geist ihrer neuen, zweiten Persönlichkeit, und dann brachte sie einen Namen über die Lippen. Seinen Namen. »Nereus.«

Als verfügte der Name selbst über magische Kräfte, übernahm das Bewusstsein der anderen Person jetzt die Kontrolle über ihr Denken und ihre Worte. »Nereus, meine Liebe, mein Leben. Ich wünsche den beiden jedes Glück, das uns beschieden war.«

Als der Mann sie in die Arme nahm, flackerte exakt in der Mitte seiner schwarzen Augen ein blaugrünes Licht auf. »Ich wünsche es ihnen auch, Zelia, meine Frau. Ich wünsche es ihnen auch.«

Keely hob den Kopf, damit er sie küssen konnte, doch als sie die Augen schloss, wurde sie plötzlich von Finsternis überwältigt.

»Frau Dr. McDermott! Keely!« Irgendjemand rief ihr etwas zu, doch der Klang der Stimme wurde gedämpft durch das Rauschen des Wassers über der Kuppel. Die Kuppel … Atlantis.

Als Keely die Augen öffnete, sah sie vor dem Hintergrund der schäbigen Decke ihres Büros Liams Gesicht. Schockiert wurde ihr bewusst, wo – und wer – sie gewesen war, und sie starrte in die dunklen Augen jenes Mannes, der sie in dieses Abenteuer gestürzt hatte. »Sie sehen genauso aus wie er.«

Liams Arme schlossen sich fester um ihren Körper, und ihr wurde klar, dass er sie hochhielt, sie wie ein Kind wiegte. Ihre Wangen waren gerötet vor Scham. »Loslassen, Atlanter. Sofort.«

Zögernd ließ er sie herab, bis ihre Füße den Boden berührten. »Alles in Ordnung?«

»Als ob Sie das interessieren würde, Sie Dreckskerl. Haben Sie überhaupt eine Ahnung, was …« Sie unterbrach sich, als ihr ein entsetzlicher Gedanke durch den Kopf schoss. George. Wenn er sah … Nach all den Jahren, in denen sie ihr Geheimnis sorgsam verborgen hatte …

Hektisch blickte sie sich um, doch sie stellte erleichtert fest, dass George verschwunden war. Vielleicht, um einen Irrenarzt aus der Klapsmühle herbeizurufen.

Das wäre gar nicht lustig.

Wütend blickte sie Liam an. »Haben Sie überhaupt eine Ahnung, was mit mir passiert, wenn ich unvorbereitet uralte Gegenstände berühre?«

Sie bemühte sich, langsam und regelmäßig tief durchzuatmen, um die körperliche Reaktion zu verhindern, doch es war sinnlos. Sie zitterte so stark, dass sie sich kaum auf den Beinen halten konnte, doch als Liam sie halten wollte, zuckte sie zurück. »Und behalten Sie Ihren verdammten Saphir.«

Sie schleuderte ihn in seine Richtung, und er fing ihn mit der gleichen übernatürlichen Reaktionsgeschwindigkeit auf wie der Mann in ihrer Vision. »Sie sehen genauso aus wie Nereus«, sagte sie verbittert. »Nur sind Sie leider nicht so ein Gentleman wie er.«

Der Atlanter wich zurück, als hätte sie ihn schlagen wollen, beugte sich dann jedoch wieder vor. »Haben Sie Nereus gesagt? Sie haben ihn tatsächlich gesehen? Es gab Gerüchte, doch diese Erinnerung muss seit mehr als achttausend Jahren in dem Stein eingeschlossen sein.«

Sie versuchte zitternd, ihren Schreibtischstuhl zu erreichen, doch er packte sie, hob sie hoch und legte sie behutsam auf das ramponierte alte Sofa. Bevor sie protestieren konnte, hatte er sein Jackett ausgezogen und es ihr um die Schultern gelegt.

Er kauerte sich vor ihr nieder. »Was kann ich tun, damit es Ihnen besser geht? Das ist jetzt das Wichtigste.«

Seine plötzliche Fürsorglichkeit irritierte sie. »Keine Ahnung … Doch, vielleicht würde mir ein Tee guttun. Heißer Tee mit viel Zucker. George könnte …« Als sie sich umblickte, fiel ihr ein, dass George verschwunden war. »Wo ist er?«

Liams Miene verfinsterte sich. »Als sie zusammenbrachen, ist er wie ein verängstigtes Kaninchen davongerannt. Meiner Ansicht nach wollte er eine Autoritätsperson der Universität oder einen Arzt benachrichtigen. Das musste ich verhindern.«

Bei Keely schrillten die Alarmglocken. »Was haben Sie getan?«

»Ich habe ihm keinen dauerhaften Schaden zugefügt. Er ruht sich sozusagen nur aus, und seine Erinnerung ist etwas manipuliert … Eine der kleinen Gaben, über die ich verfüge.« Er gestikulierte, und sie drehte den Kopf. George lag hinter ihrem Schreibtisch am Boden, bewusstlos, und seine bleiche Haut glich auf beunruhigende Weise seinem blütenweißen Oberhemd.

»Sind Sie sicher, dass ihm nicht fehlt? Wir müssen …«

»Ich schwöre es bei meinem Leben und meiner Ehre, und in ein paar Minuten werden wir einen Arzt rufen.«

Sie gab nach, denn er würde sie mit Sicherheit daran hindern, Hilfe zu rufen, und George wirkte schon wieder etwas weniger bleich. Zwei Minuten später, als das Zittern nachgelassen hatte und sie sich sicher war, wieder logisch denken zu können, wollte sie es wissen. »Sie haben sich eine interessante Methode ausgesucht, um mich davon zu überzeugen, Sie zu begleiten.«

Er hob den Kopf auf eine so herrisch selbstbewusste Weise, dass sie sich auf einmal sicher war, dass er von einem Hohepriester abstammte. »Sie gehören zu nur fünf menschlichen Wissenschaftlern, die wir für einen Besuch in Atlantis auserwählt haben, während wir uns darauf vorbereiten, die Welt von unserer Existenz zu überzeugen. Ist es wirklich notwendig, Sie zu überzeugen, Frau Dr. McDermott?«

Sie blickte ihn lange an. Ihr war bewusst, dass sie sein Angebot unmöglich ablehnen konnte. *Atlantis.* Welcher Archäologe würde nicht alles stehen und liegen lassen, um zu den Ersten zu gehören, die seine Wunder erforschten? Sie hätte alles dafür hergegeben, um die Gelegenheit beim Schopf zu ergreifen. So hatte sie es schon immer gehalten, hatte Freundschaften und Beziehungen aufgegeben, weil sie von aufregenden Entdeckungen fasziniert war.

Wenn sie es wegen Italien riskiert hatte, sich ihrem Boss

zu widersetzen und möglicherweise ihren Job zu gefährden, warum sollte sie es wegen Atlantis nicht tun?

An dessen Existenz bestand kein Zweifel. Nicht nach ihrer Vision. Zumindest hatte es existiert, vor Tausenden von Jahren. Ihre Visionen hatten sie noch nie getrogen.

Und doch verstieß die Annahme, es heute wiederfinden zu können, gegen Glaube und Logik. Ersterer war nicht ihre Stärke, und das rationale Denken riet ihr, an Ort und Stelle zu bleiben und Liam zu verabschieden.

Und doch ... *Atlantis.* Der bloße Gedanke daran verscheuchte die durch den Jetlag bedingte Erschöpfung. Selbst die reine Möglichkeit, dass sich mehr dahinter verbarg als der von Fantasie genährte Traum eines jeden Archäologen und Historikers überall auf dieser Welt, war es wert, das Ziel zu verfolgen. Ihr war klar, dass ihre Entscheidung bereits in jenem Moment gefallen war, als sie diese Marmortürme gesehen hatte.

Und doch wehrte sich etwas in ihr dagegen, so schnell nachzugeben, besonders angesichts der Art und Weise, wie Liam sie mittels des Saphirs ausgeschaltet hatte. »Ich werde Ihnen meine Entscheidung in achtundvierzig Stunden mitteilen«, sagte sie bestimmt.

Seine dunklen Augen funkelten belustigt. »Leider muss ich in achtundvierzig Sekunden wissen, wie Sie sich entschieden haben. Ansonsten muss ich Ihre Erinnerung an unsere Begegnung auslöschen und mich an den nächsten Archäologen auf meiner Liste wenden. An einen Mann namens Lloyd, wenn ich mich nicht irre. Er verfügt nicht über Ihre Gabe, aber ...« Er beendete den Satz nicht, wusste aber, dass er seiner Drohung gerade dadurch zusätzliche Wirkung verschaffen konnte.

Keely war geschockt, aber auch wütend. Dr. Lloyd war stets einer der Ersten, der herablassende Bemerkungen über ihre »weibliche Intuition« machte. Gewöhnlich saß er in der ersten Reihe, wenn sie irgendwo einen Vortrag hielt.

Und meistens starrte er auf ihre Brüste.

Absolut ausgeschlossen, dass sie es zulassen würde, dass dieser Typ statt ihr nach Atlantis aufbrach. Sie stemmte die Hände in die Hüften und blickte Liam aggressiv an. »Lloyd? Der Mann ist ein Dilettant. Seine Theorien über …« Sie unterbrach sich, als sie sah, wie sich seine Lippen zu einem Lächeln verzogen, das er nicht unterdrücken konnte.

Er hatte sie die ganze Zeit in der Hand gehabt.

»Okay. Sehr raffiniert und effektiv, wie Sie das angestellt haben. Wenn auch nicht gerade auf die feine Art. Also dann, Mr Liam, ich bin dabei. Ich muss nur noch meine Ausrüstung zusammenpacken und mich um ein paar persönliche Angelegenheiten kümmern.«

Er schüttelte den Kopf. »Was Ihre persönlichen Angelegenheiten betrifft, geben Sie mir eine Liste. Ich habe jemanden an der Hand, der sich um alles kümmert, was zu erledigen ist. Die nötige Ausrüstung ist hier, und ich nehme an, dass das in der Tasche dort auf dem Boden ihre eigenen Werkzeuge sind.«

»Woher wissen Sie …?«

Er hob die schwere Tasche hoch, als wöge sie nichts, und wahrscheinlich war es auch so, wenn man solche Muskeln hatte. »Ihre wissenschaftliche Hilfskraft war sehr hilfsbereit.«

Keely warf ihm einen funkelnden Blick zu. »Da bin ich sicher. Sie ist mannstoll.«

Sein Lächeln ließ sie noch mehr an den Hohepriester in ihrer Vision denken. »Ich glaube, sie fand mich ›total heiß‹. Auf unserer Reise können Sie mir ja erklären, was das bedeutet.«

»Versuchen Sie es doch selber herauszubekommen«, murmelte sie, während sie ihre Handschuhe überstreifte. Dann blickte sie sich noch ein letztes Mal in ihrem Büro um. »Ich habe Urlaub, also wird mich für eine Weile niemand vermissen. Gehen Sie vor, Womanizer.«

Er hob eine Augenbraue. »Entschuldigung?«

»Genau, Sie sollten sich entschuldigen«, sagte sie, doch es klang nicht wirklich überzeugend. Als sie hinter Liam in den Flur trat, fragte sie sich, worauf sie sich hier einließ, doch sie konnte ihre Aufregung nicht unterdrücken. Atlantis. Sie hatte es gesehen, und auf ihre Visionen war bisher immer Verlass gewesen.

Das größte denkbare Abenteuer eines Lebens, für sie. Fast hätte sie laut aufgelacht, als sie sich die Mienen all der Seelenklempner vorstellte, zu denen ihre Eltern sie geschleppt hatten.

Eine überentwickelte Fantasie, an der Grenze zur Psychose. Er muss es ja wissen, der gute Dr. Koontz. Ich reise nach Atlantis.

8

Boston

Alexios starrte Brennan an, der mit leiser, heiserer Stimme mit seiner Litanei fortfuhr. »Töten. Alle töten.«

Brennan hob die Hände und zielte mit seinen tödlichen Wurfsternen auf ein paar nackt und zitternd in einer Ecke hockende Menschen. Diese Bewegung riss Alexios aus seiner Schockstarre. Er schoss durch das Zimmer und packte Brennans Schultern, wobei er aus dem Augenwinkel sah, wie Christophe sich in Richtung der Menschen bewegte, um sie zu schützen.

Um die Menschen zu schützen.

Vor *Brennan.*

Was für ein verstörender Gedanke.

»Lass es, Brennan!«, schrie Alexios, die Schultern des Kriegers schüttelnd. Brennans zuvor blassgrüne Augen blitzten nun silbrig, und seine Miene verriet nicht einmal ansatzweise, dass er Alexios erkannte.

Alexios schreckte vor der Vorstellung zurück, glaubte aber für einen Moment, jenen Mann attackieren zu müssen, der ihm unzählige Male das Leben gerettet hatte. Brennans Muskeln spannten sich unter Alexios' Händen, als er sich zu befreien versuchte, doch dann wurden die Augen des zornigen Kriegers langsam wieder grün, als er nach und nach zu sich kam.

»Alexios? Was …?« Seine Stimme stockte, weil er erst langsam wieder zu Bewusstsein kam. »Ihr Anführer? Wo ist er? Konnte er entkommen?«

Alexios ließ seinen Freund los und trat einen Schritt

zurück. Aber er blieb weiter vorsichtig und umklammerte das Heft eines Dolchs. »So würde ich es nicht sagen.«

Christophe trat zu ihnen. Er hatte sein Schwert gezogen und war wütend. »Du hast ihn umgelegt. Wogegen ich normalerweise nichts einzuwenden hätte, aber aus diesem Vampir mussten wir Informationen über Justice herausquetschen. Was hast du dir dabei gedacht?«

Einer der Menschen stand unsicher auf. Er atmete tief durch und versuchte, die Kontrolle über seinen Körper zu gewinnen. Er war hässlich, und Alexios fragte sich kurz, warum die Sexpartys dieser Sekte immer nur von Missgeburten besucht wurden.

Zweifellos hatten ansehnliche Menschen Besseres zu tun. Nicht zu glauben, in wie viele dieser abstoßenden Zusammenkünfte er während der letzten vier Monate hineingeplatzt war.

Der hässliche Typ plusterte sich auf und räusperte sich theatralisch. Wahrscheinlich ein Industriekapitän, wenn er seine Klamotten anhatte. Könnten ihn doch nur die Mitglieder seines Aufsichtsrates jetzt sehen.

»Jetzt hört mal gut zu, ihr drei. Keine Ahnung, was ihr euch dabei gedacht habt, aber dies war eine Privatparty, und ich werde jetzt die Security …«

»Halt die Klappe, Minipimmel«, sagte Christophe aggressiv. »Ein kleiner Tipp. Vielleicht wäre es besser, wenn du in Zukunft die Unterhose anbehältst.« Er fuhr fast beilläufig mit einer Hand durch die Luft, und dem Mann traten die Augen aus den Höhlen. Dann schlossen sich seine Lider, und er fiel bewusstlos zu Boden. Als Alexios Christophe anblickte, war er nicht überrascht, dass dieser so viel Energie akkumuliert hatte, dass seine Augen in einem aggressiven Dunkelgrün glühten.

»Wo ich schon gerade dabei bin«, murmelte Christophe. »Warum knöpfe ich mir nicht die ganze Bande vor?« Er atmete tief durch und hob die Hände. Dann flüsterte er eine uralte Zauberformel vor sich hin und breitete die Arme aus, als wollte er das ganze Hotelzimmer umfassen. Die nackten Menschen in dem Raum fielen nacheinander zu Boden.

Alexios' Augen verengten sich zu Schlitzen. »Sie sind nur bewusstlos, oder? Du hast sie doch nicht alle getötet?«

Christophe lachte. »Wäre keine schlechte Idee gewesen. Dreißig Idioten weniger.«

»Schwachkopf«, knurrte Alexios. »Wenn du …«

»Reg dich nicht auf. Ich habe sie nur für eine Weile schlafen geschickt. Aber sie werden mit üblen Kopfschmerzen aufwachen. Das musste dann doch sein.«

Brennan verstaute seine Wurfsterne in den Innentaschen seiner Jacke und starrte auf seine blutenden Hände. »Was ist passiert? Warum blute ich? Habe ich wirklich den Vampir ausgelöscht, der uns bei der Suche nach Justice hätte helfen können?«

Alexios atmete tief durch. »Ja, hast du. Du hattest eine Art Zusammenbruch und hast verrückt gespielt. Du meintest, diese Menschen müssten sterben. Und wenn ich mich nicht irre, bist du unter einer Flut von Gefühlen zusammengebrochen.«

Brennan hob eine Augenbraue, doch sonst war seine Miene völlig emotionslos. »Ausgeschlossen. Ich habe seit mehr als zweitausend Jahren kein Gefühl mehr empfunden.«

Aus einer Ecke des Zimmers unterbrach sie eine bebende, aber entschlossen wirkende weibliche Stimme. »Dann sind Sie aber ein verdammt guter Schauspieler.«

Die drei Krieger wirbelten mit gezückten Waffen herum und sahen eine Frau hinter einem großen roten Ledersofa. Sie hatte nichts als einen Stofffetzen am Leib und schaute sie trotzig an. Ihr dunkles, schulterlanges Haar war in Unordnung und ein Auge geschwollen, ganz so, als hätte man ihr einen brutalen Schlag ins Gesicht versetzt. Trotzdem war sie von einer bezwingenden Schönheit, und Alexis empfand das Bedürfnis, ihr irgendwie zu helfen.

Sie hob den Kopf und schaute sie nacheinander an. »Wenn ich keine Stimmen höre oder verrückt bin, glaube ich verstanden zu haben, dass Sie aus Atlantis kommen und diese Monster genauso hassen wie ich. Wie wär's mit einem Deal? Sie liefern mir die Story meines Lebens, und ich helfe Ihnen, Ihren Freund zu finden.«

Christophe ließ das Schwert sinken und lachte. »Was Sie nicht sagen. Sie hängen hier nackt und verprügelt in diesem Zimmer herum und erwarten allen Ernstes, dass wir Ihnen abnehmen, Sie seien Journalistin? Sie sind genauso krank und pervers wie alle hier.«

»Schon möglich«, sagte Alexios bedächtig. »Doch warum ist sie als einziger Mensch in diesem Zimmer bei Bewusstsein?«

Brennan gab ein seltsames, knurrendes Geräusch von sich und trat einen Schritt vor, aber Alexios packte seinen Arm. Brennan blieb wie angewurzelt stehen, richtete den Blick aber weiter unverwandt auf die Frau.

Die bedeckte ihre Brüste mit dem Stofffetzen. »Nein, ich muss das erklären. Ich ...«

»Ist schon okay«, sagte Christophe lüstern. »Habe ich zu erwähnen vergessen, dass ich ein Faible für Kranke und Perverse habe? Wir sollten uns unbedingt irgendwann näher kennenlernen.«

Brennans Knurren wurde lauter. Er schüttelte Alexios' Hand ab und schubste Christophe durch das Zimmer.

»Ich muss das erklären«, wiederholte die Frau entschlossen, von einem zum anderen blickend. »Ich schreibe für den *Boston Herald*. Ich weiß, wo Ihr Freund ist. Sie haben gesagt, er sei an einem Ort, den Sie die ›Ödnis‹ nannten.«

Alexios fluchte. »Wenn Justice dort ist, haben wir keine Hoffnung, ihn zu finden. Das ginge nur ...«

»… durch Magie«, sagte sie zu Alexios, ohne den Blick von Brennan abzuwenden, der in eine Art Dämmerzustand versunken zu sein schien. Seine Hände waren zu Fäusten geballt, und er starrte die Frau an, als wollte er sie verschlingen.

»Schwarze Magie. Ich kenne da ein paar Leute. Hören Sie, ich suche nur eben meine Klamotten zusammen. Wir können doch zumindest darüber reden. Ich heiße Tiernan Butler und bin …« Plötzlich konnte sie nicht weitersprechen. Ihre Pupillen rollten hoch, und sie brach zusammen. Entweder hatte Christophes Magie hier erst mit zeitlicher Verzögerung gewirkt, oder sie war ernsthafter verletzt, als es den Anschein gehabt hatte.

Bevor Alexios etwas tun konnte, flog Brennan quer durch das Zimmer, einen kleinen Meteor funkelnden Wassernebels hinter sich her ziehend. Er hob die Frau hoch und wandte sich dann mit gefletschten Zähnen Alexios und Christophe zu. Wieder stand ihm die nackte Wut ins Gesicht geschrieben, ein unkontrollierbares Gefühl.

Ein Gefühl, das Alexios von Brennan nicht kannte.

Aber bei einem anderen hatte er kürzlich diesen Gesichtsausdruck gesehen. Bei Fürst Conlan, als dieser Riley angesehen hatte, seine künftige Gattin.

Besessenheit.

»Verdammt«, murmelte er.

»Lass die schöne Frau los, Brennan«, sagte Christophe grinsend. »Sie ist …«

»Mein«, sagte Brennan mit tonloser Stimme. »Sie gehört mir. Bleib, wo du bist, sonst bist du tot.«

Alexios ließ sein Schwert sinken und steckte es in die Scheide. Dann starrte er seufzend an die Decke. »Na, großartig. Bewusstlose, blutende Menschen, Justice wahrscheinlich in der Ödnis, und Brennan verliert den Verstand. Was für ein Albtraum.«

Durch das Zimmer pfiff ein eisiger Wind, aus dem sich

schließlich Alaric materialisierte, der Hohepriester Poseidons. Alaric, ganz in Schwarz gewandet und mit metallisch schimmernden grünen Augen, erfasste die Situation mit einem Blick. »Da habt ihr Glück, Krieger. Albträume sind meine Spezialität.«

Alaric hob die Hände und feuerte eine grünblaue Energiekugel auf Brennan. Der versuchte zu entkommen, indem er in die Luft stieg, noch immer die bewusstlose Frau umklammernd. Doch Brennan, weiter unter dem Einfluss jener dunklen Magie stehend, welche seine Wut an die Oberfläche gespült hatte, konnte es mit Alaric nicht aufnehmen. Funken sprühendes Licht umhüllte ihn und die Frau, und schließlich sanken beide wie erstarrt herab und schwebten nur noch Zentimeter über dem Boden.

Alaric hob den Kopf, und Alexios stürmte los, um die Frau aus Brennans Armen zu befreien. Sobald er es geschafft hatte, wurde ihr zuvor erstarrter Körper schlaff. Er legte die Frau behutsam auf das Sofa und bedeckte ihre Brüste mit dem Stofffetzen. Sie war wunderschön und brachte Probleme.

Warum ging das bei Frauen immer Hand in Hand?

»Was ist hier vorgefallen?«, fragte Alaric gebieterisch.

Alexios erzählte es ihm.

»Kurz, diese Tiernan Butler behauptet, wir könnten Justice finden, doch dafür bedürfe es schwarzer Magie«, schloss Alexios. »Was denkt Ihr?«

Alaric schloss für ein paar Sekunden die Augen und schüttelte dann bedächtig den Kopf. »Poseidon gibt mir in dieser Angelegenheit keinen Rat, doch ich weiß, dass nur Todesmagie den Zugang zur Ödnis öffnet. Wir müssen uns auf eine Strategie einigen. Conlan und Ven werde nicht ruhen, bis sie ihn befreit haben, ihren … Bruder.«

»Ich kann es immer noch nicht glauben, dass Justice ihr Bruder ist«, sagte Christophe. »Ein unfassbares Geheimnis, das er während all dieser Jahre für sich behalten hat.«

»Das liegt in der Natur des Fluchs«, entgegnete Alaric. »Er war dazu verdammt, die Wahrheit niemals aussprechen zu dürfen. Hätte er es getan, hätte er jeden töten müssen, der sie über seine Lippen kommen hörte.«

Alexios schüttelte den Kopf. »Aber er hat niemanden von denen getötet, die ihn während des entscheidenden Kampfes mit Caligula gehört haben. Seit wir ihn suchen, habe ich Euch eine Frage nie gestellt. Was passiert, wenn ein Fluch gebrochen wird?«

Die Farbe von Alarics Augen verdüsterte sich, bis sie pechschwarz waren. »Dann stirbt man, Alexios. Man stirbt oder wird unheilbar geisteskrank.«

»Wonach suchen wir dann also?«, fragte Christophe ohne jeden Anflug von Spott oder Ironie. »Was werden wir sehen, falls wir ihn jemals finden?«

»Das ist die Antwort, die auszusprechen selbst ich Angst habe«, antwortete Alaric. »Und Poseidon wird auf meine Fragen in dieser Angelegenheit nicht reagieren.«

Schweigen senkte sich über den Raum, während alle über verstörende Antworten nachdachten. Dann schüttelte Alaric den Kopf. Er zeigte auf einen Punkt vor dem zersplitterten Fenster, wo ein in den Regenbogenfarben schillernde Oval erschien. »Wir kehren jetzt nach Atlantis zurück. Dort kann ich zu entdecken versuchen, welche dunkle Macht Brennan überkommen hat.«

»Was wird mit der Frau?«, fragte Alexios mit einem Blick auf das Sofa.

»Sie kommt mit. Dann werden wir genau herausfinden, was sie weiß.«

Damit trat Alaric durch das Portal, und der noch immer erstarrte Brennan schwebte hinter ihm her, als würde er von einer Feder gezogen. Christophe blickte sich noch ein letztes Mal in dem Hotelzimmer um und lachte. »Was für einen Reim werden sich diese Perversen auf alles machen, wenn sie aufwachen?«

Noch immer lachend, trat er durch das Portal, gefolgt von Alexios, der Tiernan Butler in den Armen hielt. Als er die magische Schwelle des Portals von Atlantis überquerte, blickte er auf das bleiche, misshandelte Gesicht der Frau hinab. »Ich hoffe, Sie sagen die Wahrheit, denn wenn wir Justice nicht bald finden, kann ihm nur noch Poseidon selbst helfen.«

Als sich das Portal hinter ihnen schloss, hallten Alexios' Worte in der Finsternis. Er wusste, dass sie gotteslästerlich waren. »Und die Götter? Nur unter uns beiden, auch auf die ist nicht immer Verlass.«

9

Die Ödnis

B*enutze alle deine Sinne,* wiederholte die vergessene innere Stimme aus einer weit zurückliegenden Vergangenheit. Justice bemühte sich, der Aufforderung nachzukommen, mobilisierte all seine Willenskraft, um dem Hang zum Aufgeben zu widerstehen.

Er dachte nach.

Der Sehsinn – nutzlos in der hiesigen Finsternis.

Der Geruchssinn – ließ keine nützlichen neuen Aufschlüsse erwarten. Da war der Gestank von verwesenden Kadavern. Der kupferartige Geruch vor langer Zeit vergossenen Blutes.

Geräusche – das Grunzen und Stöhnen der Kreatur der Finsternis wurde lauter, kam immer näher.

Die Erinnerung an eine spöttische Stimme. Nein, nicht spöttisch. Teilnahmsvoll, freundschaftlich. »Also, Justice, wirst du einfach nur dasitzen und über dieses Monster nachdenken, oder wirst du ihm zeigen, was in dir steckt?

Seine längst erschlafften Gesichtsmuskeln verzogen sich zu einem Lächeln. *Bastien.* Sein Freund. Ein Bruder.

Gedanken an seine Heimat.

Ein krächzendes Geräusch entrang sich seiner Kehle. Worte, nach ewigem Schweigen. Trotz, nachdem er schon fast resigniert hatte.

Er war Justice und würde nach Hause zurückkehren.

»Na, komm schon«, knurrte er in Richtung der sich nähernden Kreatur. »Komm her, und du bist tot.«

Das Ungeheuer stieß eine heisere, unverständliche Antwort aus, begleitet von schmatzenden Geräuschen, die von Gier und unersättlichem Hunger kündeten. Irgendwo unter diesen unartikulierten Geräuschen schienen sich Worte zu verbergen. Verzerrte Worte aus dem Munde von jemandem, der die Bedeutung der Sprache fast vergessen hatte.

»So lange habe ich gewartet, mein Feind«, krächzte die Kreatur. »Darauf, mich an Fleisch und Blut und Angst zu weiden. Leistet Widerstand, ich bitte Euch. Widersetzt Euch, das wird mir Euren Tod umso köstlicher machen.«

Justice brauchte einen Moment, um zu begreifen, dass die Kreatur Altgriechisch sprach, das auch er beherrschte. Und dann, in dem Augenblick zwischen Gedanke und Tat, wurde er von Mitleid erfasst. »Wie lange?«, fragte er. »Wie lange bist du schon hier gefangen?«

Es dauerte ein paar Augenblicke, bis die Kreatur antwortete. »Unaussprechlich lange. Da ist nichts als das Blut.«

Bevor sich bei Justice das Mitleid in Empathie wandeln konnte, ging die Kreatur mit einem bestialischen Knurren auf ihn los. Justice reagierte instinktiv, verließ sich auf Jahrhunderte der Übung und der Praxis. Er griff hinter seinen Kopf, um das Schwert zu ziehen, von dem er gar nicht wusste, dass es immer noch in der Scheide hinter seinem Rücken baumelte.

Also hatte Anubisa ihm seine Waffe gelassen. Selbst mit dem Schwert stellte er in ihren Augen offenbar keine Gefahr da. Er würde ihr das Gegenteil beweisen.

»Na, dann los!«, brüllte er aus vollem Hals. »Für Atlantis!«

Im nächsten Augenblick warf sich die Kreatur auf ihn, und er fiel unsanft auf den felsigen Boden, den er bisher nicht unter seinen Füßen gespürt hatte. Das Gewicht des anderen Körpers war unerwartet leicht, glich dem eines Menschen. Aber, bei Gott, diese Geräusche? Welcher Mensch gab solche Geräusche von sich?

Justice drehte sich zur Seite, um an sein Schwert zu kommen. Innerhalb kürzester Zeit war er wieder auf den

Beinen. Er hielt das Schwert mit beiden Händen, die Spitze der Klinge zeigte nach unten. Nackte Gewalt musste genügen; Eleganz spielte in der Finsternis keine Rolle. Er konnte den Abstand zu seinem Gegner nur am Geräusch von dessen heiseren Atemzügen ermessen. Er stürmte zwei Schritte vor, von Wut getrieben.

Als der Angriff kam, schrie die Kreatur laut auf. Es gelang ihr, die Attacke mit einem dicken Stock zu parieren, der kurz darauf in Justice' Rippen krachte. Aber gebrochene Rippen heilten; nun ging es darum, dem Tod zu entkommen. Er ging erneut zum Angriff über und stach mit aller Kraft zu.

Schrille Schreie drohten sein Trommelfell platzen zu lassen. Der Gegner änderte die Taktik. Sein schlecht riechender Atem war die einzige Warnung. Justice sprang gerade noch rechtzeitig zurück, bevor das Ungeheuer zubeißen konnte.

Trotz der Lebensgefahr und der Finsternis fand Justice das irgendwie erheiternd. Es war wie eine Erinnerung an sein früheres Leben. »Immer hübsch vorsichtig, damit du dir nicht die Zähne ausbeißt«, sagte er lachend. »Hier gibt's keinen Zahnarzt.«

Unglaublich, aber er lachte.

Und dann geschah etwas, das ihm wie eine Reaktion auf das Lachen erschien. Auf seinem Schwert leuchteten silbrigblaue magische Zeichen auf, Symbole, die ihm völlig unbekannt waren. Und nun, zuerst schwach, dann immer heller, begann sich ein Lichtkreis von gut drei Meter Durchmesser zu bilden. Es war wie in einer vom Mond erhellten Nacht.

Die Kreatur schrie auf und ließ den Stock fallen. Sie zuckte zurück und bedeckte die Augen mit den Händen. Das ließ Justice stutzen. Die Reaktion dieser Kreatur war menschlich, vielleicht war sie einst gar ein Mensch gewesen. Vor Äonen, bevor sie von der Finsternis und dem Wahnsinn verschlungen worden war. Der Körper seines Gegners war mit dicken, verkrusteten Beulen überzogen, und Justice sah ein weißes Auge, das nichts zu sehen schien. Das von dem Schwert ausgestrahlte Licht schien dieses Wesen förmlich zu verbrennen, und es schrie minutenlang, bevor aus den Schreien Schluchzer wurden.

Justice brachte es nicht über sich, dieses Wesen zu töten. Er ließ das Schwert sinken, von dem das Licht eines Neumonds ausging. An einem Ort, wo noch nie ein Mond geschienen hatte. »Wie lange? Wie lange ist es her, seit du zuletzt Licht gesehen hast?«

Die rauen Schluchzer wurden leiser und verstummten dann. »Ich weiß es nicht. Anubisa hat mich auf einem Schlachtfeld gefunden, dem Tode nah. Damals, als mein Herr, Alexander der Große, Theben besiegte.«

Justice wich konsterniert einen Schritt zurück. Die schmerzenden Rippen waren vergessen. »Seit mehr als zweitausend Jahren? Hier, gefangen in der Ödnis?«

Als Reaktion kam nur ein langes, zittriges Seufzen. Justice wartete geduldig, und schließlich erhielt er eine Antwort. »Ich war so schwer verwundet, dass keine Hoffnung mehr bestand, und sie hat mir ein ewiges Leben versprochen. Ich hatte keine Ahnung, dass ich bis in alle Ewigkeit verdammt sein würde, wenn ich Anubisas Angebot annahm. Als ich es aus Angst um meine Seele ablehnte, mich von ihr umarmen zu lassen, hat sie mich hierher geschickt, damit ich zu einem schlimmeren Monster wurde, als sie es jemals war.«

Die Kreatur begann erneut zu schluchzen. »In all dieser Zeit habe ich nicht einmal Licht gesehen. Und doch will sie mich nicht sterben lassen. In ihrem Fluch hieß es, befreien könne mich nur ein Krieger, der sein Schwert meisterhaft zu führen wisse, doch so jemand wird sich nie hierher verirren. So bin ich seit mehr als zwei Jahrtausenden hier gefangen, ohne sterben zu können. Für mich gibt es keine Hoffnung auf die ewige Ruhe.«

Justice empfand zugleich Ekel und Mitleid. Dann legte er einen stillen Eid ab, von dem er nicht wusste, ob er ihn erfüllen konnte. »Ich bin einer der Krieger Poseidons, und in gewisser Hinsicht sind wir den Menschen überlegen. Wir werden dieser Hölle gemeinsam entkommen.« Nun hob er das Schwert, um die sie umgebende Finsternis auszuleuchten, und dann wandte er sich seinem Gegenüber zu. »Wenn wir gemeinsam kämpfen, kann ich dich nicht *Kreatur* nennen. Wie heißt du?«

Die Kreatur – nein, der *Mann* – schaute Justice mit einer von Kummer und Hoffnungslosigkeit verzerrten Miene an. »Mein Name? Ich habe seit einer Ewigkeit keinen mehr …« Er schlang die Arme um die Knie und stimmte eine leise Totenklage an. Dann begann sein ganzer Körper heftig zu zucken, sodass Justice befürchtete, er habe den Verstand verloren.

»Wenn das so ist …«

»Pharnatus« Dem Mann fiel vor Überraschung über sich selbst die Kinnlade herunter. »Mein Name war Pharnatus. Ich war Soldat im Heer des Alexander von Makedonien.«

Justice neigte den Kopf zu ihm herab. »Nach mehr als zweitausend Jahren gilt Alexander der Große noch immer als einer der bedeutendsten Feldherren aller Zeiten. Folglich bist du keine Kreatur, sondern ein echter Krieger. Ich bin Justice aus Atlantis, Pharnatus. Lass uns gemeinsam darum kämpfen, dieser Hölle zu entkommen. Im Namen von Alexander und Atlantis.«

Er streckte seine Rechte aus, und Pharnatus blickte für einen langen Moment darauf. Dann hob er eine knorrige Hand, und Justice ergriff sie vorsichtig und zog ihn auf die Beine. Pharnatus atmete tief durch und trat dann kopfschüttelnd einen Schritt zurück. »Der Geruch deines Blutes, er ist immer noch eine Versuchung. Nach Jahrhunderten als Monster habe ich nur noch eine rudimentäre Vorstellung davon, was es heißt, ein Mensch zu sein. Was ist, wenn …«

»Auch du bist ein Krieger, Pharnatus. Erinnere dich an Alexander und nimm ihn dir zum Vorbild. Daraus wirst du Kraft ziehen.«

Und er, Justice aus Atlantis, hatte Freunde, die anderen Krieger Poseidons. Und eine Heimat. Schmerz erfüllte ihn, weil er sich über den Fluch hinweggesetzt und die Wahrheit offenbart hatte.

Er hatte eine Familie. Brüder. Ven und Conlan waren seine Brüder, und er musste nach Atlantis zurückkehren. Zu seiner Familie. Eine weitere schemenhafte Erinnerung tauchte auf, während das von dem Schwert ausstrahlende Licht die Finsternis erhellte. Er musste laut auflachen, und als Pharnatus zurückzuckte, wurde das Licht noch intensiver.

»Das Ungeborene! Ich werde Onkel, Pharnatus. Wir müssen uns etwas einfallen lassen, um hier herauszukommen. Sofort.« Er unterbrach sich, weil plötzlich vor seinem inneren Auge ein Gesicht auftauchte. *Ihr* Gesicht. Keely. Das gab ihm neue Kraft.

»Ich muss eine Frau finden. Das Schicksal will, dass ich ihr begegne.«

10

Atlantis

Als die Pforte hinter ihnen zufiel, erlosch der letzte Schimmer des von dort kommenden Lichtes. Alexios konnte freier atmen. Es war, als sagte ihm die Luft selbst, dass er sich nun entspannen konnte.

Er war zu Hause.

Neben der Marmorplattform, auf der sie nun standen, wuchsen Bäume, Blumen und andere Pflanzen. Eine ähnlich dichte Vegetation hatte er allenfalls im Regenwald am Amazonas gesehen. Exotische Orchideen in unausdenklichen Farben waren bis zu anderthalb Metern hoch, und der Rest des Blütenmeeres schimmerte in allen Schattierungen von Purpur. Nur die Palastgärtner konnten alle diese Pflanzen beim Namen nennen. Auch die Bäume mit den silbrig glänzenden Ästen und Zweigen standen in Blüte.

Während der schlimmsten Phasen der Folter war der Gedanke an die Palastgärten eine Art Zuflucht gewesen. Er hatte sich gleichsam von seinem Körper gelöst und sich vorgestellt, über die Wege der Palastgärten zu wandeln. Was sie seinem Körper auch antaten, es drang nicht mehr zu ihm durch.

»Mal wieder weggetreten, Alexios?« Christophes sarkastische Stimme riss ihn aus seinen Gedanken, und er bemerkte, dass er immer noch die spärlich bekleidete, misshandelte Frau in den Armen hielt.

Alaric stand mit grimmigem Gesicht da, eine Hand in Richtung Brennan ausgestreckt, der bewusstlos neben ihm in der Luft schwebte. Christophe zwinkerte den Pfortenwächtern zu, die mit gezückten Schwertern dastanden und auf Befehle warteten.

»Kein Grund zur Sorge«, sagte Alaric leise, aber mit der Autorität einer Respektsperson. »Lord Brennan ist nur vorübergehend ausgeschaltet.«

Der Vorgesetzte der Pfortenwächter verneigte sich vor dem Priester. »Verstehe. Sollen wir den Prinzen benachrichtigen?«

Alaric ließ den Blick in die Ferne schweifen und bewegte dann leicht die Schultern, etwa so, als würde er die Achseln zucken. »Fürst Conlan und der Lord Rächer sind bereits unterwegs.« Seine grün glühenden Augen richteten sich auf Brennan. »Jetzt, auf dem Boden von Atlantis, sollte er das Bewusstsein wiedererlangen.«

Alexios trat schnell zwei Schritte zurück, noch immer Tiernan in den Armen haltend. Alaric machte eine halbkreisförmige Handbewegung und sagte leise etwas. Sofort riss Brennan die Augen auf, und er stand wieder auf den Beinen. Kampfbereit, die Umgebung nach Gefahren absuchend.

»Atlantis? Wie bin ich hierhergekommen? Xinon, die Menschen, die Frau …«

Alaric trat zwischen Brennan und Alexios. »Ja, Atlantis. Vielleicht hast du die Güte, mir dein Verhalten hinsichtlich dieser Menschenfrau zu erklären?«

Brennan schüttelte nachdenklich den Kopf. »Ich weiß nicht, worum es geht. Unter den Sektenmitgliedern waren viele Frauen. Gab es unter ihnen eine, die meinen Beistand benötigte?«

Alexios trat hinter Alaric hervor, hielt sich aber ein gutes Stück von Brennan entfernt. In seinen Armen begann sich Tiernan zu bewegen. Offensichtlich kam sie wieder zu Bewusstsein. »So kann man es auch sagen, Brennan. Jene Frau, von der du gesagt hast, sie gehöre dir. Die Frau, wegen der du uns töten wolltest. Irgendwelche Erinnerungen?«

Christophe rollte lässig eine grüne Energiekugel von einer Hand zur anderen. »Trotz deines emotionslosen Spatzenhirns müsste eigentlich der Groschen fallen, Brennan. Außerdem sollten wir nicht die Menschen vergessen, die du ohne Grund töten wolltest. Normalerweise habe ich damit kein Problem. Nur ein toter Mensch ist ein guter Mensch. Sie sind eine Horde von Schafen. Aber wir haben einen heiligen Auftrag und eine Pflicht als Krieger. Alles vergessen?«

Bevor Alexios Christophe wegen seiner Unverschämtheit zurechtweisen konnte, öffnete Tiernan die Augen und starrte ihn an. »Was … Ach ja.« Sie atmete tief durch, was den Stofffetzen über ihren Brüsten verrutschen ließ. Offenbar versuchte sie, sich über ihre Situation klarzuwerden. »Würden Sie mich jetzt bitte loslassen? Ich glaube, mir wird übel.«

Kurz darauf stand sie auf wackeligen Beinen neben Alexios. Sie tat einen unsicheren Schritt und hockte sich hin, sich mit einer Hand auf dem Boden abstützend. Mit der anderen drückte sie das Stück Stoff an ihre Brüste. Nach ein paar weiteren tiefen Atemzügen schien es ihr besser zu gehen. Dann blickte sie auf, schaute nacheinander die im Kreis um sie stehenden Krieger an und stand schließlich langsam auf, ohne Alexios' ausgestreckte Hand zu ergreifen. Als sie den Kopf hob und nach oben blickte, fiel ihr vor Ehrfurcht die Kinnlade herunter.

Alexios folgte ihrem Blick zu der fast transparenten, schwach schimmernden Kuppel, unter der die Sieben Inseln ruhten.

»Das gibt den Pulitzerpreis«, sagte sie heiser. »Das ist die Story meines Lebens.«

Der Blick des Priesters verfinsterte sich. »Vielleicht leben Sie ja gar nicht lange genug, um sie noch zu Papier bringen zu können.« In diesem Moment ertönte ein tiefes, fast animalisch klingendes Knurren.

»Wenn sie einer anfasst, bringe ich ihn um!« Brennan sprang mit gezückten Dolchen auf den Priester zu. »Sie gehört mir.«

In diesem Augenblick geschahen drei Dinge gleichzeitig. Tiernan fiel leichenblass zu Boden, und Alaric hob eine Hand, um Brennan ein weiteres Mal erstarren zu lassen. Und dann, völlig unerwartet, tauchte aus dem Nichts schimmernd etwas wie ein Fenster auf, das langsam größer wurde, bis die Höhe der Größe eines Mannes entsprach.

Es gab den Blick auf eine Szenerie frei, die unwillkürlich an die neun Höllen denken ließ. Trübes orangefarbenes Licht ergoss sich über eine felsige, nackte Landschaft, die wirkte, als sei sie durch einen Vulkanausbruch entstanden. Oder so, als hätten Götter mit Felsbrocken Ball gespielt. Hier existierte nichts Lebendes – weder Pflanzen noch irgendwelche Geschöpfe.

Sie starrten durch das mysteriöse Fenster, und die Krieger zogen gleichzeitig ihre Waffen, auf das Schlimmste gefasst. Alexios umklammerte krampfhaft die Hefte seiner Dolche. Immer auf das Schlimmste gefasst, selbst in einem Leben, das schon Jahrhunderte währte.

Unglücklicherweise schien der Superlativ »das Schlimmste« im Laufe der Jahre immer noch eine weitere Steigerung erfahren zu haben.

»Was für eine monströse, leblose Einöde«, murmelte Christophe, ungläubig den Kopf schüttelnd.

»Mindestens zwei Lebewesen gibt es aber doch.« Alaric zeigte auf die obere linke Ecke des mysteriösen Fensters.

Alexios sah weit in der Ferne zwei kleine, sich langsam bewegende Gestalten. Die Erste, sich mühsam vorwärts schleppend, hielt einen funkelnden Gegenstand in der Hand.

»Das ist ein Schwert«, sagte Alexios. »Und seht doch nur den Zopf, der hinter seinem Rücken hin und her schwingt. Das ist Justice! Das muss er sein!«

Alaric wirbelte herum und zeigte auf die an dem Portal stehenden Wächter. »Zwei Männer tragen Brennan zum Palast. Sperrt ihn in einem Krankenzimmer ein und lasst ihn unter keinen Umständen heraus.« Er sprach ein magisches Wort, und Brennan brach bewusstlos zusammen.

Die Wächter eilten herbei, um ihn hochzuheben, aber Alaric blickte schon wieder durch das Fenster. »Wenn das wirklich Justice ist, blicken wir direkt in die Ödnis. Falls diese Menschenfrau die Wahrheit gesagt hat. Bisher sind das alles nur Mutmaßungen, und das gefällt mir gar nicht.«

»Was ist, wenn auf Justice kein Verlass mehr sein sollte?«, fragte Christophe, auch er mit gezücktem Dolch. »Wenn er für Anubisa eine Art Heer anführt? Wie hat er es geschafft, hier in Atlantis dieses Fenster zu öffnen? Die Wachen schützen die Sieben Inseln vor dunkler Magie.«

Tiernan stand auf und unterbrach das Gespräch. »Er ist in der Ödnis. Ich war dabei, als jemand mit dem Leben dafür bezahlen musste, dass er das verraten hatte. Ein anständiger Mann, der nicht verdient hatte, was sie ihm angetan haben.« Tränen rannen über ihre Wangen, doch sie ignorierte es. »Ihr Krieger ist in der Ödnis, und falls er das da sein sollte, bereiten Sie sich besser auf das Schlimmste vor.«

»Da müssten wir Ihnen ja erst mal glauben«, sagte Christophe höhnisch.

Alaric hob eine Hand, um ihn zum Schweigen zu bringen, und wandte sich an Tiernan. »Wie er gerade sagte, wir haben keinen Grund, Ihnen zu trauen. Wenn diese Sache ausgestanden ist, gute Frau, werden wir uns näher kennenlernen. Und falls Sie nicht über weitere Informationen verfügen, die uns aus der Klemme helfen könnten, halten Sie ab jetzt den Mund.«

»Ich heiße Tiernan«, antwortete sie trotzig. Sie murmelte etwas vor sich hin, das nach »Pulitzerpreis, Pulitzerpreis, Pulitzerpreis« klang, schaute aber schließlich Alaric an. »Ich kann nur noch eines sagen. Wahrscheinlich wissen Sie es selber, Sie scheinen ja hier der große Boss zu sein. Man kann die Ödnis nur betreten oder verlassen, wenn ein Leben geopfert wird. Und ich rede nicht etwa von Tieren.« Das war eine wichtige Zusatzinformation zu dem, was Alaric ihnen zuvor erzählt hatte. »Jemand muss sterben, damit ein anderer entkommen kann – ein Leben für ein Leben. Solange weder Sie noch er Pläne haben, jemanden zu opfern, passiert niemand das Tor zur Ödnis.«

Christophe hob einen seiner Dolche und trat mit einem tückischen Grinsen einen Schritt auf Tiernan zu. »Da trifft es sich ja gut, dass wir gerade ein so hübsch aufgestyltes menschliches Opferlamm bei uns haben.«

Alexios zog sein Schwert und baute sich vor Christophe auf. »Lass die schlechten Scherze, sie sagt die Wahrheit. Halt die Klappe und lass die Frau in Ruhe, wenn du es dir nicht mit mir verscherzen willst. Sei vorsichtig, Christophe, ich habe heute einen ganz schlechten Tag.«

Christophe wandte sich lachend um und schaute erneut durch das Fenster. Die Gestalten waren näher gekommen, und man konnte die Gesichtszüge des ersten Mannes beinahe erkennen.

»Das kann nicht Justice sein«, sagte Alexios. »Ihn erkenne ich aus einer weitaus größeren Entfernung, allein schon an seinem Gang. Niemand sonst schlendert so arrogant daher, als gehörte ihm die ganze Welt. Zopf hin oder her, aber dieser schlurfende Gang ist nicht seiner.«

»Und doch bist du genauso gegangen, als du dich von Anubisas Folter erholt hast«, entgegnete Alaric leise, ohne den Blick von dem Fenster abzuwenden. »Beinahe tödliche Verletzungen siegen über jede Arroganz.«

Alaric hatte recht, und Alexios fiel keine passende Antwort ein. Er biss die Zähne zusammen und dachte über ihre Optionen nach. Die Gestalten kamen immer näher; durch das mysteriöse Fenster war ihr Anblick etwas verzerrt. »Gut, aber sagst du uns nicht immer wieder, dass die einfachste Lösung in der Regel die richtige ist?«, fragte er schließlich.

»Wahrscheinlich geht diese Einsicht auf Occam zurück, aber es ist tatsächlich so«, antwortete Alaric. »Was willst du jetzt damit sagen?«

»Dass wir es noch nicht mal mit der einfachsten Lösung versucht haben. Vielleicht können wir einfach durch das Fenster eintreten.«

»Aber sicher.« Christophe rollte die Augen. »Und wer sagt uns, dass dies keine Falle ist? Dass Anubisa uns Atlanter auslöschen will?«

»Diese Frau – *Tiernan* – hat recht«, warf Alaric ein. »Falls wir hier einen Einblick in die Ödnis haben, kann man sie nicht betreten ohne ein Opfer. Ich selber verspüre kein Bedürfnis, dieses Opfer zu sein.«

Alexios war schon eher dazu bereit. Justice bedeutete ihm mehr als ein Freund, selbst mehr als ein Bruder.

Die Krieger Poseidons ließen keinen der Ihren im Stich.

Während der letzten Monate, als er rastlos nach Justice suchte, hatte er darüber nachgedacht, was die langen Jahrhunderte des Schweigens ihm angetan haben mussten. Was es ihm angetan haben musste, dass er sich über den Fluch hinweggesetzt hatte.

Was Anubisa getan hatte, um ihn weiter zu quälen. Alexios' Blockaden gegen seine Erinnerungen gerieten ins Wanken, und er ballte die Fäuste, als er versuchte, sich dagegen zu wappnen. »Ich versuche es, Alaric. Vielleicht klappt's ja.«

Bevor der Priester ihn aufhalten konnte, berührte Alexios mit einer Hand die vibrierende Oberfläche des Fensters. Sofort wurde er von einem mächtigen Energiestoß getroffen, der ihn gut drei Meter zurückschleuderte. Als er mit flatternden Augenlidern am Boden lag, roch er Rauch. Konsterniert und um Atem ringend hob er die Hand, mit der er das Fenster berührt hatte. Seine Nervenspitzen schmerzten, als hätte er die Hand in das heißeste Feuer der tiefsten der neun Höllen gehalten. Aber er sah nur geschwärzte Fingerkuppen und rauchende Nägel. Und doch wurde der Geruch nach Rauch immer intensiver.

»Was bist du für ein Dummkopf«, knurrte Alaric. »Soll ich mit dir wie mit dem unerfahrensten Grünschnabel reden?« Der Priester hob eine Hand und fuhr damit durch die Luft, als wollte er einen Gegenstand auf Alexios werfen. Ein Schwall eiskalten Wassers traf Alexios' Kopf.

Alexios sprang auf und wischte sich das Wasser aus dem Gesicht. »Was sollte das?«

Christophe lachte.

»Dein Haar hat gebrannt, Mann. Wahrscheinlich hat Alaric gedacht, dass du in deiner hübschen Visage schon genug Narben hast.«

Alexios neigte unwillkürlich den Kopf, sodass sein nasses Haar nach vorne fiel und die entsetzlich vernarbte linke Hälfte seines Gesichts verdeckte. »Irgendwann gehst du zu weit, Christophe«, knurrte er. »Dann werde ich *dir* eine Lektion erteilen.«

Tiernan räusperte sich. »Ich will ja nicht stören, aber Ihr Freund kommt immer näher. *Wenn* er noch Ihr Freund ist, nach der Zeit in der Ödnis. Und was ist das für eine Kreatur hinter ihm?«

Alexios rannte zu dem Fenster zurück und sah jetzt, was sich in den letzten paar Minuten angedeutet hatte. »Das ist Justice!«, rief er.

Er empfand ein prickelndes Gefühl im Genick, als Fürst Conlan und sein Bruder, der Lord Rächer, sich zwischen ihnen hindurchzwängten und vor das Fenster traten. Ihre Anspannung war fast mit Händen zu greifen, als sie Justice erblickten. Jenen Krieger, der gesagt hatte, er sei ihr Bruder, bevor er sich der Vampirgöttin geopfert hatte. Justice hatte nicht nur Vens Leben gerettet, sondern auch das der Melodine Erin Connors, die Vens Erwählte und eine Heilerin war. Und damit hatte er auch das Leben von Fürst Conlans ungeborenem Kind gerettet.

Justice war ein Held.

Aber vielleicht ein Held, der zum Verräter geworden war. Sie konnten sich nicht sicher sein, bis Alaric das überprüfte.

Alaric informierte Conlan und Ven leise und schnell über die augenblickliche Lage. Conlans Blick fiel auf Tiernan, und er nickte ihr höflich zu. »Falls Sie die Wahrheit sagen, werden wir Sie dafür belohnen. Willkommen in Atlantis.«

Tiernans Miene glich fast einer Grimasse, als sie diese Worte vernahm, doch sie begnügte sich mit einem Nicken.

Ven gab Christophe und Alexios ein Zeichen, um ihnen zu bedeuten, auf Tiernan aufzupassen. Er selbst schenkte ihr kaum Beachtung. Seine Aufmerksamkeit war ganz auf das gerichtet, was er durch das Fenster sah. »Die Wahrheit, Belohnungen, wie auch immer. Im Augenblick zählt doch nur eines: Was sollen wir tun?«

Alaric beendete seine Zusammenfassung der Lage, und Vens Hände glitten zu seinen Dolchen hinab. »Ein Opfer? Machst du Witze?« Er lachte. »Na, großartig. Wir wissen endlich, dass Justice lebt, und jetzt sollen wir jemanden opfern, um ihn da rauszuholen?«

Fürst Conlan warf seinem Bruder einen funkelnden Blick zu. »Heute wird niemand geopfert«, sagte er gereizt. Dann wandte er sich wieder Alaric zu. »Welche Optionen haben wir?«

»Wenn ich das wüsste, hätte ich es gesagt«, antwortete Alaric mit einer so eiskalten Stimme, dass Alexios sich wunderte, dass Conlan nicht sofort Frostbeulen bekam. Der Priester war daran gewöhnt, jedes Problem lösen zu können und bei jeder Krise das letzte Wort zu behalten. Alexios vermutete, dass es Alaric schwer zusetzte, in diesem Fall hilflos zu sein.

Christophe meldete sich zu Wort. »Da Justice es offensichtlich geschafft hat, zum ersten Mal in Atlantis ein Fenster zu öffnen, das einen Einblick in die Ödnis gewährt, könnte *er* doch vielleicht eine Meinung zu dieser Geschichte haben.«

»Was für eine Kreatur geht da hinter ihm?«, fragte Ven.

»Teufel, ich wünschte, ich hätte danach gefragt«, sagte Tiernan trocken.

Alexios konnte sich ein Grinsen nicht verkneifen. Die Frau hatte Mumm, das musste man ihr lassen.

Als die beiden Gestalten näher kamen, konnte man auch die hinter Justice besser erkennen. Sie wirkte fast menschlich, wenn auch auf absurde Weise deformiert. Sie schleppte sich hinter Justice her und blickte meistens zu Boden.

»Möglicherweise haben wir Glück«, fuhr Christophe fort. »Vielleicht hat Justice sein Opfer schon dabei.«

Aus dem Augenwinkel sahen sie ein flackerndes Licht, der einzige Hinweis darauf, dass das atlantische Portal, direkt gegenüber dem mysteriösen Fenster gelegen, in Bewegung geriet und seine übliche ovale Form annahm.

Jetzt drohte möglicherweise von beiden Seiten Gefahr. Alexios stellte sich mit gezückten Dolchen vor Tiernan, und auch Prince Conlan und die anderen Krieger zogen ihre Waffen. Alaric murmelte Beschwörungsformeln, während auf einer Seite Justice immer näher kam und auf der anderen zwei Personen durch das atlantische Portal traten.

Alexios erkannte Liam, einen der gefährlichsten unter Poseidons Kriegern, und er war in Begleitung einer weiteren Menschenfrau. Sie hatte leuchtend rotes Haar und die eindruckvollsten grünen Augen, die er je bei einem Menschen gesehen hatte. Ihre Kleidung war leger, und sie drückte einen alten Rucksack an die Brust, seltsamerweise mit behandschuhten Händen. Liam wandte sich ihr zu, als sie über die Schwelle traten. »Willkommen in Atlantis, Frau Dr. McDermott.«

Die Frau riss die Augen auf, doch sie schien nicht weiter beunruhigt zu sein, als sie die bewaffneten Krieger und eine halb nackte Frau sah. Sie hob einfach eine Hand und blickte Liam an. »Eins muss man Ihnen lassen, Mr Womanizer. So eine Begrüßungsparty habe ich selten erlebt.«

11

Atlantis

Durch lange, schmerzliche Erfahrungen hatte Keely gelernt, wie man bei großer innerer Unruhe äußerlich den Schein der Ausgeglichenheit wahrt. Jetzt schien diese Fähigkeit erneut auf die Probe gestellt zu werden – gleichsam eine zweite Doktorprüfung, bei der das innerliche Chaos durch äußerliche Gleichmütigkeit überspielt werden musste.

Bisher war sie noch nie bei einer Prüfung durchgefallen, und das sollte auch so bleiben. Was hätte Gertrude Bell getan? Doch sie, eine der größten Archäologinnen aller Zeiten, hatte sich nie mit Atlantis auseinandersetzen müssen. Aber vielleicht war Lawrence von Arabien einer solchen Erfahrung ziemlich nahe gekommen.

Sie atmete unauffällig tief durch, während sie die Leute vor ihr in Augenschein nahm. Bewaffnete Männer und eine Frau, die offenbar verprügelt worden und halb nackt war.

Sie standen auf einer Marmorplattform am Rande jener Kuppel, die sie in ihrer Vision gesehen hatte. Außerhalb der Kuppel war alles tiefblau. Für einen Augenblick überkam sie etwas wie Klaustrophobie. Die Wissenschaftlerin in ihr versuchte sich vorzustellen, wie groß der gegen die Kuppel drückende Wasserdruck pro Quadratmeter sein mochte.

In der Nähe standen Gruppen dicht belaubter Bäume, und in der Ferne erkannte sie schemenhaft die eleganten Kuppeln und Türme, die sie in ihrer Vision gesehen hatte.

Obwohl sie sich bemühte, ruhig und regelmäßig zu atmen, schlug ihr Herz sehr schnell. Atlantis.

Sie war wirklich in Atlantis.

Oder zumindest an einem Ort, den sie sich so nie hätte vorstellen können. Unglaublich. Es roch sogar anders. Exotisch. Nach Blumen und tiefgrüner Vegetation. Diese Flora und Fauna hätte man sich schöner nicht ausmalen können.

Doch sie war real.

Liam hielt jetzt scheinbar uralte Dolche in den Händen. Sie hatte keine Ahnung, woher sie so plötzlich aufgetaucht waren. Wahrscheinlich hatte er sie in seiner Kleidung versteckt. An dem Portal hatte es schließlich keinen Metalldetektor gegeben. Fasziniert schaute sie erneut auf die uralten Dolche mit den kunstvoll verzierten Griffen.

Konzentrier dich, du Närrin. Es ist jetzt nicht der richtige Zeitpunkt, über alte Waffen nachzudenken, wenn jede Menge von ihnen auf dich gerichtet werden von Männern, die ganz so aussehen, als wüssten sie diese zu benutzen.

Nach den Erfahrungen mit Liam hätte sie auf einiges gefasst sein sollen, doch was hätte sie hierauf vorbereiten können? Fünf hoch gewachsene Männer, einer attraktiver – und bedrohlicher – als der andere.

Und hinter ihnen die Frau, die man offenbar verprügelt hatte.

»Es kommt mir so vor, als stünde ich zwischen Filmkulissen«, sagte sie in der Hoffnung, die in der Luft liegende Spannung zu lösen. »Wer wird das bedauerliche Mädchen retten?«

Sie zwang sich zu einem Lächeln und wies mit einer Kopfbewegung auf die Frau mit dem lädierten Gesicht. Ganz so, als wäre es eine alltägliche Erfahrung, fünf schwer bewaffneten Männern und einer halb nackten Frau gegenüberzustehen. Einer Frau, die offensichtlich geschlagen worden war oder einen schweren Autounfall gehabt hatte.

Die praktisch nichts am Leibe trug.

Aber heutzutage fuhren viele Frauen leicht bekleidet durch die Gegend. Doch dies war eine Reise nach *Atlantis.*

Gab es hier überhaupt Autos? Bevor sie sich nach atlantischen Fahrzeugen umsehen konnte, meldete sich die andere Frau mit einem angedeuteten Lächeln zu Wort. »Tiernan Butler. Nicht bedauerlich, und bestimmt kein Mädchen.« Das klang zu trocken und selbstbewusst, um sie als bloßes Opfer zu sehen.

Keelys Anspannung ließ etwas nach. »Keely McDermott, bis vor Kurzem an der Ohio State University«, sagte sie lächelnd.

Seit Jahren waren ihre archäologischen Studien durch anthropologische ergänzt worden, und sie hatte es gelernt, die Körpersprache anderer zu deuten. Gewisse, kaum bemerkbare Details an der Haltung der Männer sagten ihr, dass auch bei diesen die Anspannung nachließ. Vielleicht, nur vielleicht, würde sie niemand von ihnen mit seinem Schwert massakrieren.

Einer der Männer trat einen Schritt vor. Er war genauso groß wie Liam, fast zwei Meter, und hatte ebenfalls dieses seidig schimmernde, schwarze Haar. Er wirkte wie jemand, der daran gewöhnt ist, Befehle zu geben, und die aristokratischen Gesichtszüge passten dazu. Vielleicht war er so etwas wie ein General. Obwohl er ein unauffälliges tiefblaues Hemd und eine schwarze Hose trug, hätte man ihn sich gut auch im Gewand eines Königs oder einer Admiralsuniform vorstellen können.

»Ich bin Conlan, der Fürst von Atlantis«, sagte er, und ihre Erwartungen wuchsen. »Ich heiße Sie willkommen, Frau Dr. McDermott. Wie Sie unserem äußeren Erscheinungsbild entnehmen können, haben wir nicht mit Gästen gerechnet.« Seine Stimme klang höflich und überraschend gelassen, ganz so, als wäre ein solches Zusammensein mit schwer bewaffneten Freunden das Normalste von der Welt.

Und soweit sie wusste, war es wohl so.

Bevor sie etwas sagen konnte, wandte sich Fürst Conlan Liam zu. »Bringt Frau Dr. McDermott und Ms Butler bitte zum Palast.«

Nun trat ein Mann vor, der dem Prinzen sehr ähnlich sah. Er schüttelte den Kopf. »Es wäre besser, wenn Liam hierbleibt. Wir wissen nicht, was für Gefahren drohen. Je nachdem, wer Justice da folgt, könnten wir einen weiteren bewaffneten Mann gut gebrauchen.«

Liam verbeugte sich. »Prince Conlan und Lord Rächer, es ist mir eine Ehre, Euren Wünschen nachzukommen. Aber Ihr solltet wissen, dass Frau Dr. McDermott, als sie den Saphir berührte, in einer Vision Nereus gesehen hat …«

Keely fiel ihm ins Wort. »Als Sie mir den Saphir gewaltsam in die Hand gedrückt haben, wollten Sie wohl sagen. Darüber müssen wir noch mal reden. Krieger oder nicht, diese hinterhältige Geschichte hat es mir nicht gerade leicht gemacht, Ihre Einladung zu akzeptieren.«

Der Mann, den Liam Lord Rächer genannt hatte, musste lachen, und durch dieses Lachen wandelte sich der furchterregende Krieger in einen attraktiven Mann. Jeder dieser Männer besaß eine so starke sexuelle Anziehungskraft, dass Kelly glaubte, in einer Art Fantasialand für Frauen gelandet zu sein, die schon seit langer Zeit allein waren.

»Ja, Liam, das ist eine üble Geschichte.« Vens Stimme riss Keely aus ihren Gedanken. »Zu schade, dass uns keine Zeit bleibt, sie ganz zu hören.« Er wandte sich ihr zu. »Nennen Sie mich doch Ven. Darf ich Keely sagen?«

»Natürlich …«

»Großartig. Das ist jetzt kein glücklicher Zeitpunkt, Keely. Als Archäologin ist es bestimmt eine Ihrer Stärken, Orte zu finden. Halten Sie sich in nördlicher Richtung. Gehen Sie einfach auf die Gruppe bewaffneter Männer da hinten zu. Sehen Sie die?«

Sie nickte. Zumindest glaubte sie, dass er auf ein paar verschwommene Konturen in der Ferne deutete, weit hinten auf dem von Bäumen gesäumten Weg rechts von ihr. Also haben Atlanter eine bessere Sehfähigkeit als Menschen, folgerte sie.

»Bitte seien Sie so liebenswürdig, Ms Butler mitzunehmen«, sagte der Prinz, der sich darauf mit den anderen sofort wieder dem mysteriösen Fenster zuwendete.

Liam verneigte sich vor ihr. Trotz der offenkundigen Gefahr hatte er seine guten Manieren nicht vergessen. »Danke für Ihre Kooperationsbereitschaft, Frau Dr. McDermott. Wir werden bald …«

Die Männer vor dem Spiegel schrien auf, als ein donnerndes Geräusch ertönte, das an ein kleines Erdbeben denken ließ. Da Keely bei Grabungen Einstürze erlebt hatte, empfand sie die Archäologen eigene instinktive Furcht, unter Tonnen von Erde und Gestein begraben zu werden.

Nur befand sie sich jetzt über der Erde. Trotzdem blickte sie sich vorsichtig um, ob es Gebäude gab, die instabil wirkten und einstürzen konnten. Als sie keine entdeckte, schaute sie Tiernan an, die leichenblass war. Die blauen Flecken hoben sich in einem starken Kontrast von der bleichen Haut ab.

Keely trat zu ihr. »Gibt's bei Ihnen zu Hause keine Erdbeben? Vielleicht sollten wir ihren Rat beherzigen und uns auf den Weg machen.«

Tiernan zeigte mit einer zitternde Hand auf das rätselhafte Fenster. »Ich bin sehr dafür, dass wir verschwinden. Aber der Typ da auf der anderen Seite scheint geradewegs auf Sie zuzukommen.«

Keely wirbelte herum zu dem Fenster – oder was immer es sonst war – und schnappte nach Luft. Dann trat sie instinktiv einen Schritt zurück. Der Mann auf der anderen Seite war mit Dreck und Blut verschmiert und knurrte wie ein gefährliches Raubtier. Ihr wissenschaftlich arbeitendes Gehirn archivierte die Details, doch der Anblick ließ sie weiter zurückweichen. Der Mann rannte, und ein langer, verdreckter Zopf schwang hinter seinem Rücken hin und her. Er hatte ein funkelndes Schwert ausgestreckt, dessen Klinge mit Symbolen versehen war. Er kam immer näher, rannte durch eine Landschaft, die es so in der Realität nicht geben konnte. Eine geisterhafte Kreatur stolperte hinter ihm her.

Ohne jeden Zweifel schrie der Mann, doch sie konnte ihn nicht hören. Offenbar blendete das mysteriöse Fenster Geräusche aus. Die unheimliche Stille widersprach dem, was deutlich zu sehen war. Sein Mund stand offen, und die Zähne waren entblößt, als er diese stummen Schreie ausstieß. Stumm zumindest für alle auf dieser Seite des Fensters.

Dann bemerkte sie ein letztes Detail, und um ihre genaue, objektive wissenschaftliche Betrachtungsweise war es geschehen. Dieses Raubtier, dieser furchterregende Angreifer scherte sich überhaupt nicht um die bewaffneten Männer vor dem Fenster, sondern starrte ihr direkt ins Gesicht. Und irgendwie kam er ihr bekannt vor.

11

Die Ödnis

Zuerst war da nur ein schwacher Lichtschimmer gewesen. Dann hatten Justice und Pharnatus in der Ferne eine Art Portal erblickt, auf das sie sich zunächst zögernd, dann jedoch immer schneller zubewegten. Es konnte das Tor zur Freiheit sein – oder nur eine Fata Morgana.

Jetzt konnte Justice Keely erkennen. Ihr Anblick entflammte ihn und hebelte das rationale Denken aus, das durch das Lachen und das von seinem Schwert ausstrahlende Licht kurzzeitig zurückgebracht worden war. Ein kleiner Rest an Vernunft sagte ihm, das alles könne nur ein weiteres Trugbild sein, durch das Anubisa ihn quälen wollte.

Bei Poseidon, es wäre nicht das erste Mal gewesen. Sie übermittelte ihm Bilder der anderen Krieger der Sieben, Visionen, in denen er die anderen fast so sah wie jetzt, hinter der Öffnung stehend. Conlan und Ven, seine Brüder, zu denen er sich nie hatte bekennen dürfen. Christophe, wie üblich missgelaunt grinsend. Alexios, der trotz der schlimmen körperlichen und seelischen Wunden, die Anubisa ihm während der Gefangenschaft zugefügt hatte, weiter tapfer seinen Mann stand. Und dann war da noch Alaric, mit dem er sich so oft harsche Wortgefechte geliefert hatte.

Sie alle standen vor Keely, jener Frau, von der er wusste, dass sie zu ihm gehörte. Er schüttelte den Kopf. In seinem Inneren bekämpften sich widerstreitende Gefühle. Aber Keely gehörte *ihm.* Kein einziger seiner fiebrigen Gedanken war ihm von Anubisa eingeflößt worden

Keely war *seine* Frau. Seine Rettung.

Auf jeden Fall unterschied sich das, was er jetzt sah, von früheren Visionen. Bastien fehlte, genau wie Denal, der Jüngling. Auch von Brennan war nichts zu sehen. Seine ruhige Gleichmütigkeit hatte im Vordergrund gestanden bei den falschen Visionen, die Anubisa ihm eingeflößt hatte. Ihr war Brennan ein Rätsel, und sie hatte Justice lachend mitgeteilt, sie plane, es zu lösen. Zunächst hatte Justice scheinbar mitgespielt. Er hatte vorgegeben, zu ihr übergetreten zu sein, weil er das Regime seines Bruders bis aufs Blut hasse. Weil er es nach all den Jahren satt habe, ein Untergebener von Conlan zu sein. Weil er dazu gezwungen worden sei, seine Mutter zu verleugnen, die Nereide.

Er machte Boden wett.

Rannte und rannte. Die rätselhafte Öffnung schien größer zu werden, als er ihr näher und näher kam. Er kam *ihr* näher, und ihr Anblick hätte ihn fast umgehauen. Pharnatus, noch immer hinter ihm, war vergessen.

Anubisa war vergessen.

Jetzt gab es nichts mehr als Keely, ihr rotes Haar, die grünen Augen, die weichen, köstlichen Lippen. Er rief ihren Namen.

Sie schaute ihn an, sah ihm direkt in die Augen. Und zuckte zurück. Selbst aus dieser Entfernung konnte er ihre Reaktion erkennen, und für einen Augenblick hasste er sie. Er hasste sie und tat es doch wieder nicht; sie war sein. Gleichgültig, was er tun musste, sie gehörte ihm.

Vernunft durchdrang die Finsternis seiner Seele, versuchte sich ihren Weg zu bahnen durch das Narbengewebe seiner Psyche. *Sie könnte uns retten,* sagte eine innere Stimme. *Vor uns selbst.* Doch das Friedensabkommen, das vor langer Zeit geschlossen worden war zwischen dem atlantischen und dem nereidischen Teil seines Ichs, war zerbrochen, als er sich in jener dunklen Höhle über den Fluch hinweggesetzt hatte.

Die beiden Seiten seines Wesens kämpften miteinander um die Kontrolle über seine Gedanken. Er wusste um das Ausmaß seiner Macht als Atlanter, begann aber gerade erst jenes zu ermessen, das sich aus seiner nereidischen Abkunft ergab. Entweder würde er mächtiger werden als jemals zuvor, oder aber den Verstand verlieren durch die selbstzerstörerische Schlacht, die in seinem Inneren tobte.

»Keely«, rief er erneut. »Wir kommen.«

Während er rannte, blickte er weiter in ihre smaragdgrünen Augen. Er sah, dass sie Angst hatte, und etwas in ihm berauschte sich fast an dieser Angst. Selbstekel überkam ihn. Hatte die Ödnis ihn so sehr von sich selbst entfremdet? Von seiner Pflicht?

Seiner Ehre?

Aber sie wich nicht weiter zurück, rannte nicht davon. Fast so, als befürchtete sie, eine Flucht könnte seine Raubtierinstinkte wecken.

Vielleicht glaubte sie, die anderen Krieger würden sie beschützen. Womöglich gehörte sie bereits einem von ihnen. Dieser Gedanke bohrte sich wie ein Pfeil in sein Herz. Er geriet ins Stolpern, schlug hart auf den felsigen Boden und riss sich im Gesicht und an den Händen die Haut auf. Er ignorierte den Schmerz. Ignorierte das Blut. Beides war egal.

Er rappelte sich hoch und achtete nicht weiter auf Pharnatus' Bemühungen, ihn einzuholen. Er vergewisserte sich nur, dass er das Schwert weiter fest in der Hand hielt.

Die nereidische Seite seiner Seele schrie auf. In seinem Inneren baute sich eine brennende, explosive Wut auf. Er wusste nicht, was passieren würde, aber es war ihm auch egal. Er riss die Barrieren ein, die er so lange gegen die nereidische Seite seiner Natur errichtet hatte.

Die nereidische Magie, so lange verleugnet, machte sich geltend, nereidische Energie, die ihn fast selbst vernichtet hätte. Böen von der Windstärke eines Hurrikans fegten über die kahle Landschaft, hoben Felsbrocken von der Größe von Blauwalen wie Kinderspielzeug in die Luft und ließen sie wieder auf den Boden krachen.

Hinter ihm schrie Pharnatus vor Angst, doch er rannte schneller, um ihn einzuholen. Justice nahm das eher unterbewusst wahr, in einem Teil seiner selbst, wo nicht Wind, Energie und Zorn herrschten. Er rannte weiter, aus den Schnittwunden an seiner Stirn sickerte warmes Blut in seine Augen. Er musste zu ihr gelangen. Sie war real. Die Wirklichkeit.

Seine Realität. Wenn sie ihm gehörte, würde er geheilt werden.

12

Keelys Herz pochte im selben Rhythmus wie die stampfenden Schritte des Verrückten, der durch eine surreale Landschaft raste, die aussah, als stammte sie aus einem billigen Comic. Er kam immer näher, und er kam wegen ihr. Sie sah es in seinen Augen, deren Farbe in einem irrwitzigen Tempo zwischen einem irrealen Blau, Grün und Silber schwankte, bis ihr schwindlig wurde. Sie war fast hypnotisiert und musste den Blick abwenden.

Und doch, trotz des Irrsinns, der seine Züge verzerrte … Da war etwas. Etwas nur zu Vertrautes …

Es lief ihr kalt den Rücken hinab. So etwas war definitiv *nicht* vorgesehen gewesen in dem Programm, das sie sich sorgsam zurechtgelegt hatte in den fünf oder sechs Minuten, die ihr noch geblieben waren, bevor sie tatsächlich den Fuß auf den Boden von Atlantis gesetzt hatte. Sie hatte sich verfallene Tempel vorgestellt und vielleicht ein paar sehr, sehr alte Personen, die über die versunkene Welt wachten. Sozusagen ein archäologisches Projekt.

Stattdessen stand sie auf einem vorzeitigen Schlachtfeld, komplett mit allem, was dazugehörte: Magie, Wahnsinn und Chaos.

Einer der Krieger – Ven – drehte sich um und brüllte ihr etwas zu, und sie wich erschrocken einen Schritt zurück. Doch dann wurde ihr klar, dass nicht sie gemeint war. Neben ihr tauchte eine kleine Blondine mit üppigen Rundungen auf, die Jeans und ein schlichtes Top trug.

Ven stürmte auf sie zu, mit einer so finsteren Miene, dass man Angst bekam. »Das ist jetzt nicht der richtige Moment, Erin«, sagte er gereizt. »Ich möchte, dass du in den Palast zurückkehrst, wo du in Sicherheit bist. Sofort. Diese beiden hier kannst du gleich mitnehmen.«

Die Frau war kein bisschen eingeschüchtert, sie lachte. »Alaric hat mich wissen lassen, er könnte mich brauchen«, sagte sie. »Und dein Macho-Gehabe hat mich noch nie beeindruckt.«

Nun richtete sich Vens Zorn gegen einen der Männer vor dem mysteriösen Fenster.

»Was hast du dir dabei gedacht, Erin in diese Geschichte hineinzuziehen, Alaric?«

Der Mann, der sich nun zu ihnen umwandte, war eine der furchterregendsten Gestalten, die Keely in ihrem Leben gesehen hatte. Er war genauso außergewöhnlich männlich und sexuell attraktiv wie die anderen.

Und doch unterschied er sich von ihnen.

Während Conlan den Eindruck einer absoluten Autorität vermittelte und Ven der geborene Krieger war, ließen einen die unheimlich glühenden Augen und die scharfen Gesichtszüge dieses Mannes an jemanden denken, der finstere Taten in dunklen Seitengassen vollbrachte. Er hatte das Unheil schon angerichtet, bevor man überhaupt merkte, dass er es auf einen abgesehen hatte, und zweifellos fand er Vergnügen daran.

Keely begann zu zittern. Plötzlich war sie verängstigt wie nie zuvor in ihrem Leben.

»Stell meine Entscheidung nicht in Frage«, sagte Alaric zu Ven. »Wenn wir überhaupt eine Chance haben wollen, Justice aus der Ödnis zu befreien, sind wir auf Erins kunstvolle Beherrschung der Wildlingsmagie angewiesen.«

Ven blickte ihn spöttisch an. »Und du glaubst wirklich, das wird funktionieren? Wann immer sie ihre magischen Kräfte hier in Atlantis ausprobiert, sind die Ergebnisse, um es vorsichtig auszudrücken, unerwartet. Ich befürchte, dass sie es allenfalls schafft, seine blauhaarige Leiche durch das Fenster zu ziehen.«

Erin fand das gar nicht lustig. Ihr Blick wurde hart. »Mach dich nicht über mich lustig, Ven. Wenn ich etwas – irgendetwas – tun kann, um deinen Bruder nach Hause zu bringen, werde ich es tun. Nach allem, was er für mich … für uns … getan hat.«

Während Ven und Erin weiter stritten, spürte Keely, dass ihr Blick unerklärlicherweise wieder magisch von dem Fenster angezogen wurde. Von dem Anblick des Verrückten, der noch immer in ihre Richtung rannte. Er schrie und schrie, doch sie verstand nichts, weil Geräusche durch das seltsame Fenster ausgeblendet wurden. Und dann verstand sie.

Sie wusste, wer er war.

Was hatte Ven gesagt? *»Seine blauhaarige Leiche.«* Blaue Haare.

Er war es, der Krieger aus ihren Visionen. Sie schloss die Augen, als ihre Hand unfreiwillig nach dem hölzernen Fisch an der Kette griff, den sie wie einen Talisman trug. Es konnte nicht sein. Vermutlich war der Fisch mehr als zweitausend Jahre alt. Es war unmöglich.

Und doch … Sie war hier, in Atlantis.

Als sie die Augen öffnete, wurde ihr Blick erneut magisch angezogen, bestimmt unter dem Einfluss der Mondphase. Jetzt war sie sich sicher.

Er war es. Ihr Krieger. Und er rief ihren Namen.

Sie empfand solche Angst, dass ihre Glieder wie paralysiert waren, und sie fühlte sich geschwächt. Ihr Verstand beobachtete fast analytisch ihre körperlichen Reaktionen, wie mit wissenschaftlichem Abstand. Reagierten Tiere so, wenn sie eine Raubkatze auf sich zukommen sahen, ihre Krallen und Reißzähne?

Sie bewegte den Kopf hin und her, um ihre Lethargie abzuschütteln. Dann hörte sie Conlan reden.

»Wir müssen uns entscheiden«, sagte er gereizt. »Uns bleibt keine Zeit für solche Streitereien, Ven. Falls Erin es nicht schafft, mittels der Wildlingsmagie dieses Fenster zu öffnen, bleibt nur noch die Todesmagie. Und wenn es so kommt, werde ich mich für meinen Bruder opfern. Er hat meine Frau und mein Kind gerettet … Ich bin es ihm schuldig.«

Alle schwiegen geschockt. Selbst Keely, die mit dieser Kultur nicht vertraut war, begriff sofort die Bedeutung dessen, was der Fürst gerade gesagt hatte. Er selbst würde sich opfern, um ihren Krieger zu retten … Nein, nicht ihren Krieger, den Krieger, der offensichtlich in der Ödnis in der Falle saß.

»Nein! Du bist ausersehen, König zu werden, du Idiot!«, schrie Ven. »Und hast du vergessen, an dein ungeborenes Kind zu denken? Wenn hier jemand stirbt, dann ich. Er ist auch mein Bruder und hat sich für mich der Vampirgöttin ausgeliefert.«

Die beiden waren zwei der furchterregendsten Männer, die Keely jemals gesehen hatte, auch wenn solche Erscheinungen hier unten nichts Außergewöhnliches zu sein schienen. Sie schauten sich an, als wollten sie jeden Augenblick aufeinander losgehen und darum kämpfen, wer sterben durfte. Sie sahen sich so ähnlich, dass man sie für Zwillinge halten konnte.

Derselbe finstere Zorn in zwei fast identischen Augenpaaren.

Dasselbe energische Kinn.

Dieselben muskulösen Arme und Schultern, angespannt, jetzt, wo sie kurz davor standen, sich aufeinander zu stürzen.

»Lasst es, ihr Dummköpfe«, rief Erin, die plötzlich neben Keely auftauchte. »Davon hat niemand etwas, besonders Justice nicht. Wir müssen dieses Problem lösen. Heute stirbt niemand.«

Keely wurde von einem Schwindelanfall überwältigt und konnte sich nur mit Mühe auf den Beinen halten. Noch vor einer Stunde hatte sie in ihrem gemütlichen, ruhigen

Büro an der Ohio State University gesessen, und nun fand sie sich an einem Ort wieder, wo Verrückte darum stritten, wer sterben durfte, um zwei noch Verrücktere zu retten. Sie rannten durch eine absolut irreale Szenerie, auf Geheiß einer Vampirgöttin, die vermutlich auch nicht existieren konnte.

»Aber ich *bin* in Atlantis«, sagte sie laut, auf die Kuppel über sich blickend. »Oder ich erleide einen völligen psychischen Zusammenbruch.«

Erin tätschelte ihren Arm. »Keine Sorge. Das ergeht uns armen Menschen immer so, wenn wir zum ersten Mal hier sind.«

Und dann tat sie etwas, das in völligem Widerspruch zu ihrer Selbstcharakterisierung als »armer Mensch« zu stehen schien. Sie hob die Hände, legte den Kopf in den Nacken und begann zu singen. Es war eine Melodie ohne Text, erfüllt von Finsternis und einer mysteriösen Energie, die man bei einer menschlichen Stimme nicht für möglich gehalten hätte.

Der Gesang ging Keely direkt unter die Haut. Er weckte längst verschüttete Erinnerungen an Schmerz und Verzweiflung. Niedergeschlagenheit und Hoffnungslosigkeit überkamen sie. Ein nutzlos vergeudetes Leben – nicht ausgeschöpfte Potenziale, verpasste Gelegenheiten. Die Melodie beschwor Trauer und Schuldgefühle herauf. Jede Verletzung, die sie anderen zugefügt hatte – und jede, die sie selbst *erlitten* hatte –, all das war plötzlich wieder da. Bedauern, tiefste Seelenqualen.

Sie wollte sterben, hatte den Tod *verdient.* Warum atmeten sie alle noch? Sie bemerkte, dass sie sich mit den Händen in dem Rasen festgekrallt hatte. Das Gras war nun nicht mehr leuchtend grün, sondern von einem leblosen, deprimierenden Grau.

Eine energische Stimme durchschnitt den Nebel, in dem sie versunken war. »Schluss! Das reicht jetzt, Erin. Dieser

Gesang hat keine Auswirkungen auf die Wildlingsmagie, dafür aber umso schlimmere auf alle Umstehenden.«

Keely fand wieder halbwegs zu sich selbst. Ihr wurde bewusst, dass Alaric gesprochen haben musste, denn er hatte Erins Schultern gepackt und schüttelte sie sanft. Die beiden waren in ein bläulich-silbriges Licht getaucht, das nur von Erin ausging. Das wurde Keely klar, als der Priester zurücktrat.

Erins Gesang hatte es vermocht, die Wirklichkeit als ein Reich der Verzweiflung erscheinen zu lassen. Willkommen im Märchenland der Zauberei.

Keely war auf die Knie gesunken und rappelte sich hoch. Sie blickte sich um und sah, dass Verstärkung eingetroffen war. Etwa ein Dutzend Krieger, die aber ebenfalls zu Boden gefallen waren. Als sie sich wieder dem mysteriösen Fenster zuwandte, sah sie, dass einer der neu eingetroffenen Männer mit entschlossener Miene auf der Spitze seines Speeres lehnte.

Er wollte ihn sich in die Brust bohren.

Sie schrie auf und rannte los, wusste aber, dass sie es nicht schaffen würde. »Es war der Gesang, nur der Gesang! Einer muss es verhindern.«

Der lebensmüde Krieger blickte sie erstaunt an, und im nächsten Moment hatte ihm einer der anderen den Speer aus den Händen geschlagen. Keely konnte nicht mehr rechtzeitig abbremsen und stieß so heftig mit den beiden zusammen, dass sie zu Boden gingen. Auch sie selbst fiel, und als sie auf dem Rücken landete, mühsam um Atem ringend, brach sie in Gelächter aus. Sie lachte und lachte, konnte nicht aufhören.

Dann sah sie über sich die Gesichter der beiden Krieger, die sie so ungestüm umgerannt hatte. Sie wirkten besorgt, und sie musste noch mehr lachen.

»Es muss ein Nervenzusammenbruch sein«, sagte sie schließlich, keuchend nach Luft schnappend. »Ich habe zu lange zu viel gearbeitet. Mein Gehirn macht einfach ein bisschen Urlaub. Das alles ist Einbildung, und deshalb bin ich umgeben von Magie, Vampiren und furchterregenden Kriegern.«

Einer der beiden Männer grinste, doch der andere – jener, der sich das Leben hatte nehmen wollen –, blieb ernst. »Ich weiß nicht, warum die Musik diese Wirkung auf mich hatte«, sagte er. »Aber ich werde für immer in Ihrer Schuld stehen, weil Sie mich an meiner Absicht gehindert haben.«

Er ergriff ihre Hand und zog sie hoch. Sie versuchte, sich wieder unter Kontrolle zu bekommen. Als ihr Gelächter endlich verebbt war, fiel ihr ein anderes Geräusch auf.

Diesmal war es kein Gesang, sondern ein beängstigendes, schreckliches Heulen.

»Sieht so aus, als hätte Erins Magie es fertiggebracht, die Geräuschbarriere des Fensters zu durchbrechen«, sagte Alaric. Erin stand nun neben Ven. »Ich bin mir nicht sicher, ob das eine positive Veränderung ist.«

»Ich habe nie gehört, dass Justice solche Geräusche von sich gegeben hätte«, sagte Ven. »Wer weiß, was Anubisa ihm angetan hat …« Er verfolgte den Gedanken nicht weiter und stellte sich mit gezückten Dolchen schützend vor Erin. »Hoffentlich hat er den Verstand noch nicht ganz verloren. Vielleicht kann Alaric verhindern, dass etwas Schlimmes passiert.«

Plötzlich war Keely absolut nicht mehr nach Lachen zumute, denn ihr Krieger, den die anderen Justice nannten, hatte das Fenster erreicht. Das entsetzliche Heulen hatte so urplötzlich aufgehört, als hätte jemand einen Schalter umgelegt. Er fixierte sie mit einem starren, harten Blick. Ganz so, als wollte er sie warnen, den ihren abzuwenden.

Aus der Nähe sah er noch beängstigender aus. Trotz des Blutes, des Drecks und der verfilzten Haare erkannte sie, wie sehr er – abgesehen von dem blauen Haar – seinen

Brüdern ähnelte. Unter dem ganzen Dreck war es blau, sie wusste es. Und sie wusste um seine seidig glänzende Schönheit. Im Laufe der Jahre hatte sie es in ihren Visionen so oft gesehen, wenn er vornübergebeugt an ihrem kleinen Fisch schnitzte.

Schönheit ist das richtige Wort, dachte sie, noch immer durch seinen Blick gebannt. Nun war es aber eine dunkle Schönheit. Die eines gefallenen Engels, der sich in ein Raubtier verwandelt hat. Und doch, in seiner Ausstrahlung, in seinem Blick lag etwas, das sie auf einer tiefen Ebene ansprach. Auf diese Weise wie jetzt hatte sie es nie empfunden, wenn sie ihn in ihren Visionen sah.

Die emotionale Verbindung war so intensiv, dass sie ins Schwanken geriet. Es verschlug ihr den Atem. Ihr Körper fühlte sich magnetisch angezogen von ihm, was immer er auch sagen oder tun mochte.

Aber er stand nur reglos da und starrte sie an. Auch die abstoßende Kreatur hinter ihm kam nun immer näher. Dann zog Justice sein Schwert und zeigte damit auf sie. Seine Brüder, Alaric und die anderen schien er nicht einmal zu sehen. Er fixierte weiter sie, und seine wissende, eisige Miene wirkte fast so, als würde er sie verachten. Sie erschauderte, war aber unfähig, auch nur ein Wort hervorzubringen.

Auch er sagte nichts, und es sollte noch fast eine volle Minute dauern, bis er das Schweigen brach.

Conlan blickte Keely an und wandte sich dann seinem Bruder zu. »Justice? Kannst du uns hören?«

Justice blickte zu Conlan hinüber, doch nichts verriet, ob er die Worte seines Bruders gehört oder verstanden hatte. Dann fixierte er wieder Keely. Schließlich, nach einer langen Pause, während der niemand wusste, was er tun oder sagen sollte, begann Justice zu sprechen, mit heiserer, rauer Stimme. »Du bist es. Du bist Keely.«

Das war keine Frage, sondern eine Feststellung. Keely

nickte, wie unter Zwang. »Ja«, antwortete sie leise. »Ich bin Keely.«

Sein Lächeln war unheimlich, und in seinem dunklen Gesicht wirkte das Weiß der Zähne fast schockierend. »Wir sind Justice«, sagte er. »Und du gehörst uns.«

13

Justice starrte die Frau an und fragte sich, wann und wie sie zum Dreh- und Angelpunkt seines Universums geworden war. Sie war so wunderschön, dass sie in der Umgebung von Atlantis wie ein Edelstein funkelte. Er war angezogen von dem Mut, den er in ihren Augen erkannte, und für einen kurzen Moment rieten ihm Anstand und Ehre zur Umkehr. Dazu, in der Ödnis zu bleiben und nie wieder zu versuchen, sie zu finden. Für ihn war sie das Licht in der Finsternis, aber er war psychisch deformiert.

Nichts stimmte mehr.

In diesem Augenblick kämpfte in ihm das Erbe der Atlanter mit den unabweisbaren Forderungen des nereidischen, dem zwingenden Bedürfnis, dem verzweifelten Verlangen. Aber er hatte die nereidische Seite seines Wesens zu lange verleugnet.

Dieser Teil seiner selbst wollte, *brauchte* sie. Er brauchte Keely, und er würde sie bekommen.

Ein stummer Schrei entrang sich seiner Kehle. Er würde sie zu sich holen. Sofort. Er trat einen Schritt vor, um die Schwelle zu Atlantis zu passieren, doch als seine Hand die gläserne Scheibe des rätselhaften Fenster berührte, wurde er sofort von einem starken elektrischen Schlag getroffen, der ihn ein halbes Dutzend Schritte zurückschleuderte.

Hinter ihm blieb jetzt auf unsicheren Beinen Pharnatus stehen, jenes arme Geschöpf, das er schon fast vergessen hatte. »Ich begreife nicht, was hier los ist, mein Herr. Aber alle Ausgänge aus der Ödnis sind durch Todesmagie verschlossen. Sie können nur nach den Regeln der Vampirgöttin passiert werden. Ohne ein Blutopfer könnt weder Ihr zu Euren Verwandten und Freunden, noch können diese zu Euch.«

Justice wirbelte knurrend herum, mit gezücktem Schwert. Pharnatus zuckte zusammen, mit weit aufgerissenen Augen, und hielt schützend einen Arm vor sein Gesicht. »Obwohl ich kaum noch sehen kann, glaube ich zu erkennen, dass Ihr vorhabt, mich zu töten«, sagte er würdevoll. »Doch bevor Ihr es tut, lasst mich bitte noch meine letzten Worte an die Götter meiner Väter richten.«

Justice konnte sich gerade noch beherrschen. Bevor er dem deformierten Geschöpf, das einst ein Mensch gewesen war, seine Bitte abschlagen konnte, war Pharnatus bereits auf die Knie gesunken und senkte den Kopf. Er begann leise zu beten, und Justice hörte geschockt, dass es ein Dankgebet war.

Dankbarkeit.

Wofür?

Er packte Pharnatus' Schulter und riss ihn hoch. »Weshalb solltest du noch etwas wie Dankbarkeit empfinden? Was könntest du diesen nichtswürdigen Göttern zu sagen haben, die dich für Tausende von Jahren in dieser Hölle schmoren ließen? Sie haben weder dein Gebet noch deinen Dank verdient, sondern nur deinen Hass und deine Rache.«

Justice' Altgriechisch war beinahe unverständlich, da er die Worte durch zusammengebissene Zähne hervorstieß, doch Pharnatus schien ihn verstanden zu haben

»Vielleicht hat es einst eine Zeit gegeben, wo Ihr recht gehabt hättet«, antwortete Pharnatus, dessen Lippen aufgeplatzt waren. »Vielleicht wäre ich damals mit Racheschwüren auf der Zunge und Verachtung im Herzen gestorben. Doch dann tauchtet Ihr auf, und mit Eurem heiligen Schwert habt Ihr das Licht gebracht. Nach zwei Jahrtausenden der Finsternis fiel noch ein letztes Mal Licht auf mein Gesicht. Wie sollte ich nicht dankbar sein, warum nicht an meine Götter glauben? Ihr seid ihr Bote, und nun, durch Euer glänzendes Schwert, werdet Ihr mich zu ihnen führen.«

Justice trat wütend einen Schritt zurück. »Ich bin kein Götterbote, du armer, in die Irre geleiteter Narr. Ich bin nur der verstoßene Bastard eines heuchlerischen Königs. Selbst meine Mutter hat mich verlassen. Also erzähl mir nichts von Göttern und Gottesboten. Ich werde dich nicht töten.«

Wieder wandte er sich dem Fenster zu. Der Übertritt nach Atlantis blieb ihm also verwehrt. Nie wieder würde er in seine Heimat zurückkehren können. Er hatte nicht gewusst, dass dieser Gedanke ihn so sehr mit bitterem Schmerz und totaler Verzweiflung erfüllen würde, doch er hätte lieber sein eigenes Leben hergegeben als jener elenden, bedauernswerten Kreatur das ihre zu nehmen.

Da er es nicht ertragen hätte, Keely noch einmal anzublicken, sah er zu Conlan und Ven hinüber. »Meine Brüder«, sagte er, vom Altgriechischen zur Sprache der Atlanter wechselnd. »Nach all diesen Jahren kann ich euch endlich meine Brüder nennen, wenn auch nur, um euch Lebewohl zu sagen.«

Der nereidische Teil seiner selbst heulte vor Wut auf, wurde jedoch zum Verstummen gebracht durch das Erbe der Atlanter in seiner Seele, als er seine Brüder weinen sah. Conlan und Ven, die Brüder, zu denen er sich nie hatte bekennen dürfen, bewiesen durch ihre Reaktion, wie nahe er ihnen stand.

»Kein Lebewohl aus deinem Mund, mein Bruder«, sagte Conlan. »Nicht jetzt, wo wir dich gerade erst gefunden haben. Ich reklamiere für mich das Recht des Königs, sich zu opfern. Ich tue es aus Liebe zu dir und damit du geheilt wirst.«

Bevor Justice etwas sagen konnte, presste Conlan die Klinge eines Dolches an seine Kehle. Ven reagierte sofort und schlug Conlan den Dolch aus der Hand. »Du wirst nichts dergleichen tun, verdammter Narr! Ich habe es bereits gesagt: Wenn sich jemand für unseren Bruder opfert, dann ich.«

Damit zwang er Conlans Hand, die noch immer den Dolch hielt, nach oben, bis die Klinge in die Haut an seiner Kehle schnitt. Ein Rinnsal scharlachroten Blutes sickerte an seinem Hals hinab. Justice blickte wie gebannt auf die intensive Farbe des Blutes.

Blut. Leben. Ein Leben, das seine beiden Brüder für *ihn* zu opfern bereit waren. Dieser Gedanke riss ihn aus der Trance, die durch den Anblick des tröpfelnden Blutes verursacht worden war. »Nein. Nein! Du darfst es nicht tun. Ich werde es nicht zulassen. Ich will nicht dein Leben auf dem Gewissen haben. Ich bin es nicht wert – bin es nie gewesen –, dass sich einer von euch beiden für mich opfert.«

Entweder hörten sie ihn nicht, oder sie ignorierten seine Worte, denn sie kämpften weiter um den Dolch. Darum, wer sterben würde, damit er nach Hause zurückkehren konnte.

Der Gedanke daran, einer der beiden könnte für ihn sterben, schnürte ihm die Brust zusammen. »Nein«, rief er erneut. »Ich werde es nicht zulassen. Ich werde ins Innere der Ödnis zurückkehren. Folglich wäre jedes Opfer vergeblich. Also lasst diese Dummheiten und steckt den Dolch weg. Ihr beide seid solche Idioten.« In seiner Stimme lag ein gezwungener, spöttischer Sarkasmus, den er so nicht empfand. »Ich schäme mich beinahe, euch meine Brüder zu nennen. Hört auf mit diesem Irrsinn. Ich mache mich nur zu gern auf den Rückweg, um nicht mehr dieses Rührstück mit ansehen zu müssen, wer sich für mich opfern darf.«

Und dann nahm er all seinen Mut zusammen. Es fiel ihm so schwer wie noch nie. Er warf einen letzten langen Blick auf Keely und prägte sich alles ein – das wunderschöne rote Haar, das er nie berühren würde, den wohlgeformten

Körper, den er nie neben sich spüren würde. »Erinnere dich an mich, *mi amara.* Um mehr bitte ich nicht in diesem oder jedem anderen Leben. Vergiss mich nicht, auch wenn du mich nie gekannt hast, denn ich fühle, dass ich dich schon seit einer Ewigkeit kenne und mich nach dir gesehnt habe.«

Damit drehte er sich um, gegen seinen Willen. Sein Verstand, sein Herz und seine Seele sagten ihm, dass er sie nicht zurücklassen konnte. Und doch verbot es ihm seine Ehre, einfach zuzulassen, dass einer seiner Brüder für ihn das größte Opfer brachte.

Als er ihnen den Rücken zugekehrt hatte, noch immer das ausgestreckte Schwert in der Hand haltend, stand ihm Pharnatus im Weg. »Kein ›verstoßener Bastard‹ könnte mit so einer Loyalität seitens seiner Brüder rechnen.« Etwas wie schlichte Würde erfüllte seine verunstalteten Gesichtszüge. »Ihr seid ein Botschafter der Götter, auch wenn es Euch selbst nicht bewusst ist. Ihr werdet mich von der Finsternis und Anubisa befreien und mich vor einem völlig sinnloses Tod bewahren.«

In diesem Augenblick schnappte Pharnatus keuchend nach Luft. Er hob den Kopf und starrte mit weit aufgerissenen Augen über Justice' Schulter. Der wollte sich zu Anubisas verdammenswertem Fenster umdrehen, doch bevor es dazu kam, stürzte sich Pharnatus in die Klinge seines Schwertes.

Instinktiv ging er in die Knie, um Pharnatus aufzufangen, sah aber, dass die Klinge des Schwertes tief in seinem Bauch steckte. Er warf den Kopf in den Nacken und schickte einen Verzweiflungsschrei in Richtung des pulsierenden roten Himmels.

»Falls die Götter lauschen, sollten sie Folgendes wissen«, sagte der Grieche, in dessen Gesicht sich Schmerz und Erleichterung mischten, mit letzter Kraft. »Ich habe dies aus freiem Willen getan, und durch mein Opfer muss Lord Justice aus seiner Gefangenschaft befreit werden.«

Justice schrie auf und zog Pharnatus die Klinge aus dem Leib, und der Mann brach zusammen. »Nein! Nicht für mich! Niemals. Ich verdiene es nicht, dass du dich für mich opferst.« Tränen liefen über seine Wangen. »Du darfst das nicht tun.«

»Ich habe es bereits getan«, sagte Pharnatus mit schwacher Stimme. »Jetzt müsst Ihr Euer Leben leben mit dem Wissen darum. Mit dem Wissen um Euren Wert und darum, dass die Götter Euch aus einem bestimmten Grund ausersehen haben.«

Ein glückliches Lächeln glitt über das Gesicht des Griechen, und er streckte die Hände empor.

»Alexander, mein Herr, du bist gekommen, um mich zu holen.«

Nach einem letzten zittrigen Atemzug schloss Pharnatus die Augen. Er war tot.

Ein donnerndes Geräusch durchrollte die Ödnis, und Justice sah, dass sich das Fenster geöffnet hatte.

Der Hohepriester Alaric beugte sich durch die Öffnung und streckte eine Hand aus. »Sein Opfer hat das Fenster geöffnet, doch nur *ein* lebendes Wesen darf die Grenze passieren. Ich kann nicht zu dir kommen, Justice. Du musst zu uns kommen.«

»Ich werde ihn nicht zurücklassen«, sagte Justice heiser. »Ich habe es nicht verdient, dass er sich für mich opferte, und werde ihn nicht hier liegen lassen.«

»Du könntest seinen Leichnam mitnehmen«, schlug Alaric vor. »Da er tot ist, gelten die Gesetze der Ödnis für ihn nicht mehr. Los jetzt, bevor sich das Fenster wieder schließt.«

Justice blickte auf sein Schwert und bemerkte, dass es nicht mehr funkelte. Stattdessen war die Klinge nun schwarz. »Schwarz wie meine Seele, die seines Opfers nicht würdig war«, sagte er verbittert. Aus uralter Gewohnheit wischte er die Klinge an seinem Ärmel ab und steckte es dann in die hinter seinem Rücken baumelnde Scheide, statt es in die Ödnis zu schleudern.

»Los, Beeilung«, drängte Alaric. »Wie gesagt, wir wissen nicht, wie lange das Fenster offen bleibt.«

Es gab keine Alternative. Wäre er in der Ödnis geblieben, wäre Pharnatus' Opfer sinnlos gewesen. Das durfte er nicht zulassen. Er hob den leblosen Körper auf, hielt ihn in den Armen und sprang durch das Fenster. Er war in Atlantis.

Als er die Luft seines Heimatlandes atmete, wurde der zerbrechliche Friede zwischen den beiden Seiten seines Wesens erschüttert. Die nereidische Hälfte seiner Seele schrie empört auf, während ihn das Erbe der Atlanter dazu veranlasste, beschämt den Kopf zu senken vor dem Toten, der sich für ein so unwürdiges Wesen wie ihn geopfert hatte. Sein Kopf dröhnte, als die beiden Teile seiner gespaltenen Psyche miteinander rangen.

Doch nach einer so langen Zeit, wo er nichts als Schmerz empfunden hatte, spielte es da noch eine Rolle, wenn weitere Leiden dazukamen?

Er übergab Alaric Pharnatus' Leichnam. »Ich möchte Euch bitten, diesem Mann die letzte Ehre zu erweisen, indem Ihr ihn nach dem alten Begräbnisritus bestattet. Er war Grieche und Soldat in Alexanders Armee. Er hat zweitausend Jahre in der Ödnis überlebt.«

Alaric neigte den Kopf. »So wird es geschehen. Wir werden ihm diese Ehre erweisen, auch im Andenken an sein Opfer.«

Justice warf den Kopf zurück und lachte freudlos. »Dieser Akt war sinnlos. Aber seine Selbstlosigkeit ist an sich schon ein Grund, ihn zu ehren. Und doch, er hätte es nicht tun dürfen. Nicht für mich.«

Ven und Conlan kamen herbei und schlossen Justice fest in die Arme. In diesem Augenblick waren sie endlich nicht mehr nur Freunde oder verbündete Krieger, sondern Brüder.

Für einen Moment gestattete es sich Justice, jenes Gefühl zu genießen, das anderen Menschen vertraut war. Ein Gefühl der Zugehörigkeit. Doch dann stieß er die beiden weg.

»Verschwendet keinen Gedanken daran, mich aufgrund eines bloßen Zufalls der Geburt in euren Stammbaum aufzunehmen«, sagte er höhnisch. »Wir sind nur dem Namen nach Brüder, und ich will es auch gar nicht anders. Ich möchte mich nur noch von der Bürde befreien, die durch das unerbetene Opfer dieses Mannes auf mir lastet.«

Ein leises Geräusch erregte seine Aufmerksamkeit. Es war, als wollte jemand seine Worte stumm bestreiten. Keely. Der Schmerz hatte ihn ihre Anwesenheit fast vergessen lassen. Er blickte ihr in ihre smaragdgrünen Augen, tiefer als der Meeresgrund, wo Atlantis ruhte. Die seidige Haut ihres Halses zog ihn magisch an. Er wollte sie halten, seinen Kopf auf ihre Schulter legen, sie nie mehr loslassen.

Als sie dann sprach, berührte ihre Stimme etwas tief in seiner Seele. In beiden Hälften seiner Seele.

»Sag so etwas nicht.« Er hörte ihre etwas heisere Stimme und bekam eine Gänsehaut. »Schätze sein Geschenk für dich nicht zu gering. In allen geschichtlichen Epochen hat es keine größere Ehre gegeben als die Selbstaufopferung, und dieser arme Mann hat sein Leben für dich gegeben.«

Er erstarrte, als er die in ihrer Stimme liegende Trauer erkannte. Sein ganzes Wesen sehnte sich nach ihr, verlangte verzweifelt danach, sie zu kennen. Er wollte sie umarmen, sie *besitzen.*

Niemals würde er ihrer würdig sein, doch mittlerweile kümmerte es ihn nicht mehr.

»Du möchtest, dass ich ihn ehre. Dein Wunsch ist mein Befehl, Lady«, knurrte er. Er verlor die Kontrolle, war ganz von ihr beherrscht. »Ich ehre sein Opfer durch jenes, das du für mich bringen wirst.«

Er sprang auf sie zu, nahm sie in die Arme und wünschte, sie wären an einem anderen Ort gewesen. Nur sie beide. An einem Ort, den er seit mehr als zwei Jahrhunderten nicht besucht hatte.

Als wie aus dem Nichts blaugrüner Nebel auftauchte und ihn einhüllte, sah er gerade noch die geschockten Mienen von Alaric und seinen Brüdern. Dann, bevor sie protestieren konnte, presste er Keely fest an sich und schloss die Augen, bevor die Finsternis sie überwältigte.

14

Atlantis,
in einer Höhle unter dem Nereidentempel

Keelys Bewusstsein zerbrach und reorganisierte sich, wieder und wieder. Um sie herum trieben Materiepartikel in leuchtenden Farben wie ein Sandsturm. Das alles schien der Fantasie eines verrückten Künstlers entsprungen zu sein. Es dauerte nur ein paar Sekunden. Irgendwie wusste sie das, auch wenn ihr der Sinn für Raum und Zeit verloren gegangen war. Sie existierte gleichzeitig in mehreren Realitäten, doch in jeder von ihnen wurde sie von stählernen, muskulösen Armen gegen eine harte Brust gepresst.

Und diese Brust roch nach Schlamm und Blut.

Dann endete der Wirbel plötzlich, und sie landete hart auf einem steinernen Boden. Nur Justice' Stärke und Gleichgewichtssinn verhinderten einen Sturz. Sie schloss die Augen, ihr Atem ging schnell und abgehackt. Dann glaubte sie irgendwann, wieder reden und gehen zu können, ohne sich übergeben zu müssen.

Die Arme schlossen sich fester um sie, pressten sie noch heftiger an seine Brust, und die Angst war jetzt stärker als ihre Übelkeit. Sie riss die Augen auf und versuchte sich mit aller Kraft aus der Umarmung zu lösen, doch die Anstrengung hätte sie sich sparen können. Seine Muskeln waren hart wie Felsbrocken, gegen die sie bei Einstürzen während archäologischer Grabungen gestoßen war.

Ihre Angst wandelte sich in Wut, und sie spürte, dass sie üble Kopfschmerzen bekommen würde.

»Lass mich los«, stieß sie zwischen zusammengebissenen

Zähnen und mit einem entschlossenen Blick hervor. Obwohl sie deutlich größer war als die meisten Frauen, hatte sie es hier mit einem Zweimetermann zu tun. Mit jemandem, den sie kannte, dem sie aber nicht in die Augen blicken wollte. Nicht jetzt. Nicht, solange er sie nicht losgelassen hatte.

Dann sprach er endlich, noch immer mit heiserer Stimme. »Wir sind uns nicht sicher, ob wir dich loslassen wollen, unsere liebe Keely.«

Irritiert registrierte sie den seltsamen Plural, doch bevor sie sich eine Antwort einfallen lassen konnte, lockerte sich sein Griff, und er ließ sie trotz seiner Worte los. Sofort taumelte sie ein paar Schritte zurück. Sie vermied es, auf ihre Bluse und Hose zu schauen, die jetzt auch mit Dreck und Blut verschmiert sein mussten. Übelkeit überkam sie. Sie blickte sich um, um zu ergründen, wo sie war.

Und wie war sie hierhergekommen? Das war eine Frage, die bis später warten konnte.

Der dunkle Raum war riesig und die Decke so hoch, dass sie sie nicht sehen konnte. Der kunstvolle Mosaikboden erinnerte sie an jenen, den sie in ihrer Vision von Nereus gesehen hatte. In der feuchten Luft hing ein schwacher, nicht unangenehmer Geruch von Mineralien, der sie an die heißen Quellen in Kalifornien erinnerte.

»Wo sind wir?« Sie beabsichtigte, mit den einfachen Fragen zu beginnen, denn sie war sich ganz und gar nicht sicher, wie es um den Geisteszustand des Mannes stand, der sie hierher entführt hatte. Nur weil es der Mann aus ihrer Vision war – oder sein bösartiger Zwillingsbruder –, konnte sie nicht davon ausgehen, in seiner Gesellschaft in Sicherheit zu sein. Unfreiwillig berührte sie durch den Stoff ihrer Bluse den geschnitzten Fisch. Der Mann, den sie gesehen hatte, schnitzend neben dem Feuer sitzend … Er ähnelte einer seltsam verzerrten Fotografie dieses Kriegers. Sie begann, an ihrer Vision zu zweifeln.

Und an sich selbst.

War dieser Mann – Justice – möglicherweise ein Nachfahre des Kriegers aus ihrer Vision? Vielleicht.

»In einer Höhle tief unter dem Nereidentempel«, sagte er. »Sehr passend, wo wir doch jetzt ganz vom nereidischen Erbe beherrscht werden.«

Also dann. Es war an der Zeit, die auf der Hand liegende Frage zu stellen. »Wir? Wer ist wir? Redest du immer im Plural von dir selbst?« Vielleicht nicht die beste Idee, diese Psychose direkt anzusprechen, doch nachdem sie während ihrer Kindheit von einem Psychiater zum anderen geschleppt worden war, glaubte sie sich bestens qualifiziert, sich mit diesem Defekt auseinanderzusetzen.

Manisch-depressiv. Borderline-Syndrom. Kompletter Realitätsverlust.

Diese Diagnosen ließen sie nicht los. Hatte sie tatsächlich all die Jahre versucht, ihre Eltern davon zu überzeugen, dass sie normal – geistig gesund – war, nur um jetzt den Bezug zur Realität zu verlieren?

Sie verdrängte die Selbstzweifel und atmete tief durch. Dann nahm sie ihren ganzen Mut zusammen und blickte ihm endlich direkt in die Augen. Aus der Nähe wirkte er noch beängstigender und – auch wenn das völlig widersinnig zu sein schien – noch anziehender. Obwohl er einfach nur ganz normal vor ihr stand, wirkte er wie ein zum Absprung bereites Raubtier.

Was sie an das unbehagliche Gefühl erinnerte, seine Beute zu sein.

Nach all diesen Jahren des Studiums der Vergangenheit war sie nun direkt mit Glanz und Elend primitiver Wildheit konfrontiert. Dieser Mann war ein vorzeitlicher, zum Leben erwachter Krieger, kein im Sand der Geschichte begrabener, wie sie bisher vermutet hatte.

Bei den Lumpen, die er am Leibe trug, schien es sich um die Überreste eines schlichten Hemdes und einer unauffälligen Hose zu handeln. Durch den zerfetzten Stoff war seine muskulöse Brust deutlich zu erkennen, auch wenn beide mit Dreck und Blut verschmiert waren. Ihr drohte sich der Magen umzudrehen, und sie wandte schnell den Blick von den Blutflecken ab.

Sie war hart im Nehmen, hatte es immer sein müssen. Doch in dieser Situation drohte sie das seelische Gleichgewicht zu verlieren. Sie war kein Feigling, nur weil sie es nicht ertrug, auf das Blut dieses armen Selbstmörders zu starren.

Ein Lederriemen über seiner Brust war an seinem Rücken an der Scheide befestigt. In seiner Hand hatte das Schwert wie eine natürliche Verlängerung seines Arms gewirkt, und es war offensichtlich, dass er es schon häufig benutzt hatte. Die Haare, die sein Gesicht einrahmten, und der bis zur Hüfte reichende Zopf waren blau. Das hatte sie gewusst. Aber es war kein einfaches Blau. Die Farbschattierungen seines Haares reichten von einem tiefen Dunkelblau bis zum Blassblau eines Sommerhimmels. Zumindest soweit man das angesichts des Drecks und des Blutes erkennen konnte.

Seine Gesichtszüge waren klassisch vollkommen. Sie hatte römische Statuen gesehen, die dem Vergleich nicht standgehalten hätten. Und seine Augen waren tief dunkelblau, fast schwarz. Die Lippen schienen sich stets zu einem nur angedeuteten spöttischen Lächeln zu verziehen. Jetzt wurde ihr bewusst, dass sie ihn viel zu lange wie ein verzückter Backfisch angestarrt hatte.

Oder wie jemand, der um sein Leben fürchtete.

»Ich kann für mehr Licht sorgen, falls du mich genauer in Augenschein nehmen willst«, sagte er mit heiserer Stimme. »Aber diese Blicke machen es mir schwer, nicht an die Befriedigung meiner niederen Instinkte zu denken.«

»Das alles klingt nicht nach einem Verrückten«, platzte es aus ihr heraus. Dann stöhnte sie auf. »Tut mir leid. Wirklich. Es war nicht meine Absicht, in irgendeiner Form beleidigend zu sein.« Obwohl sie noch ein paar Schritte zurücktrat, bemühte sie sich um einen ruhigen und ausgeglichenen Tonfall. »Obwohl ja doch einige Erklärungen fällig sind. Beginnen sollten wir mit der Frage, wie wir hergekommen sind und wie wir hier wieder herauskommen. Dann können wir uns mit den komplizierteren Problemen befassen. Etwa damit, wie zu erklären ist, dass du mich kennst.«

Sie dachte darüber nach, ihm den geschnitzten Fisch zu zeigen und ihn danach zu fragen, überlegte es sich jedoch anders. Noch nicht. Eine Verbindung zwischen ihnen zu insinuieren schien nicht klug angesichts seines augenblicklichen Geisteszustands.

Reiß dich zusammen, dachte sie. Für den hysterischen Zusammenbruch hast du später noch Zeit. Wie oft hatte sie nachts bei Grabungen wegen möglicher Grabräuber Wache geschoben, ohne Angst zu haben? Nein, das stimmte nicht, sie hatte eine Scheißangst gehabt. Und doch erlaubten diese Erfahrungen es ihr jetzt, eine ruhige Gelassenheit vorzutäuschen, die sie absolut nicht empfand.

Er hob eine Hand, und an den Höhlenwänden leuchteten Laternen auf, die blaugrünes Licht verbreiteten. Sie schnappte nach Luft, aber nicht wegen des Kunststückchens mit dem Licht, sondern weil sie erst jetzt sah, wie groß die Höhle war. Es gab einen großen Teich, wahrscheinlich gespeist von jener Mineralquelle, deren Geruch ihr zuvor aufgefallen war. Sie drehte langsam eine Runde und betrachtete die in die Höhlenwände eingesetzten funkelnden Edelsteine. Die wissenschaftliche Neugier ließ sie fast die Angst davor vergessen, was er mit ihr vorhatte. Oder was er ihr *antun* wollte.

»Ob das eine Art Geode ist«, murmelte sie vor sich hin.

»Direkt hier drüber gibt es eine Geode, wo Heilungsriten praktiziert werden. Dies ist eine normale Höhle, auch wenn die Wände mit allen in Atlantis bekannten Edelsteinen gespickt sind.« Er wandte sich ihr langsam zu. »Du bist noch schöner als in meinen Vorstellungen.«

Der abrupte Themenwechsel kam unerwartet, und die Alarmglocken schrillten. »Was? Wie konntest du dir ein Bild von mir machen? Warum sind wir hier, und wer zum Teufel bist du? Ich habe den Prinzen und seinen Bruder – den anderen Prinzen? – sagen hören, du wärest ihr lange verloren geglaubter Bruder. Warum bist du jetzt nicht auf der Wiedersehensfeier, welche die Königsfamilie für den verlorenen Sohn gibt?«

Sein Blick verfinsterte sich. »Du hast eine Menge gehört. Wie lange warst du schon in Atlantis? Will dich bereits ein anderer zur Frau nehmen?« Er sprach leise und drohend und wirkte so angespannt, dass sie schon befürchtete, er könnte aggressiv werden.

Sie trat einen Schritt zurück und hob beruhigend die Hände. »Hör zu, Justice, oder Prinz Justice, falls dir das lieber ist. Ich habe keine Ahnung, wovon du da redest. Niemand erhebt einen Anspruch darauf, mich zur Frau zu nehmen. Wir sind hier nicht im zwölften Jahrhundert. Dein Kumpel Liam tauchte in meinem Büro auf und hat mich eingeladen, eine Exkursion nach Atlantis zu unternehmen. Ich bin Archäologin und …« Sie unterbrach sich, weil sie nicht wusste, wie sie es erklären sollte.

Er schien sich ein bisschen zu beruhigen, doch dann verdüsterte sich sein Gesicht. Seine Miene verriet entweder Verzweiflung oder Verachtung. »Wir scheinen unfähig zu sein, besonnen über dich nachzudenken. Vielleicht solltest du dich ausruhen, während wir baden. Dann können wir beide dieses Gespräch fortsetzen. Später, wenn wir nicht mehr nach dem Blut stinken, das durch Pharnatus' Selbstaufopferung an uns klebt.«

»Ausruhen? *Ausruhen?*« Sie schrie fast. »Willst du mich zum Narren halten? Du bist gerade einem gespenstischen

Ort entkommen, den es eigentlich nicht geben kann, ein bedauernswerter Mann hat sich in dein Schwert gestürzt, du entführst mich, redest schon wieder im Plural von dir selbst und von niederen Instinkten, und da soll ich ein *Nickerchen* machen?«

Sie ballte die Hände zu Fäusten und blickte sich hektisch nach etwas um, womit sie sich selbst verteidigen konnte. Das wäre dann an einem Tag schon das zweite Mal gewesen. »Wenn ich diese Geschichte überstehe, kaufe ich mir ein Stilett«, sagte sie gereizt. »Oder einen Taser. Wenn nicht eine Pistole. Vergiss das mit dem Nickerchen *und bring mich hier raus.*«

Er hob die Scheide mit dem Schwert über den Kopf, und sie glaubte, sie sei geliefert. Ihre Mutter hatte schon immer gesagt, ihr loses Mundwerk werde sie noch mal in Schwierigkeiten bringen.

Ein zum Leben erwachter vorzeitlicher Krieger ermordet halbwegs bekannte Archäologin. Jetzt als Video bei YouTube.

Aber er legte das Schwert auf den Boden und zog sein zerfetztes Hemd aus. Seine Haut war mit Blut und Dreck verschmiert, und sie sah an den zahlreichen Narben, dass er schon häufig verwundet worden war, einige Male vermutlich fast tödlich.

»Bist du verletzt?«, hörte sie sich fragen. »Ist das zum Teil dein Blut? Brauchst du medizinischen Beistand? Falls du einen Erste-Hilfe-Kasten hast, könnte ich mich darum kümmern.«

Er erstarrte und schaute sie mit einem unergründlichen Gesichtsausdruck an. »Hast du mir gerade wirklich deine Hilfe angeboten?«

Sie verschränkte genervt die Arme vor der Brust. »Ja, warum? Darf man ein Mitglied der Königsfamilie nicht berühren? Hör zu, meine Angst wird nur noch von meiner Wut übertroffen. Sei vorsichtig.«

Er blinzelte. »Du bist eine Kriegerin, stimmt's?«

Sie wusste nicht, was sie sagen sollte, war konsterniert, weil in seiner Stimme etwas wie Bewunderung lag.

»Nein, es ist nicht verboten, ein Mitglied der Königsfamilie zu berühren, obwohl ich eine Zugehörigkeit zu ihr gar nicht beanspruche«, sagte er. »Halbbruder oder nicht, ich bin nur ein unerwünschter Bastard, der aus einem erzwungenen Akt hervorgegangene Sohn eines gefangen genommenen Königs. Ich kann nicht fassen, dass du mir gerade deine Hilfe angeboten hast. Wo ich dich doch so schlecht behandelt habe.«

Sie versuchte die Informationen über seine Abstammung zu verdauen, wusste aber nicht genug, um auch nur Spekulationen anstellen zu können. Die Story dieser Royals hatte durchaus auch Züge einer Seifenoper. »Wenn du Hilfe brauchst, werde ich helfen«, brachte sie mühsam hervor, als sie weiter seinen Blick auf sich ruhen spürte. Dann kam ihr ein Gedanke. »Du hast gerade wieder ›ich‹ gesagt, nicht ›wir‹. Ist das … Kannst du das erklären?«

Er kam langsam auf sie zu, als wollte er ihr zu verstehen geben, dass sie nichts zu befürchten habe, und blieb direkt vor ihr stehen. »Du behandelst mich respektvoll, und ich werde so viel wie möglich erklären. Aber zuerst muss ich baden und mich ausruhen. Auch du brauchst Ruhe.«

»Nicht wieder das Thema! Hör zu, ich habe doch …« Aber als sie in seine Augen blickte, hatte sie schon vergessen, was sie sagen wollte. In der Mitte seiner schwarzen Pupillen züngelten blaugrüne Flammen, und sie hob eine Hand, um seine Wange zu berühren. Natürlich brauchte sie Ruhe. Sie war so müde, oder?

So todmüde.

Als ihre Finger über seinen Wangenknochen glitten, erzitterte er, und sie empfand ein mächtiges sinnliches Verlangen. Aber eine leise innere Stimme flüsterte ihr zu, dass sie nicht müde sein durfte, sondern die Flucht ergreifen musste.

Doch als sie in seine Augen blickte, verstummte die innere Stimme. Sie war so schläfrig.

Ihr fielen die Lider zu, und sie spürte, wie ihre Knie weich wurden. Er fing sie auf. »Du hältst mich wieder in deinen Armen«, sagte sie.

»Niemand außer mir soll dich jemals in seinen Armen halten, Keely.« Seine Lippen berührten sanft ihre Stirn. »Du bist mein.«

Irgendetwas an seinen Worten irritierte sie, doch sie dachte nicht weiter darüber nach, sondern überließ sich dem Schlaf. Damit konnte sie sich später befassen. Jetzt war sie nur müde, todmüde.

Sie träumte von einem Mann mit blauen Haaren, der ein Schwert und Juwelen in den Händen hielt.

15

Im Palast in Atlantis, am nächsten Morgen

Conlan blickte sich in dem Kriegszimmer um, wo normalerweise wichtige strategische Fragen erörtert wurden, doch heute ging es um Justice, seinen Bruder. Er fragte sich, warum die Nachtruhe offenbar niemandem gutgetan hatte. Alle Anwesenden hatten dunkle Ringe unter den Augen, und er wusste, dass es bei ihm nicht anders war. Auch Riley hatte wieder einmal eine schlimme Nacht hinter sich, und wenn sie nicht schlief, konnte auch er kein Auge zutun.

Er blickte zu ihr hinüber, um sich zu vergewissern, dass sie auf dem Sofa lag, auf Kissen ruhend, mit hochgelegten Beinen. Die Schwangerschaft war nicht einfach für sie, und je näher der Tag der Geburt rückte, desto blasser und hagerer wurde sie.

Erst gestern hatte sie ihm gestanden, sie sei unglücklich. Die Heirat war wieder und wieder verschoben worden, weil der Kampf um den Schutz der Menschheit sich zuspitzte. Und dann, als Justice verschwand, waren alle Pläne für eine Hochzeitszeremonie auf unbestimmte Zeit verschoben worden. Aber Riley hatte ihn daran erinnert, dass das Baby nach den Gesetzen der Natur geboren werden würde. Dann, wenn es so weit war. Wenn sie sich mit der Hochzeit nicht beeilten, würden sie ein uneheliches Kind bekommen.

Und zu dem Thema hatte Riley gesagt: »Nur über meine Leiche.«

Selbst wenn die offizielle königliche Trauung, die nach Tradition und Gesetz mit der Krönung einhergehen musste, noch einmal verschoben werden musste, *würde* es bald eine Hochzeit geben.

Unabhängig davon, ob sie Justice und Frau Dr. McDermott fanden oder nicht.

Als die letzten Teilnehmer der Besprechung eintrafen, hob Conlan die Hand, um die Anwesenden zum Schweigen aufzufordern. Dann richtete er sich an die Chefin der Dienerschaft, die Erfrischungen anbot. »Danke, Neela. Wir bedienen uns selbst.«

Es war ein ungeschriebenes Gesetz, dass sie hier unter sich sein mussten, und Neela begriff sofort. Sie diente der Familie seit Jahrzehnten und kannte diese Krisensitzungen. Mit einer fast nicht wahrnehmbaren Kopfbewegung forderte sie die anderen Diener und Dienerinnen zum Verlassen des Zimmers auf, und kurz darauf hatten sich die riesigen, mit kostbaren Einlegearbeiten versehenen Türen hinter ihnen geschlossen.

Conlan trank einen großen Schluck Kaffee und setzte dann die Tasse ab. »Guten Morgen allerseits. Danke, dass ihr zu so früher Stunde gekommen seid. Da wir alle die Lage kennen, werde ich keine Zeit damit vergeuden, sie noch einmal zusammenzufassen. Wir haben drei Ziele. Erstens: Wir müssen Justice und Frau Dr. McDermott finden. Zweitens: Alaric muss herausfinden, ob Justice durch seine Zeit in der Ödnis unzuverlässig geworden ist. Drittens: Wir müssen in die Offensive gehen.«

»Wird auch langsam Zeit«, rief Ven von der anderen Seite des Saales, wo er neben Erins Stuhl stand. »Unsere zögerliche Reaktion gegenüber Anubisas Apostaten hat uns nichts als Leiden beschert. Wenn sie ihm etwas angetan hat …« Ven konnte nicht weiterreden, und Conlan erkannte selbst aus einiger Entfernung den Schmerz im Blick seines Bruders. Justice hatte sich für Ven der Vampirgöttin geopfert, was Ven seitdem seelisch extrem belastete.

»Ganz meine Meinung«, sagte Alaric, der wie üblich abseits stand. Allein, von den anderen getrennt. Vielleicht konnte nur Conlan das Ausmaß seiner Einsamkeit einschätzen. Er erinnerte sich nur zu gut an die Zeit, als dem Priester bewusst geworden war, welche Gefühle er für Quinn empfand. Aber Poseidons Hohepriester mussten ein Keuschheitsgelübde ablegen, und Quinns Rolle als Anführerin der Menschenbewegung hatte sie selbst zu einem Leben in Einsamkeit verdammt.

Noch nie hatte es eine so aussichtslose Beziehung gegeben, doch das Wissen um die Vergeblichkeit führte nicht dazu, dass man alles vergaß.

»Wir müssen enger mit der Menschenbewegung zusammenarbeiten und uns einen umfassenden Plan zurechtlegen«, fuhr Alaric fort. »Die Tage und Jahrhunderte, wo wir auf eigene Faust zugeschlagen haben, liegen hinter uns. Falls Quinn und Jack es einrichten können, sich mit uns zu treffen, sollte diese Zusammenkunft so schnell wie möglich stattfinden. Aber am wichtigsten ist jetzt natürlich Justice.«

Riley drehte sich stöhnend auf dem Sofa um, und Conlan zuckte zusammen, bereit, ihr zur Hilfe zu eilen. Aber sie schüttelte nur lächelnd den Kopf. »Mir geht's gut. Unser Sohn beharrt nur darauf, auf meine Blase zu drücken.«

»Unsere Tochter kann nicht stillhalten, wie ihre Mutter«, korrigierte Conlan.

»Wenn ihr es genau wissen wollt, müsst ihr nur fragen«, sagte Alaric lakonisch. »Auch wenn wir alle dieses amüsante Hin und Her während der letzten Monate immer unterhaltsam fanden.«

Riley rollte die Augen, schob sich ein Kissen unter den Rücken und blickte sich um. »Wir müssen Justice finden und uns vergewissern, dass es ihm gut geht, das ist jetzt am allerwichtigsten. Selbst bevor wir erfahren haben, dass er Conlans und Vens Bruder ist, gehörte er zu unserer Familie. Wie alle in diesem Zimmer und die restlichen Mitglieder der Sieben.«

Mehrere Anwesende nickten zustimmend. Conlan wollte etwas sagen, aber Riley schüttelte den Kopf. »Jetzt muss *ich* mal etwas egoistisch sein. Als Justice in Anubisas Fänge geriet, hatte ich Verständnis dafür, dass alles andere zweitrangig war. Ich habe alles getan, um bei der Suche nach ihm behilflich zu sein. Doch nach allem, was ich gehört habe, ist er diesmal freiwillig verschwunden. Ganz zu schweigen davon, dass er diese bedauernswerte Archäologin entführt hat. Mir geht es um Folgendes: Wenn das Kind zur Welt kommt, *werden* seine Eltern verheiratet sein. Ich verstehe, dass es keine pompöse Zeremonie geben kann, aber damit habe ich kein Problem. So etwas war mir nie wichtig. Aber wir heiraten in meiner Heimatkirche, rufen einen Geistlichen nach Atlantis oder lassen uns in einer verdammten Kapelle in Las Vegas trauen, wie Elvis. Mir ist das egal, für mich spielt es keine Rolle. Elvis habe ich schon immer gemocht. So oder so, Conlan und ich werden innerhalb der nächsten Woche heiraten.«

Einer von Rileys schönsten Charakterzügen war es, dass sie nie die Stimme erhob. Es war überflüssig. Sie war ein Mensch, gehörte nicht zu den Atlantern. Einst hatte sie scherzhaft gesagt, vor ihrer Begegnung mit Conlan sei sie der Aristokratie allenfalls beim Burger King nahegekommen. Und doch war ihr Verhalten das einer Königin, ganz so, als sei sie durch ihre Geburt dazu bestimmt worden.

»Also, ihr habt es gehört. Die künftige Königin hat gesprochen, und mir bleibt nichts anders übrig, als mich zu fügen«, sagte Conlan lächelnd.

»Sie hat recht, wenn sie sagt, die Eltern sollten bei der Geburt des Kindes verheiratet sein«, sagte Alaric. »Der Sohn oder die Tochter werden die ersten halb menschlichen Geschöpfe sein, welche den Thron von Atlantis besteigen, wenn die Krone übergeben wird, und dann genug Probleme haben. Es ist mit Sicherheit überflüssig, den Thronfolger mit der Bürde einer unehelichen Geburt zu belasten.«

»Wir können doch immer auf dich zählen, Alaric?«, sagte Riley zugleich erschöpft und bewegt. »Wenn unser Kind auf die Welt kommt, soll es fühlen, dass seine Eltern den Bund fürs Leben geschlossen haben.«

»Ja, aber vielleicht sollten wir jetzt besser auf das wichtigste Thema zurückkommen.«

Ven trat an den langen, hölzernen Tisch in der Mitte des Zimmers, auf dem Karten und Mappen mit Strategieplänen zusammengeschoben worden waren, um Platz für die Kannen und Tassen zu schaffen. Er schenkte sich eine weitere Tasse Kaffee ein. »Ich bringe euch mal kurz auf den neuesten Stand. Heute Morgen haben wir erfahren, dass es in St. Louis einen Vampiraufstand gibt. Offenbar macht Anubisa den Vampiren Druck, was die Methoden der Anwerbung von Konvertiten betrifft, aber sie überlässt die Drecksarbeit Vonos. Und der ist ungefähr so zimperlich wie Bruce Willis in der fünften oder sechsten Folge von *Stirb langsam.*«

Conlan nickte. »Alexios, Christophe und Denal haben sich vor Tagesanbruch nach St. Louis begeben, wo sie Jack, Reisen und Vertreter der örtlichen Splittergruppe der Menschenbewegung treffen werden.«

»Seit wann vertrauen wir Reisen?«, fragte Alaric, dessen Augen plötzlich grellgrün leuchteten. »Ihm, der Poseidons Dreizack aus dem Tempel des Meeresgottes gestohlen hat?«

»Ob wir ihm vertrauen, spielt keine Rolle«, sagte Conlan. »Quinn vertraut ihm, wie auch Jack, und die beiden berichten, dass er nach einer Art Erlösung sucht. Er nimmt nur die gefährlichsten Aufträge an, und sie glauben, dass er dabei den Tod sucht.«

»Es interessiert mich nicht, ob er nach Erlösung sucht«, knurrte Alaric. »Ich will nicht, dass er in Quinns Nähe kommt. Sobald diese Besprechung beendet ist, werde ich mich nach St. Louis begeben.«

»Wir brauchen Euch hier, Alaric«, sagte Erin, die bisher

ungewöhnlich still gewesen war. »Ich habe versucht, Kontakt zu Justice aufzunehmen, einen Anhaltspunkt über seinen Aufenthaltsort zu bekommen. Ihr wisst, dass ich eine Melodine bin, ein Schützling der Göttin der Nereiden? Seit wir herausgefunden haben, dass Justice' Mutter eine Nereide war, hatte ich gehofft, durch diese Verbindung ansatzweise in Erfahrung zu bringen, wo er sich aufhalten könnte.«

Sie schüttelte den Kopf, bevor die anderen nachfragen konnten. »Ich hatte kein Glück, es hat nichts gebracht. Ich mag eine Hexe und eine Melodine sein, konnte aber keine Verbindung herstellen.« Sie wandte sich wieder Alaric zu. »Und deshalb brauchen wir Euch. »Außer Euch hat niemand die Macht, Justice' Aufenthaltsort in Erfahrung zu bringen.«

»Pardon, Erin«, sagte Alaric. »Seit er verschwunden ist, habe ich die ganze Zeit versucht, Kontakt zu Justice aufzunehmen oder seinen Aufenthaltsort herauszufinden.«

Erin seufzte und sackte auf ihrem Stuhl zusammen. »Es tut mir leid, ich hätte das bedenken sollen. Ich bin so erschöpft. Wahrscheinlich habe ich kein Auge mehr zugetan, seit Justice vor Monaten von Anubisa verschleppt worden ist. Er hat mir und Ven das Leben gerettet, in gewisser Hinsicht auch das meiner Schwester. Und jetzt wissen wir nicht, wo Justice ist. Und ebenfalls nicht, wo Deirdre ist, oder ob meine Schwester überhaupt noch lebt.«

Sie rieb sich die Augen, und als sie dann weitersprach, klang ihre Stimme, als stünde sie kurz davor, in Tränen auszubrechen. »Es wird allmählich mal Zeit, dass irgendetwas gut geht.«

Ven kniete neben Erins Stuhl nieder und schloss sie in die Arme. Sein Gesichtsausdruck spiegelte genau das, was auch Conlan beschäftigte.

»Ich denke, wir alle hoffen, dass endlich mal wieder etwas gut geht«, sagte Conlan. »Wir benötigen einen Plan. Alaric wird sich nach St. Louis begeben, aber trotzdem versuchen,

Justice' Aufenthaltsort herauszubekommen. Riley und ich werden einen Geistlichen suchen, der bereit ist, uns in Atlantis zu trauen. Ven wird einen Trupp anführen, der herauszufinden versucht, wo Justice sich mit dieser Archäologin aufhält. Wenn sie die beiden gefunden haben, bringen sie sie nach Atlantis.«

Jemand klopfte, und dann steckte Liam den Kopf durch die Tür. Er warf Conlan einen fragenden Blick zu. Conlan nickte und bat ihn herein.

»Perfektes Timing«, sagte Ven. »Wir müssen mehr über diese Frau Dr. McDermott erfahren. Was hat sie, das Justice den Kopf verdreht hat?«

Liam schüttelte den Kopf. »Keine Ahnung. Aber eines weiß ich: Sie hat Visionen, wenn sie bestimmte Gegenstände berührt, eine längst verloren geglaubte Fähigkeit. Als sie den Saphir berührte, hat sie Nereus gesehen.«

Alaric beugte sich vor. »Was hat sie gesagt über den Hohepriester Nereus und den Stern von Artemis?«

»Nicht viel«, räumte Liam ein. »Ich hatte vor, sie in Atlantis danach zu fragen. Aber etwas äußerst Merkwürdiges hat sie doch gesagt. Sie meinte, ich sehe genauso aus wie er.«

16

In der Höhle unter dem Nereidentempel

Justice wachte abrupt auf und war innerhalb von zwei Sekunden voll da. In der Ödnis hatte es keinen friedlichen Schlaf gegeben, erst recht nicht während seiner kurzen Zeit mit Anubisa. Ihr Zorn, wenn er nicht willens oder, um der Wahrheit die Ehre zu geben, *unfähig* gewesen war, ihre Wünsche zu befriedigen … Sie war eine Göttin und von einer außergewöhnlichen, dunklen Schönheit, welche für die Augen von Sterblichen unergründlich blieb. Aber diese Schönheit wurzelte im Bösen.

Selbstekel überkam ihn. Letztlich war er nicht anders als die anderen. Im Laufe der Jahrhunderte hatte er eine Menge Frauen gehabt, wann immer ihm der Sinn danach stand. Leider hatte ihm während der letzten Jahrzehnte keine mehr wirklich gefallen. Bei flüchtigen Affären hatte ihm immer etwas gefehlt. Etwas, von dem er gar nicht wissen wollte, was genau es war.

Bis zu dem Augenblick, als er *ihr* Gesicht sah.

Keely.

Der Gedanke an sie rief ihm schlagartig wieder ins Gedächtnis, wo sie waren und was er getan hatte. Er schlug die Decken zurück und sprang auf. Vor dem Steinschlag und der daraus resultierenden Einsturzgefahr in den Tunneln war die Höhle eine Zuflucht für die geistig Labilen gewesen. In einer Ecke standen mehrere Kommoden mit Decken und Kleidungsstücken. Plötzlich erinnerte er sich, dass er auch für sie einen Platz zum Schlafen vorbereitet hatte, aber wo? Entweder fiel es ihm nicht mehr ein, oder sie war verschwunden. Was war, wenn ihr die Flucht gelungen war? Wenn er sie nie mehr finden würde?

Panik übermannte ihn. Panik und etwas Tieferes, Dunkleres, wurzelnd in der nereidischen Hälfte seiner Seele. Er lernte allmählich, diesen Teil seines Ichs zu erkennen, der sich immer mehr bemerkbar machte und mit dem Erbe der Atlanter konkurrierte, der anderen Seite seines Wesens.

Er blickte sich in der dämmrigen Höhle um und atmete erleichtert auf. Seine Muskeln entspannten sich. Sein ganzer Körper hatte sich verkrampft bei dem Gedanken, sie könnte verschwunden sein. Sie war noch da, schlief auf den Decken, die er vor einer mit Edelsteinen gespickten Wand für sie zurechtgelegt hatte.

Mittlerweile kannte er sie gut genug, um zu wissen, dass sie wütend auf ihn sein würde, weil er sie gegen ihren Willen in den Schlaf versetzt hatte. Aber sie hatte ihn gebraucht. Er selbst hatte sich vor Erschöpfung kaum noch auf den Beinen halten können und sich absolut unfähig gefühlt, ihrem trotzigen Widerstand noch etwas entgegenzusetzen.

Natürlich. Er hatte nur in ihrem Interesse gehandelt. Aber sicher. Schurken waren wahre Meister darin, das eigene Handeln vor sich selbst zu rechtfertigen. Jetzt bedauerte er es, doch er verdrängte das Gefühl und dachte daran, dass er ein Bad nehmen sollte. Er brauchte es.

Zwar hatte er schon vor dem Schlafengehen in dem von der heißen Quelle gespeisten Teich gebadet, doch nach der endlosen Zeit in der Ödnis empfand er es als Freude und Bedürfnis, sich von dem Dreck zu befreien, sich reinzuwaschen. Er hoffte, dass diese Zeit ihn nicht auch seelisch besudelt hatte.

Er würde ein Bad nehmen, sich etwas Anständiges anziehen und sie wecken. Sie hatten viel zu bereden. Er wollte alles über sie erfahren, jedes Detail ihres bisherigen Lebens. Außerdem musste er sie davon überzeugen, dass sie ihm Zeit lassen musste.

Zeit, um ihr zu beweisen, dass er kein Ungeheuer war. Und um sie davon zu überzeugen, dass sie zu ihm gehörte.

Er musste selbst herausfinden, woher er wusste, dass er sich in diesem Punkt nicht täuschte.

Er war nackt, trug aber das Schwert auf dem Rücken. Es war ein Teil von ihm wie sein Arm oder die Augen. Vielen hatte es den Tod gebracht. Es war, was es war, und es war seins. Er ging leise zu Keely hinüber, kauerte neben ihr nieder und betrachtete die schlafende Frau.

Ihr glänzendes rotes Haar hatte exakt jenen Farbton wie in seiner ersten Vision von ihr. Er ließ zugleich an Flammen und an Sonnenlicht denken und passte perfekt zu ihrer makellosen, leicht gebräunten Haut. Da sie die Lider geschlossen hatte, konnte er ihre smaragdgrünen Augen nicht sehen, doch er erinnerte sich nur zu gut daran.

Sie lag auf der Seite, eine Hand ruhte auf den Decken. Nachdem sie eingeschlafen war, hatte er ihr die Handschuhe ausgezogen und sich gefragt, warum sie diese trug. Ihre Hand war schlank, aber die langen Finger wirkten kräftig. Etliche Kratzer und Schrammen ließen darauf schließen, dass sie kürzlich körperlich gearbeitet hatte. Vielleicht trug sie deshalb die Handschuhe.

Archäologie. Sie hatte gesagt, sie sei Archäologin. Eine Wissenschaftlerin, die sich mit der Vergangenheit beschäftigte. Fast hätte er gelacht, aber er beherrschte sich, um sie nicht zu wecken. Sie war eine Erforscherin der Vergangenheit, und er hatte diese durchlebt. Vielleicht war es Schicksal, dass sie sich begegnet waren.

Jetzt musste er doch verbittert auflachen. Sein Schicksal war es, ein Bastard zu sein. Sollte er jetzt vielleicht dankbar sein für dieses Schicksal, das er für Jahrhunderte verflucht hatte?

»Auf was würde ich verzichten für dich, Keely?«, murmelte er. »Auf meine Ehre. Meine Verbitterung? Vielleicht sogar auf einen Teil meiner Seele? Woran genau liegt es, dass es mich so erwischt hat?«

Sie seufzte leise im Schlaf, und damit war es um ihn geschehen. Der Seufzer entflammte ein fast animalisches sinnliches Verlangen. Er begehrte sie so sehr, dass es körperlich wehtat.

Nein, er *brauchte* sie. *Sie* brauchten sie und würden bekommen, was sie brauchten.

Halt!, schrie etwas in ihm auf. *Du kannst mich nicht bezwingen, obwohl du ein Teil meiner selbst bist.*

Eine Stimme, seine und doch nicht seine, flüsterte ihm eine Drohung zu. *Du irrst dich. Ich werde dich bezwingen, denn du bist schwach. Und wenn ich ganz die Kontrolle über unseren Geist gewonnen habe, wird diese Frau mir gehören.*

Das nereidische Erbe, obwohl Teil seiner selbst, war *das Andere,* er wusste nicht, wie sonst er über diese Seite seiner Seele denken sollte. Jetzt überflutete sie seinen Geist mit sexuellen Vorstellungen. Er sah in realistischer Detailtreue vor sich, wie sie es miteinander trieben. Von vorne, von hinten. Fellatio. Cunnilingus.

Keely. Keely. Keely.

Die Bilder verfolgten ihn, bis er eine so schmerzhafte Erektion hatte, dass er glaubte, sie sofort wecken und nehmen zu müssen. Sie musste begreifen, wie verzweifelt er sich danach sehnte, sich in der feuchten Hitze ihres Schoßes zu verlieren. Er streckte die Hand aus, fast gegen seinen Willen, und wollte die Decke zurückziehen.

Da fiel ihm etwas auf.

Tränenspuren. Sie hatte geweint. Auch in dem von ihm durch Hypnose herbeigeführten Schlaf hatte ihr etwas gesagt, dass sie ihn Gefahr schwebte, und sie hatte Angst gehabt.

Sie hielt ihn für ein Ungeheuer, und das mit gutem Grund. Er trat zurück, von Selbstverachtung überwältigt.

Er *war* ein Ungeheuer, würde sie aber nie gegen ihren Willen anfassen.

Eher würde er sich umbringen.

Du kannst nicht gewinnen, flüsterte er dem Nereid oder vielleicht auch nur dem gierigen, lüsternen Teil seines Ichs zu. *Ich werde dich besiegen, und wenn ich dabei draufgehe. Nie werde ich es zulassen, dass du ihr auch nur ein Haar krümmst.*

Ein leises spöttisches Gelächter hallte durch die Höhle, doch wahrscheinlich ertönte es nur in seinem Kopf. Er konnte es nicht genau sagen.

Ein Haar krümmen?

Du magst ihr Haar auch?

Als er zu dem Teich lief, um sich in dem warmen Wasser von den sexuellen Vorstellungen zu befreien, versuchte es der Nereid noch ein letztes Mal, und er sah vor seinem inneren Auge, wie Keely ihn oral befriedigte.

Er ließ das Schwert fallen. Als er im Wasser war, fragte er sich, ob er, ein Atlantiskrieger halb nereidischer Abstammung, zum ersten Mal die Meeresgöttin – oder sogar Poseidon selbst – um Beistand bitten sollte.

Er fürchtete, den Verstand zu verlieren.

Ein unheimliches Angstgefühl erfüllte Keelys Träume, eine in Aschgrau und ockerfarbene Töne getauchte Welt. Sie schwamm durch dunkle Fluten, und immer wieder stießen seltsame Gegenstände an ihren Körper: ein dicker, hölzerner Apfel, ein geschnitztes Pferd, das sie anlächelte, oder ein hölzerner Planwagen, das Spielzeug eines Kindes, das in dem anderen Treibgut neben ihr schwamm. Sie empfand ein starkes Bedürfnis, nach dem Planwagen zu greifen, hatte aber Angst zu ertrinken, wenn sie langsamer schwamm.

Ihr war bewusst, dass sie träumte – zumindest halbwegs –, und doch gab es für sie keine andere Realität mehr als diese Traumlandschaft. Sie kannte nur noch das Ziel, das gegenüberliegende Ufer zu erreichen, denn sie wusste, dass sie dort in Sicherheit war.

Der Grund dafür war ihr unklar, und sie hatte auch keine Ahnung, was sie dort erwartete. Irgendetwas stieß gegen ihre Schulter, und sie sah, dass es ein rotes Dreirad war, dessen Lenker sich in ihren Haaren verfangen hatte. Sie bewegte hektisch den Kopf, und das Dreirad blieb zurück. Dann drehte sie den Kopf wieder in Richtung des Ufers, das sie nicht sah, von dem sie aber wusste, dass es existierte, und der Planwagen stieß sanft an ihre Nase.

»Aber ich habe keine Tasche, wo ich dich reinstecken kann«, sagte sie hilflos, und in diesem Moment wachte sie schwer atmend auf. Sie setzte sich auf und blickte sich um.

Erst ein Traum, jetzt ein Albtraum.

Die Erinnerungen an die Ereignisse des letzten Tages kamen zurück. Atlantis, Krieger, der Selbstmörder, der ein Soldat Alexander des Großen gewesen war.

Justice.

Ihr Blick suchte die Höhle nach dem Mann aus dem gestrigen Albtraum ab. Oder vielleicht, flüsterte eine traurige Stimme in ihrem Inneren, nach dem Krieger aus ihrer Vision?

Jetzt musste sie an ganz andere Träume denken. An Träume, nach denen sie in durchgeschwitzten Laken aufwachte, sehnsüchtig und unbefriedigt, weil es die vorzeitlichen Krieger, welche sie manchmal in ihren Visionen sah, wenn sie Gegenstände aus uralten Zivilisationen berührte, in der heutigen Zeit einfach nicht mehr gab. Mit Sicherheit tauchten sie nicht in Büros der Ohio State University auf.

Aber sie war nicht mehr in Ohio. Der Beweis dafür war der muskulöse Mann, der gerade tropfnass aus dem Wasser stieg, gerade mal ein paar Meter von ihr entfernt. Plötzlich wollte sie ihn überall berühren.

Mit ihrer Zunge.

Für einen Augenblick schloss sie die Augen, beschämt über ihre eigene Dummheit. Begehrte sie jetzt etwa ihren Entführer? Aber er war gestern so behutsam mit ihr umgegangen und hatte so gelitten unter Pharnatus' Selbstmord … Nein, es konnte nicht sein, dass er …

Als sie die Augen öffnete, konnte sie der Versuchung nicht widerstehen, ihn erneut anzusehen. Er hatte die Arme gehoben, um sich die langen nassen Haare aus dem Gesicht zu streichen, und diese Bewegung hätte eigentlich verboten sein müssen. Justice war so groß und schlank und muskulös, dass sich die Bodybuilder aus dem Fitnessstudio der Ohio State University dagegen wie schwächliche Zwerge ausnahmen. Muskulöse Arme, mit einer Tätowierung auf dem rechten Bizeps, starke Beine, eine kräftige Brust, eine schlanke Taille und ..

Sie versuchte zu schlucken, hatte aber einen dicken Kloß im Hals. Entweder wandelten alle Atlanter in einem permanenten Zustand der Erregung umher, oder Justice war tatsächlich hocherfreut, sie zu sehen.

Eine Hitzewelle überlief ihren Körper, und sie wurde feucht … *Mein Gott.*

Er hatte bemerkt, dass sie ihn beobachtete.

Wie paralysiert starrte sie ihn an, beschämt darüber, dass sie spürte, wie sie rot wurde. Dann siegten der gesunde Menschenverstand und der Selbstschutzinstinkt über die sexuelle Erregung, und sie sprang auf. »Bleib, wo du bist, okay? Und zieh dir was an, damit wir uns wie zivilisierte Menschen unterhalten können, oder … wie ein Atlanter mit einem Menschen. Jetzt, wo wir geschlafen haben und du … endlich sauber bist.«

Er stand reglos da und wirkte absolut nicht bedrohlich, doch plötzlich überlief sie ein Schauer. Irgendein unbekanntes Gefühl brannte in seinen Augen, deren Farbe sich von einem tiefen Dunkelblau in ein intensives Saphirblau wandelte. Ganz langsam glitt sein Blick von ihrem Gesicht zu ihrer Brust hinab, wo er verweilte, bevor er weiter nach unten wanderte. Die männliche Arroganz in seinem Blick wollte sie zur Flucht veranlassen, und doch wurden ihre Brustwarzen steif.

Sie würde nicht darauf eingehen, ausgeschlossen. Sie war eine moderne, unabhängige Frau, die sich bestimmt nicht von einem nackten Alphatier anmachen und sich in eine Zeit zurückbomben lassen würde, als die Männer das Sagen hatten und Frauen bloß Objekte waren.

Das redete sie sich ein, doch ihr Körper strafte ihre Gedanken Lügen. Offenbar hatte sie die einsamen Nächte satt. Als sein Blick langsam wieder an ihrem Körper hinaufglitt, begann ihre Haut zu kribbeln. Sie sehnte sich verzweifelt danach, dass er sie berührte.

Doch dieses kribbelnde Gefühl riss sie schließlich auch aus der sexuellen Trance heraus, in die er sie irgendwie versetzt hatte. Nun gewannen wieder Logik, Vernunft und Vorsicht die Oberhand.

»Lass es«, sagte sie aggressiv. »Hör auf, mich anzustarren, und zieh dich an. Wir müssen darüber reden, wie wir hier herauskommen. Wo ist der Ausgang? Gibt es nicht einen Tunnel oder einen magischen atlantischen Aufzug?«

Er spreizte die Hände, als wollte er sagen, dass von ihm keine Gefahr drohte. Leider wurde ihr Blick dadurch erneut auf seine muskulösen Arme gerichtet. Trotz jahrelanger Selbstverteidigungskurse war ihr klar, dass sie gegen diesen Mann nichts ausrichten konnte, auch wenn er nackt und unbewaffnet war.

Gut, nackt war er. *Aber unbewaffnet? Dieser Riesenschwanz scheint mir eine ziemlich gefährliche Waffe zu sein.*

Der gesunde Menschenverstand riet ihr, wieder die Rolle des eingeschüchterten, verängstigten Mädchens zu spielen, aber für ihre Gänsehaut gab es wahrscheinlich andere Gründe.

»Bitte, Keely, bleib ganz ruhig«, sagte er leise, als wollte er ein verwundetes Tier besänftigen.

»Beruhigt bin ich erst, wenn du mich hier rausgebracht hast«, sagte sie, stolz darauf, wie vernünftig ihre Stimme klang. Und doch schlug ihr Herz weiter wie wild. »Und zwar auf andere Art als die, wie wir hergekommen sind. Nichts da mit ›Beam me up, Scottie‹ oder ähnlichem Unsinn. Mir wäre ein ganz normaler Tunnel lieber. Oder eine Treppe. Genau, eine Treppe wäre gut.«

»Aber …«

»Und zieh dich endlich an!«, schrie sie, mit ihrer Geduld am Ende. »Es ist mir egal, ob du es mit einer griechischen Statue aufnehmen kannst. Schmeiß dich endlich in deine Klamotten!«

Ein Lächeln glitt über sein Gesicht. »Du findest, dass ich einer Statue ähnlich sehe?«

Sie warf ihm einen finsteren Blick zu. »Ich habe gesagt, du sollst dich anziehen. Sofort.«

Noch immer lächelnd, schlenderte er zu einem Haufen von Kleidungsstücken hinüber, doch als er Hemd und Hose anzog, geschah dies nicht annähernd schnell genug, um sie ihren Seelenfrieden wiederfinden zu lassen. Der Anblick seines Hinterns hätte sie beinahe laut aufstöhnen lassen, als er in die Hose stieg.

Wenn sie diese Geschichte lebend überstand, hatte sie auf Jahre hinaus genug, wovon sie träumen konnte.

»Also gut, jetzt bist du angezogen. Dann kannst du mich ja zum Lift bringen.«

Er kam kopfschüttelnd mit ein paar großen Schritten auf sie zu. »Trotz des dunklen Verlangens des *Anderen* in mir würde ich dich gern hier herausbringen, wenn es in meiner Macht stünde. Aber ich bin nicht einmal sicher, wie wir hierhergekommen sind, denn bis jetzt habe ich nie über die magischen Kräfte verfügt, Menschen an einen anderen Ort zu versetzen.«

»Aber …«

»Ich weiß nicht, wie ich diese magischen Kräfte erneut mobilisieren kann.« Er blieb dicht vor ihr stehen und blickte sie an. In seinen Augen züngelten blaugrüne Flammen. »Leider ist die vom Tempel zu dieser Höhle hinabführende Treppe seit einem Einsturz vor ein paar Jahren verschüttet. Es gibt keinen Ausgang.«

17

In ihrem bisherigen Leben hatte Keely nie an Klaustrophobie gelitten, nicht einmal nach den extravaganteren Versuchen, welche die Psychiater in ihrer Kindheit mit ihr angestellt hatten. Etwa das Experiment bezüglich sensorischer Deprivation, bei dem man sie in eine licht- und geräuschlose Zelle gesteckt hatte. Es war nach dem ersten Mal abgebrochen worden.

Noch nie hatten sie eine Achtjährige so laut schreien gehört.

Aber das Wissen, dass sie hilflos mit Justice in dieser unterirdischen Höhle festsaß, brachte sie an den Rand des Wahnsinns. In einer unterirdischen Höhle in *Atlantis,* und sie wollte nicht einmal an die Möglichkeit denken, dass unter Umständen der ganze Laden einstürzen würde …

Das Tempo ihrer Atmung grenzte an Hyperventilation, und sie begann zu zittern, von Wut und Panik gepackt. »Bist du verrückt? Du verschleppst mich in eine unterirdische Höhle, ohne eine Ahnung, wie wir hier wieder rauskommen?«

»Höhlen sind meistens unterirdisch.«

»Was du nicht sagst. Ich bin Archäologin, und …«

Er ignorierte ihre Worte und hob eine Hand, als wollte er sie berühren.

Oh nein, sie würde es nicht zulassen, und wenn er noch so ein Sexidol war. Sie sprang zurück und atmete tief durch, um sich zu beruhigen. Sie musste rational denken, sich einen Plan einfallen lassen. Einen Plan, genau das brauchte sie.

Sie durfte sich nicht sinnlosen Gedanken darüber überlassen, was künftige Archäologen denken würden, wenn sie ihre Knochen neben einem Paar Handschuhe, einem anderen Skelett und einem verdammten Schwert fanden.

Irritiert stellte sie fest, dass sie sich die Haare raufte. Mit *nackten* Fingern. »Meine Handschuhe! Wo sind sie?« Ihre Atmung beschleunigte sich erneut so sehr, dass ihre Lungen zu brennen begannen.

Er zeigte schweigend auf den Boden neben ihrer Schlafstätte. Als sie sich bückte, um die Handschuhe aufzuheben, war er blitzschnell bei ihr und packte ihr Gelenk, bevor sie den ersten Handschuh überstreifen konnte.

»Warum, Keely? Warum die Handschuhe? Glaubst du, sie bieten dir Schutz?« Er verzog das Gesicht. »Jage ich dir solche Angst ein?«

Er ließ ihr Handgelenk los und richtete sich auf, mit dem in der Scheide steckenden Schwert in den Händen. Bevor sie protestieren konnte, drückte er es ihr in die Hand.

»Nimm dieses Schwert, das ich schon so lange bei mir trage, dass es zu einem Teil meiner selbst geworden ist, und richte es gegen mich, wenn du mich so sehr fürchtest«, sagte er mit rauer Stimme und verdüstertem Blick. »Um mich zu töten, musst du mich hier treffen.« Er legte eine Hand auf sein Herz, doch es war zu spät, zu spät.

Zu spät.

Das Schwert passte sich ihrer Hand an, als suchte es sie. Als suchte es ihr Wissen über es. Sie hatte die absurde Idee, dass das Schwert sich ihres Verstandes bemächtigte, ganz so, wie Justice sich ihrer ganzen Person bemächtigt hatte, als er sie hierher brachte.

Sie war schutzlos und konnte keinen klaren Gedanken mehr fassen, als sie die Zeitalter an sich vorbeiziehen sah, gewalttätige, blutige Äonen. Sie war den Bildern hilflos ausgeliefert.

»Nein«, protestierte sie, konfrontiert mit der Geschichte

dieses Schwertes. »Nein, nein, nein. Es ist zu viel, ich ertrage es nicht … Meine Handschuhe … Ich kann nicht …«

»Keely!«

Sie hörte seine Stimme nur gedämpft.

Wieder fing er sie auf und hielt sie in den Armen.

Doch es war zu spät. Mit stummen Schreien stürzte sie in die finstere Tiefe des Abgrunds. Sie blickte ihm noch einmal in die Augen und brachte mühsam einen letzten Satz hervor.

»Ich werde es nicht überleben.«

Sie stürzte mit körperlichen Qualen in die Realität ihrer Vision. Sie empfand den sengenden Schmerz aufgerissenen und blutenden Fleisches in ihrem Gesicht und am Hals.

Sie schnappte panisch nach Luft. Ihre Aufmerksamkeit wurde angezogen von dem Boden, der sehr anders war als jener in der Höhle. Dies war ein strahlend weißer Marmorboden, mit Ornamenten aus Gold, Kupfer und einem anderen, dem Kupfer ähnelnden, stark funkelnden Edelmetall. Der extreme Schmerz begann erneut, und ihr wurde klar, dass sie diese Vision womöglich nicht überleben würde. Noch nie hatte sie solche Qualen gelitten. Ihr Hals tat entsetzlich weh, und sie rang mühsam um Atem. Dann hörte sie ein Stöhnen, und sie sah sich um, um herauszufinden, woher es kam.

Sie erblickte eine dunkelhaarige Schwangere, die auf dem Boden kniete und sich den Bauch hielt. Die Wehen hatten begonnen, und die Frau litt solche Qualen, dass Keely ihren gelegentlich auftauchenden Kinderwunsch in einem anderen Licht sah. Wieder schrie die Schwangere auf. Ja, sie musste in den Wehen liegen. Und sie folgten so schnell aufeinander, dass eines klar war:

Die Frau stand unmittelbar davor, ihr Kind zu gebären, dort auf dem Boden. Keely wollte etwas zu ihr sagen, doch der stechende, sengende Schmerz in ihrem Hals sagte ihr, dass jene Frau, zu der sie in dieser Vision geworden war, vorläufig bestimmt nicht mehr sprechen würde. Was war mit ihr geschehen? Sie betastete vorsichtig ihren Hals und zuckte zusammen, als sie das aufgerissene Fleisch berührte. Mit den Fingerspitzen fuhr sie an der langen Schnittwunde entlang. Sie schien nicht besonders tief zu sein, blutete aber stark. Ihre Wange schmerzte so heftig, dass sie glaubte, kürzlich geschlagen worden zu sein. Doch dort und unter dem Auge, wo der Schmerz am schlimmsten war, konnte sie keine Schnittwunden ertasten.

Sie trug ein einfaches Baumwollkleid und Sandalen, aber keinerlei Schmuck. Wahrscheinlich sah sie ihre Umgebung mit den Augen einer Hausangestellten. Doch warum mit den Augen eines Dienstmädchens? Gewöhnlich war sie in ihren Visionen jemand, der eine tiefe emotionale Verbindung hatte zu den Gegenständen, die sie berührte. Würde ein Dienstmädchen jemals …?

Dann stieg langsam ein entsetzlicher Gedanke in ihr auf. Sie nahm die Hand von ihrem Hals und starrte auf das Blut.

Sie bemühte sich, in dem verängstigten Geist ihres Wirtskörpers nach Erklärungen zu suchen, und sie sah ein Schwert, das sich in ihre Richtung bewegte, dann in die der Schwangeren. Der Angriff hatte eigentlich nicht ihr gegolten, sie hatte nur Pech gehabt. Als der Mann, wer immer er war, die Hand mit dem Schwert weit über die Schulter zurückriss, um für seinen Angriff auf die Schwangere auszuholen, hatte er ihr tatsächlich versehentlich die Kehle durchgeschnitten.

Vor ihr lag die Frau in den Wehen, und sie konnte absolut nichts tun. In ihren Visionen war sie nur eine Beobachterin, die keinerlei Einfluss hatte auf Ereignisse, die sich in einer weit zurückliegenden Vergangenheit abgespielt hatten. Sie konnte nur den Schmerz erleiden und beten, dass die Vision bald vorbei war.

Wieder schrie die Schwangere laut auf. Sie fiel auf die Seite und zog die Knie an. »Hilfe!«, schrie sie, sich das verfilzte Haar aus dem Gesicht streichend. »Warum kommt niemand?«

Ihr *mitternachtsblaues* Haar, dachte Keely. Konnte diese Frau vielleicht mit Justice verwandt sein? Trotz allem, was sie über ihre Visionen wusste, versuchte sie ihren Wirtskörper dazu zu zwingen, zu der Frau zu gehen. Um ihr zu helfen, trotz der Angst des Dienstmädchens.

Doch es war, als hätte man versucht, eine Pyramide nur durch Willenskraft zu bewegen. So sehr sie es sich auch wünschte, sie hatte keinen Einfluss auf Dinge, die längst geschehen waren.

Als die Wehen etwas abebbten, hob die blauhaarige Frau den Kopf und sah sich um. Keely folgte ihren Blicken und schnappte nach Luft. Sie sah Marmorsäulen und an einem Ende des Saales einen goldenen Thron. Es musste der Thronsaal des Königspalastes sein.

Und sie war nicht allein mit der Schwangeren.

Wie konnte es sein, dass er ihr nicht aufgefallen war, der Mann, der dort vor dem Thron stand? Mit seinem dunklen Haar, den aristokratischen Gesichtszügen und der vornehmen Ausstrahlung hatte er große Ähnlichkeit mit Conlan und Ven, und sie erkannte sein Schwert als jenes, das sie in diesen Abgrund gestürzt hatte.

Nur dass die Klinge jetzt blutverschmiert war. Mit einer unverständlichen Faszination starrte Keely auf den Beweis, dass dieser Mann ihr die Kehle durchgeschnitten hatte. Die Kehle ihres Wirtskörpers.

Ihrer beider Kehle. Finsternis übermannte sie, und sie wusste nicht, ob sie darum kämpfen sollte, nicht das Bewusstsein zu verlieren.

Oder sollte sie hoffen, durch eine Ohnmacht aus der Vision herausgerissen zu werden? Würde ihr Wirtskörper zusammenbrechen?

Würde der Mann mit dem Schwert sie bestrafen, wenn es so kam?

Und da sie keinen Einfluss hatte auf die Geschehnisse der Vergangenheit, blieb ihr nichts, als den Schwindel zu ertragen, der ihren Wirtskörper erfasst hatte. Wahrscheinlich ging er auf die Angst und den Blutverlust zurück.

Ein weiterer langer Schrei der Frau kündete von ihren Leiden und ihrer Hoffnungslosigkeit. Zusammengerollt auf dem kalten, harten Boden liegend, blickte sie flehend zu dem Mann auf. »Bitte helft mir. Ich bitte Euch inständig. Das Kind kommt. Es ist gleich so weit.«

Keely fiel auf, dass sie plötzlich die uralte Sprache der Atlanter verstand, die einen fast musikalischen Klang hatte. Eine so schöne Sprache schien ihr nicht zum Ausdruck solcher Leiden zu taugen. Englisch wäre ihr passender erschienen.

Sehen Sie nicht, was für Schmerzen ich habe? Oder: *Hilf mir, du Dreckskerl.*

Drei Wehen folgten aufeinander, und der Schmerz drückte den Rücken der Frau fest gegen den Boden. Ihr Bauch war offenkundig hart wie ein Stein, schien platzen zu wollen. Aber es geschah immer noch nichts.

Zumindest so weit Keely es beurteilen konnte. Die Frau trug einen Seidenrock, und sie warf einen scheuen Blick auf die nackten Beine darunter, inständig bittend, dass das Baby gesund zur Welt kommen würde.

Doch es war noch nicht so weit. Nun fiel ihr etwas anderes auf, das sie wegen des Schocks zuvor nicht bemerkt hatte. Die Haut der Frau war elfenbeinfarben, aber mit einem leichten blassblauen Schimmer. Sie war kein Mensch, gehörte aber auch nicht zu den Atlantern. Sie gehörte einer … anderen … Art an.

Die Wehen schienen wieder abzuebben, und man hörte nur noch das Schluchzen der am Boden liegenden Frau. Erneut versuchte Keely vergeblich, ihren Wirtskörper dazu zu bringen, zu der Schwangeren zu gehen und ihr zu helfen. Aber das Dienstmädchen hatte viel mehr Angst als Mitleid und rührte sich nicht.

Sie wurde von Wut gepackt und hatte nur noch einen Gedanken: Wenn sie diese Vision überlebte, würde sie Justice mit seinem eigenen Schwert erstechen.

Schließlich ergriff der König das Wort: »Ich kann es nicht fassen, dass du dich unterstehst, zu mir zu kommen, um diesen Bastard zu gebären, Éibhleann. Nach dem, was du und Anubisa mir angetan habt, hast du Glück, dass ich dich nicht sofort töte.«

Die Schwangere fletschte die Zähne und gab ein seltsames, zischendes Geräusch von sich, das von den Wänden widerhallte. »Ich war es nicht. Ich war genauso gefangen wie Ihr, Eure Hoheit. Wenn Ihr, der mächtige König von Atlantis, nichts gegen Anubisas Gehirnwäsche ausrichten konntet, wie hätte es einer schlichten jungfräulichen Nereide gelingen sollen?«

Sie warf den Kopf zurück und biss die Zähne zusammen, begann aber erneut zu stöhnen, als die Wehen wieder einsetzten. Als sie etwas zu Atem gekommen war, sagte sie: »Ich wisst, dass wir Nereiden in unseren Visionen das uns vom Schicksal bestimmte Gesicht unserer großen Liebe sehen. Euer Gesicht habe ich nie gesehen. Ich war genauso ein Opfer von Anubisas eifersüchtiger Obsession, aber ich werde unser Kind deshalb nicht weniger lieben.«

Die Verwirrung des Königs gewann fast die Oberhand über den Zorn, der seine Miene verdüsterte. Nur für einen Moment, aber Keely schöpfte ein bisschen Hoffnung, dass er der Frau helfen würde.

»Wenn es stimmt, was du sagt …« Er unterbrach sich und schüttelte den Kopf. »Aber nein, es spielt keine Rolle. Ich werde kein uneheliches Kind großziehen, das nur aufgrund der Gehirnwäsche der Vampirgöttin auf die Welt kommen wird.«

Als bei Éibhleann die Wehen wieder einsetzten, geschah etwas, das Keely von ihren bisherigen Visionen nicht kannte. Sie sprach mit ihrer eigenen Stimme, auf der Grundlage ihres eigenen Wissens. Und sie sagte etwas, wozu dem Dienstmädchen der Mut gefehlt hätte.

»Ihr seid ein jämmerlicher König«, rief sie mit heiserer Stimme. »Wenn sie von dieser Geschichte wüssten, würden sich Conlan und Ven für Euch schämen. Ihr müsst dieser Frau helfen, damit sie ihr Kind nicht hier auf dem Boden gebären muss.«

Der König knurrte verächtlich, hob das blutige Schwert und trat einen Schritt auf Keely zu, doch in diesem Moment erschien eine zitternde, aber entschlossen wirkende Frau. »Ja, mein Gatte, wir müssen ihr helfen«, sagte sie. »Bitte sofort darum, dass jemand aus dem Nereidentempel geschickt wird, um bei der Geburt des Kindes zu helfen.«

Keely hatte fast Angst davor, herauszufinden, wer das gesagt hatte, war sich aber ziemlich sicher, dass es Conlans und Vens Mutter gewesen war.

»Danke«, flüsterte sie.

Die Königin trat langsam näher, und ihr Gesicht war sehr bleich, entweder durch den Schock oder vor Kummer. Zuerst schaute sie Keely kaum an, doch dann fiel ihr Blick auf die durchgeschnittene Kehle ihres Wirtskörpers.

»Seien Sie willkommen«, sagte die Königin im Flüsterton. »Jetzt werden wir einen Arzt für Sie rufen, und die Abgesandte des Nereidentempels wird sich um diese Frau und ihr Kind kümmern.«

Keely, noch immer in ihrem Wirtskörper gefangen, war zugleich erschöpft und erleichtert, aber ihr derzeitiges Bewusstsein begann sich aufzulösen. Von den Rändern des Saales breitete sich Finsternis aus, und sie stürzte in den Abgrund der Vision, die bestimmt noch nicht vorüber war.

* * *

Eine Tür öffnete sich hinter Keely, die in einem verdunkelten Zimmer stand und auf ein in Windeln gewickeltes Baby in einer hölzernen Wiege schaute. Eine vertraute Stimme begrüßte Sie. Die Königin.

Eine graue Haarsträhne fiel in Keelys Gesicht, und da sie nicht mehr den Schmerz der Wunde am Hals empfand, war ihr klar, dass sie nun einen anderen Wirtskörper bewohnte. Ohne die Schmerzen und die Angst des Dienstmädchens konnte sie wieder klarer denken.

Justice' Mutter. Éibhleann musste Justice' Mutter sein. Aber wo befand sie sich? Und in wessen Körper steckte sie jetzt? Tränen stiegen ihr in die Augen, als der Geist ihres Wirtskörpers begriff.

Éibhleann lag im Sterben. Sie würde die schwierige Geburt nicht überleben. Nun konnte man nur noch für sie beten.

Keely empfand Trauer und Mitleid, als sie auf die kleine Hand des Babys mit den zusammengekrümmten Fingern blickte. Sie musste an eine Seeanemone denken. Dies musste also Justice sein. Kein Wunder, angesichts eines solchen Starts ins Leben, dass er so schwierig war.

Die Königin betrat das Zimmer, mit einer Kerze in der Hand, deren Flamme das bläulich schimmernde Haar des Neugeborenen beleuchtete. »Abgesandte des Nereidentempels, wie geht es dem Kind?«

Keely begriff, dass damit sie gemeint war. »Sehr gut, Hoheit. Aber die Mutter … Ich befürchte, dass es nicht in meiner Macht steht, sie zu retten.«

Die Königin blickte sie an, mit erhobenem Haupt. Sie sprach leise, aber ihre Stimme klang sehr bestimmt. »Selbst wenn diese Nereide aufgrund von Anubisas üblen Machenschaften etwas mit meinem Gatten hatte, wünsche ich ihr nichts Schlechtes. Tun Sie, was Sie können, um sie zu retten, ich bitte Sie. Für mich und dieses unschuldige Kind.«

»Und wenn sie nicht überlebt? Sie ist sehr krank, und wir hatten in unserem Tempel seit Tausenden von Jahren keine Melodinen mehr, von denen alte Legenden sagen, sie hätten ihre Heilkräfte von der Göttin selbst verliehen bekommen.«

»Dann werde ich ihn großziehen, als wäre er mein eigener leiblicher Sohn«, sagte die Königin mit schmerzerfülltem Blick. »In seinen Adern fließt unzweifelhaft das Blut meines Gatten, und er ist der Bruder meines Sohnes Conlan und der Bruder der Kinder, die ich möglicherweise noch bekomme.«

»Könnt Ihr dieses Kind lieben?«, fragte Keely in ihrer Inkarnation als Abgesandte des Nereidentempels, erstaunt über ihren Mut, der Königin diese Frage zu stellen. »Der Kleine hat es verdient, geliebt zu werden und sich nicht unerwünscht zu fühlen.«

»Ich werde ihn lieben«, sagte die Königin bestimmt, als wollte sie sich selbst davon überzeugen. »Ich muss ihn lieben.«

Das Baby öffnete schläfrig die Augen und blickte Keely an, die seine Wange streichelte. Dann wurde sie erneut von Finsternis übermannt.

Die Visionen folgten in immer schnellerer Abfolge aufeinander, kleine Erinnerungsfetzen, die mit der langen Existenz des Schwertes zusammenhingen. Glücklicherweise war sie im Wechsel der Szenerien nur eine unbeteiligte Beobachterin.

Der Thronsaal

»Er darf es nicht wissen«, sagte der König zu einem Paar, das überglücklich auf das Baby blickte, das die Frau in ihren Armen hielt. »Er wird es nie erfahren.«

Als die beiden wortreich zustimmten, tauchte hinter

ihrem Gatten die Königin auf, über deren Wangen Tränen rannen.

Ein steiniger Strand, während eines Gewitters

Wellen schlugen an die Felsen, und vor dem Hintergrund eines Gewitterhimmels hob sich die Silhouette des einsam dastehenden Königs ab. Eine Stimme, mächtiger und lauter als die Wellen, redete auf ihn ein. »Ihr müsst es ihm sagen. Er soll Justice heißen, und sein Name wird eine Erinnerung an die Ungerechtigkeit sein, die aufkeimen wird, wenn wir es zulassen, dass Anubisa ihre Herrschaft über die Menschheit ausdehnt.«

Der König verbeugte sich, mit geballten Fäusten. »Ich kann es ihm nicht sagen. Ich darf nicht riskieren, dass meine Söhne und deren Feinde von seiner Existenz wissen.«

Wieder ertönte die Stimme, von der Keely wusste – obwohl sie es eigentlich nicht wissen konnte –, dass es die Stimme des Meeresgottes war.

Poseidon.

»Kein Widerspruch. Ihr werdet meinen Befehl befolgen und es ihm sagen. Ich habe einen Fluch über ihn verhängt. Er ist dazu verdammt, die Umstände seiner Geburt für sich zu behalten. Wenn er darüber redet, muss er jeden töten, der es gehört hat.«

»Dann habt Ihr ein Ungeheuer und einen Mörder geschaffen«, sagte der König, sein Schwert – *das* Schwert – auf die Wellen richtend.

»Nein«, ertönte die donnernde Stimme. »Ich habe eine unvergleichliche Waffe geschaffen. Er wird Euren Söhnen dienen und im Dienste meiner Gerechtigkeit stehen. Wenn er zehn Jahre alt ist, schenkt Ihr ihm Euer Schwert, das Ihr auf den Namen »Poseidons Zorn« umtaufen werdet. Nie werde ich vergessen, wie Anubisa meinen Lieblingskönig behandelt hat.«

Blitze zuckten, und etwas Dunkles schoss durch das Wasser auf den Strand zu. Aber Keely hatte keine Chance, etwas zu erkennen, da sie erneut von der Finsternis überwältigt wurde.

Vor einem kleinen Landhaus

Der kleine blauhaarige Junge blickte den König an, schaute dann auf das in der Scheide steckende Schwert. »Aber ich verstehe nicht, Eure Majestät. Warum solltet Ihr mir Euer Schwert schenken?«

Der König starrte ihn an, und in seiner Miene lag keine Zärtlichkeit. »Ich muss dir etwas sagen …«

Und Keely stürzte erneut in den schwarzen Abgrund.

Es war eine Zeitreise durch die Jahrhunderte. Keely wurde von einer Vision nach der anderen heimgesucht. Doch in jeder von ihnen tauchte Justice auf, als Kind, als Mann, als erfahrener Krieger. Wenn er das Schwert nicht auf dem Rücken trug, hielt er es in der Hand. Immer wieder Schlachtenlärm, verzweifelte Kämpfe mit Metamorphen und Vampiren, die kein anderes Ziel kannten, als Menschen zu versklaven oder sie zu fressen.

Aber das auf den Namen »Poseidons Zorn« getaufte Schwert besiegte sie alle.

Keely fiel und fiel und fiel. Es hörte nicht auf, die Visionen schoben sich ineinander. Endlose blutige Schlachten, und irgendwann gab es für sie nichts anderes mehr als Gemetzel, Schmerz und den Tod.

Aber sie lernte ihn besser kennen, diesen nicht zu bändigenden Mann, der sie entführt hatte. Da war die Angst tief in seinem Inneren. Das Gefühl der Einsamkeit. Die Verbitterung, weil er für Jahrhunderte nur das Werkzeug in den Händen eines zornigen Gottes war, der auf Rache sann.

Es brach ihr das Herz, und sie spürte Tränen über ihre Wangen laufen. »Aufhören!«, schrie sie. »Es reicht. Bitte, ich ertrage es nicht mehr. Bitte, bitte. Ich kann nicht mehr.«

Wieder wurde sie von Finsternis überwältigt, doch diesmal wachte sie auf und sah den blauhaarigen Krieger.

18

St. Louis

Vonos materialisierte sich in dem geräumigen Arbeitszimmer einer Villa. Sie stand in Ladue, einem Vorort von St. Louis, wo die Neureichen wohnten. Es war offensichtlich, dass alle Anwesenden überrascht waren. Sie hatten den kürzlich verblichenen Xinon erwartet. Mit *ihm* hatten sie erst gegen Ende der Woche gerechnet. Also waren sie absolut nicht darauf vorbereitet, dass der Vampir plötzlich in ihrer Mitte auftauchte.

Und genau so mochte es Vonos.

Er trug einen makellos gebügelten Maßanzug aus der Savile Row, eine Krawatte von Zegna und Ferragamo-Schuhe. Ihm war völlig klar, was für einen Eindruck er machte auf die Menschen in diesem Raum, die Polohemden und Khakihosen trugen. Er überließ nichts dem Zufall und kalkulierte seine Wirkung auf andere genau.

Der *Supermodel-Vampir,* so hatte die Presse ihn genannt. Der *Primator der Haute Couture.* Diese Schreiberlinge wussten nicht, ob sie ihn wegen seiner perfekten Aufmachung bewundern oder lächerlich machen sollten. Einen amerikanischen Politiker in diesem Outfit hätte man aus dem Kongress hinausgeworfen, weil man ihn für zu elitär gehalten hätte. Nicht für einen »Mann des Volkes«.

Dieser Gedanke amüsierte Vonos.

Wie auch immer, Bewunderung und Angst, die er in der Bevölkerung erregte, wurden durch seinen sorgsam kultivierten Stil noch gesteigert. Er war der Vorsitzende des Primus, der neuen, dritten Kammer des Kongresses, in der nur Vampire saßen. Seine Wähler hätten nie jemanden respektiert, der nicht sehr viel mächtiger war als sie.

Schließlich ließ er sich dazu herab, den Menschen zuzunicken, die um den Schreibtisch saßen und ihn mit offenem Mund und einfältigen Mienen anblickten. Einer von ihnen, der vielleicht zumindest einen Funken Intelligenz besaß, verbeugte sich tief. »Womit haben wir diese Ehre verdient, Lord Primator?«

»Ehre ist ein interessantes Wort, Mensch. Darf ich Sie Mensch nennen? Oder ziehen Sie es vor, mir Ihren Namen zu nennen? Natürlich werde ich ihn sofort vergessen, wie die meisten ärgerlichen Kleinigkeiten.« Vonos' breites Grinsen entblößte seine Reißzähne. Amüsiert stellte er fest, dass ein bis auf die Knochen abgemagerter Mann, dessen Friseur sein Handwerk nicht beherrschte, vor Schreck in Ohnmacht fiel.

»Nennen Sie mich, wie Sie wünschen, Primator Vonos. Mein Name ist Rodriguez.«

»Selbstverständlich. Wie passend. Wissen Sie, dass ich mich ehemals in Ihrer lieblichen Heimat aufhielt, als diese noch spanische Kolonie war?« Die Erinnerung an schönere und weniger komplizierte Zeiten ließ ihn lächeln, doch dann verdüsterte sich sein Blick. Dies war nicht das erste Mal, dass Atlanter ihn auf seinem eigenen Territorium konfrontierten. Vor mehr als zwei Jahrhunderten war eine Gruppe von ihnen in die Stadt gekommen, wo sie mit Hilfe der Kolonisten und der Illini fast alle Vampire brutal ermordet hatten. Angesichts des Todes seiner Vampirfamilie hatte er natürlich fliehen müssen.

»Und ich werde nie wieder fliehen«, sagte er, die Nägel in die Schreibtischplatte bohrend.

Rodriguez zuckte zusammen. »Sir?«

»Schon gut. Ich habe gehört, Ihre Gruppe sei sehr darum bemüht, Mitglieder für die Apostaten anzuwerben, Mr Rodriguez.«

Die Nervosität des Mannes ließ etwas nach, und er beugte sich beflissen vor. »Ja, ich hatte die Ehre, mich darum zu kümmern. Ich will mich bei der Anwerbung neuer Konvertiten an die Spitze der Bewegung setzen. Die Zukunft gehört denen, die mit den Vampiren kooperieren.«

Vonos war immer wieder erstaunt über den Hang der Menschen, sich etwas vorzumachen. Diese Schafe verwechselten Unterjochung mit Kooperation. Aber irgendwie musste man sich das Elend ja schönreden.

»Wir sind gar nicht glücklich über das Verhalten des hiesigen Obervampirs und seines Blutsrudels«, sagte er. »Ab jetzt wickeln Sie alle Rekrutierungsanstrengungen über mein Büro und meinen örtlichen Stellvertreter ab, den ich Ihnen in den nächsten Tagen vorstellen werde.«

Einer der hinter Rodriguez hockenden Männer brabbelte etwas Unverständliches vor sich hin. »Wären Sie so freundlich, das zu wiederholen?«, fragte Vonos. »Lassen Sie die anderen hören, was Sie zu sagen haben.«

»Ich … Ich … Ich wollte nicht …«, stotterte der Mann. Wenn diese Schafe Angst hatten, brachten sie keinen kohärenten Satz mehr heraus.

»Bitte sagen Sie es uns.« Vonos sprach ruhig und höflich, wobei er das Wort »bitte« etwas betonte. Dann lächelte er den Mann aufmunternd an. »Andernfalls reiße ich Ihnen die Zunge aus dem Hals. Dann brauchen Sie sich keine Gedanken mehr darum machen, jemals wieder etwas sagen zu müssen.«

Der Mann sank auf die Knie, erneut etwas Inkohärentes vor sich hin brabbelnd. Vonos seufzte. »Allmählich werde ich ärgerlich«, sagte er zu Rodriguez. »Haben Sie die Güte, mir zu erklären, was er sagen wollte? Sonst verliere ich die Geduld und bringe euch alle um.«

»Er macht sich Sorgen darum, was die hiesigen Vampire uns antun werden, wenn wir nicht mehr mit ihnen zusammenarbeiten«, sagte Rodriguez schnell. »Wir …«

Vonos fiel ihm ins Wort. »Was Sie noch zu sagen haben, interessiert mich nicht. Aber seien Sie sicher, dass die hiesigen Vampire weder für Ihre Gruppe noch für irgendjemanden sonst noch einmal zu einer Gefahr werden. Wir waren gar nicht glücklich über ihre Nachlässigkeit.«

Vonos' Handy klingelte, und er hob eine Hand, um den anderen zu signalisieren, dass sie den Mund halten sollten. Wenigstens die Technologie dieser Menschheit war ansprechend. Er liebte sein iPhone. Vielleicht sollte er versuchen, diesen Steve Jobs auf seine Seite zu ziehen. Darüber konnte man später noch mal nachdenken.

Er blickte auf das Display und sah, dass es sein persönlicher Assistent war, einer der ganz wenigen Vampire, denen er vertraute.

»Der Anführer der Apostaten in Ohio möchte Sie dringend sprechen«, sagte sein Assistent. »Er behauptet, wichtige Informationen für Sie zu haben.«

»Diese Menschen gehen mir allmählich auf die Nerven«, sagte Vonos, der sah, wie die anderen in dem Raum ängstlich zurückwichen. »Was für Informationen?«

»Ich weiß, dass es sich verrückt anhört, aber er behauptet, es gehe um Atlantis. Angeblich hat ein Atlantiskrieger eine seiner Kolleginnen in ihrem Büro aufgesucht und sie entführt. Sie haben mir aufgetragen, mich um alles zu kümmern, was wir gegen die Atlanter verwenden könnten. Für den Fall, dass sie mit der amerikanischen Regierung verhandeln wollen. Damit hätten wir vielleicht etwas in der Hand.«

Vonos dachte einen Augenblick nach. »Für mich klingt diese Geschichte ziemlich unglaubwürdig. Die Atlanter sind viel zu vorsichtig. Wenn sie jemanden entführen, ist bestimmt kein Zeuge dabei.«

»Aber er schwört, dass es stimmt«, sagte sein Assistent aufgeregt. »Dieser Atlanter hat ihn irgendwie ausgeschaltet, aber er ist schnell wieder zu Bewusstsein gekommen. Er hat auf dem Boden gelegen und weiter so getan, als wäre er bewusstlos. So hat er alles gehört. Er behauptet, Informationen wie diese könnten entscheidend sein für unsere Mission.«

»Das hat er tatsächlich gesagt? Entscheidend für unsere Mission? Diese Menschen und ihr Hang zum Melodram.«

»Dieser Typ ist ein Karrierist. Er will weiter aufsteigen und als Wissenschaftler unsterblich werden. Vielleicht glaubt er, mit unserer Hilfe besser reüssieren zu können.«

»Ja, ja, die Unsterblichkeit. Der Lohn am Ende aller Mühen. Wie gesagt, ich glaube nicht so richtig an diese Geschichte. Vielleicht will er sich nur interessant machen.« Vonos' Stimme klang skeptisch, und doch glaubte er, vorsichtig optimistisch sein zu dürfen. Anubisa würde ihn großzügig belohnen, wenn er etwas gegen die Atlanter in der Hand hatte, die zunehmend in der internationalen Politik mitmischen wollten. Die Entführung einer amerikanischen Wissenschaftlerin, damit ließ sich bestimmt etwas anfangen.

»Ich denke, ich werde diesem Typ mal einen Besuch abstatten«, sagte Vonos. »Wie heißt er, und wo finde ich ihn?«

Am anderen Ende hörte er das Rascheln von Papieren. Dann meldete sich sein Assistent wieder. »Der Mann heißt Dr. George Grenning und lehrt an der Ohio State University.«

19

Hauptquartier der Menschenbewegung, St. Louis

Alaric trat durch das Portal und sah eine chaotische Szenerie. Sofort hielt er nach Atlantern Ausschau. In der Nähe der dicken Vorderwand des Lagerhauses stand Alexios, mit blutverklebtem goldenen Haar. Er gab schwer bewaffneten Menschen Befehle. Viele von ihnen humpelten oder trugen verwundete Kameraden.

In der Luft hing beißender Pulverdampf. An einer mit Graffitis besprühten Wand lehnte Christophe, die Hände auf die Oberschenkel gestützt. Es sah so aus, als wollte er sich aufrichten.

Alaric erkannten den schwachen, blaugrünen Lichtschleier, der ihn einhüllte. Der Krieger musste kürzlich eine enorme Menge an Energie freigesetzt haben.

Von Denal war nichts zu sehen, auch nicht von Reisen, Jack oder Quinn. Bei dem Gedanken an Quinn schnürte sich Alaric die Brust zusammen, aber er wehrte sich dagegen, sich völlig von ihm beherrschen zu lassen. Bestimmt ging es ihr gut. Es musste so sein.

Wenn Quinn starb, hatte dieses Dasein für ihn keinen Sinn mehr.

Obwohl sie sehr deutlich gesagt hatte, sie sehe keinerlei gemeinsame Zukunft, wurde die Trostlosigkeit seiner Existenz schon dadurch erträglicher, dass sie lebte und in der gleichen Zeit lebte wie er.

Als Hohepriester war er gefesselt durch die Befehle und Launen eines Gottes. Sie war eine Rebellenführerin, gequält von der Erinnerung an eine dunkle Tat. Es war ausgeschlossen, sie konnten nicht zusammen sein. Hier gab es für die Zukunft keine Hoffnung.

Aber ihr Tod würde ihm überhaupt jede Hoffnung nehmen. Der Gedanke daran war unerträglich. Er ging schnell zu Alexios hinüber, der Alaric nur einmal kurz ins Gesicht blickte und sofort aufhörte, den Kämpfern Befehle zu geben.

»Quinn lebt, Alaric«, sagte Alexios mitfühlend. »Sie wurde verwundet, aber nur leicht.«

Alaric glaubte, einen Schwächeanfall zu bekommen, und rang mühsam um Atem. Quinn war verwundet worden.

»Wie schlimm ist es?«, fragte er. »Ich will es wissen. *Sofort.*«

»Immer mit der Ruhe, es ist nur ein Kratzer. Ein übereifriger Metamorph hat sie ein- oder zweimal mit seiner Kralle erwischt. Denal hat sie verarztet. Jetzt sind die beiden mit Jack hinter den Anführern der Vampire her. Eine reine Aufklärungsmission. Sie werden herausfinden, wo sie sich verschanzen. Dann können wir später alle zusammen zuschlagen. Reisen haben sie woanders hingeschickt.«

Alarics Blick verdüsterte sich. »Ich will nichts hören von diesem Verräter.«

Seit einigen Jahren war Jack Quinns Partner. Die beiden standen an der Spitze der nordamerikanischen Menschenbewegung. Außerdem war Jack einer der gefährlichsten Metamorphen, die Alaric je gesehen hatte. Und von einem Tigermetamorph konnte man keine sanften Umgangsformen erwarten.

Er vermutete, dass Jack für Quinn mehr war als nur ein Kampfgenosse. Natürlich ging es ihn nichts an, was Quinn tat, und doch versetzte ihm diese Vorstellung einen Stich ins Herz.

Er verdrängte die schmerzlichen Gedanken. Alexios war verwundet, und er, der Priester, der ihn heilen sollte, litt wie ein verliebter Jüngling. »Dein Kopf. Wie schlimm ist es?«

Alexios zog den Kopf zurück, als Alaric ihn anfassen wollte. »Es ist nichts. Nur ein Kratzer. Jeder weiß, wie stark Kopfwunden bluten. Diesmal bin ich nicht mal bewusstlos geworden.«

Alaric blickte dem Krieger tief in die Augen, während er seine Heilkräfte heraufbeschwor. »Wenn ich genug Zeit dafür hätte, halsstarrige Krieger zu verhätscheln, würde ich jetzt das übliche Programm durchziehen. Ich weiß, dass die Mitglieder der Sieben immer unter Beweis stellen müssen, wie hart, gefährlich und unaufhaltsam sie sind. Also dann, halt jetzt still, bevor ich den letzten Rest Geduld verliere.«

Alexios konnte seine schlechte Laune kaum kaschieren und murmelte etwas von »verdammten Priestern« vor sich hin, doch er gehorchte. Die Wunde war alles andere als ein harmloser Kratzer, und er hatte Glück gehabt, dass er nicht das Bewusstsein verloren hatte. Alaric heilte die Wunde schnell, nachdem er sie zuvor mit einem magischen Wasserstrahl gesäubert hatte.

Als er fertig war, trat Alexios sofort zurück. Er knurrte noch immer etwas vor sich hin, doch dann grinste er. »Zugegeben, das ist jetzt schon ein deutlich besseres Gefühl. Ihr Priester habt eben doch euren Nutzen.«

»Ich bin immer froh, wenn meine Dienste gebraucht werden«, sagte Alaric spöttisch. »Wenigstens musste ich mir kein Gejammer anhören. Bei Denal war das anders.«

Denal. Der Gedanke an den jungen Krieger, der mit Quinn verschwunden war, ließ ihm das Blut in den Adern gefrieren. Hatte er genügend Kampferfahrung, um wirklich von Nutzen zu sein, wenn Quinn ihn brauchte?

Alexios schüttelte den Kopf, als hätte er Alarics Gedanken erraten. »Unnötig, es auszusprechen. Wir alle sehen ihn noch immer als den Jüngling, der er einst war. Aber wir sollten nicht vergessen, dass Denal für die künftige Königin sein Leben gegeben hat. Nur wegen ihres eigenen Opfers ist er jetzt wieder unter uns. Durch die Schlachten der letzten Monate ist er erwachsen geworden. Und Conlan und Ven verlassen sich bei der Rekrutierung von Kriegern für die Sieben nicht auf den Zufall.«

Bevor Alaric etwas sagen konnte, trat eine der Kämpferinnen zu ihnen, eine gebräunte Menschenfrau mit dunklen Augen. »Wir müssen die Verwundeten ins Krankenhaus bringen, Alexios. Können wir uns auf den Weg machen?«

Die Frau würdigte Alaric kaum eines Blickes, verhielt sich gegenüber Alexios aber äußerst respektvoll. Sie war mit Pfeil und Bogen und mehreren Dolchen bewaffnet.

»Ja, wir können losfahren, Grace. Bevor er mit Quinn und Denal verschwunden ist, hat Jack sich um die Metamorphen gekümmert, welche die Jeeps blockiert haben. Lass die anderen wissen, dass wir von hier verschwinden. Du fährst, ich nehme den Beifahrersitz.«

Sie nickte und verschwand. Alexios blickte ihr nach. »Es scheint mir immer noch nicht richtig, dass in dieser Schlacht so viele Frauen zu den Waffen greifen.« Er sprach so leise, dass Alaric ihn nur mit Mühe verstehen konnte.

»Immerhin ist ihre Zukunft und die ihrer Kinder durch die Vampire und Metamorphen gefährdet«, sagte Alaric. »Was könnte furchterregender sein als die gebündelte Macht kämpfender Mütter?«

Alexios sagte nichts. Er beobachtete weiter die Frau, die den anderen Anweisungen gab, die Verwundeten transportfähig zu machen. »Ich muss mit ihnen fahren. Für den Fall, dass auf dem Weg zum Krankenhaus irgendwelche Gefahren drohen.«

»Kann ich mich irgendwie nützlich machen?« Alaric hob eine Hand, in der eine funkelnde Energiekugel erschien. »Ich wäre nur zu glücklich, den Angreifern eine oder zwei Lektionen über die Macht Poseidons zu erteilen.« Die Ereignisse der letzten Tage hatten ihn wütend gemacht.

Alexios starrte ihn finster an und strich sich dann das verfilzte Haar aus dem Gesicht. »Ich brauche eine Dusche. Wenn ich fünf Minuten Zeit hätte, würde ich einen Platzregen heraufbeschwören, um mir ihr stinkendes Blut abzuwaschen. Diese marodierenden Kreaturen sollen zur Hölle fahren. Ohne Verstärkung können wir nicht an so vielen Fronten gegen sie kämpfen. Conlan und Ven wären gut beraten, wenn sie ihre Pläne für die Ausbildung neuer Krieger schnell in die Tat umsetzen würden.«

Alaric war derselben Meinung, begnügte sich aber mit einem Nicken. Es war jetzt nicht der geeignete Moment, um Kriegstrategien zu diskutieren.

Grace kam zurück, und nun hielt sie eine hochmoderne Pistole in der Hand, was auch Alaric auffiel, der normalerweise mit von Menschen produzierten Waffen nicht viel am Hut hatte.

»Wir müssen los. Michelle wird verbluten, wenn sie nicht bald operiert wird.«

»Wenn Sie gestatten, werde ich sie heilen«, bot Alaric an.

Sie wirkte überrascht. »Ich … Ich weiß nicht.«

»Nur so viel, dass sie es lebend ins Krankenhaus schafft, Alaric«, sagte Alexios. »Du solltest dir deine magischen Kräfte aufsparen für den Fall, dass Quinn …«

Alaric glaubte, man habe ihm einen Tiefschlag versetzt, aber er verdrängte seine Gefühle. Quinn war eine Überlebenskünstlerin. Er würde diese Frau heilen. Mit Quinn war bestimmt alles in Ordnung.

Er kniete neben der Tragbahre nieder und spreizte über dem Körper der Verwundeten die Finger. Sie war kaum größer als ein Kind und hatte kurze, dunkle Locken. Ihre Körpergröße und das dunkle Haar erinnerten ihn an Quinn, und für einen Augenblick schob sich das Bild ihres Gesichts über das von Michelle. Die öffnete ihre blauen Augen und sah zu Alaric auf. Trotz der klaffenden Wunde an ihrem Hals lag in ihrem Blick ein Anflug von Humor.

»Ich werde sterben, nicht wahr? Wenn das nicht großartig

ist. Mein erster Einsatz, und schon werde ich gebissen.« Alaric war erstaunt über ihren britischen Akzent. »Die verdammten Vampire hier sind noch schlimmer als die in London.«

Ihr Humor berührte etwas tief in seinem Inneren, und er versuchte zu lächeln. »Sie werden heute nicht sterben. Auf die diplomatischen Beziehungen zwischen den Ländern habe ich keinen Einfluss, aber ich kann Ihnen helfen.«

Wie immer dankte er Poseidon, weil dieser ihm die Gabe verliehen hatte, andere zu heilen. Er beschwor seine magische Kraft herauf, und die knisternde, blaugrüne Energie durchlief seinen Körper und wurde über seine Fingerspitzen in die Wunde verströmt. Das klaffende Loch im Hals der Frau schloss sich, und sie bekam wieder Farbe.

Als er sein Werk vollbracht hatte, blinzelte sie erst und lächelte ihn dann an. »Wenn alle Botschafter wie Sie wären, wäre es um die internationalen Beziehungen bestimmt besser bestellt. Jetzt kann ich endlich wieder Tee trinken, ohne dass er aus dem Loch in meinem Hals herausläuft. Ich könnte Sie zu einer Tasse einladen.«

Alaric lachte und hob ihre Hand an seine Lippen. »Ein anderes Mal, mein tapferes Mädchen.«

Bevor er aufstehen konnte, packte sie seine Hand, und ihre Miene wurde ernst. »Danke. Ich glaube nicht, dass ich die Fahrt zum Krankenhaus lebend überstanden hätte, und … Also, ich danke Ihnen. Falls ich jemals etwas für Sie tun kann, lassen Sie es mich wissen. Grace weiß, wo sie mich findet.«

Es geschah nur selten im Verlauf der Jahrhunderte, doch manchmal gab es zu der unerwartetsten Zeit Momente, wo ein Mensch etwas tat, das Alaric Hoffnung für die Zukunft ihrer Art gab.

Ihm blieb nichts anderes, als ihren Mut zu würdigen. Als die anderen ihr halfen, sich aufzusetzen, erhob sich Alaric und verbeugte sich tief. »Ich bin immer glücklich, Verbündete zu finden, besonders, wenn sie so tapfer sind. Danke, Mylady.«

Grace sank neben Michelle auf die Knie und umarmte sie. Dann blickte sie zu Alaric auf und sagte mit tränenerstickter Stimme: »Danke für alles. Wenn Sie jemals einen Wunsch haben, ich bin für Sie da. Jederzeit.«

Plötzlich fühlte sich Alaric angesichts der überschwänglichen Dankesbezeugungen unbehaglich, und er ging zur Tür, von wo ein genervter Alexios zu Grace und Michelle hinüberblickte.

»Wir müssen uns sofort auf den Weg machen, Grace. Eine Menge unserer Leute haben leichte Verletzungen. Wir sollten Alarics magische Kräfte nicht überbeanspruchen und dadurch schwächen. Besser, wir bringen sie in die Notaufnahme.« Er wandte sich dem Priester zu. »Du solltest auch verschwinden, Alaric. Sag mir Bescheid, wenn du mich brauchst.«

Alaric nickte, war sich aber nicht sicher, was als Nächstes zu tun war.

Alexios bedeutete der ersten Gruppe von Kämpfern, den Raum zu verlassen. »Also los.«

Grace hob die Pistole, legte einen Arm um Michelle und geleitete sie zur Tür. Hinter ihnen trugen andere die Verwundeten.

Alexios zog seine Dolche und folgte ihnen, drehte sich aber noch einmal um. »Mach dich auf die Suche nach Quinn, Alaric. Seit Daniel ihr den Blutsbund aufgezwungen hat, ist sie nicht mehr dieselbe. Sie wirkt verloren. Sie hat es nicht verdient, dass du sie jetzt im Stich lässt. Du weißt es selbst.«

Alaric verlor die Fassung bei dem Gedanken an den Vampir. Daniel, der sich auch Drakos nannte, war gelegentlich ihr Verbündeter. Er hatte Quinn das Leben gerettet, obwohl er, Alaric, sie an sich gebunden hatte. Er schleuderte die Energiekugel an die Wand und sah mit grimmiger

Genugtuung, wie die Fensterscheiben zersprangen und die Scherben auf die verwaiste Straße hinabregneten.

»Quinn Dawson verdient weit mehr, als ich ihr jemals geben könnte, gleichgültig, ob sie durch Blutsbande an einen Vampir gebunden ist oder nicht.«

»Es bedarf dreier außerordentlicher Vorfälle, um einen Menschen in einen Vampir zu verwandeln. Dass er ihr das Leben gerettet hat, war nur einer.« Alexios schüttelte genervt den Kopf. »Aber ich habe keine Zeit für solche Diskussionen. Mach, was du willst. Ich verschwinde jetzt.«

Er rannte mit gezückten Dolchen durch die Tür. Alaric wollte ihm folgen, hielt aber inne.

Er tat einen weiteren Schritt und blieb wieder stehen. Vielleicht zum ersten Mal in seinem Jahrhunderte währenden Dasein war er durch Unschlüssigkeit fast gelähmt.

Sein Gefühl sagte ihm, er müsse Quinn suchen. Die Logik riet ihm, Alexios beizustehen. Das Gefühl kämpfte mit der Vernunft, die Sehnsucht mit der Rationalität.

Die Gefühle siegten.

Er würde Quinn suchen.

20

Atlantis, in der Höhle

Als Keely nach der intensivsten Vision ihres Lebens langsam wieder zu sich kam, fühlte sie sich, als hätte sie nach übermäßigem Tequilakonsum einen üblen Kater. Sie glaubte, in der Falle zu sitzen, irgendetwas drückte sie nieder. Oder irgendjemand.

Sie riss die Augen auf und blickte in sein Gesicht. Ein Gesicht, das sie seit Jahren kannte, obwohl sie sich gerade erst kennengelernt hatten. Reflexhaft berührte ihre Hand den geschnitzten Fisch unter ihrer Bluse.

Sie erinnerte sich daran, wie er als Kind ausgesehen hatte, und war verunsichert. Aber sie konnte nichts dagegen tun, sie musste sein Gesicht berühren. Justice zuckte leicht zurück, drückte seine Wange dann aber gegen ihre Hand und schloss sie fester in die Arme. Ihr wurde klar, dass sie in seinem Schoß lag, und sie fragte sich, warum ihr nichts daran merkwürdig vorkam.

Ein Teil ihrer selbst wusste, dass es nicht richtig war, ein anderer wünschte sich, noch sehr lange von ihm gehalten zu werden.

Auch wenn es verrückt war, sie fühlte sich geborgen in einer völlig unsicheren Situation. Andererseits hatte sie gerade Jahrhunderte seines Lebens durchlebt, und sie glaubte, noch nie jemanden so gut gekannt zu haben.

»Alles in Ordnung?« Seine Stimme klang heiser, und der Blick seiner tiefschwarzen Augen war warm und unerwartet sanft. »Du warst mehrere Stunden bewusstlos. Falls ich dir etwas Unangenehmes angetan haben sollte …«

Er beendete den Satz nicht, doch sein Gesicht verdüsterte sich, weil er sich Vorwürfe machte.

»Nein, es war das Schwert«, sagte sie. »Du konntest nicht wissen, dass ich Visionen habe, wenn ich bestimmte Dinge berühre, besonders uralte Gegenstände, mit denen sich so viele Emotionen und Bilder gewalttätiger Epochen verbinden. Noch nie habe ich so stark auf etwas reagiert wie auf dieses Schwert.«

Justice warf einen Blick auf die Waffe. »Dann bist du eine Objektdeuterin? Das ist eine Gabe, die wir seit Jahrtausenden verloren glaubten.«

»Auch Liam hat dieses Wort verwendet. Vermutlich ist es zutreffend. Man spricht auch von Psychometrie, einer Gabe, durch Kontakt mit einem Gegenstand Aussagen über dessen Besitzer zu machen. Bei mir liegt der Fall etwas anders. Fast immer sehe ich nur eine emotional extrem aufgeladene Szene, ganz realistisch, mit Handlung und Dialogen.«

»Also kannst du nicht …«

»Als ich das Hemd eines vermissten Kindes berührte, konnte ich nichts über seinen Aufenthaltsort sagen.« Sie erinnerte sich an den Schmerz und die Enttäuschung, weil es ihr nicht gelungen war. Es hatte eine Zeit gegeben, als sie versucht hatte, andere von ihrer Gabe profitieren zu lassen. »Wahrscheinlicher ist, dass ich dieses Kind in dem Moment sehe, wo es einen jungen Hund geschenkt bekommt und dieses Hemd trägt. Der Stoff strömt seine übergroße Freude aus. Oder den Schmerz und die Trauer, falls dieser Hund gestorben wäre.«

»Verstehe. Es tut mir leid.«

»Ist schon okay. Es ist sogar eine Erleichterung, darüber mit jemandem zu reden, der mir glaubt. Ich möchte nicht in einer hiesigen Klapsmühle landen.«

Er drückte ihren Kopf gegen seine Brust, und es war ein angenehmes und beruhigendes Gefühl, seinen Herzschlag zu hören.

»Ist mit Klapsmühle eine Irrenanstalt gemeint? Hat dir irgendwann jemand damit gedroht, weil du eine für Menschen ungewöhnliche Gabe hast?«

Er schloss sie noch fester in die Arme, als wollte er sie vor einer Gefahr schützen, und sie gab ein leises, missbilligendes Geräusch von sich. Er lockerte seinen Griff und atmete tief durch. »Nicht gerade mit der Irrenanstalt gedroht. Aber ich war lange in psychiatrischer Behandlung. Meine Kindheit … Nun, lustig war das nicht.«

So angenehm es sein mochte, auf seinem Schoß zu sitzen, vorteilhaft war es womöglich nicht. Plötzlich erzählte sie Dinge, die sie noch nie jemandem erzählt hatte, und eigentlich wollte sie auch jetzt nicht damit anfangen.

Sie bewegte sich, um sich von ihm freizumachen, und erstarrte, als sie unter ihrem Gesäß etwas Hartes spürte. Es verschlug ihr den Atem, und ihr wurde heiß. Sie spürte, wie ihre Widerstandskraft schwand. Er begehrte sie, und etwas in ihr freute sich darüber.

Aber … Er war so lange in der Ödnis gefangen gewesen. Davon hatte sie keine Vorstellung, aber es hatte sich nicht so angehört, als könnte man dort Frauen kennenlernen. War sie vielleicht nicht nur eine Frau, die gerade verfügbar war, für die Befriedigung lang unterdrückter Triebe? Ja, so musste es sein. Sie wurde rot.

Nein. Absolut ausgeschlossen.

Aber sie war zu schwach, um sich aus seiner Umarmung zu befreien. »Bitte lass mich jetzt los«, sagte sie leise.

Für einen Augenblick reagierte er nicht. Dann seufzte er, und sie spürte seinen warmen Atem in ihrem Haar. Als er sie losgelassen hatte, griff sie nach ihren Handschuhen und streifet sie über ihre zitternden Finger.

»Danke. Dafür, dass du mich gehalten hast, als ich in den Abgrund stürzte.«

»Warum solltest du mir danken, wo du doch wegen mir diese schmerzliche Vision durchleben musstest?« Er sprang auf und ging nervös auf und ab. »Wenn ich es doch nur gewusst hätte … Eine Objektdeuterin, durch mich dazu gezwungen, völlig unvorbereitet dieses Schwert zu berühren, mit dem sich gewalttätige Jahrhunderte verbinden … Ich weiß nicht, wie du das ertragen konntest.«

Er knurrte etwas vor sich hin in der Sprache der Atlanter, die sie aus ihrer Vision kannte. Es schien eine Aneinanderreihung von Flüchen zu sein. Fast hätte sie gegrinst. Die Wissenschaftlerin in ihr sehnte sich nach ihrem Laptop oder zumindest nach einem Stift und einem Blatt Papier, um mitzuschreiben.

Was war die verlorene Bibliothek von Alexandria verglichen mit der Gegenwart eines Lebenden, der in einer uralten toten Sprache redete? Dies war die Entdeckung des Jahrzehnts. Oder des Jahrhunderts.

Wenn sie diese Geschichte überlebte …

Sie stand auf. Damit glaubte sie in einer besseren Position zu sein. »Es war einigermaßen schwierig«, sagte sie, auch wenn das eine Untertreibung war. »Aber es gab nicht nur Gewalt. Die Szene mit deiner Mutter …«

Er wirbelte herum. »Hast du gerade etwas von meiner Mutter gesagt?«

Fast wäre sie zurückgewichen, als sie seinen flammenden Blick sah, diese blaugrünen Augen.

»Was weißt du über unsere Mutter?« Er sprang auf sie zu, und jetzt wich sie zurück. Nun war er nur noch der Krieger, von der Sanftmut war nichts mehr übrig. »Sag es uns. Erzähle uns alles.«

Jetzt sprach er wieder im Plural von sich selbst. Sie dachte darüber nach, wie sie antworten konnte, und entschloss sich, die Wahrheit zu sagen. »Ja, ich habe deine Mutter gesehen. Ich wollte ihr helfen, aber er …« Sie konnte nicht weiterreden, schüttelte ungläubig den Kopf.

Sie wollte es ihm nicht erzählen. Nicht jetzt. Niemals. Besonders angesichts der Tatsache, dass er wieder im Plural sprach. Sie fragte sich, wer diese zweite Persönlichkeit sein mochte.

Fragte sich, ob er mit diesem Problem jemals fertigwerden würde.

Seine Miene drückte Verwunderung und Ehrfurcht aus, als er sich vor ihr auf die Knie fallen ließ. »Sag es uns«, wiederholte er. Doch jetzt war es keine Forderung, sondern eine flehentliche Bitte. »Bitte, erzähl es uns.«

Sie hatte nicht die Kraft, ihm die Bitte abzuschlagen, denn sie hörte in seiner Stimme noch immer die des verlorenen kleinen Jungen.

Sie kniete neben ihm nieder, ergriff seine Hände und erzählte ihm alles. Über ihre Wangen strömten Tränen.

Während Justice ihr lauschte, empfand er immer stärker ein Gefühl der Trauer und des Verlorenseins. Während seines gesamten Lebens hatte er seinen Schmerz und seinen Zorn in Schach gehalten. Seit sein älterer Bruder, der Sohn jenes Mannes und jener Frau, die er für seine Eltern gehalten hatte, ihm verärgert die Wahrheit erzählte. Dass er nur adoptiert sei. Dass seine wahren Eltern kein Interesse an ihm gehabt hätten.

Dass ihn niemand wollte.

Doch sein Bruder war für seine Lügen gestraft worden, und Justice wurde getröstet von jener Frau, von der er vermutete, dass sie keine Blutsverwandte war. Trotz aller gegenteiligen Behauptungen war er alt genug gewesen, um zu erkennen, dass keiner von ihnen Ähnlichkeit mit ihm hatte. Er war noch nie einem anderen Atlanter mit blauen Haaren begegnet, auch wenn er die ersten zehn Jahre seines Lebens ständig danach Ausschau gehalten hatte. Dann hatte er es gelassen und sich den Kopf kahl rasiert.

Doch blaue Stoppeln waren noch schlimmer. Bei drei oder vier Prügeleien auf dem Schulhof hätte er sich deswegen beinahe gebrochene Rippen zugezogen.

Als der König selbst ihm dann die Wahrheit über seine Geburt mitgeteilt hatte, war es fast eine Erleichterung gewesen. Verwirrend und schmerzhaft, aber doch eine Erleichterung.

Er war nicht verrückt. Er *hatte* seinen Platz, gehörte zu einer Familie.

Er war der Sohn des Königs, des Königs aller atlantischen Inseln! Aber seine Erleichterung und sein Stolz erloschen so schnell, wie sie aufgekeimt waren. Der König erzählte ihm von Poseidons Befehl und dem Fluch. Er durfte nie die Wahrheit offenbaren. Anderenfalls war er gezwungen, jeden zu töten, der die Geschichte über seine Geburt und Abkunft vernommen hatte.

Am schlimmsten war, dass der König, sein leiblicher Vater, ihn nie gewollt, ihn verstoßen hatte. Er hatte gesagt, auch seine Mutter habe ihn nie gewollt, und damit seine tiefste Angst bestätigt, dass er es nicht wert war, von seinen Eltern geliebt zu werden.

Es war eine Erleichterung gewesen, als er einen Platz an der Militärakademie bekommen hatte. Die permanente physische Anstrengung war eine gute Methode, um Dampf abzulassen. Er beschimpfte die Ausbilder und anderen Rekruten, wie ein wildes blauhaariges Tier und ging bis an die Grenzen seiner körperlichen Leistungsfähigkeit. Und darüber hinaus. Von den Ärzten konnte ihn bald niemand mehr sehen.

Und dann, an einem Tag wie so vielen anderen, hatte sich alles geändert. Er lernte Ven und Conlan kennen, mochte sie. Er bewunderte sie sogar, auch wenn er sie zugleich hasste, weil sie hatten, was er nie haben würde – eine richtige Familie, ein richtiges Zuhause.

Und nun erzählte ihm diese Frau, diese Objektdeuterin, dieser *Mensch,* der gekommen war, um seine Seele zu retten, er sei nicht unerwünscht gewesen, seine Mutter habe ihn geliebt. Er flüsterte ihren Namen: »Éibhleann.«

Die Nereide, die verstummt war, wiederholte in ihrem Geist den poetisch klingenden Namen: »Éibhleann.«

Befangenheit überkam sie. Éibhleann war ein uralter nereidischer Name. Seine Bedeutung war »Liebling der Göttin«. Welche Ironie des Schicksals lag darin?

Keely schwieg. Sie hatte ihm erzählt, welche Visionen sie gehabt, *durchlebt* hatte. Visionen seines Lebens.

»Justice? Ich weiß, es klingt dumm, aber geht es dir gut?«

Die in ihrer Stimme liegende Anteilnahme brach ihm fast das Herz. Sie sorgte sich um ihn. Um *ihn.* Eigentlich hätte sie ihn hassen müssen für das, was er ihr angetan hatte. Zuerst hatte er sie entführt, dann in Gefahr gebracht. Und nun musste sie wegen ihm solche Leiden ertragen.

Er war ein Ungeheuer. Was immer er brauchte, sie hatte etwas Besseres verdient als ihn.

Niemand ist besser als wir, hörte er die innere Stimme sagen.

Er wollte sie zum Verstummen bringen, doch es gelang ihm nicht richtig. Keelys Hände zitterten in seinen, er hatte viel zu fest zugedrückt. »Ich bin mir nicht sicher, was ich im Moment empfinde. Trotzdem bin ich dir dankbar. Weil ich durch dich die Wahrheit erfahren habe, die ich zuvor nicht kannte.«

»Deine Mutter hat dich geliebt«, sagte sie. »Ihre Gefühle dir gegenüber waren sehr stark. Wenn die anderen dir erzählt haben, du seiest unerwünscht, dann war das eine Lüge. Eine große, feige Lüge.«

Ihr zorniger Tonfall ließ ihn lächeln. Sie war wegen *ihm* so aufgebracht. Bei dem Gedanken wurde ihm warm ums Herz. Hatte während seines gesamten Lebens schon mal jemand so viel Anteil genommen an seinen Gefühlen? Sie hatten ihn gebraucht, an seiner Seite gekämpft, ihm sogar das Leben gerettet.

Aber Anteil genommen hatten sie nie.

Das hatte nur Keely getan.

»Dann hast du es ihm also erzählt«, murmelte er. »Du hast dem König von Atlantis persönlich erzählt, dass er sich geirrt hat. Ich würde alles dafür geben, dabei gewesen zu sein.

Sie lächelte ihn an, und damit war es um ihn geschehen. Ihm war bewusst, dass er sie wollte, sie begehrte. Doch vielleicht war es mehr. Vielleicht durchbrach sie die Schutzwälle, die er seit Langem um seine Gefühle herum errichtet hatte.

Geschockt hörte er wieder die nereidische Stimme. *Ja, lass dich darauf ein. Sie hat uns die Wahrheit gesagt. Meine – unsere – Mutter war eine Kriegerin. Sie hat für uns gekämpft und ist für uns gestorben. Irgendwie hat sie durch diesen Menschen zu uns gesprochen. Ist das nicht der Beweis dafür, dass diese Frau zu uns gehört?*

Er blickte Keely an, doch jetzt sah er sie mit nereidischen Augen. Ihre Schönheit trat stärker hervor, wurde sinnlicher. Ihre grünen Augen glänzten wie kostbarste Jade. Die Lippen waren leicht geöffnet, fast so, als flehten sie ihn an, sie zu küssen. Er wollte den Duft ihrer Haut riechen. Wollte ihren Hals berühren, die verlockenden Brüste unter ihrer Bluse.

Mit den Lippen. Den Händen.

Ja, flüsterte die innere Stimme. *Ja. Sie ist unser. Nimm sie. Sofort.*

Er beugte sich vor, fast hypnotisiert von seinem heftigen Verlangen. Ihr Blick verriet keinen Widerstand oder den Wunsch, dem seinen auszuweichen.

Er dachte nur noch an eines. Seine Erektion war so schmerzhaft, dass er glaubte, verrückt zu werden. Er brauchte sie.

Musste sie besitzen.

Er streichelte ihr Haar, und sie seufzte. Er wusste nicht genau, warum, doch es war ihm egal.

Solange sie es zuließ, dass er sie berührte.

Die beiden Teile seiner gespaltenen Seele vereinten sich in

einem verzweifelten Verlangen. »Keely«, flüsterte er. »Bitte lass mich dich küssen. Nur … Nur einmal.« Dabei war ihm klar, dass er es nie bei einem Kuss bewenden lassen würde.

Niemals.

Sie zögerte, und vor ihm tat sich ein finsterer Abgrund auf. Würde er es akzeptieren, wenn sie nicht wollte? Oder würde er die Kontrolle verlieren und sie gegen ihren Willen nehmen? Die Frau, die er so sehr brauchte.

Sie zögerte immer noch. Obwohl alles in ihm nach ihr verlangte, gebot er sich Einhalt, auch wenn die Stimme in seinem Inneren wütete.

Doch noch bevor er die Finger aus ihren Haaren zurückzog, ergriff sie seine Hände und blickte ihm in die Augen. Sie öffnete die Lippen und benetzte sie unruhig mit der Zunge.

»Ja«, flüsterte sie. »Ja. Nur einmal.«

Dann hob sie langsam den Kopf und küsste ihn.

Und er war verloren.

Ein brennendes Verlangen durchfuhr ihn. Schon der erste Kuss versetzte ihn in Ekstase. Er hielt still, weil er sie nicht verängstigen wollte, aber sie erbebte unter der Berührung seiner Hände, und er konnte keinen klaren Gedanken mehr fassen.

Er zog sie auf seinen Schoß, küsste sie leidenschaftlich. Eine Hand streichelte noch immer ihr Haar, die andere liebkoste ihren Rücken, bis hinab zu ihrem festen Hintern.

Der Druck ihres Gewichts auf sein Glied ließ ihn aufstöhnen, und als sie genauso reagierte, war es völlig um ihn geschehen. Sie legte die Arme um seinen Nacken und küsste ihn. Alle Vernunft und Logik wichen purer Lust.

Er küsste sie, wie er noch nie jemanden geküsst hatte, und die Wirklichkeit löste sich auf. Ihre Lippen schmeckten wie Honig und der erlesenste Wein.

Sie war seine Rettung.

Die Küsse reichten ihm nicht. Er wollte sie ausziehen, sie

überall berühren, sie willig unter sich spüren, in sie eindringen.

Er keuchte, hatte keinen anderen Gedanken mehr als den, ihr die Kleidung vom Leib zu reißen. Sie blickte ihn aus weit aufgerissenen Augen an, wie benommen. Ihr Haar war zerzaust.

Bei Gott, er würde sie nehmen. Sofort.

Er packte ihre Bluse, doch in diesem Moment brachte ihn ein seltsames Geräusch aus der Fassung.

Ein knurrendes Geräusch. Er sah, wie sie leicht errötete.

»Das war ich.« Sie biss sich auf die Unterlippe. »Mein Magen knurrt. Ich bin halb verhungert.«

Sie saß noch immer auf seinem Schoß, ganz und gar begehrenswert. Und plötzlich schüchtern. Und dann musste er laut lachen. Richtig lachen, zum ersten Mal seit sehr langer Zeit.

Sie senkte lächelnd den Kopf. »Ganz schön komisch, was? Du küsst mich, wie mich noch nie jemand geküsst hat, und ich denke ans Essen. Aber ich bin wirklich hungrig.« Ihr Lächeln löste sich auf, und sie blickte sich um. »Und trotz dieses Zwischenspiels sitzen wir hier immer noch in der Falle. Wir müssen uns etwas einfallen lassen, wie wir von hier wegkommen.«

In seinem Inneren heulte der nereidische Teil seines Ichs auf, aber er lächelte weiter. Er hoffte, dass sie nichts ahnte von seinem gespaltenen Wesen, von seiner labilen und gewalttätigen Seite.

Nimm sie, nimm sie, nimm sie. Sie will uns. Du weißt es.

Er schloss die Augen, sich ganz darauf konzentrierend, sich gegen die innere Stimme zu verschließen. Diesmal war es schwieriger, aber er schaffte es.

Als er die Lider öffnete, war sie immer noch da. Es war kein Traum. »Ich danke dir«, sagte er.

Sie wirkte irritiert. »Warum?«

»Weil du mir zu verstehen gegeben hast, dass dieser Kuss

nicht nur für mich schön war.« Wieder errötete sie. »Und ich bin dir auch dankbar, weil du mich an die wichtigsten Dinge erinnert hast. Wir müssen etwas essen und einen Ausweg finden. Oder andersherum. Das Gespräch, das wir führen müssen, sollten wir auf später verschieben.«

»Was meinst du?«

»Indem du ein Rätsel für mich löstest, hat sich ein anderes aufgetan. Ich hatte das Phänomen der nereidischen Vision vergessen und wäre bestimmt nicht auf die Idee gekommen, dass ich etwas damit zu tun haben könnte. Aber anders lässt sich nicht erklären, warum ich in der Ödnis diese Vision hatte und dein Gesicht sah.« Er lächelte. »Ich bin froh, dass es auch für dich der Kuss aller Küsse war.«

Und dann fügte er lächelnd etwas hinzu, von dem er wusste, dass sie es bestimmt nicht gerne hörte. »Das Schicksal hat dich zu meiner Frau bestimmt.«

21

Atlantis, in der Höhle

Keely ging nervös an den Höhlenwänden entlang, wobei sie darauf achtete, gebührenden Abstand zu dem Verrückten zu wahren, der sie als »seine Frau« sah. Justice machte sich an einer der Wände zu schaffen; sie hatte keine Ahnung, was er vorhatte. Nach der Ankündigung, sie sei »seine Frau«, hatte sie zuerst der Schock verstummen lassen. Dann hatte sie ihn stehen lassen und vor sich hin gemurmelt, er könne gut eine Elektroschocktherapie gebrauchen.

Eine halbe Stunde später brabbelte sie immer noch vor sich hin, und seine düsteren Blicke ließen sie vermuten, dass er ahnte, was sie dachte. Immerhin hatte er Abstand gehalten, als sie sich in dem Teich wusch. Aber er hatte sie angestarrt, als wollte er sie verschlingen.

Doch er hatte sich nicht auf sie gestürzt. Trotzdem war sie sich nicht sicher, wie weit er gehen würde, wo er sie doch als »seine Frau« sah. Fürs Erste waren die vordringlichen Probleme zu lösen.

»Wir müssen hier rauskommen«, sagte sie, wahrscheinlich zum zwanzigsten Mal, aber laut genug, dass er es verstand. »Wir *müssen* hier rauskommen.«

Justice antwortete nicht, doch das kränkte sie nicht, da er anfangs auf die gleiche Äußerung noch reagiert hatte. Zweifellos hatte er es satt, diesen Satz zu hören. So wie sie es satt hatte, ihn auszusprechen. Nach dem Kuss achtete sie sorgsam darauf, immer mindestens drei Meter Abstand zu ihm zu halten.

Nach diesem Kuss.

Dem Kuss aller Küsse. Er hatte sie geküsst wie nie ein anderer zuvor, und sie hatte es ihm gedankt, indem sie auf ihren knurrenden Magen hinwies.

Großartig. Einfach großartig. Auch wenn sie immer zu realistisch gewesen war, um an Märchenprinzen zu glauben, änderte sich nichts, nur weil sie nun tatsächlich einem begegnet war. Nicht einmal, wenn er ein Prinz mit dem erstaunlichsten Haar war, das sie je gesehen hatte.

Vielleicht war er sogar geisteskrank mit seinem Geschwafel vom Schicksal und dem anderen Unsinn, doch zumindest war er höchst attraktiv. Wenn man bedachte, was er in seinem Leben durchgemacht hatte, war es verständlich, dass er ein bisschen verrückt war. Etwas wie Mitgefühl regte sich in ihr, als sie sich an ihre Vision erinnerte. Es war ein Wunder, dass er nicht völlig durchgedreht war.

Und überhaupt, wie viele Leute hatten sie für verrückt gehalten? Niemand wusste besser als sie, dass geistige Gesundheit ein dehnbarer Begriff war. Doch sie war schon so lange nicht mehr mit einem Mann im Bett gewesen, dass sie vielleicht ihre Ansprüche herunterschrauben musste. Verrückt? Kein Problem, solange er so großartiges Haar hat.

Sie seufzte und warf ihm einen verstohlenen Blick zu. Sein seidig glänzendes blaues Haar war jetzt trocken und reichte bis zu dem anziehendsten Hintern, den sie je gesehen hatte.

Er war kein Märchenprinz aus dem Bilderbuch, sondern eine dunkle, gefährliche Persönlichkeit, ein sehr realer Mann mit einer sehr gestörten Psyche.

Doch sie war keine Seelenklempnerin. Auch wenn ihre Hormone verrückt spielten, es war besser, Distanz zu wahren.

Justice stocherte in einer der mit Edelsteinen besetzten Wände herum. »Ich hatte gedacht, hier sei eine versteckte Tür zu einem Tunnel. Aber es ist nur ein weiteres Geheimfach, in dem sich nichts Nützliches findet.«

Er hielt etwas in seiner Hand hoch, und der Schein der

Laternen funkelte darauf so grell wie die Blitzlichter der Kameras von Sensationsfotografen. Sie war machtlos gegen ihre Neugier. Schließlich war sie Archäologin, und das professionelle Interesse war stärker als sie.

»Was haben wir da?«

»Noch mehr Edelsteine. Wo man hier auch hinguckt, man findet immer nur mehr und mehr wertlose Juwelen«, sagte er, die Edelsteine achtlos auf den Boden werfend.

Sie ging in seine Richtung, achtete aber darauf, ihm nicht zu nahe zu kommen. »Ich weiß nicht, ob ich *wertlos* sagen würde.« Sie bückte sich und griff nach einem Saphir von der Größe ihres Handtellers. »Ich komme mir ein bisschen vor wie Indiana Jones bei der Entdeckung eines uralten Schatzes. Dieser Stein allein kostet wahrscheinlich mehr, als ich in einem Jahr verdiene.«

Er zuckte nur die Achseln. »Dein Jahresgehalt ist nicht mehr wichtig, denn es wird dir an nichts fehlen. Wenn du möchtest, kannst du den Saphir behalten. Nimm dir alle Edelsteine, die du haben willst. Für uns sind das nur Steine. Bestenfalls haben sie in Verbindung mit Erins Gesang heilende Kräfte.«

Sie hatte einen schlechten Geschmack im Mund. Er glaubte, sie wolle die Edelsteine. Glaubte, sie wolle die unglaublichste archäologische Stätte plündern, die sie je gesehen hatte.

Er kannte sie nicht besonders gut.

Sie beschloss, seine Worte zu übergehen und hielt den Edelstein ins Licht, um ihn genauer zu betrachten. »Dieser Saphir erinnert mich an jenen, den Liam mir in meinem Büro in die Hand gedrückt hat. Den zum Stern von Artemis gehörenden Zwillingsstein, von dem Nereus sprach.«

Er zuckte zusammen, als wäre er von einem elektrischen Schlag getroffen worden. »Was? Der Stern von Artemis? Nereus? Erzähle mir alles, dann bekommst du so viele Edelsteine, wie du willst.«

Wieder versuchte er, sie mit seinen Juwelen zu kaufen. Sie kniete nieder und legte den Saphir zu den anderen Steinen. Dann stand sie auf, verschränkte die Arme vor der Brust und sah ihn trotzig an. Ihr Magen knurrte immer lauter. »Behalt deine blöden Edelsteine. Ich will eine Pizza. Oder etliche Pfannkuchen mit heißer Butter und klebrigem Sirup. Ich bin mir nicht sicher, was es heißen sollte, als du meintest, mein Jahresgehalt sei nicht mehr wichtig, aber ich bemühe mich, nicht beleidigt zu sein. Aber eigentlich ist mir das alles im Moment nicht wichtig. Ich möchte nur noch hier rauskommen und etwas essen.«

Kaum hatte sie den Satz beendet, da kam er auf sie zu und packte ihre Handgelenke. Seine Augen funkelten, und er lächelte sie an.

»Sag das noch mal. Wiederhole es, exakt so. Oder noch mit ein paar Ausschmückungen.«

»Wovon redest du? Ich habe kein Interesse an deinen bläulich schimmernden Edelsteinen.«

Er lachte laut auf. »Nein, meine wunderschöne Keely, ich rede nicht von den Steinen, sondern von den Pfannkuchen. Beschreibe sie noch mal. Butter und Sirup. Ihren Geruch, ihr Aussehen, ihren Geschmack.«

Sie seufzte und schüttelte dann den Kopf. »Bist du jetzt völlig übergeschnappt? Eine traurige Geschichte nach allem, was du durchgemacht hast. Jetzt geben dir die Pfannkuchen den Rest.«

Er lachte erneut, beugte sich vor und küsste sie auf die Stirn. »Nein, ich bin nicht verrückt oder übergeschnappt, wie du es nennst. Ich entdecke das Ausmaß meiner magischen Kräfte, die sich der nereidischen Abkunft verdanken. Ich glaube eine entdeckt zu haben, die jener ähnelt, durch die wir an diesen Ort versetzt wurden. Ich bin genauso hungrig wie du, Keely, und als du von den Pfannkuchen geredet hast, konnte ich sie beinahe riechen.« Er ließ sie los und trat einen halben Schritt zurück. »Bitte, beschreibe sie noch einmal. Irgendwie habe ich das Gefühl, uns zu den Pfannkuchen bringen zu können.«

Sie hob eine Augenbraue. An dem Plan kam ihr einiges merkwürdig vor. »Okay, ich will nicht die Spielverderberin sein, aber da gibt es noch ein paar heikle Themen, bevor ich poetische Ergüsse über Pfannkuchen absondere. Zuerst, was für Pfannkuchen? Wo? Und was ist, wenn wir uns im Frühstücksraum von San Quentin wieder finden?«

»Wäre das ein Problem?«

»Vermutlich hast du nicht *Walk the Line* gesehen. Saint Quentin ist ein Gefängnis, Justice. Oder wir finden uns in einem anderen Knast wieder, vielleicht auch bei einem Brunch der Metamorphen.« Sie schwieg kurz. »Essen Metamorphen überhaupt Pfannkuchen?«

»Keine Ahnung«, sagte er. »Aber ich weiß, dass es *überall* besser ist als in dieser unterirdischen Höhle, aus der es wegen des Einsturzes kein Entkommen gibt.«

»Schon klar.«

»Gib mir deine Hand.«

Sie tat es und schloss die Augen. Eigentlich gehörte sie in die Gummizelle neben ihm, wenn sie sich auf diesen Unsinn einließ. »Meinetwegen, was soll's. Dicke, weiche, dampfende Pfannkuchen, ein ganzer Stapel. Von den Rändern tropft Butter – richtige Butter, keine Margarine. Auf den Pfannkuchen kanadischer Ahornsirup …«

Sein Schrei ließ sie innehalten, doch es war nicht vergleichbar mit der Erfahrung, als er sie in diese Höhle versetzt hatte. Als sie die Augen öffnete, hatte sich nichts geändert. Sie waren immer noch in der Höhle, und es gab immer noch kein Entkommen.

Trotz ihrer Beschreibung der Pfannkuchen hatten seine magischen Kräfte versagt. Sie ließ für einen Moment den Kopf hängen, versuchte dann aber, ihn zu ermuntern. »Es war ja nur der erste Versuch. Wir könnten es noch mal probieren«, sagte sie mit gezwungenem Optimismus.

Aber er schenkte ihr keine Beachtung, sondern starrte auf den Boden. Sie tat es ihm gleich und begann zu lachen.

Auf dem Boden lag ein Tischtuch mit Blumenmuster, und darauf standen Platten mit Pfannkuchen, Speck, Eiern und Wurst. Neben einem leeren Teller lag eine im Wirtschaftsteil aufgeschlagene Zeitung, darauf eine Brille.

»Dann hast du wenigstens die Pfannkuchen zu uns gebracht«, sagte sie. »Beim nächsten Mal könntest du auch noch für Kaffee sorgen.«

Als sie seine entrüstete Miene sah, konnte sie nicht mehr an sich halten und brach in schallendes Gelächter aus, bis ihr die Tränen kamen, sich mit beiden Händen den Bauch haltend. Vielleicht war es Hysterie, vielleicht auch die Erschöpfung durch all diese außergewöhnlichen Ereignisse, die zu ertragen eine Archäologin nicht gewohnt war. Aber sie musste lachen, bis ihre Rippen schmerzten.

Als sie sich die Tränen aus den Augen wischte, hörte sie Justice kichern.

Das war ein Anfang. Der Mann hatte Sinn für Humor. Damit ließ sich vielleicht etwas anfangen.

Sie atmete tief durch, um sich zu beruhigen. Dann setzte sie sich neben das Tischtuch und griff nach einer Gabel.

»Hey, wenn wir noch im Knast landen wegen Diebstahls von Pfannkuchen, können wir sie genauso gut auch essen.«

Seine Augen nahmen die Farbe von geschmolzener Jade an, und es verschlug ihr den Atem. Schon seltsam, wie etwas so Schlichtes wie die Augenfarbe solche Emotionen bei ihr hervorrufen konnte.

»Ganz meine Meinung. Auch ich bin halb verhungert.«

Als er sich ihr gegenüber gesetzt hatte, begann sie zu essen und dankte der unsichtbaren Köchin, der wahrscheinlich die Kinnlade heruntergefallen wäre, wenn sie diese Szene gesehen hätte.

»Wow, schmeckt super.«

Er nickte, offenbar auch ziemlich zufrieden. »In der Ödnis bekommt man nicht so ein Frühstück.«

Sie legte ihre Gabel hin. »Ich will ja nicht bohren, aber wenn du mir davon erzählen willst, würde es mich schon interessieren.«

Seine Züge verhärteten sich, und etwas Dunkles flackerte in seinen Augen, doch dann entspannte er sich und nickte. »Vielleicht. Ja, vielleicht solltest du es wissen. Ich habe nicht mein Leben lang schöne Archäologinnen entführt.«

Er lächelte sie zögernd an, und das war ein großer Fortschritt. Auch sie lächelte.

»Iss, sonst erzähle ich dir gar nichts«, sagte er tadelnd. »Du siehst aus, als könnte dich der leiseste Windstoß umwerfen.«

»Ich bin stärker, als ich wirke.« Sie griff nach einer Gabel und lud sich eine Portion Rührei auf den Teller.

Auch Justice verputzte schweigend ein üppiges Frühstück. Dann schob er seinen Teller zu Seite. »Du hast meinen … den König gesehen.«

Sie nickte. »Deinen Vater.«

Er verzog das Gesicht. »Ja, wenn du so willst. Nicht, dass dieser Mann mir je etwas anderes entgegengebracht hätte als Verachtung. Wie auch immer, du weißt um den auf mir lastenden Fluch, dass ich nie etwas über die Umstände meiner Geburt sagen darf.«

»Aber du hast es getan, stimmt's?« Sie versuchte sich an alles zu erinnern, was sie von den anderen während dieser irrwitzigen Szene vor dem mysteriösen Fenster gehört hatte. »Du hast es ihnen erzählt, als du dich für deinen Bruder geopfert hast.«

»Opfer ist wahrscheinlich übertrieben. Nachdem ich mir über die Lage im Klaren war, habe ich nur getan, was jeder andere auch getan hätte.«

»Schon klar. Es ist ja ganz normal, sich freiwillige einem Vampir auszuliefern. Nein, halt, es war ja eine Vampir*göttin.*

Du hast es getan, um das Leben anderer zu retten. Wie nobel. Ich tue das jeden Tag vor dem Frühstück. Freitags sogar zweimal.«

Seine Miene verdüsterte sich. »Glaub nicht, dass ich nicht weiß, was du vorhast.«

»Mein Gott, ich weiß selber meistens nicht, was ich vorhabe. Wie gut, dass du mich durchschaust«, fügte sie mit einer gekünstelten Unschuldsmiene hinzu.

Er musste lachen, und das machte sie aus unerfindlichen Gründen sehr, sehr glücklich. Doch das wollte sie jetzt nicht weiter analysieren. »Erzähl weiter. Du bist also mit dieser Göttin verduftet. Und dann?« Ein unangenehmer Gedanke ging ihr durch den Kopf. »Eine Göttin, was? Ich wette, sie sieht ziemlich gut aus.«

»Sie besitzt eine schreckliche Schönheit, die für die menschliche Fantasie fast unvorstellbar ist«, sagte er grimmig. »Alles an ihr ist von einer dunklen Vollkommenheit.«

»Na, großartig. Eine Göttin. Unvorstellbare Schönheit und Vollkommenheit. Vielleicht sollten wir das Thema wechseln.« Bei diesem Schönheitswettbewerb konnte sie wahrscheinlich nicht mithalten. Es war schon schlimm genug gewesen, dass einer ihrer Freunde von Jessica Alba besessen gewesen war.

Doch die war wenigstens ein Mensch.

Er umklammerte krampfhaft das untere Ende seines Zopfes. »Du hast es nicht richtig verstanden. Ihre Anziehungskraft gleicht jener der Flamme für die Motte – oder jener der Schlange für das Kaninchen. Sie verkörpert den Tod, die Verzweiflung und den Wahnsinn. All das bündelt sich in den dunklen Fantasien eines verwirrten Geistes.«

Ihre kindische Eifersucht löste sich in Nichts auf, als sie sah, welche Mühe es ihm bereitete, ihr alles zu erklären. »Und du? Bist du auch geistig verwirrt? Was hat sie dir angetan?«

Seine Miene verhärtete sich, und er schüttelte fast

unmerklich den Kopf. »Nein, das werde ich nicht erzählen. Weder dir noch sonst jemandem.«

Er schwieg so lange, dass sie schon glaubte, er habe sich dagegen entschieden, weiter mit ihr zu reden. Doch dann nickte er, als hätte er eine Entscheidung gefällt.

»Als ich mich über den Fluch hinwegsetzte, hat das meine geistige Gesundheit zerbrechen lassen. Ich hatte immer gedacht, ich würde sterben, wenn ich den Fluch ignoriere, aber vielleicht gelten in der Ödnis andere Gesetze. Keine Ahnung. Ich weiß nur, dass Anubisa ... Sie wollte mich. Sie wollte, dass ich ... Dinge tue. Unaussprechlich entsetzliche Dinge. Aber wie gesagt, mein Geist zersprang in tausend Stücke, als ich mich über den Fluch hinwegsetzte, und ich war dem Tod sehr nahe. Doch sie wollte mich nicht sterben lassen.«

Sie hatte einen Kloß im Hals. So etwas wie er sollte niemand durchmachen müssen. »Und dann?«, brachte sie mühsam hervor. »Was geschah, als sie dich nicht sterben ließ?«

Über sein Gesicht huschte ein so beängstigendes Lächeln, dass sie fast zurückgewichen wäre. »Dann hat sie mich in die Ödnis verdammt. Sie sagte, statt mir würde sie sich jetzt meinen Bruder vorknöpfen.«

»Hast du noch einen Bruder außer Ven und Conlan?«

»Nein. Sie hat Conlan für lange Jahre gefangen gehalten und gefoltert. Folglich ist mir klar, dass sie jetzt vorhat, Ven in ihre Gewalt zu bekommen. Aber ich werde ihr einen Strich durch die Rechnung machen.«

Sie verzichtete auf den Hinweis, dass er gar nichts tun konnte, solange sie in dieser Höhle festsaßen. Aber sie glaubte immer mehr daran, dass sie es schaffen würden, hier herauszukommen.

Sie begann, an ihn zu glauben.

»Wirst du diese psychischen Defekte überwinden?«, fragte sie vorsichtig. »Du sprichst manchmal im Plural von dir.«

»Meine Mutter war eine Nereide, Keely. Du hast sie gesehen. Von ihr habe ich bestimmte Fähigkeiten und magische Kräfte geerbt, die mir bisher selbst rätselhaft sind. Als meine psychische Gesundheit zerbrach, wurde meiner Meinung nach der nereidische Teil meiner Seele freigesetzt. Er macht mir schwer zu schaffen, weil er will …«

Er unterbrach sich, und ein dunkler Schatten huschte über sein Gesicht.

»Er will was?«, fragte sie, obwohl ihr plötzlich klar war, dass sie es gar nicht wissen wollte.

»Dieser Teil meines Ichs will dich«, sagte er mit tonloser Stimme. »Er will dich ausziehen und in dich eindringen, gleichgültig, ob du einverstanden bist oder nicht. Er will dich nehmen, aber ich werde eher sterben, als das zuzulassen.«

Sie schnappte nach Luft und wäre beinahe gestolpert, als sie erschrocken zurückwich.

Seine Miene wirkte ängstlich, und seine Augen wurden schwarz, als er völlig reglos dasaß und sie anschaute. »Jetzt weißt du Bescheid, zumindest teilweise. Ich habe dir von der Finsternis, der Verzweiflung, vom Tod erzählt. Es gab auch Lichtblicke, aber ich denke, dass du jetzt nichts mehr darüber hören willst.«

Etwas in ihr wollte ihn trösten, doch dann wurde ihr erneut ihre Situation bewusst. Sie saß in der Falle – mit jemandem, der seinen eigenen Worten nach psychisch außerordentlich labil war. Was sie ihm auch an Mitgefühl oder sogar Empathie entgegenbrachte – wenn dieser Verrückte sie umbrachte, von der gewalttätigen Seite seiner Seele verführt, konnte sie gar nichts mehr für ihn tun.

Es kostete sie große Mühe, aber sie schaffte es, ihre Stimme ruhig klingen zu lassen. »Natürlich würde ich gern etwas über die glücklichen Tage hören, aber du hast recht, es ist jetzt nicht der richtige Zeitpunkt. Erst sollten wir uns etwas einfallen lassen, wie wir hier rauskommen.«

Als er aufstand, war sie sehr stolz auf sich, weil sie nicht zurückzuckte. Nach dieser Erfahrung würde sie es schaffen, jeder Gefahr ins Auge zu blicken.

Wenn sie dieser Höhle entkamen.

Eine innere Stimme meldete sich, doch sie ignorierte die dunkle Vorahnung und ging wieder an den Höhlenwänden entlang. Irgendwo musste es einen Ausgang geben, und sie würde ihn finden.

22

Auch Justice strich durch die Höhle, vergeblich nach einem Ausweg suchend. Was für magische Kräfte er auch mobilisiert haben mochte, um sie beide hierher zu versetzen, jetzt hatte er keinen Zugriff darauf. Natürlich gab es eine Möglichkeit. Doch noch war er nicht bereit, auf jenen nereidischen Teil seines Wesens zurückzugreifen, der seinen Geist beherrschen wollte.

Aber vielleicht würde es so weit kommen. *Höchstwahrscheinlich* würde es so kommen. Doch zuvor würde er noch ein weiteres Mal überprüfen, ob es nicht vielleicht doch einen versteckten Ausgang gab, den er bisher übersehen hatte. Mit vollem Bauch machte sich die Verzweiflung nicht mehr ganz so schlimm bemerkbar. Er hatte Keely Angst eingejagt, und sie war verstummt und ignorierte ihn völlig. Er konnte es ihr nicht verdenken. Und doch war es ihm am besten erschienen, ihr die Wahrheit zu sagen.

Auch wenn er es jetzt schon wieder bedauerte.

Er blickte zu ihr hinüber. Sie saß auf dem Boden und hatte die Teller beiseite geschoben. Auf der Tischdecke standen jetzt mehrere Jadestatuetten aus einem der Geheimfächer, ordentlich angeordnet wie Zinnsoldaten, und daneben lagen die Edelsteine, die er achtlos zu Boden geworfen hatte.

Sie hatte ihr Haar zu einem Pferdeschwanz zurückgebunden und runzelte nachdenklich die Stirn, während sie sich auf die Statuetten konzentrierte. Schon seit einiger Zeit hatte sie kein Wort mehr gesagt. Einerseits bewunderte er ihre Konzentrationsfähigkeit, andererseits ärgerte er sich darüber, wie leicht es für sie war, ihn völlig zu vergessen.

Ihm wäre das umgekehrt völlig unmöglich gewesen. Er konnte keinen Schritt tun, ohne daran denken zu müssen, dass sie ganz in der Nähe war. Seine Verärgerung rief eine nunmehr bereits vertraute Reaktion hervor. Das nereidische Erbe bedrängte die Schutzwälle in seinem Geist, von Stunde zu Stunde unnachgiebiger.

Die Höhle lag direkt unter dem Nereidentempel, und der auf diese Herkunft zurückgehende Teil seiner Seele gab keine Ruhe, bis er zu seinem Recht kam. Er fuhr sich mit der Hand durch die Haare und fragte sich, wie er diese Seite seines Ichs besiegen konnte, ohne seine ganze Psyche zu gefährden.

War er der Ödnis nur entkommen, um anschließend festzustellen, dass ihm der Wahnsinn gefolgt war? Dass er in ihm steckte? Pharnatus' Opfer durfte nicht vergeblich gewesen sein.

Aus seiner Frustration wurde hilflose, irrationale Wut. Keely konnte ihn mühelos ignorieren, und er schaffte es nicht einmal, eine innere Stimme zu ignorieren. Es machte ihn wahnsinnig.

Er glaubte, sein schmerzender Kopf würde in einem Schraubstock stecken. Stählerne Pfeile bohrten sich durch seine Schläfen – der nereidische Teil seines Ichs durchbrach die Schutzwälle. *Sie lässt dich fallen, als wärest du ein Nichts, Atlanter. Wenn wir sie genommen hätten, wäre sie für immer an uns gebunden.*

Er schüttelte heftig den Kopf, doch das machte den Schmerz nur schlimmer, und er schnappte nach Luft. »Nein. Wir werden sie nicht … *Ich* werde sie zu nichts zwingen, ich habe es ihr versprochen.«

Dann werde ich dir die magische nereidische Kunst des Materietransfers vorenthalten, und wir bleiben hier in der Falle sitzen. Bis zum Tod.

Materietransfer. Er dachte nach. Das musste die Methode sein, durch die er das Frühstück herbeigezaubert hatte.

Zweifellos hatte er es äußerst überraschten und hungrigen Menschen gestohlen.

Doch weitaus wichtiger war, dass er Keely und sich auf diese Weise in sein lange vergessenes Versteck versetzt hatte.

Ja, der Hinweg ist so einfach wie der Rückweg, wenn man den Schlüssel in Händen hält, flüsterte die innere Stimme.

Er schloss die Augen, verstrickt in einen kurzen, aber heftigen Krieg gegen seine andere Hälfte, doch es war vergeblich. Er war ernsthaft versucht, frustriert mit dem Kopf gegen die Höhlenwand zu schlagen, als er plötzlich ihre Stimme hörte.

»Justice? Vielleicht habe ich eine Idee, wie wir hier rauskommen könnten.«

Sie saß im Schneidersitz auf dem Boden und dachte über die Statuetten nach, die mit Geld alle nicht zu bezahlen waren. Aber sie waren unglaublich wichtig für jede seriöse wissenschaftliche Auseinandersetzung mit der Vergangenheit der Atlanter. Obwohl sie ihre Handschuhe angezogen hatte, spürte sie das große Alter der Statuetten in ihrem Geist und körperlich bis in die Nervenspitzen. Das, worüber sie nachdachte, war unglaublich selbstzerstörerisch, fast selbstmörderisch.

Aber sie war aussichtslos gefangen in dieser Höhle.

Justice hatte keine Ahnung, wie sie hier herauskommen könnten. Er begriff nicht einmal, wie sie hierhergekommen waren. Durch die von dem Schwert ausgelöste Vision hatte sie seine Vergangenheit kennengelernt, und sie kannte ihn gut genug, um seiner Integrität und seiner Ehre zu vertrauen. Sie verstand selbst den Schmerz, den er so sehr für sich behielt.

Er würde sie nicht anlügen. Er würde eher sterben, bevor er es zuließ, dass das nereidische Erbe ihn beherrschte. Sie nahm das als gegeben an.

Also lag es jetzt an ihr.

Er durchquerte die Höhle und glich einem schlanken, aber muskulösen und tödlichen Panther. Es verschlug ihr den Atem, und um ihre kühle, wissenschaftliche Vernunft war es geschehen.

Eigentlich hätte sie ängstlicher sein sollen, insbesondere nach dem, was er ihr zuvor gestanden hatte, aber irgendwie vertraute sie ihm genug, um sich in Sicherheit zu fühlen.

Er kniete ihr gegenüber nieder und band den Lederstreifen um das Ende seines Zopfes. Wahrscheinlich stammte er aus einem der Geheimfächer, wo er um einen Beutel mit Edelsteinen geschlungen gewesen war. Sie schüttelte amüsiert den Kopf. Sie war hier in einer Schatzkammer, von der jeder Juwelier nur träumen konnte, und doch wollte sie nur noch die Flucht ergreifen.

Pragmatisch, wie sie nun einmal war.

Aber wenn sie Justice anblickte und wünschte, seine starken Hände hätten nicht nur ihr Haar, sondern auch ihre Haut berührt, hatte sie nicht mehr den Eindruck, besonders pragmatisch zu sein.

»Wenn du mich weiter so ansiehst, was ich gerne mit dem verblieben Ahornsirup und deinem wunderschönen Körper anstellen würde«, sagte er heiser. Sein Lächeln wirkte gezwungen. »Es gibt einen großen Unterschied zwischen einem erzwungenen Akt und einem freiwilligen Einverständnis.«

Sie errötete und biss sich auf die Unterlippe, obwohl sie es nicht wollte. Aber sie konnte nichts dagegen tun. Konnte es einfach nicht.

Sie blickte auf den Ahornsirup.

Jetzt stöhnte er, und dieses unkontrollierte Geräusch erfüllte sie mit einem unerklärlichen Verlangen. Plötzlich wurde sie feucht, und der Stoff ihres BHs rieb schmerzhaft an ihren überempfindlichen Brustwarzen.

Wenn ein Stöhnen schon so eine Reaktion auslösen konnte, würde sie ernsthafte Probleme haben, wenn sie ihn jemals nackt sah. »Konzentriere dich auf das vorrangige Thema«, keuchte sie. »Ich habe nicht die geringste Ahnung, worauf diese irrwitzige Anziehungskraft zurückzuführen ist, aber wir haben andere Probleme. Ich will auch nicht deine eigenen Probleme verschärfen.«

Er erstarrte und setzte sich in einer sicheren Entfernung, ebenfalls im Schneidersitz. Sie atmete tief durch, hob den Kopf und sprach das Thema direkt an. Man musste das Problem logisch diskutieren.

Aber sein gefährliches Lächeln und seine maskuline Arroganz spielten Katz und Maus mit ihren guten Absichten.

»Dann gibst du es also zu«, sagte er ruhig. »Die Anziehungskraft, wie du es nennst. Für mich klingt das eher wie eine Untertreibung. Dies alles hat nichts zu tun mit der anderen Seite meines Ichs, Keely. Es ist das Verlangen nach einer Frau, die das Schicksal für mich bestimmt hat.«

Sie hielt den Atem an, als sie bemerkte, wie sie auf diese Worte reagierte. »Ich muss eine Närrin oder eine Lügnerin gewesen sein, diese Gefühle zu verleugnen. Zumindest, soweit es das Verlangen betrifft. Doch das ist nur eine erklärliche Reaktion in einer Stresssituation. Der Adrenalinstoß, und die Hormone spielen verrückt.«

Er hob eine Braue, und seine Augen waren kurz darauf nicht mehr schwarz, sondern blassgrün.

»Ich sehe das anders, Keely. Ich werde es dir beweisen. Verlass dich drauf.«

Sie versuchte zu ignorieren, was diese absichtlich herausfordernden Worte in ihr auslösten, und stellte die Frage, die ihr schon seit einiger Zeit auf der Zunge lag. »Deine Augen. Bei Liam war es genauso, dass sich die Farbe änderte. Hat die Augenfarbe der Atlanter etwas mit ihren Gefühlen zu tun? Ist es ein psychologisches Phänomen?«

Er starrte sie an und ließ sich mit seiner Antwort Zeit. »Vielleicht. Welche Farben sind dir bei mir aufgefallen?«

Sie zuckte die Achseln. »Ich habe darüber nicht Buch

geführt, aber die Bandbreite reicht von schwarz über dunkelblau bis zu einem leuchtenden Blaugrün. Jetzt sind sie blassgrün, und das lässt mich an den Frühling denken. Und manchmal, wenn sie tiefschwarz sind, züngeln in der Mitte der Pupillen blaugrüne Flammen.«

Erst fiel ihm die Kinnlade herunter, dann kniff er die Lippen zusammen. Seine Augen wurden schwarz, als senkte sich plötzlich die Nacht über einen schönen Frühlingstag. Fast hätte sie über sich selbst gelächelt. Vielleicht sollte sie Kurse in Kreativem Schreiben belegen. Dann konnte sie eine »Ode an die Augen eines Atlanters« verfassen.

»Nur ein Beispiel«, sagte sie, darum bemüht, ein Lächeln zu unterdrücken. »Deine Augenfarbe wandelte sich von einem lebhaften Grün zu schwarz. Als ich das mit den Flammen sagte.«

»Du solltest jetzt nicht aufspringen oder in Panik geraten, aber es sieht so aus, als verlangten beide Seiten meines Wesens nach dir, Keely«, sagte er bedächtig. »Du könntest in größeren Schwierigkeiten sein, als ich es vermutet habe.«

Sie wollte mit einer witzigen Bemerkung reagieren, doch dann wurde ihr klar, dass er überhaupt nicht scherzte. Es lief ihr kalt den Rücken hinab, und das half ihr, sich wieder zu konzentrieren. »Diese beiden Seiten deines Wesens. Ich denke, das hat etwas damit zu tun, dass du gelegentlich im Plural von dir redest.«

Noch bevor er antworten konnte, schüttelte sie den Kopf. »Nein, das ist jetzt nicht der richtige Augenblick. Ich verspreche es, wenn wir dieser Höhle entkommen sind, werden wir über alles reden. Für mindestens eine oder zwei Stunden werde ich nicht schreiend davonlaufen.«

Seine Miene verdüsterte sich. »Du wirst überhaupt nicht davonlaufen, Keely«, sagte er bestimmt. »Es gibt keinen Ort, an dem ich dich nicht finden würde. Das sollte dir klar sein.«

»Ja, und *du* solltest wissen, dass ich mich nicht einschüchtern lasse«, antwortet sie gereizt. »Aber warum streiten wir uns, wo wir doch die Zeit besser nutzen könnten? Zum Beispiel, um darüber nachzudenken, wie wir hier rauskommen.« Sie griff nach dem größten Saphir und hielt ihn hoch. »Ich glaube, ich habe einen Plan.« Sie legte den Edelstein wieder auf das Tischtuch und glaubte, dass jetzt der richtige Moment gekommen war. »Ich muss dir etwas erzählen. Über meine Vision, als Liam mir seinen Saphir in die Hand gedrückt hatte.«

»Liam?« Dieses eine Wort klang schon bedrohlich. Plötzlich war er wieder ein gefährliches Raubtier, ohne dass ihr der Grund dafür klar gewesen wäre. Vielleicht gab es böses Blut zwischen ihm und Liam. Aber es war jetzt nicht der richtige Moment, um dieses Thema zu vertiefen.

»Liam ist unwichtig. Was zählt, ist meine Vision. Ich war in einem Raum mit deinem Hohepriester Nereus und seiner Gattin Zelia, als sie über den Stern von Artemis sprachen.«

»Das kann nicht sein. Deine Vision muss dich getrogen haben. Ich kenne den Namen Nereus, aber es ist ausgeschlossen, dass er verheiratet war. Poseidons Hohepriester durften nie heiraten. Wenn sie nicht Junggesellen geblieben wären, hätten sie einen Großteil ihrer Macht eingebüßt. Und da Nereus einer der mächtigsten Priester unserer Vergangenheit war, kann er nie verheiratet gewesen sein.«

Sie zuckte die Achseln. »Vielleicht sind die Unterlagen des Standesamtes verloren gegangen. Ich kenne diese Visionen, seit ich ein Kind war, und sie stimmten immer. Nereus war mit Zelia verheiratet.«

Sie erzählte ihm alles über ihre Vision, von Nereus und Zelia. Und von dem, was sie über den Stern von Artemis gesagt hatten. Als sie fertig war, fiel ihr ein bedeutendes Detail ein. »Justice, der Stern von Artemis hat die Macht, gebrochene Seelen zu heilen, haben sie gesagt. Vielleicht könntest du …«

Entsetzt unterbrach sie sich mitten im Satz. Sie hatte kein Recht dazu. Absolut nicht.

Justice hatte die Fäuste geballt, doch als er sprach, sagte er nicht, sie solle sich um ihren eigenen Kram kümmern. Genau das hatte sie erwartet, und sie hätte es verdient gehabt.

»Liam hat es gewusst? Er wusste, was du durchmachen müsstest, und doch hat er dir ohne Vorwarnung diesen Stein in die Hand gedrückt?« Nun klang seine Stimme extrem bedrohlich.

»Nein, er …«

»Er ist ein toter Mann«, sagte Justice mit tonloser Stimme. »Auch wenn er es noch nicht weiß, er sitzt bereits in einer der neun Höllen.«

Keely lief es kalt den Rücken hinab. Das war weniger eine bedrohliche Ankündigung als vielmehr bereits eine feststehende Tatsache. Sie empfand plötzlich so etwas wie Mitgefühl für Liam. »Nun, das hast du schön gesagt, aber es ist nicht fair. Er hatte keine Ahnung, dass die Vision eine so starke Wirkung auf mich haben würde.«

»Er hätte dich nie berühren dürfen. Dafür lege ich ihn um.«

»Findest du das nicht ein bisschen übertrieben? Du wirst niemanden töten. Wie auch immer, ich wollte sagen, was für eine intensive emotionale Verbindung ich empfinde, wenn ich uralte Gegenstände der Atlanter berühre. Ich habe mir gedacht …« Sie atmete tief durch und setzte dann erneut an, obwohl sie vor Angst einen Kloß im Hals hatte. »Ich habe mir gedacht, dass ich mir als Objektdeuterin diese Gegenstände hier vornehmen könnte, einen nach dem anderen. Vielleicht verrät uns einer von ihnen, wie wir hier herauskommen könnten.«

Sie bemühte sich, ein optimistisches Lächeln aufzusetzen, und versuchte, nicht daran zu denken, was alles schiefgehen konnte. Etwa, dass sie wieder in einen Mahlstrom niemals endender Visionen hineingezogen werden würde. Vielleicht würde sie diesmal sterben und feststellen, ob der Tod in einer Vision dem wirklichen Tod gleichkam.

Dies war die Frage, die sie schon immer am meisten verängstigt hatte.

Da sich ihre Gedanken im Kreise drehten, fragte sie ihn nach seiner Meinung. »Also, was denkst du?«

Er saß reglos da, mit leichenblassem Gesicht. »Wie kommst du darauf, ich könnte es zulassen, dass du dich einem solchen Risiko aussetzt?«

Seine Miene war so zornig wie die eines Rachegottes, doch sie ließ sich nicht einschüchtern.

»Wir haben keine andere Alternative. Wie du selbst gesagt hast, weißt du nicht, wie du uns hierhergebracht hast, und genauso wenig weißt du, wie du uns hier rausbringen kannst. Wir müssen etwas ausprobieren, Justice. Ich bin Wissenschaftlerin und erforsche alle Möglichkeiten, bis ich die richtige finde.«

Sie fühlte sich ein bisschen wie jemand, der sich in die Höhle des Löwen wagt, als sie sich vorbeugte und seinen Arm berührte. »Es muss ja nicht so schlimm kommen. Wenn ich mich vorbereiten kann, sind meine Visionen gewöhnlich nicht so intensiv wie die letzten.«

»Es muss ja nicht so schlimm kommen«, stieß er zwischen zusammengebissenen Zähnen hervor. »Was du nicht sagst.«

Mit übernatürlicher Geschwindigkeit packte er ihre Schultern und zog sie über das Tischtuch mit den Statuetten und Edelsteinen in seine Arme. »Ich verbiete es dir«, sagte er mit eisiger Stimme. »Eher bekämpfe ich den anderen Teil meiner Seele, ehe ich es zulasse, dass du deine Gesundheit oder dein Leben riskierst.«

Er legte seinen Kopf auf ihren und umarmte sie so fest, dass sie fast keine Luft mehr bekam. Als sie gerade protestieren wollte, bemerkte sie, dass er zitterte. Dieser Kampf, den er in seinem Inneren austrug, musste die Hölle sein, und am schlimmsten war, dass sie keine Ahnung hatte, wie sie ihm helfen konnte.

Ihr fiel nur eine Lösung ein, und zwar die naheliegendste. Sie legte die Arme um seine Taille, und er erschauderte und lockerte seinen Griff ein bisschen.

Für mehrere Minuten saßen sie reglos und schweigend da, und dann hob er den Kopf. »Ich weiß, was ich zu tun habe. Ich muss einen Pakt mit dem Teufel schließen und darauf hoffen, dass wir nicht alle in der Hölle enden.«

23

Atlantis, Palast

Nach einer ausgiebigen heißen Dusche hatte Alexios sich umgezogen, und nun ging er den langen, mit Gobelins geschmückten Flur hinab, um Conlan Bericht zu erstatten. Die kunstvoll gewebten, Tausende von Jahren alten Wandteppiche zeigten Szenen aus der Geschichte der Atlanter, doch er beachtete sie kaum, als er auf das Kriegszimmer zusteuerte.

Das Kriegszimmer. Seine Wände hatten seit über elftausend Jahren stumm den Plänen der Atlanter gelauscht. Pläne, Komplotte. Nie endende Besprechungen über nie endende Kriege. Sie alle waren nur Schachfiguren in einem von Göttern gespielten Spiel, und selbst die besten Poseidonkrieger waren auf diesem Schachbrett selten mehr als Bauern, was Alexios kurz über das Phänomen des Bauernopfers nachdenken ließ.

Als er sein Ziel erreichte, blieb er wie angewurzelt stehen, weil zwei Wachen vor der Tür standen. Conlan – oder wahrscheinlich eher Ven – musste Angst vor einem Verräter haben, der sich möglicherweise sogar innerhalb der Mauern des Palastes aufhielt. Eigentlich war das unvorstellbar, doch die Wachen waren der Beweis dafür, dass jemand genau das befürchtete.

»Lord Alexios«, sagte ein älterer Krieger, der sich in vielen Schlachten bewährt hatte. »Fürst Conlan und der Lord Rächer warten schon.«

Die zweite Wache öffnete die schwere Tür, und Alexios trat ein, wobei er auf die hohen Marmorwände blickte.

Stumme Zeugen. Er sah sich um. Conlan und Ven beugten sich über den langen, zerkratzten Holztisch in der Mitte des Raums und studierten Karten. Ven zeigte auf einen Ort und murmelte etwas vor sich hin. Dann blickte er auf und begrüßte Alexios mit einem Nicken.

Zwischen den beiden – die nächste Überraschung – stand diese Tiernan Butler, in Jeans und einer weißen Bluse, die Haare zu einem Pferdeschwanz zusammengebunden. Die Mienen der drei ließen nichts Gutes vermuten.

Conlan und Ven trugen unauffällige dunkle Hemden und Hosen. Nichts an ihrer Aufmachung ließ darauf schließen, dass sie zur königlichen Familie gehörten. Der Fürst, künftiger König von Atlantis, und sein jüngerer Bruder, der dann in der Thronfolge an erster Stelle stand, protzten nie mit ihrer Herkunft, um andere ihre Unterlegenheit spüren zu lassen. Und doch verwiesen ihr dezentes aristokratisches Verhalten und ihre von niemandem in Frage gestellte Autorität auf ihr Geburtsrecht.

Ein Geburtsrecht, dass in gewisser Weise auch noch einem anderen zukam. Jemandem, der wieder einmal verschwunden war.

»Neuigkeiten von Justice?«

Conlan schüttelte den Kopf. »Nein. Auch zu Alaric haben wir im Moment keinen Kontakt. Irgendeine Ahnung, wo er steckt?«

Alexios pfiff leise durch die Zähne. »Ich glaubte, er würde vor mir hier eintreffen. Er hat sich auf die Suche nach Quinn gemacht. Sie wurde verwundet.«

Vens Hände ballten sich zu Fäusten und zerknitterten dadurch die Karte, die er hielt. Der Prinz achtete Quinn nicht nur als Kämpferin, sondern sah sie mittlerweile auch als Freundin. Tatsächlich gehörte sie jetzt, wo ihre Schwester Riley Conlan heiraten würde, schon zur Familie.

Ehen zwischen Atlantern und Menschen. Alexios dachte an Bastien, jenen Atlanter, der eine Metamorphin geheiratet hatte. Weitere Motive für weitere Wandteppiche, die eines Tages die Korridore des Palastes schmücken und vielleicht das endgültige Ende jener endlosen Kriege prophezeien würden, über die er eben nachgedacht hatte.

»Sie wurde nur leicht verwundet«, versicherte er. »Aber wir alle kennen Alaric. Er und Quinn haben eine … Zwischen ihnen gibt es einen Bund. Er wollte sie finden, um sich zu vergewissern, dass es ihr gut geht.« Er fasste kurz zusammen, was sich in St. Louis zugetragen hatte. »Quinn, Jack und Denal sind hinter den Anführern der Vampire her.«

Er führte nicht weiter aus, was die drei mit den Vampiren machen würden, wenn sie sie gefunden hatten. Es war überflüssig.

Conlan blickte kurz zu seinem Bruder hinüber und nickte dann. »Wenn Quinn nur einen Kratzer abbekommen hat, müsste Alaric bald wieder hier sein. Bis dahin können wir nichts unternehmen, um Justice zu finden. Also sollten wir uns mit dem anderen auf der Hand liegenden Thema befassen. Ms Butler hat uns einiges über die Pläne der Apostaten erzählt.«

Alexios blickte erst die Journalistin, dann Conlan an. »Ist es klug, ihr Gehör zu schenken? Wenn ich bedenke, wo wir sie aufgegabelt haben … Warum sollten wir darauf vertrauen, dass sie die Wahrheit sagt? Vielleicht ist sie ein Köder, und wir tappen in eine Falle.«

Tiernan wirkte überhaupt nicht eingeschüchtert und lächelte ihn an. »Sie wären ein guter Journalist. Man darf nichts glauben, was man nur hört. Fakten checken, Fakten checken, Fakten checken.«

Sie schwieg kurz und errötete. »Tatsache ist, dass ich da in einen üblen Schlamassel geraten bin. Ich hatte mir einen Plan zurechtgelegt. Ich gab mich als Mitarbeiterin eines Catering-Service aus und kam so in das Hotelzimmer. Mir war klar, dass die Orgie erst beginnen würde, wenn wir wieder verschwunden waren, aber ich hatte darauf gehofft, etwas Nützliches aufzuschnappen. Stattdessen erlebte ich eine böse Überraschung.«

»Hat man Sie gezwungen, sich die Klamotten vom Leib zu reißen und an der Orgie teilzunehmen?«, fragte Alexios, der ihr kein Wort glaubte.

»Nein, ich … Man hat mir aufgetragen, leere Platten zu unserem Lieferwagen zu bringen und dann unten zu warten. Aber ich bin auf die Toilette gegangen und habe es anschließend geschafft, mich hinter diesem Sofa zu verstecken.« Sie zeigte auf ihr blaues Auge. »Dieses Veilchen habe ich, weil jemand eine Flasche quer durchs Zimmer geschleudert und zufällig mich getroffen hat. Ich musste mich schwer beherrschen, nicht laut aufzuschreien. Aber einer dieser ekligen alten Männer hat mich trotzdem gesehen, und ich musste gute Miene zum bösen Spiel machen. Ich sollte das schüchterne Mädchen spielen, das zum ersten Mal auf so einer Party ist. Es wäre gefährlich für mich gewesen, wenn ich abzuhauen versucht hätte, der Mann war misstrauisch. Also musste ich mich unter den Blicken dieses Perversen ausziehen. Dann hat er sich meine Klamotten geschnappt und gesagt, er sei gleich wieder da. Ich versuchte mir gerade etwas einfallen zu lassen, wie ich aus der Klemme herauskommen könnte, als Sie mit den anderen durchs Fenster kamen.«

»Ziemlich gutes Timing, was?«, sagte Alexios. »Aber ob ich das glauben soll? Vielleicht sollten wir dreimal überprüfen, was Sie uns als Fakten verkaufen wollen.«

»Was sie auch sagt, genau das werden wir tun«, bemerkte Ven. »Aber mit Justice und der Ödnis hatte sie recht, und was sie gerade erzählt hat, bestätigt Informationen aus unabhängigen Quellen. Mit anderen Worten, so weit, so gut.«

Tiernan zeigte auf eine der Karten, und Alexios trat an den Tisch. »Sie beginnen in den am dichtesten bevölkerten

Großstädten, New York, Boston, Seattle oder Jacksonville in Florida. Von den Stadtzentren arbeiten sie sich in die wuchernden Vorstädte vor. Auch Vampire müssen mit der fortschreitenden Zersiedlung klarkommen. Wir arbeiten seit fast drei Jahren an dieser Story über die Apostaten von Algolagnia.«

»Wer ist *wir?*«, fragte Conlan.

»Ich kann kaum glauben, dass Ihre Bosse beim *Boston Herald* Sie ermuntert haben sollen, sich mit dieser Story zu befassen«, sagte Ven kopfschüttelnd. »Nach unseren letzten Informationen gehört der *Herald* zu fast drei Dutzend amerikanischen Zeitungen, die in den Händen eines Konsortiums von Metamorphen sind.«

Tiernan blickte ihn lächelnd an. »Sie scheinen eine Menge zu hören. Stimmt es, dass Donald Trump ein Metamorph ist, oder ist das ein durch nichts bewiesenes Gerücht?«

Ven schnaubte. »Mit der Frisur?«

Alexios war nicht belustigt. Er hatte die Hälfte der Kämpfer der Menschenbewegung ins Krankenhaus bringen müssen. »Vielleicht sollten wir mit diesen Witzeleien bis zu einem geeigneteren Zeitpunkt warten.« Ihm war bewusst, wie gereizt seine Stimme klang, doch er hielt es für überflüssig, sich zu entschuldigen. Seine Gedanken galten den Verwundeten und … Grace.

Für einen Augenblick spürte er Conlans nachdenklichen Blick auf sich ruhen. Dann nickte der Prinz. »Alexios hat recht. Aber ich muss Sie noch einmal fragen, wen Sie mit *wir* meinten. Von journalistischen Recherchen in Sachen Apostaten ist uns nichts bekannt.«

»Wenn es bekannt wäre, hieße das, dass wir unsere Arbeit nicht richtig tun«, antwortete Tiernan. »Wir sind investigative Journalisten und arbeiten im Verborgenen. Wir suchen Quellen, sammeln Fakten und solide Beweise. Nur wenn wir die beisammen haben, kommt es zu einer Veröffentlichung. Und wenn diese Story erscheint, wird es der größte Coup meiner beruflichen Laufbahn sein.«

Alexios beschloss, es mit einem Bluff zu versuchen. »Wir *haben* von Ihnen gehört. Nämlich, dass Sie eine Karrieristin sind, die nichts als den Pulitzerpreis im Kopf hat. Uns ist zu Ohren gekommen, Sie seien unzuverlässig und schlampig. Warum sollten wir mit so jemandem zusammenarbeiten?«

Für einen Sekundenbruchteil wirkte ihr Blick unkonzentriert. Fast wäre es Alexios entgangen. »Das ist eine Lüge«, sagte sie dann in einem schon fast unheimlich ruhigen Ton. »Sie haben weder von mir noch von meinen journalistischen Recherchen jemals etwas gehört. Sie wissen nicht, wem Sie vertrauen sollen, und machen sich Sorgen um diesen Justice.«

Sie wandte sich Conlan zu. »Was immer Justice mit dieser Archäologin angestellt haben mag, Sie machen sich Sorgen, dass es für Atlantis Konsequenzen haben könnte. Schlimme Konsequenzen.«

Plötzlich erschauderte sie, wie ein Wasservogel, der sich Tropfen aus dem Gefieder schütteln will, und dann huschte ein Grinsen über ihr plötzlich blasses Gesicht. »Versuchen Sie nicht, eine Pokerspielerin zu bluffen.«

Nun herrschte ein unbehagliches Schweigen. Etwas Merkwürdiges war gerade passiert, doch Alexios konnte sich keinen richtigen Reim darauf machen. Aber Tiernan war eben nur ein Mensch.

Wie Quinn und Riley. Menschen und *aknasha'an.* Empathen, zum ersten Mal seit Tausenden von Jahren. Erin, eine Melodine. Allmählich wunderte sich niemand mehr über solche Merkwürdigkeiten.

»In Ordnung, dann gehen wir davon aus, dass Sie die Wahrheit sagen.« Conlan wies auf eine Karte. »Zeigen Sie es uns.«

Tiernan wies auf ein Dutzend dicht besiedelte Gegenden.

»Überall hier. Die Algolagnia-Sekte wirbt mit großem Aufwand um neue Mitglieder. Leider ist es eher eine Art Zwangsrekrutierung.«

Ven stieß eine Kette von Flüchen in der uralten Sprache der Atlanter aus. Trotzdem musste jedem klar sein, was er meinte. »Dann wollen Sie also sagen …«

»Dass sie nicht freiwillig Mitglieder werden«, beendete Tiernan seinen Satz. »Was immer Sie von uns Menschen halten mögen, es gibt nicht viele, die sich freiwillig das Gehirn zu Kartoffelpüree zermatschen lassen.«

»Ein schönes Bild, aber kann man das wirklich so sagen?«, fragte Conlan. »Behaupten Sie, dass Anubisa und ihre Handlanger Menschen psychisch abhängig machen wollen? So abstoßend das sein mag, es ist nur eine vorübergehende Maßnahme. Wir kennen das seit Jahrhunderten. Tatsächlich sogar seit Jahrtausenden.«

»Nichts daran ist vorübergehend«, sagte Tiernan bestimmt. »Wir haben Beweise für die systematische Manipulation von Verhaltens- und Denkmustern. Wir arbeiten mit Gehirnchirurgen, Neurologen und Psychiatern zusammen. Magnetresonanztomografien der Gehirne betroffener Personen sehen völlig anders aus als die anderer Menschen.«

Sie blickte die Anwesenden der Reihe nach an, als wollte sie ihren Worten mehr Wirkung verschaffen. »Anubisa baut eine Armee menschlicher Lakaien mit zerstörten Gehirnen auf, die niemals mehr zu ihrer eigenen Identität zurückfinden werden. Sie spielt Sudoku mit unseren Gehirnen, und jemand muss ihr Einhalt gebieten.«

Wenn sie nicht die mit Abstand beste Schauspielerin war, die Alexios jemals gesehen hatte, sagte sie die Wahrheit. Ihre Stimme, in der zugleich Leidenschaft und Schmerz lagen, wäre fast gebrochen, aber die Frau hatte einen eisernen Willen.

»Zerstörte Geister können geheilt werden«, sagte Conlan.

Ven blickte ihn an. »Der Stern von Artemis? Aber das ist …«

Conlan hob eine Hand, um seinem Bruder das Wort abzuschneiden.

Der blickte finster drein, fügte sich aber. Doch dann schlug er urplötzlich mit der Faust auf den Tisch, und die anderen zuckten zusammen. »Immer wieder Anubisa«, knurrte er. »Wie kann das Universum so aus den Fugen sein, dass Poseidon untätig zusieht, wie diese Vampirgöttin mit der Zukunft von drei Rassen spielt?«

»Das ist Gotteslästerung«, bemerkte Conlan. »Ich muss dich darauf hinweisen, obwohl ich eigentlich nicht widersprechen kann. Vielleicht sollten wir uns fürs Erste darauf konzentrieren, welche Taktik wir in diesem Kampf verfolgen werden. Das scheint mir sinnvoller, als auf Götter einzudreschen.«

Tiernan schnappte nach Luft. »Wollen Sie damit sagen, dass Anubisa wirklich eine Göttin ist? Und mit Poseidon meinen Sie den mythischen Meeresgott?« Ihre Pupillen verengten sich. »Ich bin zu Ihnen gekommen wegen eines *realen* Problems, mit *echten* Informationen über ihren Freund. Und jetzt, wo ich auf *echte* Hilfe hoffe, macht es Ihnen Spaß, mich mit Märchen abzuspeisen?«

Alexios spreizte die Arme in einer weit ausholenden Geste. »Sie sind in Atlantis, Ms Butler. Der mythische, versunkene Kontinent, wie die Menschen sagen. Wollen Sie wirklich die Existenz des Meeresgottes bestreiten, wo Sie sich doch gerade in seinem Reich aufhalten, tief unten auf dem Meeresgrund?«

Tiernan schien etwas sagen zu wollen, überlegte es sich aber anders. Einen Moment später begann sie zu grinsen, und man ahnte etwas von der sorglosen jungen Frau, die sie in weniger komplizierten Zeiten gewesen sein mochte. »Ja, ich verstehe, was Sie sagen wollen.«

Dann löste sich ihr Lächeln auf. »Und Ihr anderer

Freund, der in Boston … durchgedreht ist? Geht's dem gut?«

Alexios blickte Conlan an, und der nickte. »Ja, Brennan geht's gut. Er hat keine Erinnerung an irgendein ungewöhnliches Verhalten seinerseits. Wir glauben, dass wir ihn nicht in Ihrer Nähe lassen sollten, denn Sie müssen etwas haben, worauf er … ungünstig reagiert.«

»Wie schön Sie das ausdrücken«, knurrte sie mit einem scharfen Blick. »Worauf er ungünstig reagiert. So kann man's auch sagen.«

»Selbst wenn wir Lust dazu hätten, bliebe uns keine Zeit, dieses Thema jetzt zu vertiefen«, sagte Ven gereizt. »Brennan hält sich von Ihnen fern, und Sie bleiben hier, bis wir Erkundigungen über Sie eingezogen haben.«

Bevor sie protestieren konnte, lächelte Ven sie tückisch an. »Fakten checken, Fakten checken, Fakten checken. Sie haben es gesagt, und wir halten uns daran.«

»Meinetwegen«, sagte sie. »Vermutlich bleibt mir nichts anderes übrig, als zuzustimmen. Ich weiß nicht mal, wie wir hierhergekommen sind, und ihre Palastangestellten sind gegenüber einer Gefangenen nicht gerade auskunftsfreudig.«

»Sie sind unser Gast, Ms Tiernan«, sagte Conlan. »Nicht unsere Gefangene. Aber es wäre leichtsinnig, Ihre Story nicht zu überprüfen, was Sie als Journalistin verstehen werden. Geben Sie uns ein paar Tage Zeit. Dann bringen wir sie nach Boston zurück, damit Sie Ihre Arbeit fortsetzen können.«

»Falls Sie die Wahrheit gesagt haben«, fühlte sich Alexios bemüßigt hinzuzusetzen.

»Die Wahrheit. Immer die Wahrheit, vieldeutig schillernd im Treibsand von Absicht, Vieldeutigkeit und Täuschung«, murmelte sie, in die Ferne blickend. »Ich sage die Wahrheit auf eine Weise, die Sie sich gar nicht vorstellen können.«

Alexios lief es kalt den Rücken hinab. Irgendetwas stimmte definitiv nicht mit dieser Tiernan Butler. Vielleicht sollten sie sich da kundig machen.

Conlan neigte den Kopf.

»Ich hoffe, es ist so, zu unser aller Nutzen. Wenn die Vampire tatsächlich begonnen haben, menschliche Gehirne zu zerstören, dürfen wir keine Zeit verlieren, um ihnen Einhalt zu gebieten.«

Er beugte sich erneut über die Karte. »Vielleicht bekommen Sie den Pulitzerpreis ja doch.«

Tiernan wollte antworten, doch Alexios hatte begriffen, dass Conlan sie mit diesen Worten entlassen hatte. »Bitte begleiten Sie mich, Ms Butler. Ich bin sicher, dass wir ein gemütliches …«

»Erin will mit ihr reden«, unterbrach Ven. »Sie ist im Tempel und hat für Ms Butler eine Führung geplant.«

»Tempel?« In ihren Augen leuchtete etwas auf, das Alexios mit ihrem journalistischen Ehrgeiz in Verbindung brachte. »Was für ein Tempel?«

»Der Nereidentempel.« Alexios zeigte auf die Tür. »Weitere von diesen mythischen Wesen, von denen Sie eben sprachen.«

Obwohl sie ihn mit Fragen bombardierte, schaffte Alexios es, sie zur Tür zu bugsieren. Er hielt sie auf, um ihr den Vortritt zu lassen, und drehte sich dann noch einmal zu Conlan und Ven um. »Wie immer die Entscheidung ausfällt, ich bin bereit.«

Die beiden nickten. In diesem Moment wirkten sie fast wie eineiige Zwillinge. »Wir wissen es«, antwortete Conlan. »Sobald Alaric zurück ist, werden wir die nächsten Schritte planen.

»Justice hat Vorrang«, sagte Ven entschlossen. Es klang fast wie ein Schwur. »Dann kommen Anubisa und die Apostaten an die Reihe.«

Alexios nickte, er war völlig einverstanden. Er schloss die

Tür hinter sich und erlöste die Wachen, die von Tiernan mit Fragen gelöchert wurden.

Justice hat Vorrang. Absolut.

Selbst der Journalistin musste das gefallen. Diese Story konnte es gut mit einer fetten Schlagzeile auf die Titelseite schaffen.

24

Atlantis, in der Höhle

Justice zwang sich zu etwas, wogegen er sich Hunderte von Jahren gesträubt hatte. Er riss die Schutzwälle in seinem Geist ein und befreite die nereidische Hälfte seiner Seele. Zuerst geschah nichts.

Vielleicht hatte er zu lange gewartet.

Doch dann, nach und nach, flutete Energie wie flüssiges Feuer durch seine Gehirnkammern. Prickelnde Hitze schoss durch seine Venen und Arterien.

Endlich. Endlich hast du mich gerufen und eingeladen, meine magischen Kräfte zu demonstrieren. Die Nereidenstimme hallte laut in seinem Kopf, im Trommelrhythmus eines Triumphmarsches.

»Ich habe dich gerufen, damit du deine magischen Kräfte *teilst*«, sagte er laut. »Wenn wir dieser Höhle nicht entkommen, ist das für uns beide gleich schlecht.«

Keely runzelte die Stirn. Sie blickte ihn fragend an, und ihm wurde bewusst, wie seine Worte klingen mussten.

»Ich bin nicht verrückt«, sagte er. »Ich rede nur mit mir selbst. Wir kommen hier nur raus, wenn meine nereidische Hälfte mich etwas lehrt, das ich nie gekannt habe. Es war keine magische Gabe der Atlanter, die uns hergebracht hat. Ich bin mir nicht sicher, was ich getan habe oder wie ich es getan habe. Der nereidische Teil meines *Ichs* weiß es, und ich werde es lernen.«

»Wahrscheinlich ist das jetzt nicht der richtige Zeitpunkt, über dieses Thema zu reden, aber auf mich wirkt es seltsam, wenn du von der anderen Hälfte deines Ichs in der dritten

Person redest. Zuvor hast du von dir selbst im Plural gesprochen.« Sie lächelte schwach. »Aber alles ist relativ. Mir ist alles recht, wenn ich nur von hier wegkomme.«

Justice lächelte sie an und hoffte, dass es beruhigend wirkte. Dann schloss er die Augen und versank in der Dualität seines Bewusstseins. Leuchtende Farbwirbel und -spiralen tanzten in der Finsternis, als wäre die nereidische Hälfte seiner selbst ein Prisma, in dem sich das funkelnde Licht der Juwelen aus der Höhle brach.

Obwohl er die freigesetzten Kräfte nicht begriff, begann er doch ihr Ausmaß zu begreifen. Schon immer hatte er über die magischen Gaben der Atlanter verfügt, doch diese Erfahrung war anders. Dunkler. Einfach *anders.* Ton, geformt von einem Bildhauer mit rätselhaften Absichten.

Sein Geist entdeckte andere Perspektiven, das Universum zu sehen.

Materietransfer. Plötzlich begriff er. Alles war so einfach; natürlich *konnte* er es schaffen. Es *war* ihm ja schon einmal gelungen.

Und würde ihm wieder gelingen.

Es war ein einfacher Prozess. Er überließ sein Sein dem Universum, sozusagen als Leihgabe. Es war ein momentanes Versinken in der Schöpfungsenergie. Er sah sich und Keely dort, wo er sie sehen wollte, und sie würden durch die Wellen treiben, als Partikel in der Strömung.

Er sah es, hörte es, fühlte es. Wohin er auch blickte, überall tanzten Lichtstrahlen. Es musste so leicht sein, in dieser Energie zu versinken, um sich an einen anderen Ort versetzen zu lassen.

Er wandte sich Keely zu und *erkannte* sie. Plötzlich musste er vor Glück lachen. Sie war eingehüllt in strahlend orangefarbene, rote und gelbe Lichtbündel, in ein Kaleidoskop aller Farben des Sonnenuntergangs, gekrönt vom flammenden Rot ihres Haares. Sie verkörperte die Stärke, das Wunder und die Unschuld, und doch gab es auch dunklere

Farbtöne zwischen rotbraun und dunkelbraun – Indikatoren für in der Vergangenheit erlittene Schmerzen.

Es gab keinen Grund dafür, warum er es wissen sollte, aber er wusste es. Jetzt war er nicht mehr nur Justice, nicht einmal mehr nur die gespaltene Persönlichkeit mit dem nereidischen Erbe. Er war Teil des Gewebes alles Existierenden in der Galaxie und wusste nun, dass er sich mühelos darin bewegen konnte. Wie ein Schwimmer in einem stehenden Gewässer.

So einfach ist es nicht, warnte die innere Stimme. *Du darfst nicht in diese Falle tappen. Grenzenlose Möglichkeiten verführen die Unvorsichtigen. Wenn du dich vorbehaltlos dem Universum überlässt, besteht die Gefahr, dass es keine Rückkehr gibt.*

Der Gedanke an irgendwelche Grenzen gefiel ihm nicht, aber er zwang sich, auf die Stimme zu hören.

Keely. Er musste sie beschützen, sie aus dieser Höhle befreien. Er würde sich zunächst auf das Praktische konzentrieren, die Magie konnte warten. Er blickte sie an. »Ich weiß jetzt, wie ich es machen muss. Die innere Stimme hat es mir gesagt. Es ist so einfach – wenn man das Wissen darum besitzt.«

»Du kannst uns hier rausbringen?« Sie schaute ihn hoffnungsvoll an, und er war überwältigt von ihrer Schönheit.

»Ja. Ich würde dich fragen, wohin du gern möchtest, aber ein Ziel ist vorrangig. Der Palast. Ich bin Erklärungen schuldig. Das muss der Beginn sein, auch wenn wir das Ende nicht kennen.«

Keely atmete tief durch und nickte. »Etwas in mir wünscht sich nichts mehr, als wieder zu Hause zu sein und nach einem heißen Bad eine oder zwei Flaschen Wein zu trinken. Aber wir müssen Conlan von dem Stern von Artemis und dem Dreizack erzählen. Atlantis könnte in ernsthafter Gefahr schweben, wenn es vom Meeresboden aufzusteigen versucht ohne den kompletten Satz von Edelsteinen.«

Er streckte eine Hand aus. Sie verschränkte ihre Finger mit seinen, und Fontänen funkelnden Lichts hüllten sie ein. Schon fast hypnotisiert, hätte er ihre Worte beinahe nicht mehr gehört.

»Sag mir einfach, dass es ungefährlich ist.« Sie versuchte zu lächeln. »Ich weiß, dass es nicht das erste Mal ist, und doch komme ich mir ein bisschen wie ein Versuchskaninchen vor. Ich will nicht, dass eine Hälfte von mir auf Borneo landet und die andere im Palast in Atlantis. Ich hab mal *Star Trek* auf DVD gesehen. Der Transporter in dem Streifen war nicht besonders zuverlässig.«

Ihm wurde bewusst, dass er früher einmal Sinn für Humor gehabt haben musste, der nicht ganz ausgelöscht worden war, weder durch jahrelange Kriege noch durch die Monate in der Ödnis. »Borneo soll sehr schön sein um diese Jahreszeit.«

Keely lachte.

Er beschwor die magischen Kräfte seiner nereidischen Vorfahren herauf. Keely in den Armen haltend, verließ er die Realität und überließ sich dem Universum, wo sie sich beide in reine Energie auflösten.

Keely löste sich in Nichts auf – oder vielleicht doch nicht. Es war etwas anderes, auf eine fast undefinierbare Weise. Irgendwie fühlte sie sich in diesem Prozess als aktive Teilnehmerin, obwohl sie selbst nicht über magische Kräfte verfügte. Als Wissenschaftlerin versuchte sie alles zu beobachten und einzuordnen. Gefühle, Reaktionen, Erfahrungen.

Doch der Materietransfer widersetzte sich jeder Beschreibung. Zumindest jeder rationalen Beschreibung. Jeder vernünftigen Erklärung. Magische Kräfte verschlangen sie, und sie konnte nur hoffen, wieder aus ihren Klauen entlassen zu werden.

Um sie herum kollidierten Farben und Töne, wie unter

dem Einfluss einer bewusstseinserweiternden Droge. Alles glich einer zugleich wunderschönen und schrecklichen Symphonie. Die Eindrücke folgten so rasch aufeinander, dass sie glaubte, verrückt zu werden.

Und dann war es vorbei.

Der Mahlstrom gab sie frei, und sie waren wieder in der anderen Welt, standen auf beiden Beinen. In einem Zimmer, das Keely aus ihren Visionen nicht kannte. Sie fragte sich, warum die Wirklichkeit ihr plötzlich als so öde erschien.

Sie hörte erstaunte Schreie, und noch bevor sie die Orientierung vollends wiedergefunden hatte, sah sie zwei Dolche und ein Schwert, die nicht auf sie, sondern auf Justice gerichtet waren.

Der stellte sich blitzschnell schützend vor sie.

»Wie könnt ihr es wagen, eure Waffen gegen uns zu erheben«, sagte er kaum vernehmbar, doch sie verstand seine Worte und wusste, was los war. Er zitterte vor Wut.

Ihr war klar, dass sie sich etwas einfallen lassen musste. Die Atlanter bedrohten den zerbrechlichen Frieden, den Justice mit der nereidischen Hälfte seines Ichs geschlossen hatte.

Sie trat hinter seinem Rücken hervor und hob beschwichtigend die Hände. Ihr gegenüber stand Conlan, dicht dahinter Ven. »Hey, ich führe nichts Böses im Schilde. Keely McDermott, Archäologin. Sie haben gesagt, ich sei Ihr Gast, schon vergessen?«

Sie legte eine Hand auf Justice' Arm. Er gab ein leises, bestialisches Knurren von sich, während er sich mit finsterem Blick und gefletschten Zähnen in dem Zimmer umblickte. Jetzt war er genau das Raubtier, für das sie ihn einst gehalten hatte, doch nun wusste sie, dass er noch so viel mehr war.

Als Archäologin hatte sie auch mit ausländischen Regierungen zu tun gehabt. Auch wenn Ausland für Atlantis nicht ganz die richtige Bezeichnung ist, dachte sie belustigt.

Das Zimmer war schlicht, nichts verwies auf die Königsfamilie. Hier wurde gearbeitet. Neugierig blickte sie sich um. »Ist dies ein Raum für strategische Planungen?«

Ven nickte, aber niemand sagte etwas. So viel zum Thema Small Talk.

»Ich komme hier nicht weiter, Justice«, zischte sie. »Du musst mir helfen.«

Conlan und Ven ließen die Waffen langsam sinken. Beide wirkten geschockt. Sie tauschten einen Blick aus, den Keely nicht deuten konnte, und dann warf Ven sein Schwert auf einen Tisch.

»Du bist hier, und dir ist nichts passiert«, sagte er. »Gott sei Dank ist dir und Frau Dr. McDermott nichts passiert.«

Conlan senkte den Kopf. Keely sah, wie sich seine Lippen bewegten, aber sie hörte nichts. Als er aufblickte, lächelte er Justice an. »Auch ich danke den Göttern, dass du unversehrt aus der Ödnis zurückgekehrt bist, mein Bruder. Und Sie bitte ich um Entschuldigung, Frau Dr. McDermott. Ich hoffe, es geht Ihnen gut?« Er steckte die Dolche weg und trat einen Schritt auf sie zu. Justice' animalisches Knurren wurde lauter.

»Mir fehlt nichts«, sagte sie. »Aber ich hätte nichts gegen ein Bad und eine warme Mahlzeit. Trotzdem, zuerst müssen wir reden. Wie Sie sehen, stimmt etwas nicht mit Justice. Ich verstehe das alles nicht ganz, aber er musste einen Pakt schließen mit der nereidischen Hälfte seines Ichs. Sonst hätte er es nicht geschafft, uns durch den Materietransfer hierher zu versetzen.«

»Von wo? Wohin hat er sie gebracht?« Conlan fuhr sich frustriert mit einer Hand durchs Haar. »Sie können sich gar nicht vorstellen, wie leid uns das alles tut. Bestimmt wollten wir nicht, dass Ihr Besuch in Atlantis durch eine Entführung belastet wird. Sind Sie sicher, dass Ihnen nichts fehlt?«

Keely bemerkte, dass Ven Justice keine Sekunde aus den Augen ließ. Sein blasses Gesicht und sein angespannter

Unterkiefer sagten ihr, dass er einen Anteil an Schuld daran zu tragen glaubte, dass sich sein Bruder Anubisa ausgeliefert hatte.

Neben ihr verstummte das Knurren abrupt. »Ist dir mein Wohlergehen so gleichgültig, mein Bruder?«, fragte Justice spöttisch. »Nach vier langen Monaten in der Ödnis fragst du nicht, wie es mir geht?«

Keely sah, dass Sorgen Conlans Miene verdüsterten. Er trat einen Schritt vor, doch Justice zuckte zurück und zog sie mit sich. »Vergiss es«, sagte er höhnisch. »Wir sind unbeeindruckt von deinen Bemühungen um uns. Viel zu lange waren wir Gefangene der Vampirgöttin. Was das betrifft, ahnst du etwas, oder, Conlan? Sie scheint eine Vorliebe für Atlanterprinzen zu haben. Selbst wenn einer von ihnen der unerwünschte Bastard ist, der von seiner eigenen Familie nie anerkannt wurde.«

»Wir haben es nicht gewusst«, stieß Ven zwischen zusammengebissenen Zähnen hervor. »Wir haben es nicht gewusst. Verdammt, Justice. Nach Hunderten von Jahren, wo wir Seite an Seite gekämpft haben, solltest du uns eigentlich besser kennen. Ich habe dich schon meinen Bruder genannt, als ich noch nichts von der leiblichen Verwandtschaft wusste. Jetzt, wo ich es weiß, werde ich mich dir gegenüber bestimmt nicht anders verhalten.«

Conlan wandte den Blick nicht von Justice ab, sagte jedoch nichts. Seine Miene verriet nichts über seine Gedanken.

»Wahrscheinlich lernt man es schon auf der Prinzenschule, dieses Pokerface aufzusetzen«, sagte Keely in der Hoffnung, die unglaubliche Anspannung zu lösen.

Überraschenderweise lachte Conlan. »Innerhalb eines sehr kurzen Zeitraums sind Sie schon die zweite Frau, die in unserem Kriegszimmer aufs Pokern anspielt. Vielleicht würde sich dieser Tisch eher fürs Kartenspielen eignen, statt daran Kriege zwischen Ländern und Königen zu planen.«

Justice legte einen Arm um sie und zog sie an sich heran. Sie stieß ihn nur nicht zurück, weil ihr klar war, wie dicht er davor stand, die Selbstkontrolle zu verlieren. Aber sie ärgerte sich darüber, dass er sich hier wie ein Höhlenmensch aufführte.

Natürlich war ihr aufgefallen, dass er wieder von sich selbst im Plural gesprochen hatte. Der nereidische Teil seines Ichs wurde stärker, und sie wollte lieber nicht sehen, was geschehen würde, wenn er vollends die Oberhand gewann.

Sie warf ihm einen funkelnden Blick zu. »Ich sehe bereits zwei getrennte Personen, wenn ich nur an dich *denke*«, sagte sie. »Du musst die beiden Teile deiner Seele in den Griff bekommen, so gut es geht. Wir müssen ihnen von dem Stern erzählen.«

Conlan zuckte zusammen. »Von welchem Stern? Dem Stern von Artemis?«

Neben ihr atmete Justice tief durch, und damit schien er seine Selbstbeherrschung wiederzufinden. »Ja, *der* Stern. Jener, von dem man uns immer erzählt hat, er habe die Macht, einen beschädigten Geist zu heilen. Doch sein Wert war sehr viel größer, als selbst wir wussten. Wir müssen diesen Stern finden – und die verlorenen Edelsteine des Dreizacks. Ohne sie kann Atlantis nie wiederauferstehen.«

25

Das Echo von Justice' Worten hallte nach, als wären Steine in eine kürzlich geöffnete alte Grabkammer gefallen. Conlan und Ven wichen erschrocken zurück.

Conlan fing sich als Erster. »Was soll das heißen, Atlantis kann wieder aus den Tiefen auftauchen, bis nicht alle Edelsteine des Dreizacks wieder an ihrem Platz sind? Das kann nicht stimmen. Zu der Zeit, als unsere Alten die Edelsteine auf die sieben Ecken des Globus verteilten, hatten sie das Portal noch nicht entdeckt. Wenn es nur die Juwelen in Verbindung mit dem Dreizack möglich machen, dass Atlantis wieder vom Meeresboden aufsteigt, hätten sie die Sieben Inseln praktisch verdammt.«

»Conlan hat recht, das ist unlogisch«, sagte Ven. »Wie hätten unsere Vorfahren ohne diese Steine jemals auf eine Wiedergeburt von Atlantis hoffen können? Das ergibt keinen Sinn, Frau Dr. McDermott.«

»Ich weiß nicht«, sagte Keely. »Mit Logik und Ihren Alten, wie Sie sie nennen, und dem ganzen anderen Kram kenne ich mich nicht aus. Vielleicht konnten sie einen Blick in die Zukunft werfen und haben gewusst, dass ihre Nachfahren eine Möglichkeit finden würden, damit Atlantis vom Meeresboden aufsteigen kann. Aber ich hatte diese Vision, und meine Visionen haben mich noch nie – nie – getrogen. Dieser Saphir muss wieder seinen alten Platz auf dem Dreizack einnehmen, wie auch die anderen Edelsteine. Anderenfalls werden Sie Atlantis zerstören, wenn Sie versuchen, zur Meeresoberfläche aufzusteigen.«

Conlan und Ven wirkten skeptisch. Sie kannten Keely nicht und waren nicht dabei gewesen, als sie eine ihrer

Visionen fast nicht überlebt hätte. Sie würden Beweise wollen.

Auch wenn sich alles in ihm dagegen sträubte, war Justice klar, dass er an ihrer Stelle dasselbe gewollt hätte.

Wieder meldete sich der nereidische Teil seines Ichs. *Was du auch tust, sie werden immer auf dich herabblicken. Warum sollten sie deinen Worten Glauben schenken?*

Keely seufzte, und ihre Schultern hingen herab. »Sie haben nicht vor, mir zu glauben, nicht wahr? Sie kennen mich nicht und werden auf Beweisen bestehen.«

Ihre Resignation berührte etwas tief in Justice' Inneren, an dessen Existenz er längst nicht mehr geglaubt hatte. »Nein, nein, sie brauchen keine Beweise. Dein Wort muss ihnen genügen.«

Er verschränkte die Arme vor der Brust und baute sich trotzig vor den beiden Männern auf. Er hatte sich immer noch nicht daran gewöhnt, sie seine Brüder zu nennen. »Ihr habt sie nicht gesehen während einer ihrer Visionen und nicht gehört, wie sie die Wahrheit spricht.«

Er berührte das hinter seinem Rücken hängende Schwert. »Sie ist Objektdeuterin und hat es mit meinem Schwert unter Beweis gestellt. Sie hat seinen Namen genannt. Der Name dieses Schwertes ist »Poseidons Zorn«, und ich habe es als Geschenk von unserem Vater bekommen.«

Conlan und Ven blickten sich an, und Justice kam plötzlich ein unangenehmer Gedanke. Was er gerade gesagt hatte, war für sie keine Überraschung gewesen.

»Ihr habt es gewusst. Die ganzen Jahre über?«

Conlan schüttelte den Kopf. »Nein, wir haben nicht gewusst, dass du unser Bruder bist. Mit dem Schwert verhielt es sich anders. Natürlich hatte ich es bei meinem Vater gesehen. Zunächst hat er uns erzählt, er habe es verloren, doch dann sah ich eines Tages einen schmächtigen, blauhaarigen kleinen Jungen mit einem Schwert, das viel zu groß für ihn war. Ich habe es wiedererkannt.«

»Ich wollte es dir wegnehmen.« Um Vens Mundwinkel spielte ein leises Grinsen. »Wir waren ungefähr gleich groß. Ich habe zu Conlan gesagt, ich würde dich verprügeln und das Schwert zurückholen.«

»Aber wie immer war ich der Klügere«, unterbrach Conlan trocken. »Ich habe Ven nach Hause geschleift, damit wir unseren Vater danach fragen konnten.«

»Und was hat er gesagt?« Justice beugte sich vor, obwohl er sich selbst dafür verachtete, wie begierig er war, auch nur ein einziges Wort aus dem Mund seines längst verstorbenen Vaters zu hören.

Conlan schien sich unbehaglich zu fühlen. »Ist es jetzt der richtige Zeitpunkt, über die Vergangenheit zu reden, wo doch die Zukunft von Atlantis davon abhängt, ob die Vision von Frau Dr. McDermott glaubwürdig ist?«

Keely lachte verbittert. »Glaubt mir, Eure Hoheit, in meinen Visionen geht es immer um die Vergangenheit. Und seit ich gesehen habe, was Ihr Vater Justice und seiner Mutter angetan hat, verwundert es mich nicht, dass Sie nicht darüber reden wollen.«

»Seiner Mutter? Was wissen Sie über seine Mutter?«

»Ich habe sie in meiner Vision gesehen, wie sie in Wehen lag, vor Justice' Geburt«, antwortete Keely. »Sie lag von Schmerzen geplagt auf dem Boden Ihres Thronsaals, zumindest glaube ich das. Ist die Rückenlehne des Throns mit geschnitzten Delphinen verziert?«

»Das hätte Ihnen Justice erzählt haben können«, sagte Ven. »Oder auch Liam.«

Justice spürte, dass er kurz davor stand, erneut die Selbstbeherrschung zu verlieren. »Du, der du beabsichtigst, eine Melodine zu heiraten, die urplötzlich aus den Tiefen der Zeit auftauchte, bezweifelst die Worte einer Objektdeuterin?« Er blickte einen nach dem anderen an, und da dämmerte ihm etwas. »Deshalb brauchtet ihr sie als Archäologin, oder? Darüber habe ich mich schon gewundert, als ihr die Liste eingeladener Wissenschaftler präsentiert habt. Was gibt es auf den Sieben Inseln auszugraben?«

Keely machte sich von seinem Griff frei. »Stimmt das?«, fragte sie wütend. »Nur deshalb? Wegen etwas in mir, das ich selbst hasse? Und woher wussten Sie überhaupt davon.«

»Zuerst zu ihrer letzten Frage: Einer Ihrer Kollegen bei den Ausgrabungen in Rom ist ein Freund von Atlantis«, sagte Conlan begütigend. »Nun zu dem anderen Punkt: Hassen Sie Ihre besondere Gabe, Frau Dr. McDermott? Ich war der Meinung, Sie würden in Ihrem Beruf davon profitieren. Warum haben Sie sich entschieden, die Vergangenheit zu erforschen, wenn Sie zugleich so entschlossen sind, sich selbst zu verleugnen?«

Keely ballte die Fäuste und atmete tief durch. »Über dieses persönliche Thema kann ich im Moment nicht reden. Aber ich werde Ihnen erzählen, was Sie sonst noch wissen müssen.«

Sie warf Justice einen fragenden Blick zu. Der begriff sofort.

Obwohl er die Vorstellung verabscheute, dass seine Brüder etwas über die Demütigung erfahren würden, die seine Kindheit zerstört hatte, nickte er zustimmend.

»Ich glaube, ich muss mich setzen«, sagte Keely.

Conlan entschuldigte sich für die Unhöflichkeit, sie nicht sofort aufgefordert zu haben, Platz zu nehmen. Gemeinsam mit Justice setzte sie sich auf ein durchgesessenes Sofa, das schon viele Strategiesitzungen gesehen hatte.

Fast unbewusst griff Justice nach Keelys Hand. Er brauchte den körperlichen Kontakt, um die nun anstehenden Enthüllungen ertragen zu können.

Auf einem Sideboard stand ein Tablett mit hohen Gläsern. Conlan schenkte Wasser ein und servierte es. Keely trank einen großen Schluck und begann mit ihrem Bericht. Mit leiser Stimme erzählte sie von ihren Visionen, in chronologischer Folge. Also begann sie mit jener über den

Stern von Artemis, die Liam ihr aufgezwungen hatte, als er ihr gewaltsam den Saphir in die Hand drückte.

»Nereus?«, unterbrach Ven. »Aber …«

Conlan hob eine Hand, um ihn zum Schweigen zu bringen. »Später«, sagte er zu seinem Bruder. »Bitte fahren Sie fort, Frau Dr. McDermott.«

Für Justice schien sich ihr Bericht eine Ewigkeit hinzuziehen, und es war besonders quälend, als ihn zwischendurch eine heiße Scham überkam. Als Keely fertig war, leerte sie ihr Glas und blickte Conlan und Ven an.

»Das war's. Noch Fragen?« In ihrem Ton mischten sich Trotz und Müdigkeit.

»Ich habe so viele Fragen, dass ich gar nicht weiß, wo ich anfangen soll«, sagte Conlan. »Aber ich habe den Eindruck, dass Sie Schlaf brauchen. Und etwas zu essen. Also sollten wir das Gespräch jetzt beenden. Unsere Fragen können wir auch morgen früh noch stellen. Vielleicht ist bis dahin auch unser Hohepriester zurück.«

»Alaric ist nicht hier?«, fragte Justice überrascht.

»Es ist ihm nicht gelungen, in Verbindung zu treten mit dir. Also war er in St. Louis, wo er bei der Behebung eines gewissen Problems gebraucht wurde.« Conlan überließ es Justice' Fantasie, sich die Einzelheiten zusammenzureimen.

Justice war klar, dass Conlan noch aus einem anderen Grund auf Alarics Rückkehr wartete. Zu dessen Aufgaben gehörte es, jeden zu durchleuchten, der im Verdacht stand, durch Vampire manipuliert worden zu sein. Selbst Conlan hatte sich dieser Prozedur unterziehen müssen.

Justice war sich sicher, dass nun er an der Reihe war. Aber er war sich nicht sicher, wie Alaric sein gespaltenes Ich deuten würde.

Mach dir wegen dieses Priesters keine Sorgen, flüsterte die innere Stimme. *Wir werden ihm vereint entgegentreten.*

Das erleichterte Justice ein bisschen, doch kurz darauf

meldeten sich schon wieder Bedenken. War er wirklich so schnell entschlossen, die Atlanter zu verraten wegen dieses fremden Teils im Inneren seines Ichs?

Es war besser, diesen Teil herauszuoperieren wie ein Krebsgeschwür.

Wenn du dich meiner entledigst, wirst du sterben, meldete sich die nereidische Stimme herrisch. *Statt Missbilligung hätte ich eher Dankbarkeit erwartet. Immerhin sind wir der Höhle entkommen, oder?*

Ja, das war nicht zu leugnen. Vens Stimme riss ihn aus der Auseinandersetzung mit sich selbst.

»Genau, wir hatten da ein kleines Problem mit Vampiren und Metamorphen«, sagte Ven. »Leider ist es nicht so gut gelaufen für uns. Quinn wurde verwundet, und Alaric hat sie gesucht, um sich zu vergewissern, dass es nichts Schlimmes ist.«

Als Justice gerade weitere Einzelheiten erfragen wollte, lehnte sich Keely an ihn. Sie war total erschöpft.

Er stand auf und zog sie hoch. »Wir brauchen beide Ruhe. Zuerst ein Essen, dann ein Bad und anschließend eine anständige Nachtruhe. Das sollte die Batterien wieder aufladen.«

Keely nickte, dann fielen ihr im Stehen die Lider zu. Am liebsten hätte er sie getragen, doch ihm war klar, dass sie es nicht gewollt hätte, nicht vor den Augen von Conlan und Ven. Also begnügte er sich damit, sie am Arm zu stützen, als er sie zu dem Flügel mit den Gästezimmern begleitete.

Auf der anderen Seite neben Keely ging Ven, der seinen »Beistand« angeboten hatte. Das erregte Justice' Misstrauen. Bevor er Keely einen Fuß in das Zimmer setzen ließ, das man ihr angeboten hatte, inspizierte er es genau.

»Ich lasse dir etwas zu essen bringen«, sagte er, bevor er in den Flur trat, wo Ven auf ihn wartete.

»Du kannst nicht hier bei ihr bleiben«, sagte Ven gereizt. »Das ist dir doch wohl klar, oder? Wir müssen wissen …

Aber … Bei allen Göttern, was du für mich getan hast …« Die Worte blieben ihm in der Kehle stecken.

Die in Vens Ton – in der Stimme seines *Bruders* – mitschwingenden Emotionen berührten Justice schmerzlich. »Ich brauche und will deine Dankbarkeit nicht.« Auch er wurde von Gefühlen bewegt, doch die blieben jetzt besser unerwähnt. »Du hättest dasselbe für mich getan. Teufel, du *hast* es bereits für mich getan.«

Ven rieb sich mit den Handrücken die Augen. Zwei von Poseidons entschlossensten Kriegern gaben sich alle Mühe zu verheimlichen, dass sie den Tränen nah waren.

Justice wechselte das Thema. »Keely braucht etwas zu essen.«

Ven blickte über seine Schulter und zeigte auf das Bett in dem Zimmer. »Das glaube ich nicht.«

Justice drehte sich um und sah, dass Keely fest schlief. Sie lag voll angekleidet auf der Tagesdecke, hatte nicht einmal die Schuhe ausgezogen. Er drückte auf einen Knopf an der Wand, um das Zimmer zu verdunkeln. Dann trat er leise an das Bett und blickte sie an. Selbst so erschöpft und mit durcheinandergebrachter Frisur war sie schöner, als er es sich je hätte erträumen können.

Plötzlich hörte er Vens Stimme direkt hinter sich. »Sie ist eine ganz schön mutige Frau.«

Justice hatte schon fast die Fäuste geballt, um sie zu beschützen, doch das war unnötig, als er die Worte seines Bruders vernahm. »Ja, sie ist tapferer und schöner, als ich es verdiene. Aber sie gehört mir.«

Ven seufzte und lachte dann leise. »Das habe ich gleich geahnt, als ich euch zusammen sah. Vergiss nicht, dass ich kürzlich mit Erin dasselbe erlebt habe. Es haut einen um, was?«

Justice zog Keely behutsam die Schuhe aus und deckte sie zu. Und weil er der Versuchung weder widerstehen konnte noch *wollte,* beugte er sich über sie und küsste sie auf die Stirn. Sie seufzte leise und drückte sich tiefer in die Kissen.

Als er die Tür geschlossen hatte und sie wieder im Flur standen, klopfte ihm Ven auf die Schulter, wie er es selbst noch vor vier kurzen Monaten getan hätte.

Vor vier *langen* Monaten.

Jetzt musste er sich sehr zusammenreißen, um angesichts dieser Berührung nicht zusammenzuzucken. Nachdem er die nereidische Stimme in seinem Inneren zum Verstummen gezwungen hatte, beschwor er die magischen Kräfte der Atlanter herauf, um sie zu beschützen. Solange sie schlief, würde niemand ihr Zimmer betreten. Was der morgige Tag brachte, blieb abzuwarten. Viel hing davon ab, ob Alaric bis dahin zurück war. Doch nun konnte er erst einmal schlafen.

Und zu den Göttern beten, dass er nicht träumen würde.

Als Keely aufwachte, lag ihr Kopf auf Seidenkissen, und sie war immer noch angekleidet. Aber jemand hatte ihr die Schuhe ausgezogen. Sie sprang aus dem Bett und blickte sich in dem Zimmer um, wofür sie am Vorabend viel zu müde gewesen war.

Sie war allein und wollte nicht zu eingehend darüber nachdenken, ob sie erleichtert oder enttäuscht war. Nein, sie bedauerte es bestimmt nicht, dass von Justice nichts zu sehen war.

Zumindest versuchte sie es sich einzureden.

Sie durchquerte das Zimmer und erfreute sich an den blasgrünen Seidenbezügen und den hellen Möbeln – ein Schulbeispiel für vornehmes Understatement. Vielleicht steckte so etwas wie eine Psychologie der Inneneinrichtung dahinter. Aber vielleicht hatten die Atlanter auch einfach nur ein Händchen dafür. Wohin sie auch blickte, Schönheit schien das höchste Kriterium zu sein.

Und der Blick aus dem Fenster war einfach märchenhaft. Der Palastgarten erstreckte sich bis zum Horizont. Betörende Farben, dichtes Grün, mit bunten Steinen gepflasterte Wege. Am liebsten wäre sie aus dem Fenster geklettert und in die friedliche Ruhe des Gartens geflüchtet, um diesen Kriegern und dem ganzen Wahnsinn zu entkommen

Stattdessen zwang sie sich, wieder Frau Dr. McDermott zu sein und herauszufinden, was sie von ihr wollten und ob sie ihnen – vielleicht – helfen konnte.

Ihm helfen. Der Gedanke an Justice war nie weit entfernt, auch wenn sie es sich anders gewünscht hätte. Oder doch nicht? Ihr eigenes Ich war allmählich so gespalten wie seines.

Ein Klopfen an der Tür riss sie aus ihren Gedanken. Als sie öffnete, stand eine grauhaarige Frau vor ihr, die ein schlichtes Baumwollkleid mit Gürtel und bequeme Schuhe trug. Neben ihr stand ein Wagen. Wahrscheinlich eine Haushälterin.

»Ich bringe Ihnen Kaffee und Saft«, sagte die Frau lächelnd. »Und saubere Kleidung.«

»Wunderbar. Ich danke Ihnen sehr.« Keely hielt ihr die Tür auf, und die Frau rollte den silbernen Wagen ins Zimmer. Dem köstlichen Duft nach gab es in Atlantis definitiv erstklassigen Kaffee. Eine Sorge weniger.

»Sicher wollen Sie sich frisch machen«, sagte die Haushälterin, noch immer lächelnd. »In einer halben Stunde komme ich wieder, um Sie zu den Prinzen zu geleiten.« Sie zeigte auf einen zweiten Knopf an der Wand. »Klingeln Sie einfach, wenn Sie bis dahin noch einen Wunsch haben.«

Damit verließ sie das Zimmer und schloss die Tür.

Mehrere Minuten stand Keely am Fenster, wo sie den fantastischen Ausblick und zwei Tassen Kaffee mit viel Zucker und Sahne genoss. Immer wieder wurde ihr Blick von der Kuppel angezogen, welche die ganze Stadt überwölbte. Ob sie ein Wunderwerk der Technik oder durch Magie entstanden war, sie war Ehrfurcht gebietend. Der Druck des Wassers, der Tag für Tag darauf lastete …

Doch dieses Geheimnis musste sie nicht ergründen, bevor sie geduscht hatte.

Nach dem Koffeinstoß und der Dusche fühlte sie sich fast wieder wie ein Mensch. Sie sah die sauberen Kleidungsstücke, die alle fast exakt die richtige Größe zu haben schienen. Sie entschied sich für eine schlichte grüne Bluse und eine braune Hose. Dann zog sie frische Strümpfe und ihre eigenen Schuhe an. Die schönen Kleider, Röcke und Rüschenblusen, welche die Haushälterin gebracht hatte, waren nichts für sie. Sie fühlte sich sicherer in Kleidungsstücken, die jenen ähnelten, die sie sonst bei der Arbeit trug. Schon seit Langem wusste sie, dass niemand eine Wissenschaftlerin ernst nahm, die Klamotten mit Spitzenbesatz oder Rüschen trug.

Glücklicherweise entdeckte sie ihre Handschuhe. In einem so alten Palast hätte es wahrscheinlich genügt, eine Wand zu berühren, um sie in Trance zu versetzen.

Die Haushälterin kehrte zurück und geleitete sie durch Korridore, an deren Wänden die großartigsten Gobelins hingen, die sie jemals gesehen hatte.

Am liebsten hätte sie die Wandteppiche stunden-, wenn nicht tagelang studiert.

Vielleicht ergab sich später eine Gelegenheit. Wenn man es ihr gestattete.

Als sie an einer Tür eintrafen, vor der zwei bewaffnete Männer mit ernsten Gesichtern Wache standen, klopfte die Haushälterin und führte sie dann in dasselbe Zimmer, das sie vom Vortag kannte.

Conlan und Ven waren bereits da.

»Guten Morgen.« Conlan verbeugte sich leicht. »Ich hoffe, Sie haben friedlich geschlafen?«

»Ich wäre nicht mal aufgewacht, wenn ein Zug durchs Zimmer gebraust wäre«, antwortete sie lächelnd. »Ich war ganz schön müde. Schließlich hatte ich einige Abenteuer hinter mir.«

Ven grinste sie an. »Dann sind Sie ja schnell wieder auf die Beine gekommen. Solche Wissenschaftlerinnen gefallen mir.« Er zeigte auf einen Beistelltisch. »Bitte bedienen Sie sich. Wir haben bereits gefrühstückt.«

»Riley lässt sich entschuldigen«, sagte Conlan. »Die Schwangerschaft, Sie verstehen … Und Erin ist bei ihr.«

»Tut mir leid, das zu hören«, sagte Keely. »Riley ist Ihre Gattin?«

»Sie wird bald meine Frau und die Königin von Atlantis sein. Entweder bestellen wir einen Priester in den Palast, oder wir heiraten in Las Vegas.« Der Klang seiner Stimme und sein Blick verrieten, dass er Riley sehr lieben musste.

Es versetzte Keely einen Stich ins Herz. Noch nie hatte ein Mann diesen Blick gehabt, wenn er von ihr sprach.

Sie schüttelte den Gedanken ab. Normalerweise war sie nicht so sentimental. Es musste etwas mit diesem Märchenschloss zu tun haben, dass sie an ihren Märchenprinzen denken ließ.

An einen großen, gefährlichen, blauhaarigen Krieger.

Während sie frühstückte, beugten sich Conlan und Ven über Karten auf dem langen Tisch. Sie sprachen leise und blickten gelegentlich zu ihr hinüber. Keely aß wie eine halb Verhungerte. Als sie fertig war, trank sie noch einen Schluck Kaffee und stellte die extrem dünnwandige, zerbrechliche Porzellantasse vorsichtig auf den Tisch. Sie widerstand dem Drang, sie umzudrehen und wie ein uraltes Artefakt zu betrachten.

Doch *Artefakt* war wahrscheinlich das falsche Wort. Ein Artefakt war ein von Menschen geformter, vorgeschichtlicher Gegenstand, wie man ihn bei archäologischen Grabungen fand. Dagegen war diese exquisite Porzellantasse ein alltäglicher *Gebrauchsgegenstand.* Es war unglaublich.

Die Archäologin in ihr wäre am liebsten aufgesprungen

und hätte vor Freude Rad geschlagen. Sie konnte kaum der Versuchung widerstehen, den Rucksack mit ihren Werkzeugen aus ihrem Zimmer zu holen und nach draußen zu gehen, um irgendwo zu graben. Einfach nur so.

Hier wurde sie als Objektdeuterin bezeichnet, als sei dieser Ausdruck Teil der hiesigen geschichtlichen Überlieferung. Es war zugleich schockierend und wundervoll, dass sie hier wegen einer Gabe akzeptiert wurde, die so sehr zu ihr gehörte. Aber sie erkannte auch, wenn jemand sie nur benutzen wollte. Sie hatte nicht die Absicht, in ihren Händen ein bloßes Werkzeug zu sein. Zumindest so lange nicht, bis sie ein paar Auskünfte erhalten hatte. Zum Beispiel, wo Justice war.

Nachdem sie sich eine weitere Tasse des köstlichen Kaffees eingeschenkt hatte, lehnte sie sich zurück und blickte hin und wieder zu Conlan und Ven hinüber. Schließlich bemerkten sie es.

»Haben Sie noch einen Wunsch?« Vens Lächeln wirkte äußerst charmant und total arglos. Damit konnte er fast jeden zum Narren halten.

Sie war nicht so einfältig. »Ja, habe ich. Ich würde gern Justice sehen, und zwar sofort.«

Conlan blickte sie an. »Ich bin sicher, dass er jeden Augenblick …«

»Das haben Sie schon vor einer knappen halben Stunde gesagt«, fiel ihm Keely ins Wort. Sie wollte nicht darüber nachdenken, ob es Majestätsbeleidigung war, wenn man den Thronanwärter von Atlantis unterbrach. »Woher weiß ich denn, dass Sie ihn nicht in irgendeinem Verlies eingekerkert haben?«

Ven hob eine Augenbraue und grinste. »Kein Wunder, dass Justice so verrückt nach Ihnen ist. Angst haben Sie nicht, was?«

»Mir macht allerlei Angst. Die Erderwärmung. Die Armut in der Dritten Welt. Völkermorde. Und Schlangen.

Ich hasse Schlangen. Aber Sie jagen mir keine Angst ein, und wenn Sie Justice auch nur ein Haar gekrümmt haben, werden Sie mir Rede und Antwort stehen müssen.«

Ven lächelte wie ein Lehrer, der sich über eine besonders gute Schülerin freut. »Schlangen, sagen Sie? Haben alle Archäologen Angst davor, oder haben Sie nur zu viele Indiana-Jones-Filme gesehen?«

Sie stieß ihren Stuhl zurück, sprang auf und setzte eine grimmige Miene auf. »Wenn Sie sich weiter über mich lustig machen, trete ich Ihnen in die Weichteile, Eure Hoheit.«

Conlan lächelte, während Ven sich mit schmerzverzerrtem Gesicht ans Herz fasste. »Bitte nicht unter der Gürtellinie, wenn Sie wollen, dass wir gute Freunde werden.«

»Ich suche keine neuen Freunde«, sagte sie bestimmt. »Aber ich bin sicher, dass Sie keine neuen *Feinde* oder internationale Verwicklungen gebrauchen können. Aber Sie werden mit beidem Scherereien haben, wenn Sie mir nicht sofort sagen, wo Justice ist.«

26

Sie fühlte Justice schon, bevor sie ihn hörte, spürte eine Wärme, die den Geruch von Salzwasser und Seeluft mit sich trug. Ein Gefühl tiefer Erleichterung und völliger Zufriedenheit durchströmte und beruhigte sie. Fast glaubte sie, seinen Atem in ihrem Haar zu spüren und seine Stimme zu hören, die ihr etwas ins Ohr flüsterte.

Jetzt war er da, und sie war so vorbehaltlos glücklich, dass es sie noch mehr ängstigte als die Schlangen, über die sie gesprochen hatten. Sie fühlte sich körperlich und emotional zu ihm hingezogen, wie eine Blume, die sich der Sonne zuwendet. Wie hatte er es geschafft, ihre inneren Widerstände so mühelos zu überwinden?

Plötzlich spürte sie, wie er sich gegen ihren Rücken presste und die Arme um ihre Taille schlang. »Trotz allem, das zu ertragen ich dich gezwungen habe, kämpfst du für mich, *mi amara*«, flüsterte er ihr ins Ohr. »Ich habe dich nicht verdient, werde dich aber nie mehr loslassen.«

Sie erstarrte und versuchte sich freizumachen, weil seine Worte sie wehrlos zu machen drohten, doch seine Arme hielten sie in einem stählernen Griff. Wenn sie sich wehrte, würde sie sich eher lächerlich machen.

Conlan und Ven blickten Justice zugleich erfreut und misstrauisch an. Sie *kannte* Justice, kannte ihn besser als irgendjemanden sonst, obwohl sie sich erst vor kurzer Zeit begegnet waren. Seit Jahren war er in ihren Visionen ein Teil ihrer Existenz, und daher wusste sie auch um die Schrecken seines Lebens und um seine entsetzliche Einsamkeit. Sie wollte ihn glauben lassen, dass sie bedingungslos auf seiner Seite stand, dass sie keine Angst vor ihm hatte.

Und wahrscheinlich entsprach genau das der Wahrheit. Und wenn sie den Stern von Artemis benutzen konnten, um …

»Das ist es«, platzte es aus ihr heraus. »Wir brauchen den Stern von Artemis. Er kann ihm helfen. Ich habe ihn in meiner Vision gesehen.«

Conlan und Ven blickten sich skeptisch an.

»Sie glauben mir nicht.«

Conlan schüttelte den Kopf. »So einfach ist das nicht. Wenngleich es Legenden gibt, nach denen der Stern von Artemis psychische Defekte heilen kann, die auf eine posttraumatische Belastungsstörung, eine Gehirnverletzung oder eine Krankheit zurückgehen, wissen wir nicht, ob diese Legenden wahr sind. Der Stern war einer von den sieben Edelsteinen, die vor dem Kataklysmus in die hintersten Ecken der Welt verstreut wurden. Nur zwei davon sind wieder in unserem Besitz, und das auch erst seit Kurzem.«

»Wir haben keine Ahnung, wo der Stern von Artemis ist«, fügte Ven hinzu. »Und obgleich wir guten Grund zu der Annahme haben, dass Sie bezüglich des Sterns recht haben, kann einiges von dem, was Sie uns sonst noch erzählt haben, absolut nicht stimmen. Nereus kann keine Gattin gehabt haben.«

»Ich weiß, ich weiß, Priesteramt, Zölibat und so weiter.« Sie rollte die Augen. »Die Zeiten ändern sich. Sie geben zu, nicht zu wissen, wo der Stern von Artemis ist. Wäre es nicht denkbar, dass Poseidons Priester einst heiraten durften und dass Sie es nur nicht wissen? Liam hat mir erzählt, Nereus habe vor achttausend Jahren gelebt. Und ich nehme nicht an, dass sie hier irgendwo achttausend Jahre alte Hochzeitsfotos herumliegen haben, oder?«

Endlich lockerte sich Justice' Griff, und sie machte sich behutsam frei und ging in dem Zimmer auf und ab. »Es geht auch nicht nur um den Stern von Artemis. Sie werden jeden dieser sieben Edelsteine benötigen, wenn Atlantis wieder aus den Meerestiefen auftauchen soll. Natürlich nur, wenn Sie das überhaupt *wollen.* Übrigens, auf dem Grund welchen Ozeans befinden wir uns überhaupt? In welcher Tiefe? Kann man Atlantis nicht mit moderner Technik an die Wasseroberfläche hieven? Mithilfe von Satellitenbildern, Unterseebooten und Marineflugzeugen?«

Sie schaute zu Justice hinüber. Sein Blick schien nach innen gerichtet, und er hatte die Fäuste geballt, als müsste er erneut einen Kampf mit sich selbst austragen. Sie hoffte nur, dass er ihn bestand, denn sie wollte lieber nicht wissen, was geschehen würde, wenn der nereidische Teil seines Ichs die Oberhand gewann. Besonders angesichts der Tatsache, dass er sein Schwert auf dem Rücken trug.

Das konnte böse enden.

Als hätte er ihre Gedanken gelesen, lächelte Justice sie an, als wollte er sie beruhigen. Er wollte sie wissen lassen, *dass* er diesen Kampf bestehen würde, und sie erwiderte sein Lächeln, um ihm zu verstehen zu geben, dass sie an ihn glaubte und auf seiner Seite stand.

Und es fiel ihr leicht, ihn so anzulächeln, so widrig die Umstände auch sein mochten. Auch in dem schlichten weißen Hemd und der einfachen schwarzen Hose war er so schön, dass es fast wehtat, ihn anzuschauen. Ein Prinzengewand wäre angemessener gewesen. Er hätte einem Bildhauer für eine Marmorstatue Modell stehen können. Sie gestattete es sich, ihn für einen Augenblick einfach nur glücklich anzuschauen.

Sie stellte sich vor, langsam seinen Zopf zu entflechten, und sein langes blaues Harr wie Seide zwischen ihren Fingern zu spüren. Auf ihrem Körper.

Ein sinnliches Verlangen überkam sie, und sie wandte den Kopf ab, damit niemand die verräterische Rötung ihrer Wangen sah. Dann atmete sie tief durch und setzte eine neutrale Miene auf. Man war ihr noch ein paar Antworten schuldig. »Also?«

Conlan setzte sich an den Tisch und schenkte sich Kaffee ein. Ihr fiel der große, dickwandige Becher auf. Also hatte die exquisite Porzellantasse vielleicht doch zu einem Service für Gäste gehört.

Versuchte sie sich mit diesen Nebensächlichkeiten davon abzulenken, dass sie irgendwo tief unter dem Meeresspiegel mit Mitgliedern der Königsfamilie der Atlanter debattierte?

Komm zur Sache, Keely.

»Das sind Themen, die jetzt nicht auf der Tagesordnung stehen«, sagte Conlan leise, aber doch sehr bestimmt. Er gab ihr zu verstehen, sie solle es nicht zu weit treiben. »Wir haben die Jahrtausende nicht dadurch überlebt, dass wir vorschnell unsere Geheimnisse preisgegeben haben. Das tun wir nicht mal bei einer so brillanten Wissenschaftlerin wie Ihnen.«

»Danke für das Kompliment. Auskünfte wären mir lieber gewesen.« Es spielte keine Rolle. Sie war geduldig und konnte warten.

»Was Ihre Vision betrifft, sagt mir meine Intuition, dass Sie die Wahrheit sagen. Oder das aussprechen, was Sie dafür halten. Trotzdem wäre ich schlecht beraten, mich in einer so wichtigen Angelegenheit ganz auf Ihr Wort zu verlassen«, sagte Conlan bedächtig. »Falls Sie mir aber beweisen könnten, dass auf Ihre Visionen Verlass ist …«

»Kein Problem«, antwortete Keely. »Natürlich. Wenn Sie …«

»Völlig ausgeschlossen«, sagte Justice aggressiv. »Wir haben Keely schon viel zu viel durchleiden lassen. Wir werden es nicht zulassen, dass ihr sie weiter leiden lasst.«

Keelys Herzschlag setzte einen Moment aus, und sie wirbelte herum. Sie hörte es an seiner Stimme, ganz zu schweigen davon, dass er wieder im Plural von sich sprach. Erneut meldete sich die nereidische Seite seiner Seele zu Wort, und da er zudem außer sich war, weil ihr möglicherweise etwa passieren könnte, stand er kurz davor, die Kontrolle über sich zu verlieren. Sie trat auf ihn zu, um ihn zu beruhigen, aber er reagierte blitzschnell und stand plötzlich am anderen Ende des Raums, noch immer mit geballten Fäusten.

»Lass dich nicht darauf ein.« Seine Sprache hatte plötzlich jene Musikalität, die ihr während ihrer Vision bei seiner Mutter aufgefallen war, in dem Thronsaal. Dann richtete er seinen ganzen Zorn gegen seine Brüder. »In *unseren* Visionen sehen wir Keely seit Jahrhunderten. Sie ist unser, und ihr werdet ihr nichts antun.«

Bevor Keely reagieren konnte, trat Ven zwischen sie und Justice. Er redete leise auf Justice ein, als wollte er ein in Panik geratenes Tier beruhigen.

Oder einen Bruder, der geisteskrank geworden war, weil er einen Fluch ignoriert hatte.

»Du weißt, dass wir ihr nichts Böses wollen, Justice. Und du weißt auch, dass wir alles tun werden, um dir zu helfen. Rede ich jetzt mit euch beiden? Persönlichkeitsspaltung, wie im Film *Sybil?*«

Plötzlich warf Justice den Kopf zurück und begann zu lachen. Es war ein warmes, herzliches, ganz normales Lachen, das nichts Beängstigendes hatte. Keely war extrem erleichtert, und alles kam so überraschend, dass ihre Knie weich wurden. Er hatte es geschafft, hatte sich wieder unter Kontrolle.

Als sein lautes Lachen verstummt war, grinste er Ven an. Sein Blick war nicht mehr nach innen gerichtet. »Du und deine verdammten Filme. Im nereidischen Bezugssystem spielen weder *Sybil* noch *Erwachen der Toten* noch *Der Tod hat schwarze Krallen* eine Rolle. Vielleicht ist das der Trick. Ich kann den Kampf gegen die andere Hälfte meiner Seele mit B-Movies führen.«

Ven trat zur Seite, um Keely nicht den Blick auf Justice zu versperren. »Siehst du? Jahrelang hast du mich wegen meines hervorragenden Gespürs für Qualitätsfilme verspottet, und jetzt könnte genau das verhindern, dass du völlig überschnappst.«

Conlan verschränkte die Arme vor der Brust und schaute Keely an. »Ich habe immer gedacht, mit *einem* kleinen Bruder sei es schwer genug. Jetzt muss ich mich mit zweien herumschlagen. Vielleicht sollte ich auf den Thron verzichten und auf eine der Fiji-Inseln ziehen. Da hätte ich meine Ruhe.«

Keely fiel die Kinnlade herunter. Sie starrte Conlan und Ven ungläubig an und stemmte die Hände in die Hüften. »Wollen Sie mich zum Narren halten? Hier stehen Justice' psychische Gesundheit und das Schicksal von Atlantis auf dem Spiel, und ich soll mir schlechte Witze anhören?«

»Wir sind eben Jungs«, sagte Justice grinsend. »Die reißen immer Witze.«

Seit sie ihn kannte, hatte er noch nie etwas so Alltägliches gesagt, und sein Grinsen ließ vergessen, wie oft seine Miene düster und beängstigend war. Sie stand da und lächelte ihn an wie eine Studentin, die in ihren Professor verknallt ist. Sie wusste nicht, wie lange der unbelastete Moment anhielt, doch wie alles Gute in ihrem Leben war er nicht von Dauer.

Conlan leerte seinen Kaffeebecher und stellte ihn auf den Tisch. »Ich habe einen Plan, um die Stichhaltigkeit Ihrer Visionen zu verifizieren. Vielleicht erfahren wir so auch, wie wir an die fehlenden Edelsteine herankommen. Sie werden Ihr Talent als Objektdeuterin an dem Dreizack ausprobieren.«

Keely schwankte, fiel rückwärts gegen die Wand und rutschte an ihr herab, bis sie auf dem Boden saß. »Aber klar doch. Kein Problem, Eure Hoheit.« Sie brach in Gelächter aus. »Teufel, wenn ich bedenke, was Poseidons Schwert mir beinahe angetan hätte. Warum nennen Sie mich nicht einfach Keely statt Frau Dr. McDermott? Warum so formell, wo ich doch bald tot sein werde?«

* * *

Die nereidische Stimme wollte sich wieder Gehör verschaffen, doch Justice brachte sie mit Gewalt zum Verstummen. Der bloße Gedanke, Keely könnte in Gefahr schweben, drohte ihn erneut die Selbstbeherrschung verlieren zu lassen.

»Sie wird den Dreizack nicht berühren, du gottverdammter Hurensohn«, stieß er zwischen zusammengebissenen Zähnen hervor. Er musste seine ganze Willenskraft aufbieten, um nicht nach seinem Schwert zu greifen und Ven zu bedrohen. »Bruder oder nicht, falls du versuchst, ihr irgendetwas anzutun, bringe ich dich um.«

Conlan schlug mit der Faust auf den Tisch. »Schluss jetzt, ihr beiden.«

Justice warf Keely einen funkelnden Blick zu. »Ist es dir egal, dass dein Leben auf dem Spiel steht?«

Sie lächelte ihn an. »Ich bin Archäologin. So sind wir eben.«

Damit spielte sie auf seine Bemerkung über die Jungs an, und irgendwie berührte es Justice tief in seinem Inneren. Es war wirklich erstaunlich, dass diese Frau angesichts so bizarrer Umstände so unglaublich mutig war, dass sie immer noch lächeln und witzeln konnte.

Sie war erstaunlich. Nicht nur schön und intelligent, sondern auch mutig, einfühlsam und humorvoll. In einem Maße, wie es ihm bisher nie begegnet war.

Er würde es nie zulassen, dass ihr etwas zustieß.

»Sie wird den Dreizack nicht berühren. Nur über meine Leiche.«

»Hübsch gesagt«, bemerkte Ven. »Markig, und doch melodramatisch. Aber das hilft uns hier nicht weiter. Deine Frau hat uns gerade mit ein paar Neuigkeiten konfrontiert, aus denen sich die Zerstörung unserer ganzen Welt ergeben könnte. Wir brauchen sie.«

»Ich bin nicht seine Frau«, sagte Keely.

»Schon klar, reden Sie sich das nur ein«, erwiderte Ven

gereizt. »Wir brauchen ein paar Antworten. Fall sie nicht nur beweisen kann, dass sie die Wahrheit sagt, sondern darüber hinaus vielleicht noch herausfinden könnte ...«

»Niemals«, knurrte Justice. »Ihr wart nicht dabei. Sie fiel in eine Trance, die schon komatös war. Ihr Puls war fast nicht mehr zu fühlen, ihre Haut kalt. Und das nur, weil sie mein Schwert berührt hat. Wenn sie den Dreizack anfasst, könnte sie sterben. Dadurch sind schon Leute gestorben, die keine Objektdeuter waren. Poseidons Magie ist unberechenbar und tödlich.«

»Wo ist die Alternative?«, schrie Conlan. »Zeig mir eine andere Möglichkeit auf, wie wir diese Geschichte verstehen könnten. Frau Dr. McDermott hat uns gerade erzählt ...«

Keely sprang auf. »Ich bin nicht schwerhörig. Also schreien Sie hier nicht so rum wie ein Höhlenmensch.«

Schweigen. Alle starrten Keely geschockt an. Justice war versucht zu lachen. Aber am liebsten hätte er sie über die Schulter geworfen, um mit ihr zu verschwinden. An einen sehr, sehr weit entfernten Ort.

»So gefällt's mir schon besser«, sagte sie möglichst ruhig. »Nur zu Ihrer Information: Ich bin Objektdeuterin, aber nicht lebensmüde. Wenn die starrköpfigen Brüder geneigt wären, mir ihre Aufmerksamkeit zu schenken, könnte ich einen Vorschlag machen.«

»Wir sind ganz Ohr«, knurrte Ven.

»Dieser Dreizack, liegt er vielleicht in einer Art Schmuckkasten? Wenn ein Gegenstand mit zu starken emotionalen Erinnerungen verbunden ist, als dass ich ihn direkt berühren könnte, gibt es noch die Möglichkeit, das Behältnis anzufassen, in dem er sich befindet. Als Archäologin könnte ich zum Beispiel den Felsen berühren, in dem bei einer Grabung etwas gefunden wurde.«

»Nein«, erwiderte Justice. »Es ist trotzdem viel zu gefährlich.«

»Perfekt«, sagte Conlan. »Der Dreizack liegt im Tempel

auf einem Seidenkissen. Da Alaric nicht hier ist, kann er ihn uns nicht bringen. Ich schlage also vor, dass wir uns zum Tempel begeben.«

Siehst du?, flüsterte die nereidische Stimme in Justice' Kopf. *Sie ignorieren dich. Sie behandeln dich, als wärest du nicht da, und sie werden unsere Frau in Gefahr bringen. Wir müssen etwas tun.*

Eine gute Idee. Langsam und wortlos zog er das Schwert aus der Scheide, und die Reibung von Stahl und Leder erzeugte ein charakteristisches, singendes Geräusch. Sofort schien die Temperatur in dem Zimmer um einige Grad zu fallen.

Er ging auf Keely zu, das ausgestreckte Schwert zeigte in Richtung seiner Brüder. »Sie wird nicht zum Poseidontempel gehen. Wir werden es nicht zulassen, dass sie dieses Risiko eingeht.«

Unglücklicherweise beging er den taktischen Fehler, in ihre smaragdgrünen Augen zu blicken. In ihrem Blick lagen tief empfundene Anteilnahme und Entschlossenheit. Seine Knie wurden weich, und selbst die innere Stimme verstummte.

Keely legte ihm eine Hand auf den Arm. »Wenn es irgendeine Möglichkeit gibt, dir zu helfen – euch beiden zu helfen –, gehe ich das Risiko ein«, sagte sie leise. »Ich begreife es selbst nicht richtig, doch du bis mir in sehr kurzer Zeit sehr wichtig geworden. Und es gibt nicht viele Leute, die mir wirklich wichtig sind, Justice. Warum sollte ich kneifen, wenn ein bisschen Mut ausreichen könnte, um dir zu helfen.«

Er war entwaffnet. Er, der Tausenden von Feinden die Stirn geboten und zahllose blutige Schlachten überstanden hatte, war jetzt wehrlos durch die sanften Worte einer Frau. Sie war bereit, ihr Leben für ihn zu riskieren.

Er verfluchte Conlans und Vens Anwesenheit, wollte mit ihr allein sein. Aber er konnte nicht anders. Er zog sie mit seinem freien Arm an sich, drückte ihr einen kurzen Kuss auf die Lippen und musste sich zwingen, es dabei zu belassen. Die Wärme ihres Körpers hätte ihn fast vergessen lassen, welche Gefahr drohte.

»Deine Anteilnahme ehrt mich, *mi amara,* aber ich muss es untersagen.« Er schob sie sanft zur Seite, trat auf Conlan und Ven zu und hob das Schwert ein bisschen. »Wenn ihr nicht auf mich hört, wird es in diesem Zimmer einen Kampf unter Brüdern geben.«

Conlans Miene wurde hart. »Ich hatte gehofft, dass es nicht so weit kommen würde.« Er nickte einmal kurz, und ein schmaler, blaugrüner Energiepfeil schoss durch den Raum.

Bevor Justice reagieren konnte, umfing ihn die Energie, und er war paralysiert. In ihm entbrannte Wut, und er rief die nereidische Seite seiner Seele zur Hilfe, um dieser Falle zu entkommen. Er war immobil, konnte nicht einmal reden. Dann versuchte er, zusätzlich die magischen Kräfte der Atlanter heraufzubeschwören, doch es war zwecklos.

»Was machen Sie da?«, rief Keely. »Verletzen Sie ihn? Hören Sie auf! Sofort! Ich tue, was immer Sie wollen, aber lassen Sie ihn in Ruhe. Begreifen Sie denn nicht, dass es schon schwer genug für ihn ist, den nereidischen Teil seines Ichs unter Kontrolle zu behalten? Da kann er gut darauf verzichten, von seinen eigenen Brüdern hereingelegt zu werden.«

Vens Miene spiegelte Bedauern, und für einen Augenblick verstand Justice, was sie ihm antaten und warum sie es taten. Dann erfasste ihn wieder ein alles verzehrender Zorn, und er glaubte, den Verstand zu verlieren.

»Wenn wir ihn in Ruhe lassen, wird er es nicht zulassen, dass Sie uns helfen«, antwortete Ven. »Sie haben gehört, was er gesagt hat.«

»Wenn Sie ihn *nicht* in Ruhe lassen, werde ich Ihnen überhaupt nicht helfen. Niemals. Haben Sie mich verstanden? Niemals.« Tränen rannen über ihre Wangen, und sie trat zu Justice. »Bitte hör mir zu. Mir wird nichts passieren. Wenn ich mir nicht sicher wäre, ohne Bedenken das Kissen berühren zu können, hätte ich den Vorschlag nicht gemacht. Aber du musst einen klaren Kopf haben. Du sollst meine Hand halten, während ich das Kissen berühre. Bitte, Justice. Ich brauche dich.«

Justice war geschockt und konnte wieder klar denken, als er ihre Tränen sah. Sie weinte wegen *ihm.*

Sie brauchte *ihn.*

Und dann war es vorbei. Sofort konnte er wieder reden, als hätten die magischen Kräfte, die ihn gelähmt hatten, irgendwie begriffen, dass er nun zustimmen würde.

»Wir werden nicht gegen euch kämpfen, wenn ihr versprecht, dass alles getan wird, damit ihr nichts passiert«, sagte er zu Conlan.

Der nickte. In einer Ecke des Zimmers materialisierte sich Christophe, dessen magische Kräfte ebenfalls dazu beigetragen hatten, Justice zu paralysieren. Irgendwie war Justice befriedigt, Christophes bleiches Gesicht zu sehen. Immerhin hatte es drei Leute gebraucht, um ihn auszuschalten.

Er steckte das Schwert in die Scheide und streckte die Arme aus. Er wagte es kaum, darauf zu hoffen, doch Keely zögerte nur kurz, warf sich in seine Arme und begrub ihr tränenüberströmtes Gesicht an seiner Brust. Er drückte sie zärtlich an sich.

Sie war sein Lebenselixier und ein Quell der Hoffnung.

»Wir werden es also zulassen«, sagte er zu Conlan und Ven. »Im Tempel werdet ihr sehen, dass ihre Visionen wahr sind. Danach werden wir Atlantis verlassen. Ihr werdet uns nie wieder belästigen.«

»Du gehörst zu unserer Familie«, sagte Ven beklommen, doch Justice verschloss sein Herz davor.

»Wir haben nie zu eurer Familie gehört. Das habt ihr uns heute wieder spüren lassen. Und über eines solltet ihr euch im Klaren sein. Wenn ihr noch mal versucht, uns auszuschalten, wird es nicht so leicht. Das schwören beide Teile meiner Seele.«

Ven wollte etwas sagen, aber Conlan hob eine Hand.

»Also dann, gehen wir zum Tempel«, sagte er müde. »Eins nach dem anderen.«

27

Poseidontempel, Atlantis

Keely war sprachlos. Die Marmorfassade des Tempels war schon Ehrfurcht gebietend genug gewesen mit den Einlegearbeiten aus Gold und Kupfer. Doch dies … hätte sich eine Archäologin in ihren kühnsten Träumen nicht vorstellen können.

Sie waren durch etliche Räume mit historischen Schätzen geschritten; ein Saal war vom Boden bis zur Decke mit goldenen, mit Edelsteinen besetzten Kunstgegenständen gefüllt. Geschenke für Poseidon aus den letzten Jahrhunderten, hatte Justice gesagt. Der »wirklich alte Krempel« befinde sich in riesigen Räumen weiter unten.

Der »wirklich alte Krempel«. Der Gedanke verschlug ihr den Atem. In einem anderen Saal sah sie eine Unzahl von Kommoden, die mit den erstaunlichsten Artefakten gefüllt sein mussten.

Ein Saal nach dem anderen, gefüllt mit Statuen und Gemälden, die Tausende von Jahren alt sein mussten. Auch an den Wänden der Gänge, durch die sie kamen, hingen die erstaunlichsten Kunstwerke, die sie je gesehen hatte. Ein Freund von ihr, der Museumskurator war, hätte mittlerweile bestimmt einen Herzstillstand erlitten.

Eine Bibliothek, groß wie das Ohio-State-Footballstadion. Sie riss die Augen auf, als sie Hunderte von Männern und Frauen an langen Tischen sitzen sah. Justice hatte beiläufig erwähnt, sie arbeiteten an der Restaurierung geretteter Schriftrollen aus Alexandria.

Alexandria.

Gerettete Schriftrollen.

Aus Alexandria.

Fast wäre sie auf der Stelle zusammengebrochen. Aber sie war aus härterem Holz geschnitzt und nur ein bisschen schwindelig geworden.

Schließlich waren es ja nur *Schriftrollen aus Alexandria.* Der größte archäologische Fund historischer Dokumente seit … unvordenklichen Zeiten.

Sie zwang sich, nicht mehr an die Schriftrollen, die Kunstwerke und den »alten Krempel« zu denken, um sich auf die vor ihr liegende Aufgabe zu konzentrieren. Außerdem musste sie darauf achten, nicht über ihre eigenen Füße zu stolpern, da Justice sie bei der Hand hielt und durch einen extrem langen Gang schleifte, im Schlepptau von Conlan und Ven. Und das in einem Tempo, für das man die langen Beine der Atlanter haben musste.

»Moment mal. Ich gehe ins Fitnessstudio und jogge auch, aber das ist ein bisschen heftig. Willst du mich nicht mal zu Atem kommen lassen?«

Justice ging ein bisschen langsamer, aber seine Miene war grimmig. Die Gesichtszüge wirkten gemeißelt wie die der Statuen, an denen sie vorbeikamen. Tatsächlich gab es da eine gewisse Ähnlichkeit. Der stolze, fast arrogante Gesichtsausdruck. Die auffällige Nase und die Wangenknochen.

»Sind das alles Statuen von Atlantern?«

Er blieb so abrupt stehen, dass sie auf ihn aufprallte.

»Kannst du mich beim nächsten Mal nicht warnen?«

Er wirbelte herum und blickte sie verärgert an. »Du riskierst gleich dein Leben und willst über Statuen diskutieren?«

Es verschlug ihr den Atem, als sie die blaugrünen Flammen in der Mitte seiner schwarzen Pupillen züngeln sah. Aber auch seine gespaltene Persönlichkeit schüchterte sie nicht mehr ein.

»Ich bin Wissenschaftlerin und neugierig. Eine Berufskrankheit.«

Bevor Justice antworten konnte, rief Ven nach ihnen Er war ihnen ein gutes Stück voraus. »Kommt ihr beiden? Je schneller wir diese Geschichte hinter uns bringen ...«

Er ließ den Satz unvollendet, aber Keely wusste, was er sagen wollte. Je schneller, desto besser. Sie wollten sich vergewissern, dass sie die Wahrheit sagte, dann die Juwelen des Sterns von Artemis finden und Justice gestörten Geist heilen, damit Atlantis wiederauferstehen und der Menschheit Frieden bringen konnte.

Irgendwas in der Art.

Die Angst und der Stress machten sie schwindelig. *Hysterie,* dachte sie.

Justice biss die Zähne zusammen, umfasste ihre Hand noch fester und zog sie weiter voran. »Wir kommen«, rief er seinen Brüdern zu. »Setzt uns nicht unter Druck.«

Als sie sich einer Tür näherten, blieb er noch einmal stehen und blickte sie an. »Du musst das nicht über dich ergehen lassen. Wenn sie den Beweis dafür brauchen, dass deine Visionen wahr sind, dann ist das ihr Problem. Sie werden noch büßen für ihre Ungläubigkeit. Du musst niemandem etwas beweisen. Wir werden sie zwingen, dich aus Atlantis abreisen zu lassen, und wir werden dich begleiten.«

Sie blickte ihn überrascht an, und dann wurde ihr wirklich bewusst, was er gerade gesagt hatte. Er war willens, seine Heimat und seine Familie – seine Welt – aufzugeben, um sie zu beschützen.

Dieser Krieger, der bereit war, sich im Kampf zu opfern, war nun willens, alles für *sie* aufzugeben. Sie konnte es kaum fassen und versuchte es scherzhaft zu überspielen. »Bei uns auf dem Campus gibt's blau gefärbte Haare, da würdest du gut hinpassen. Aber vielleicht hättest du mich wenigstens fragen können, ob du mitkommen kannst«, sagte sie mit einem gezwungenen Lächeln. »Du bist nicht gerade ein Herumtreiber, und meine Wohnung ist echt klein.«

Seine Miene verdüsterte sich, und er gab ein tiefes, bedrohliches Knurren von sich. »Du gehörst uns, Keely. Jetzt müssen wir die Ruhe bewahren. Das ist nicht der richtige Moment zum Scherzen.«

Sie seufzte, sagte aber nichts. Jetzt behauptete er wieder, sie gehöre ihm. Wenn überstanden war, was sie für ihn und Atlantis tun konnte, musste sie ein längeres Gespräch mit ihm führen. Über die Beziehungen zwischen den Geschlechtern im einundzwanzigsten Jahrhundert. Oder vielleicht wäre es besser, ihm eine E-Mail aus einem sicheren Abstand von ein paar tausend Kilometern zu schicken.

Sie hatte keine Angst vor Justice, doch der nereidische Teil seines Ichs war ein Unsicherheitsfaktor, und da war es besser, wenn sie und er sich nicht in der gleichen Zeitzone aufhielten.

Etwas schnürte ihr die Brust zusammen, aber sie ignorierte es und ging weiter. In Richtung des Saales, wo offenbar der Dreizack aufbewahrt wurde.

War es Blasphemie, wenn man das Heiligtum eines Gottes befingerte, an den man nicht glaubte? Sie berührte den geschnitzten Fisch an der Kette unter ihrer Bluse und wünschte, es hinge auch ein goldenes Kreuz daran, ein Symbol ihres eigenen Glaubens. Aber vielleicht reichte der Fisch. War er nicht auch ein Symbol des Christentums? Jesus hatte all diese Leute mit nur zwei Fischen gesättigt.

Sie schloss kurz die Augen und sandte ein Stoßgebet zum Himmel, dass sie überleben möge, was nun vor ihr lag. Sie wollte überleben und Justice helfen. Als hätte er ihre Gedanken gelesen, drückte er kurz ihre Hand. Ihr wurde heiß, und sie begann zu zittern. Sie musste an den Kuss in der Höhle denken und geriet ins Stolpern.

Es war kein sexueller oder auch nur sinnlicher Gedanke, sondern schlichte Freude; der Geschmack eiskalter Limonade bei einer Grabung in der Wüste, der Anblick eines Sonnenuntergangs am Meer, das Lachen eines Kindes.

Das Gefühl, nach Hause zu kommen. In ein Heim, nach dem sie sich immer gesehnt hatte.

Er fing sie auf, bevor sie zu Boden stürzte, und sein fragender Blick ließ sie den Kopf schütteln. Wie konnte sie ihm erklären, dass ihr Herz ausgerechnet jetzt eine Entscheidung getroffen hatte?

Sie atmete tief durch und wurde wieder Frau Dr. McDermott. Sie löste ihre Hand aus seiner und trat durch die Tür, nicht wissend, was sie erwartete.

Justice und der Nereid beobachteten durch ihr gemeinsames Augenpaar, wie Keely langsam das Piedestal umrundete, auf dem das pflaumenblaue Seidenkissen mit dem Dreizack lag. Und sie umrundete den Sockel schon seit einer scheinbar sehr langen Zeit, ohne den Blick von dem Dreizack mit den fünf auffälligen Löchern abzuwenden, wo die nun fehlenden Edelsteine eingesetzt gewesen waren.

Keiner wollte sie in ihrer Konzentration stören. Ihre Körperhaltung wirkte angespannt, die Hände zitterten. Man sah kaum, dass sich ihre Brust mit den Atemzügen hob und senkte. Wäre Justice nicht bereits einmal Augenzeuge einer ihrer Visionen gewesen, hätte er geglaubt, sie sei jetzt schon in Trance gefallen.

Und gerade *weil* er einmal dabei gewesen war, gefror ihm vor Angst das Blut in den Adern, wenn er daran dachte, dass sie alles noch einmal durchmachen musste. Vermutlich würde alles nur schlimmer werden. Aber sie hatte ihm versprochen, die Berührung des Kissens ertragen zu können.

Und selbst er, der sie um jeden Preis beschützen wollte, musste einräumen, dass das Kissen selbst nie eine blutige Schlacht gesehen hatte. Also schien es plausibel, dass es nicht gefährlich sein würde, es zu berühren. Und Keely hatte gesagt, ihr würde nichts passieren, wenn er ihre Hand hielt und ihr half.

Er musste nur genauso mutig sein wie sie, hatte aber

Angst, dass ihn der Mut wieder verließ angesichts des Risikos, das sie einging. Und dabei hing doch seine psychische Gesundheit davon ab, dass sie erfuhren, wo sich der Stern von Artemis befand.

Schließlich blieb sie stehen. Sie neigte den Kopf, und ihr flammend rotes Haar fiel nach vorn, sodass ihr Gesicht nicht mehr zu sehen war. Justice musste sich beherrschen, ihr das seidige Haar nicht aus der Stirn zu streichen, als er sie an sich zog.

Er wollte sie nur halten und nie wieder loslassen. Ihre Stärke half ihm, den Kampf in seinem gespaltenen Inneren zu bestehen. Durch ihre Ruhe konnte er den Wahnsinn in Schach halten, sie war sein Licht in der Finsternis.

Sie war seine Keely. *Unsere Keely,* flüsterte die innere Stimme. *Unsere und nur unsere, für immer. Lass sie das Kissen berühren, und dann werden wir von hier verschwinden, bis wir genug Kraft gesammelt haben, um sie gemeinsam herauszufordern, weil wir der rechtmäßige Anwärter auf den Thron von Atlantis sind.*

Justice zuckte erschrocken zusammen und musste all seine geistigen Kräfte mobilisieren, um die nereidische Stimme zum Verstummen zu bringen. Er wusste nicht, wie lange er sie unter Kontrolle behalten konnte, doch solchen hochverräterischen Plänen würde er nie Gehör schenken.

Diese bösartige Stimme in seinem Kopf.

In seiner Seele.

Er war verdammt, und die einzige schwache Hoffnung, psychisch zu gesunden, hing von der Gabe dieser Frau ab.

»Ich bin so weit«, sagte sie so leise, dass er es fast nicht verstanden hätte. »Ich ziehe jetzt diesen Handschuh aus und werde das Kissen berühren, aber nur mit einer Hand. Manchmal vermindert das die Wucht, mit der es mich trifft. Der Grund ist mir nicht klar.«

Sie streifte langsam den linken Handschuh ab und ließ ihn zu Boden fallen. Dann wandte sie sich Justice zu und versuchte, ein Lächeln zustande zu bringen. »Wolltest du nicht meine Hand halten?«

Sie hob ihre behandschuhte Rechte, und er ergriff sie.

»Am liebsten immer.«

In ihren grünen Augen leuchtete kurz etwas auf, das man als Glück oder vielleicht Hoffnung deuten konnte. Dann verdüsterte sich ihr Blick, aber sie wirkte fest entschlossen. »Okay, bringen wir's hinter uns.«

Sie schloss die Augen und atmete einige Male tief durch, um sich zu entspannen. Dann öffnete sie die Lider und grinste. »Vermutlich sollte ich jetzt etwas Bedeutsames oder Feierliches sagen, aber mir fällt nichts ein.«

Bevor Justice etwas sagen konnte, streckte sie die linke Hand aus und umklammerte den Rand des Kissens an der von dem Dreizack am weitesten entfernten Stelle. Dann weiteten sich ihre Augen, bis um die Pupillen ein breiter weißer Ring zu sehen war. Ihre zitternde Hand griff nach seiner, und dann zuckte ein heftiger Energiestoß durch ihren Körper. Justice wurde quer durch den Raum geschleudert und landete auf dem Rücken, war aber sofort wieder auf den Beinen.

Sie schrie so laut und angsterfüllt, dass es ihm kalt den Rücken hinablief. Er rannte zu ihr. Ven stieß eine Kette von Flüchen aus und eilte ebenfalls zu Keely, wo Conlan bereits versuchte, ihr das Kissen aus den Fingern zu reißen.

Doch dann tauchte wie aus dem Nichts ein unsichtbarer Energieschild auf und stieß sie so brutal zurück, dass die drei unsanft auf dem kalten Marmorboden landeten.

Keely umklammerte weiter krampfhaft das Kissen. Sie schrie noch immer und zitterte am ganzen Leib. Ihre Pupillen waren nicht mehr zu sehen, in den Augenhöhlen leuchtete es nur noch weiß.

Wieder stürzte Justice auf sie zu. Er musste sie beschützen, hatte versprochen, ihre Hand zu halten. Er durfte sie nicht im Stich lassen.

Erneut prallte er an dem Energieschild ab, und diesmal wurde er mit dem Kopf zuerst gegen eine sechs Meter entfernte Wand geschleudert. Er betastete seine Kopfhaut und sah Blut an den Fingern, doch das würde ihn nicht davon abhalten, es immer wieder zu versuchen. Und wenn er dabei starb.

Plötzlich verstummten die Schreie. Die unerwartete Stille war fast schmerzhaft. Im funkelnden Blick von Keelys smaragdgrünen Augen lag etwas Fremdartiges, Rätselhaftes.

»Er hatte ihn gestohlen«, sagte sie mit fester, ruhiger Stimme, obwohl ihr Körper noch immer von Krämpfen geschüttelt wurde. »Reisen hatte den Dreizack in seinen Besitz gebracht, um König werden zu können. Das Haus von … Mykene. Das Haus von Mykene sollte herrschen. Poseidon hat ihn für seinen Hochmut bestraft. Da ist etwas mit seiner Hand. Die Vampire haben Reisens Hand.«

»Wie kann sie das wissen?« In Conlans Stimme lag etwas wie Ehrfurcht.

»Vielleicht hat Justice es ihr erzählt«, sagte Ven, doch Justice erkannte den Zweifel im Blick seines Bruders. Allmählich begannen sie, Keely zu glauben.

Wieder wurde Keely von einem Krampf geschüttelt, und sie warf vor Schmerz den Kopf in den Nacken. Trotzdem hatte das keinen Einfluss auf den Klang ihrer Stimme, die nunmehr von einer lyrischen Musikalität war.

»Atlantis muss unter den Wellen versinken, um den Kataklysmus zu überleben. *Ragnarök.* Der Urteilsspruch der Götter. Der Brand. Wir werden wieder aus den Tiefen aufsteigen. Schickt die Besten und Klügsten von uns zu den Menschen, zu den entferntesten Ecken der Welt. Bildet sieben Gruppen, von denen jede einen der Edelsteine des Dreizacks mitnimmt. Das Drachenei. Das Nereidenherz. Den Stern von Artemis. Den Vampirstod. Die Sirene. Den Herrscher. Und Poseidons Stolz. Erst, wenn diese Edelsteine wieder an ihrem angestammten Ort versammelt sind, kann

Atlantis sich aus der Tiefe erheben. Sollten die Steine weiter verstreut sein und die Sieben Inseln versuchen, den Aufstieg an die Wasseroberfläche durch Magie oder Technik herbeizuführen, wird Atlantis zerstört.«

Bei den letzten Worten ließ Keely das Kissen los, und dann sank sie bewusstlos zu Boden. Justice eilte zu ihr und stieß auf keinen Widerstand mehr. Der Energieschild war plötzlich wieder verschwunden.

»Glaubt ihr mir jetzt?«, fragte er seine Brüder, als er die Arme um Keely legte. »Seht ihr nun, dass auf ihre Visionen Verlass ist?«

Conlan und Ven nickten feierlich. Sie waren überzeugt.

Keely hatte nicht Englisch gesprochen, auch nicht in einer anderen modernen Sprache, die sie möglicherweise beherrschte.

Sie hatte ihre beängstigende Verkündung flüssig und fehlerfrei in der Sprache der alten Atlanter vorgetragen.

Nun konnte niemand mehr an ihren Worten zweifeln.

28

Atlantis, Kriegszimmer

Keely erwachte aus unruhigen Träumen, in denen sie funkelnde Edelsteine und sonnenüberflutete Regenwälder gesehen hatte. Als sie die Augen öffnete, sah sie Justice, dessen Blick sich in der Ferne verlor. Er hatte dunkle Ringe unter den Augen, und seine Pupillen waren nun schwärzer als die Seele eines Grabräubers. Seine Miene war zornig, und sie begann zu zittern.

Als sie erschauderte, wurde ihm klar, dass sie aufgewacht war. Während er auf sie hinabblickte, verriet sein seltsamer Gesichtsausdruck zugleich Freude, Erleichterung und Zorn. Dann spiegelte seine Miene eine Wärme und Lebhaftigkeit, die an den Frühling denken ließ, der einem eiskalten Winter folgt, und er zog sie fester an seine Brust und murmelte etwas vor sich hin, das sie nicht verstand. Ihr wurde bewusst, dass sie auf seinem Schoß saß, auf einem der Sofas im Kriegszimmer des Palastes, aber sie war zu erschöpft, um sich weitere Gedanken darum zu machen. Jemand hatte ihr den anderen Handschuh wieder übergestreift, und sie war dankbar dafür.

»Dann habe ich das große Experiment also überlebt, was?« Sie zwang sich zu einem Grinsen, doch von den anderen lächelte niemand. Conlan und Ven standen ein paar Schritte entfernt, beide mit den Händen auf dem Rücken. Dann ging Ven neben ihr in die Hocke, sodass ihre Augen auf gleicher Höhe waren, und atmete erleichtert auf.

»Sie haben uns ja richtig Schiss eingejagt, Frau Dr. McDermott. Alles in Ordnung?«

»Mir geht's gut, ich bin nur noch ein bisschen zittrig«, sagte sie geistesabwesend. Sie versuchte bereits, sich an die Einzelheiten ihrer Vision zu erinnern.

Justice hob den Kopf, der auf ihrem gelegen hatte. »Nie wieder«, sagte er. »Wir werden es nie wieder zulassen, dass du so etwas durchmachst.«

Sie berührte sanft seine Wange. »Ach, was du *zulässt.* Ich bin nicht die geborene Befehlsempfängerin«, sagte sie heiser.

Warum tat ihr Hals so weh? Ach ja, sie hatte *geschrien.* Sie hatte ihn schon fast wieder vergessen, den Schmerz, den sie während der Vision erlitten hatte. Aber sie begriff nicht, wie das möglich war. Der Schmerz war so schlimm gewesen, dass sie geglaubt hatte, jemand hätte ihr quälend langsam Arme und Beine ausgerissen. Jemand, der ernsthaft ungehalten war.

»Fass die Spielzeuge eines Gottes an, und du siehst, was du davon hast«, sagte sie erschaudernd. »Aber keine Sorge, ich werde nichts mehr anrühren, das sich auch nur in der *Nähe* des Dreizacks befindet.«

»Am schlimmsten ist, dass alles umsonst war«, sagte Conlan grimmig. »Wir wissen kein bisschen mehr als zuvor. Ich möchte mich aufrichtig entschuldigen, Frau Dr. McDermott, dass Sie wegen uns solche Qualen erleiden mussten. Und es ist umso bedauerlicher, weil wir nichts Neues erfahren haben.«

»Ganz stimmt das nicht«, sagte Ven. »Jetzt kennen wir die Namen aller Edelsteine. Wir wussten, dass der Stern von Artemis ein Saphir ist, der Vampirstod ein gelber Diamant. Und wir wussten ebenfalls, dass der Smaragd, der in unserem Besitz ist, Drachenei heißt und der Rubin Nereidenherz. Der Aquamarin, Amethyst und Turmalin, die uns noch fehlen, heißen Sirene, Herrscher und Poseidons Stolz, aber wir können die Namen keinem bestimmten Stein zuordnen.«

»Möglicherweise weiß Alaric mehr darüber«, sagte Conlan. »Aber natürlich hast du recht. Wissen ist immer Macht, und jetzt wissen wir etwas mehr. Trotzdem haben wir noch keine Ahnung, wo die fehlenden Edelsteine zu finden sein könnten.«

»Auch das stimmt nicht ganz«, warf Keely ein. »Ich weiß, wo sich der Stern von Artemis befindet. Oder zumindest, wo sie ihn hingebracht haben, als sie Atlantis verließen.«

»Was?«, fragten Conlan und Ven unisono.

»Es war keine typische Vision«, sagte sie bedächtig. »Normalerweise bin ich Beobachterin eines Geschehens, bei dem eine tiefe emotionale Beziehung zu dem Gegenstand besteht, den ich deute.« Sie versuchte, sich so klar wie möglich auszudrücken. »Manchmal verschmelze ich gleichsam mit einem der Beteiligten. Es ist, als würde ich als ein zusätzliches Bewusstsein seinen Körper bewohnen. Ich weiß nicht, ob das nachvollziehbar ist.«

Justice lockerte seinen Griff ein bisschen, lehnte sich zurück und blickte sie an. »Ich glaube, ich hab's halbwegs begriffen«, kommentierte er trocken.

Sie blinzelte ihn an, doch dann klickte es, und sie musste lachen. »Heißt das, dass wir füreinander geschaffen sind?«

Seine Miene verdüsterte sich. »Du hast keine Ahnung, wie es ist, Keely.«

Sie wandte sich ab, blickte Conlan und Ven an und brachte sogar ein Lächeln zustande. »Sie wissen nicht, wie es ist, mit jemandem darüber zu reden, ohne befürchten zu müssen, gleich in die Gummizelle gesperrt zu werden. Das Ganze glich einem verrückten Fernseherlebnis, wo alle Kanäle simultan in 3-D, 4-D und Supersonic-D ausgestrahlt wurden.«

Sie strich sich die Haare aus dem Gesicht. »Ich habe gesehen, wo all diese Edelsteine hingebracht wurden, aber es waren nur Bildfetzen. Die Orte habe ich nicht erkannt –

außer einem Einzigen. Der Rubin befand sich beispielsweise in einer dunklen, feuchten Höhle, aber ich weiß nicht, wo sie liegt.«

Conlan und Ven tauschten einen Blick aus und sahen sie dann mit zunehmendem Respekt an. »Ja, wir haben das Nereidenherz in einer Höhle unter einem Berg im amerikanischen Bundesstaat Washington gefunden«, sagte Conlan.

»Absolut sicher bin ich nur, wohin der Saphir gebracht wurde, der Stern von Artemis.« Sie erinnerte sich an die intensiven Farben in ihrer Vision. »Ich habe das Wandbild gesehen. Eine Reproduktion davon hängt in meinem Büro. Ein Kollege war an der Ausgrabung in San Bartolo beteiligt.«

Ihre verständnislosen Mienen ließen sie vermuten, dass man die gängigen archäologischen Fachzeitschriften hier unten nicht abonnieren konnte.

»San Bartolo ist eine archäologische Grabungsstätte im Nordosten Guatemalas für präkolumbische Artefakte der Maya«, sagte sie in einem Ton, als würde sie eine Vorlesung halten. »Heute gibt es da fast nur noch Regenwald, doch während der vorklassischen Maya-Zeit lebte dort eine große Bevölkerung. Im Jahr 2001 entdeckte Dr. William Saturno vom Peabody Museum dort unten in einer Pyramide einen Raum mit Wandbildern. Ihre Entstehungszeit wurde auf hundert Jahre vor Christi Geburt datiert, weshalb es ein äußerst faszinierender Fund war. Dies waren die ältesten und schönsten Wandbilder der Maya, die bis dahin bekannt waren, und …«

Sie unterbrach sich mitten im Satz und blickte die anderen an. »Mein Gott, das muss es sein. Ihre Vorfahren, die sich vor dem Kataklysmus überall auf der Welt niederließen … Sie müssen hinter einigen Schöpfungsmythen der Menschheit stecken. Dort gibt es immer eine Flut, und …«

»Wir kennen diese Schöpfungsmythen«, sagte Justice ungeduldig. »Was ist jetzt mit San Bartolo und dem Stern von Artemis?«

»Diese Wandgemälde verbildlichen den Schöpfungsmythos der Maya. Auf ihnen sind Götter, Bäume und Opferzeremonien zu sehen. Bei einer der Opfergaben handelt es sich um Fische, von denen einige annehmen, dass sie für die Meere der Unterwelt stehen.«

Der geschnitzte Fisch an der Halskette schien sich wärmer anzufühlen auf ihrer Brust, doch sie zog ihn nicht unter der Bluse hervor. »Besonders interessant fand ich den Maisgott. Er dreht sich zu einer knienden Frau um, während eine andere weibliche Figur mit langem schwarzem Haar über der Knienden schwebt. Sie …«

»Anubisa«, stieß Justice zwischen zusammengebissenen Zähnen hervor. »Sie delektiert sich an Bildern ihrer Überlegenheit über männliche Götter.«

Keely schnappte nach Luft. »Wirklich? Du glaubst, das könnte sie gewesen sein? Schon damals?«

Justice zuckte die Achseln. »So lang ist es auch wieder nicht her. Hundert Jahre vor Christi Geburt, hast du gesagt. Teufel, da hatten wir gerade Barrabas besiegt, und gemessen an ihren Maßstäben war der jung.«

»Na, prima. Glamouröse Momentaufnahmen von Anubisa auf einem Wandbild, zusammen mit dem Gott des Popcorns. Wir haben's kapiert.« Ven stand auf. »Aber was ist mit dem Stern von Artemis? Wenn Justice durch ihn wirklich geholfen werden kann, müssen wir wissen, wo er ist. Ganz zu schweigen davon, dass Atlantis ohne ihn nicht aus den Meerestiefen aufsteigen kann.«

Keely lehnte sich an Justice. Plötzlich fühlte sie sich erschöpft. »Tut mir leid, ich war zerstreut. Der Stern von Artemis ist in einer Nische im Fels versteckt, direkt hinter dem Auge eines Fischs.«

Justice erstarrte und sprang auf, sie weiter in den Armen haltend, als wöge sie nichts. »Dann begeben wir uns sofort dahin. Wir holen den Edelstein und …«

»Nicht so voreilig«, mahnte Conlan. »Es muss dort

Sicherheitspersonal aus Guatemala geben, und die Archäologen sind auch da. Und wie sollen wir erklären, dass wir an einer wichtigen Grabungsstätte auftauchen, um unseren erstaunlich wertvollen, riesigen Saphir zu holen und anschließend aus dem Land zu schaffen? Ich bin sicher, dass die Regierung von Guatemala da ein Wörtchen mitreden will.«

Keely versuchte sich vergeblich von Justice' Griff freizumachen und gab schließlich auf. Sie warf ihm einen strengen Blick zu. »Lass mich los. Sofort.«

Zu ihrer Überraschung gehorchte er. Aber er legte einen Arm um ihre Taille, als könnte er es nicht ertragen, sie nicht weiter zu berühren.

Und zu ihrer Überraschung hatte sie gegen diese Berührung absolut nichts einzuwenden.

»Regierung, Sicherheitspersonal, was kümmert's uns«, sagte Ven. »Mit Poseidons Magie auf unserer Seite haben wir überall Zugang.«

Keely schüttelte den Kopf. »Sie verstehen nicht. Die Gegend wird nicht mehr von der Regierung kontrolliert. Vor ein paar Jahren hat eine Bande von Vampiren die ganze Peten-Region übernommen. Niemand hat es geschafft, sie zu vertreiben, nicht mal Spezialkräfte von Interpol. Zu dichter Regenwald, zu viele Verstecke. Solange man nicht alles niederbrennt, ist man völlig machtlos. Das nächste Dorf ist nur weinige Kilometer von der Grabungsstätte entfernt, und die Bewohner sind seit einiger Zeit völlig von der Zivilisation abgeschnitten. Soweit ich weiß, kümmert sich niemand mehr um sie.«

Justice begann nervös auf und ab zu gehen. »Er ist nereidischen Ursprungs, oder?«

»Wovon redest du?«, fragte Ven.

»Vom Stern von Artemis. Heißt es nicht, er sei ursprünglich das Geschenk einer nereidischen Hohepriesterin an Poseidon gewesen?«

»Ja, das ist richtig«, sagte Conlan. »Einige von uns haben in der Schule aufgepasst.«

Ven rollte die Augen. »Ich habe die Ohren gespitzt, wenn's interessant wurde. Frag mich nach den achtundzwanzig Varianten, wie man einen Vampir ohne Waffe tötet.«

»Achtundzwanzig Methoden?« Keely versuchte sich zu erinnern, doch ihr fielen nur fünf ein. »Wirklich? Können Sie …«

Justice schoss durch den Raum und versperrte ihr den Blick auf seinen Bruder. »Falls du glaubst, jemals nah genug an einen Vampir heranzukommen, um eine dieser Methoden ausprobieren zu können, hast du dich leider geirrt«, sagte er mit samtener und doch bedrohlicher Stimme.

»Hey, einige der übelsten Grabräuber sind Vampire …«

»Wenn er nereidischer Herkunft ist, könnte ich ihn finden«, fiel ihr Justice ins Wort. Allmählich wurde es zu einer schlechten Angewohnheit. »Wenn ich erst in Guatemala bin und dieses San Bartolo gefunden habe, könnte ich den Edelstein vielleicht auch dann erspüren, wenn er nicht mehr dort ist.«

»Es sei denn, jemand hat ihn vor Tausenden vor Jahren gefunden, zerschnitten und zwei Dutzend Kettenanhänger und Ohrringe damit besetzt«, sagte Keely bissig. »Und hör endlich auf, mich ständig zu unterbrechen.«

»Wie auch immer, es spielt keine Rolle«, sagte Conlan. »Du bleibst hier, bis Alaric Zeit gefunden hat, sich mit dir zu beschäftigen.«

»Mich auf geistige Zurechnungsfähigkeit zu untersuchen, wolltest du sagen«, murmelte Justice düster. »Im Augenblick habe ich alles unter Kontrolle. Ich habe ein Abkommen mit dem Nereid getroffen. Zwing mich nicht, etwas zu tun, das diesen zerbrechlichen Friedensschluss gefährden könnte. Ich werde mich nach San Bartolo begeben und sehen, was ich herausfinden kann.«

»Dann bin ich dabei«, sagte Keely. Die drei starrten sie

an, richteten ihre arroganten Atlanterblicke auf das arme weibliche Wesen.

Sie hatten noch eine Menge zu lernen.

»So weit kommt's noch«, sagte Ven.

»Ich untersage es«, fügte Conlan hinzu.

»Vergiss es«, sagte Justice. Dann glitzerte etwas in seinen Augen, und seine Miene änderte, verdüsterte sich. Ein bedrohliches Lächeln huschte über sein Gesicht, und sein Blick verriet ein so nacktes sexuelles Verlangen, dass Keely zitternd einen Schritt zurücktrat.

»Ja«, sagte Justice, der nun nicht mehr nur Justice war. »Ja, du wirst uns begleiten.«

Bevor Keely etwas sagen konnte, überschlugen sich die Ereignisse. Conlan warf die Hände in die Luft und setzte erneut jene blaugrüne Energie frei. Ven schoss quer durch den Raum auf Justice zu. Er hatte das Schwert nicht gezückt, doch sein Blick wirkte äußerst bedrohlich. Justice ließ sich zu Boden fallen und stellte Ven ein Bein. Als der sich wieder halb aufgerappelt hatte, schleuderte Conlan zwei Energiekugeln auf Justice.

Der lachte nur und hob fast beiläufig eine Hand. Die beiden Kugeln zerstoben in einen harmlosen Funkenregen. Dann richtete er einen Finger auf Conlan und feuerte einen silbrig-grünen Lichtpfeil in seine Richtung. Der Prinz wurde durch den Raum geschleudert und krachte so hart gegen eine Wand, dass er für einen Moment am Boden liegen blieb.

Ven nutzte die Gelegenheit, um sich auf Justice zu stürzen, doch der war vorbereitet. Er hob die Hände und sprach ein magisches Wort. Um Ven herum materialisierte sich eine funkelnde Wasserspirale, die ihn festhielt und handlungsunfähig machte.

Ven stieß einen ordinären Fluch aus. Der plötzliche Gewaltausbruch hatte Keely paralysiert. Sie stand einfach nur hilflos da.

Justice schrie triumphierend auf, und sie wusste, dass der nereidische Teil seiner Seele die Kontrolle übernommen hatte. Sie musste es irgendwie schaffen, an den Atlanter Justice heranzukommen.

An *ihren* Justice.

Sie stand reglos da, nur ganz leicht zitternd, als er wie ein Raubtier auf sie zukam. Aber sie hatte nicht die Absicht, seine Beute zu werden.

Als er dicht vor ihr stand, sah sie nur eine Möglichkeit. »Ich brauche deine Hilfe, Justice. Du musst dagegen ankämpfen, um meinetwillen. Ich werde alles tun, um dir zu helfen, und dich gern nach San Bartolo begleiten. Gemeinsam werden wir den Stern von Artemis finden. Aber du musst dich unter Kontrolle haben. Dein gespaltenes Bewusstsein macht mir Angst.«

Er streckte die Arme aus, wollte sie berühren. Die Auseinandersetzung, die in seinem Inneren tobte, ließ ihn erzittern. Einen langen Augenblick später erkannte sie, dass er wieder ruhiger und vernünftigen Argumenten zugänglich war.

»Es geht wieder«, sagte er mit rauer Stimme. »Auch ich brauche dich. Du musst bei mir bleiben, weil ich sonst Angst habe, diesen Kampf für immer zu verlieren.«

Bisher hatte sie sich in ihrem Leben nur selten spontan entschieden, doch jetzt warf sie alle Vorsicht über Bord und ließ sich von ihm umarmen. Er war ihre Zukunft. »Wandbilder der Maya? Eine Pyramide? Ein elftausend Jahre alter Saphir mit magischen Kräften? Welche Archäologin könnte da widerstehen?«

Er blickte sie mit einem Ausdruck brennenden Verlangens an. »Du musst es für mich tun, Keely. Du musst wegen mir mitkommen, nicht aus wissenschaftlicher Neugier oder Mitleid oder aus irgendeinem anderen Grund. Wegen *mir.*«

»Ja«, sagte sie. Die Wahrheit des gegenseitigen Gefühls

war nicht zu leugnen, und sie genoss diesen Augenblick der Aufrichtigkeit. »Ja, ich komme wegen dir mit. Nur wegen dir.«

Er schrie triumphierend auf und hob sie in die Luft. Wie schon zweimal zuvor löste sich die Wirklichkeit um sie herum auf und machte vielen potenziellen Realitäten Platz. Keely schloss die Augen, als die Reise begann.

29

Heilig-Geist-Friedhof, St. Louis

Alaric war längst mit seiner Geduld am Ende. Nachdem er die ganze Nacht in der Stadt nach Quinn, Jack und Denal gesucht hatte, war es ihm schließlich gelungen, den schwachen Schimmer eines Gedankens aus Quinns äußerst interessantem Bewusstsein aufzufangen. Das hatte ihn kurz nach der Morgendämmerung zu diesem Friedhof geführt, wo ihn erneut der Mut verließ.

Er schwebte als Wassernebel über den Grabsteinen, von denen so viele ein Todesdatum vom Beginn des Jahres 1849 trugen. Eine Epidemie, wahrscheinlich Cholera. Er erinnerte sich, zu jener Zeit mittels der Heilkünste der Atlanter alles für die Menschen getan zu haben. Einige hatten ihn für einen Todesengel gehalten.

Damals hatte er darüber gelacht, doch es stimmte, dass er zu oft *tatsächlich* der Todesbote gewesen war. Aber er hatte immer nur Feinde der Menschheit getötet. Viel zu oft hatte man ihn aufgefordert, an der Seite der Krieger zu kämpfen. Viel zu oft hatte er geheilt und geheilt, bis seine magischen Kräfte erschöpft waren, und dann war er Augenzeuge des entsetzlichen Todes von Kriegern und Menschen geworden.

Es reichte nie, niemals. Er hatte alles aufgegeben für diese magischen Kräfte, aber sie waren nie ausreichend.

Jetzt spürte er sie durch sich strömen, als hätte er ihren Namen genannt oder als wären sie durch seinen Zorn heraufbeschworen worden. Sowohl die magischen Kräfte als auch der Zorn brauchten ein Ventil. Er schleuderte ein paar Wasserpfeile gegen den Friedhofszaun, nur so, aus reiner

Wut. Ein Teil des Zauns zersplitterte. Beim nächsten Mal schoss eine Erdfontäne in die Luft.

Trotzdem fühlte er sich kein bisschen besser. Er konnte keinen Kontakt zu Quinn aufnehmen; der schwache Schimmer ihrer Gedanken, der ihn hierher geführt hatte, war wieder erloschen. Sie und ihre Schwester Riley waren *aknasha'an* – emotionale Empathen. Als solche konnten sie nicht nur die Gefühle anderer deuten, sondern sie verfügten auch über die Gabe, eigene Emotionen auf die Gedanken und Herzen anderer zu übertragen. Andere Menschen – und selbst Atlanter – hatten diese Fähigkeit längst verloren. Seit er sie kennengelernt und ihr das Leben gerettet hatte, war er immer in der Lage gewesen, mit Quinn in Verbindung zu treten, unabhängig von der räumlichen Distanz.

Doch für diese Verbindung zu Quinn hatte er einen Preis bezahlen, einen Teil seines Herzens und seiner Seele für sie aufgeben müssen. Empath oder nicht, sie wusste es nicht einmal.

Man hatte geglaubt, ihre Gabe sei vor unvordenklichen Zeiten verloren gegangen, doch andererseits machten sich viele solcher Gaben in diesen dunklen und gefährlichen Zeiten wieder bemerkbar. Die Welt schien vor einem so einschneidendem Ereignis zu stehen wie jenem Kataklysmus, durch den Atlantis auf den Meeresboden gesunken war. Jede Handlung und jeder Entschluss schienen darüber zu entscheiden, ob die Zukunft licht oder finster sein würde.

Wenn ihnen doch nur Poseidon einen Weg aufgezeigt hätte, dem sie folgen konnten. Leider waren die Götter nie so entgegenkommend. Und er, Poseidons Hohepriester, hätte sich gewünscht, dass es für ihn persönlich eine andere Alternative gegeben hätte als nur die zwischen Ja oder Nein. Er hatte ein Keuschheitsgelübde abgelegt und geschworen, nie zu heiraten, als er zum Hohepriester ernannt worden war.

Weil ihm grenzenlose magische Kräfte und der Zugang

zu einem Gott gewährt wurden, hatte er gelobt, sein ganzes Leben allein zu verbringen. Doch die Gunst des Meeresgottes konnte sein Herz nicht wärmen, und die magischen Kräfte interessierten ihn nicht mehr, zumindest nicht um ihrer selbst willen. Seine Vergangenheit, Gegenwart und Zukunft waren durch nichts als eine endlose Einsamkeit bestimmt, und es bestand keine Hoffnung, dass sich daran etwas ändern würde.

Es gab keine Hoffnung, mit Quinn zusammen sein zu können.

Wenn er sein Gelübde brach, würde das seine magischen Kräfte beeinträchtigen. Dann konnte er weder weiter dem Tempel vorstehen noch Conlan wie bisher als Berater dienen. Und er würde Atlantis nicht mehr beschützen können, gerade jetzt, wo es kurz davor stand, aus den Meerestiefen an die Wasseroberfläche emporzusteigen.

Jetzt, wo die anderen ihn so dringend brauchten, durfte er sie nicht im Stich lassen, was für persönliche Opfer er dafür auch bringen musste. Die Lage war klar – er konnte sich für Quinn entscheiden oder sein bisheriges Leben weiterführen. Aber eigentlich war es keine Wahl, wo sie doch klargemacht hatte, dass sie nie ihm gehören würde.

Die Anführerin der Menschenbewegung und der Priester. Das hörte sich nach einem schlechten Witz an. Ein Paar, das nie zusammenfinden würde, als wäre der Bund in der untersten der neun Höllen geschlossen worden. Die Götter mussten gelacht haben an jenem Tag, als sie Quinn zu der Frau bestimmt hatten, nach der sich seine Seele schon immer gesehnt hatte. Wahrscheinlich lachten sie immer noch.

Doch all das spielte keine Rolle. Quinn war einfach nur *eine* Verbündete in dem Kampf, die Menschheit vor Vampiren und Metamorphen zu retten, die sie versklaven und vernichten wollten. Nur eine Verbündete. Mehr konnte sie nicht sein.

Ach, hätte er sich doch nur davon überzeugen können. Vielleicht hätte sich der Prozess des innerlichen Absterbens dann noch einmal anhalten lassen.

Er atmete tief durch und materialisierte sich wieder in seiner körperlichen Gestalt. Diese Gedanken waren sinnlos, da nichts zu ändern war. Jetzt musste er Quinn und die anderen einfach nur finden und sich vergewissern, dass ihnen nichts passiert war. Selbst zu Denal hatte er während der langen Nacht keinen Kontakt aufnehmen können, obwohl es doch eigentlich über die den Atlantern zugängliche Gedankenverbindung mühelos hätte möglich sein müssen.

Aber nein. Es war, als existierten sie nicht mehr. Und natürlich hatte er es auch nicht geschafft, Jack aufzutreiben. Das Gehirn von Wertigern war zu animalisch, als dass ein Atlanter Zugang gehabt hätte. Verbündeter oder nicht, Jack mochte es so. Ihm wurde unbehaglich zumute, als er an Jack dachte. Quinns Partner empfand tiefere Gefühle für sie, als er eingestand, und der Gedanke, dass die beiden ständig zusammen waren, verwundete Alaric tief.

Bevor er den Friedhofszaun noch weiter demolieren konnte, spürte er, wie etwas den Rand seines Bewusstseins berührte – das Gefühl eines anderen Wesens, eine Mischung von Zorn und Schmerz. Die emotionale Resonanz sagte ihm, dass es Quinn war. Sie lebte. Das Silbergrau und Weinrot ihrer emotionalen Aura hatte er bei anderen Menschen nie gesehen.

Erleichterung, Sehnsucht und Freude erfüllten ihn. Sie lebte.

Quinn *lebte.*

Und nun wusste er genau, wo sie war.

Er mobilisierte seine magischen Kräfte und sprengte die schwere Tür eines Mausoleums auf. Das deformierte Vorhängeschloss fiel zu Boden. Sie lebte, und keine Tür und kein Vorhängeschloss – die Familie Denham mochte es ihm verzeihen – würden ihn von ihr fernhalten.

Er machte sich nicht die Mühe, sich erneut in Wassernebel aufzulösen, sondern spazierte durch die offene Tür in die Krypta, nicht weiter überrascht, dass er am hinteren Ende eine dunkle Öffnung sah. Er verbeugte sich kurz aus Respekt vor den längst Verstorbenen, und dann sah er hinter der Öffnung eine steile, in die dunkle Tiefe führende hölzerne Wendeltreppe.

Natürlich versammelten sich Vampire in finsteren Gängen unter einem Grab. Sie bestätigten jedes Klischee.

Alaric lächelte, als er die Treppe hinabschritt. Er fühlte Quinn, sie wartete dort unten. Weder Leichen noch Vampire oder auferstandene Dämonen aus den neun Höllen würden ihn davon abhalten, zu ihr zu gehen.

Sie war eine Verbündete. Seine große Liebe. Seine Frau in irgendeiner anderen Realität, wo die Zukunft mehr versprach als Verzweiflung, Alleinsein und einen einsamen Tod.

Er nahm über ihre einzigartige Gedankenverbindung Kontakt zu ihr auf. *Ich bin gleich bei dir, Quinn. Bist du verletzt?*

Ihre Gedanken erreichten ihn, ohne ein Anzeichen von Furcht, doch vielleicht war da etwas wie Verletzlichkeit. Seine Kriegerin.

Alaric? Irgendwie wusste ich, dass du kommen würdest.

Bist du verletzt?, fragte er besorgt, während er schneller lief. Als ein paar Augenblicke danach ihre Antwort kam, rannte er noch schneller.

Noch nicht, aber Jack und Denal sind verwundet. Wir sind fünf Meter hinter dieser Tür, die von Vampiren bewacht wird. Heb sie aus den Angeln.

Direkt vor sich, am Ende des Tunnels, sah Alaric die verbarrikadierte Holztür. Er beschwor seine magischen Kräfte herauf und brach mit der Wucht eines Tropensturms durch die Tür. Bretter zersplitterten, und eines bohrte sich in das Herz eines der Vampire, die den Eingang bewachen sollten.

Einer war erledigt, doch mit einem Dutzend anderer musste er es noch aufnehmen.

Er blickte sich um und war erst beruhigt, als er Quinn in den Armen hielt. Leider schien einer ihrer Arme gebrochen zu sein. Er ließ ihren Körper, der fast nichts zu wiegen schien, langsam herabgleiten, bis sie sitzend an der Wand lehnte. Zugleich zauberte er einen Wasserschild herbei, um sie vor jeder Gefahr zu schützen.

Er wirbelte herum und sah Denal und Jack. Jack hatte seine menschliche Gestalt angenommen. Er lag in einer Ecke, bewusstlos oder tot. Dicht daneben lag Denal, aber Alaric spürte, dass er lebte.

Die kauernden Vampire wirkten bedrohlich, ängstlich oder unterwürfig, und alle blickten zu einem äußerst elegant gekleideten Vampir hinüber, der in der Mitte der Krypta an einem sehr alten Sarg lehnte.

»Es schmerzt mich, dass du mich nicht zu deiner Party eingeladen hast, Quinn«, bemerkte Alaric trocken, ohne die Vampire aus dem Blick zu lassen. »Zu dem Thema, dass du ›nicht verletzt‹ bist, kommen wir später.«

Quinn lachte, und doch wusste er, dass sie Schmerzen hatte. Ihr Arm war definitiv gebrochen, doch ihm blieb im Moment keine Zeit, sich darum zu kümmern.

»Du kennst mich, Alaric. Ich war schon immer ein Partygirl.«

Der eitle Vampir hob eine Augenbraue, gähnte demonstrativ und richtete seine Doppelmanschetten. »Sie müssen einer der berühmten Atlantiskrieger sein. Ist Poseidon so in Verlegenheit, dass er auf Typen wie Sie zurückgreifen muss? Ganz zu schweigen davon, dass Sie ein kleines Mädchen vorgeschickt haben, damit es die Drecksarbeit erledigt.«

Quinn wollte hinter dem Wasserschild hervorkommen, doch es war unmöglich. Alaric kannte ihr Temperament.

»Von wegen kleines Mädchen, du Dreckskerl …«

»Er will dich nur provozieren, Quinn«, sagte Alaric ruhig.

»Vielleicht gestattest du es mir, dir dieses eine Mal zu helfen?«

»Meinetwegen, aber mir scheint das eher schon zu einer Gewohnheit zu werden«, erwiderte sie. »Doch auch darüber können wir später reden. Tu dir keinen Zwang an.«

Der Vampir warf den Kopf in den Nacken und lachte. »Ihr Atlanter müsst ganz schön verzweifelt sein, wenn ihr mit Menschen und Metamorphen zusammenarbeitet.« Er deutete auf Jack. »Dieser hier stinkt nach Dschungel, also ist er vermutlich kein Wolf. Aber wir werden ihm keine Gelegenheit geben, uns sein Fell zu zeigen.«

Alaric beschwor seine magischen Kräfte herauf und balancierte lässig eine Energiekugel auf seinem rechten Handteller. Außer dem Anführer zuckten alle Vampire zurück. »Schon wieder einer von Anubisas Oberlakaien?«, fragte er. »Ihr geht der Nachschub nie aus.«

Quinn kicherte.

»Ich bin Vonos, der Primator«, sagte der Vampir mit entblößten Reißzähnen. Er schien ein bisschen von seiner demonstrativ zur Schau getragenen Ruhe verloren zu haben.

»Oh ja. Der nächste Handlanger, als Ersatz für Barrabas, dessen politischer Karriere wir ein Ende bereitet haben«, antwortete Alaric.

Vonos richtete sich plötzlich auf und hob ein in Leder gewickeltes Päckchen auf, das offenbar hinter ihm auf dem Sarg gelegen hatte. Er zog das darum gebundene Band auf und schlug das Leder ein bisschen zurück.

»Allmählich langweilt mich dieses Gespräch«, sagte er.

Bevor Alaric reagieren konnte, richtete Vonos die Öffnung des Päckchens auf die im Halbkreis um ihn stehenden Vampire. »Ihr habt nicht gehorcht und werden jetzt dafür sterben. Ich habe schon immer eine Politik der verbrannten Erde bevorzugt.«

Ein greller gelber Lichtblitz schoss aus dem Päckchen, blendend wie ein Sonnenstrahl, und Alaric richtete um Jack und Denal herum einen Energieschild auf. Dann dehnte er den Wasserschild aus, damit er nicht nur Quinn, sondern auch ihn selber schützte. Die sengende Strahlung traf mit Lichtgeschwindigkeit die Vampire, die sich in zischende Säuretropfen auflösten. Quinn und den Atlantern war nichts passiert.

Vonos pfiff durch die Zähne, wickelte das Leder wieder um das Kästchen und blickte Alaric befriedigt an. »Wenigstens einmal waren die Gerüchte nicht übertrieben. Dieser Edelstein hier darf nie in die falschen Hände fallen, oder? Hat mich gefreut, Atlanter, bis zum nächsten Mal. Ach, und danke für das kleine Spielzeug. Diese Gruppe hat es seit Hunderten von Jahren vor unserer Göttin verborgen. Ziemlich ärgerlich, aber was will man machen?«

Er grinste Alaric triumphierend an und streckte ihm spöttisch das Kästchen entgegen. »Ihr Atlanter nennt ihn den Vampirstod? Sehr passend, was?«

Damit hob Vonos die Arme in die Luft und war verschwunden.

Alaric war wie vom Schlag getroffen. Wenn das wirklich der berühmte gelbe Diamant gewesen war, dann war es einer der fehlenden Edelsteine des Dreizacks. Conlan musste das sofort erfahren.

Hinter ihm geriet Quinn ins Stolpern und fiel gegen seinen Rücken, und alle Gedanken an Edelsteine und Magie lösten sich auf. Kurz darauf drückte er sie an sich, sorgsam auf ihren verletzten Arm achtend. Er beschwor die magischen Kräfte herauf und heilte sie mit einem blaugrünen Energiestrom. Danach war nicht nur der Bruch kuriert. Sie hatte auch keinerlei Kratzer oder blaue Flecken mehr.

Als er fertig war, schlug sie die Augen auf. »Auch das scheint eine Angewohnheit zu werden. Ich breche mir die Knochen, und du bringst es in Ordnung. Das ruiniert meinen Ruf als furchtlose Kämpferin.«

»Ich tue nichts anderes, als dich zu beschützen und zu heilen«, sagte Alaric. »Auf deinen Ruf kann ich dabei keine Rücksicht nehmen.«

Ihre dunklen Augen wirkten riesig in dem bleichen Gesicht, und für einen Moment lag eine sengende Glut in ihrem Blick. Dann senkte sie die Lider und wandte den Kopf ab. »Noch mal danke. Ich bin geheilt; jetzt kannst du mich loslassen.«

Er zögerte. Jeder gestohlene Augenblick, jede Berührung waren kostbare Erinnerungen, mit denen er sich gegen die Einsamkeit wappnete. Sie würden ihm auch bleiben, wenn ihr sterbliches Leben längst erloschen war.

Als er sie losgelassen hatte, trat sie zurück, mit geballten Fäusten. Sie hatte den Blick zu Boden geschlagen, und er schaute sie an. Wie immer war er etwas überrascht, dass sein Herz sich für sie entschieden hatte. Es war eine große, unerwiderte Liebe.

Quinn war eben Quinn. Sie führte ein turbulentes Leben. Äußerlich war sie dünner als jemals zuvor, bis auf die Knochen abgemagert. Die Kämpfe verlangten ihren Tribut und gingen an die Substanz. Ihr kurzes dunkles Haar sah aus, als hätte sie es selbst geschnitten, und ihre fadenscheinigen und zerrissenen Klamotten schienen aus der Altkleidersammlung zu stammen.

Und doch, sie war wunderschön.

Er fühlte sich durch ihre Persönlichkeit und ihr Charisma unwiderstehlich angezogen. Von ihrem seelischen Empfindungsvermögen. Für ihn war sie das Licht in der Finsternis.

Schließlich hob sie den Kopf und blickte ihm in die Augen. Ihm war klar, was sich von seiner Miene ablesen lassen musste, und er gab sich keine Mühe, seine Gefühle zu kaschieren. »Du weißt es«, sagte er mit heiserer Stimme. »Du hast es schon immer gewusst und wirst für immer wissen, dass ich dein bin und es doch nicht sein kann. Ich bin der mächtigste Hohepriester, den Poseidon jemals berufen hat, und doch bin ich zu schwach, um meine tiefen Gefühle für dich zu verbergen.«

Er ließ sich auf ein Knie fallen und neigte den Kopf. »Verurteile mich, wenn es sein muss, aber ich kann nichts tun gegen das Bedürfnis, dich zu sehen, dich zu berühren. Ich werde mich so weit wie möglich von dir fernhalten, aber bitte, gestatte mir diese kurzen Einblicke in ein Glück, das mir für immer verschlossen bleiben wird.«

Quinn gab ein Geräusch von sich, von dem sich nicht eindeutig sagen ließ, ob es ein Lachen oder ein Schluchzen war, und ließ sich vor ihm auf die Knie fallen. »Wenn doch das Leben ein Märchen wäre, dann könnte ich deine Prinzessin sein. Ich sehe in deine Augen und weiß, dass es kein Happy End geben kann. Der Schmerz, den ich empfinde, wenn ich dich sehe, ist genauso schlimm wie die einsamen Nächte, in denen ich mich so nach dir sehne, weil ich dich brauche.«

Sie hob eine Hand, als wollte sie seine Wange berühren, überlegte es sich aber anders. »Selbst jetzt, wo ich mich eigentlich um Jack und Denal kümmern müsste, kann ich nur an dich denken. Du ruinierst mein Pflichtgefühl und raubst mir den gesunden Menschenverstand.«

Alaric wusste, dass dies auch für ihn zutraf, doch es war ihm egal. »Du bringst Licht und Farbe in mein Leben. Aber auch Liebesqualen, die fast nicht zu ertragen sind.«

Jack bewegte sich und riss die beiden aus ihrer Trance.

»Ich würde ein Jahrhundert meines Lebens dafür geben, dich nur einmal küssen zu dürfen, aber ich will die Erinnerung nicht dadurch beschmutzen, dass ich es in dieser Umgebung tue.«

Als sie sich vorbeugte und auf seinen Mund blickte, war es völlig um ihn geschehen. Denal und Jack waren ihm absolut egal. Er wollte sie mehr als alles andere auf der Welt.

Doch dann stöhnte Denal vor Schmerzen auf, und Quinn

zog den Kopf zurück und blickte zu ihm hinüber. Ihre Miene spiegelte großes Bedauern, doch sie kniff die Lippen zusammen und stand auf, sorgsam darauf achtend, Alaric nicht zu berühren.

Als könnte es durch eine Berührung lichterloh zu brennen beginnen.

Er zweifelte nicht daran, dass es so war.

Auch er stand auf, trat zu Jack und Denal. Erleichtert, weil sie lebten. Beschämt, dass er sich nicht eher vergewissert hatte.

Er sehnte sich nach ihrer Nähe.

Als er seine magischen Kräfte aufrief, um Denal und Jack zu heilen, sandte er auch ein Stoßgebet zu Poseidon und bat ihn um die Standfestigkeit, seinen übermächtigen Gefühlen widerstehen zu können.

Es kam ihm so vor, als hörte er den Meeresgott spöttisch lachen.

30

Der Regenwald im Nordosten von Guatemala

Als er das Gefühl hatte, nicht mehr durch den Vortex zu fallen, öffnete Justice die Augen. Durch ein dichtes Laubdach über ihm drangen vereinzelt Sonnenstrahlen. Er und Keely waren umgeben von der dichten Vegetation des zentralamerikanischen Regenwalds.

Für ein paar Sekunden verstummten um sie herum alle Geräusche, doch dann schienen die Tiere zu dem Schluss zu kommen, dass sie trotz ihrer ungewöhnlichen Ankunft keine Gefahr darstellten. Die Vögel begannen wieder zu singen und zu zwitschern, und er hörte in der Nähe eine Affenfamilie schnattern.

Keely hielt sich noch immer mit fest geschlossenen Augen an ihm fest, und er hatte nicht die Absicht, etwas daran zu ändern. Er streichelte langsam ihren Rücken vom Hals bis zur Taille, und als er spürte, wie sie leicht erzitterte, bescherte ihm schon das eine fast schmerzhafte Erektion.

Er musste sie besitzen. Bald. Ein verzweifeltes Verlangen überkam ihn, und er zog sie fester an sich. Noch nie hatte er sich so nach etwas gesehnt wie danach, sie nackt unter sich zu spüren und ihn sie einzudringen.

Aber er durfte es nicht riskieren. Er hatte immer mehr Mühe, die andere Seite seines Ichs unter Kontrolle zu behalten, und deren Wünsche waren dunkler. Das wollte er ihr ersparen. Seiner Keely.

Sie öffnete die Augen und schaute ihn an. In ihrem Blick lag etwas, das ihm das Herz brach. Sie wusste, dass er sie wollte, spürte es intuitiv. Ein Wort von ihr, dann war er verloren.

Also musste er verhindern, dass sie es aussprach.

»Wir sind da.« Er ließ sie los und trat einen Schritt zurück. »Fragt sich nur, wo.«

Sie blickte zu ihm auf und wirkte etwas verletzt. Aber ihre Stimme klang kühl und professionell. »Unser Ziel war der Nordosten Guatemalas. Die Hitze und Vegetation deuten darauf hin, dass wir es geschafft haben.«

Sie schauten sich um, doch von Ruinen oder einer archäologischen Grabungsstätte war nichts zu sehen. Zu der großen Hitze kam noch eine extrem hohe Luftfeuchtigkeit.

Sie zuckte die Achseln. »Wahrscheinlich wäre es etwas viel verlangt gewesen, damit zu rechnen, dass du uns direkt vor das Wandbild teleportierst. Du lernst ja noch, wie's funktioniert. Denk an die Pfannkuchen. Wenigstens hast du uns in den Regenwald gebracht statt den Regenwald zu uns.«

Sie lächelte ihn an und traf ihn damit direkt ins Herz. Er erstarrte und wartete auf die innere Stimme, doch die andere Seite seines Ichs war entweder erschöpft oder sagte aus anderen Gründen zur Abwechslung mal nichts.

»Fühlst du, wo er ist? Du hast gesagt, der Stern von Artemis sei nereidischer Herkunft. Kannst du nicht magische Kräfte mobilisieren und die Gegend absuchen? Entschuldige, aber ich habe ja keine genaue Vorstellung davon, wozu du fähig bist. Können wir irgendwie herausfinden, in welcher Richtung San Bartolo liegt und wie weit es bis dort ist? Das wäre hilfreich. Besonders, weil wir nichts zu essen und kein Wasser haben. Bei einer Temperatur von um die vierzig Grad werden wir schnell dehydriert sein.«

Justice nickte und versuchte, seine Sinne auszusenden, um den Stern von Artemis zu entdecken. Aber es funktionierte nicht. Die magischen Kräfte der Atlanter oder des Nereiden hatten sich während der letzten Tage erschöpft.

Er mobilisierte seine ganze Willenskraft und versuchte es noch einmal. Er zwang sich, magische Kräfte zu entdecken, die er bisher nie eingesetzt hatte. Obwohl er plötzlich starke Kopfschmerzen bekam, glaubte er zu spüren, wie sich etwas in seinem Gehirn regte. Aus irgendeinem mysteriösen Grund wusste er jetzt, was er wissen musste.

»Ich habe ihn gefunden«, sagte er. »Ich habe den Stern von Artemis entdeckt und weiß, welchen Weg wir einschlagen müssen. Es ist ein ziemlicher Fußmarsch, aber ich denke, wir schaffen es an einem Tag. Falls sich meine magischen Kräfte schneller als erwartet regenerieren, können wir ja noch mal auf den Materietransfer zurückgreifen.«

Sie blickte ihn lange an, als versuchte sie ihn einzuschätzen. Dann glaubte sie offensichtlich, sich keine Sorgen machen zu müssen, denn sie nickte entschieden. »Ich habe Erfahrung mit Fußmärschen im Regenwald, doch da hatte ich immer Trinkwasser dabei. Wir müssen langsam gehen, bis deine magischen Kräfte zurückkehren. Vielleicht kannst du uns dann ein paar Flaschen Wasser und etwas zu essen bestellen.«

»Das mit dem Wasser sollte ich recht bald hinbekommen«, sagte er zuversichtlich, obwohl er nicht wusste, wann er wieder über die magischen Kräfte verfügen konnte. Ob er überhaupt jemals wieder darüber verfügen könnte. Sie musste nicht wissen, wie unsicher er hinsichtlich der nereidischen Magie war. Sie war äußerst mutig, doch man musste das nicht unnötig auf die Probe stellen.

Sie ging los, blieb dann aber plötzlich stehen und lachte. »Vermutlich wäre es hilfreich, wenn du mir sagen würdest, in welche Richtung ich gehen muss. Was das Herbeizaubern der Wasserflaschen angeht, solltest du darauf achten, dass du sie nicht irgendwelchen nichts ahnenden Wanderern oder Touristen entwendest, die ausflippen werden, weil sie sich keinen Reim darauf machen können.«

Er zeigte auf seinen Kopf, in dem das Licht der Erleuchtung noch schwach flackerte. »Der Stern von Artemis liegt in der Richtung. Was das andere angeht, werde ich mein Bestes tun.« Er fragte sich, seit wann ihm ihr Lachen schöner erschien als jede Musik. Dann zupfte er verstohlen seine Hose zurecht, damit das Gehen weniger ungemütlich war, und stapfte los, krampfhaft darum bemüht, alle Bilder der nackten Keely aus seinem Kopf zu verbannen.

Als er sich zu ihr umdrehte, verschlug es ihm den Atem, als er das Leuchten in ihren smaragdgrünen Augen sah. Nun gut, er würde zumindest versuchen, die *meisten* Bilder der nackten Keely aus seinem Kopf zu verbannen.

Schließlich war er auch nur ein Mann.

Drei Stunden später blieb Keely stehen. Sie war hart im Nehmen und hatte sich geschworen, nicht zu lamentieren, doch allmählich wurde es lebensgefährlich, ohne Wasser weiterzugehen, und sie war nicht dumm. Bei dieser Bullenhitze stand die Dehydration kurz bevor. Vielleicht kamen Atlanter besser damit klar als Menschen, aber sie brauchte jetzt eine Verschnaufpause.

Zudem konnte sie es kaum noch ertragen, Justice von hinten zu betrachten. Es war zweifellos ein sehr verlockender Anblick. Breite Schulter, schmale Hüften, ganz zu schweigen von diesem Zopf, den sie unbedingt entflechten wollte, um mit den Fingern durch das lange, seidige Haar zu streichen. Und sein Hintern war so fest und muskulös, dass er zu manchen Fantasien anregte.

Doch diese Träumereien lagen schon etwa eine Stunde zurück. Da hatte sie noch die Kraft gehabt, sich ihnen hinzugeben.

Wie hätte der Atlantiskrieger darauf reagiert, wenn er es gewusst hätte? Sie musste laut auflachen, und er wirbelte blitzschnell herum und starrte sie an.

»Was ist los?«

»Ich brauche eine Pause, Justice. Am besten irgendwo im Schatten.«

»Was ist daran so lustig?«, fragte er misstrauisch. »Woran hast du gedacht?«

Sie kniff die Lippen zusammen, musste aber trotzdem wieder lachen. »Glaub's mir, das willst du gar nicht wissen. Wie auch immer, wir müssen eine Pause einlegen. Ich bin schon fast dehydriert, und es ist die heißeste Tageszeit. Ich schlage vor, dass wir uns ein schattiges Plätzchen suchen und erst am frühen Abend weitergehen, wenn es kühler wird.«

Er bewegte sich erneut unglaublich schnell und stand auf einmal direkt vor ihr, nur wenige Zentimeter entfernt. »Es tut mir so leid. Ich war in Gedanken verloren und habe nicht daran gedacht, wie du dich fühlst. Entschuldige bitte meine Unaufmerksamkeit.«

Die körperliche Nähe irritierte sie so sehr, dass sie seine Worte gar nicht richtig verstand. Sie starrte ihn einfach nur an und wünschte sich, ihr Leben hätte sich nicht plötzlich in einen Abenteuerroman verwandelt. Andererseits wünschte sie sich, dass er sie einfach nur küsste.

Vielleicht wünschte sie sich auch nur, zu jenen Frauen zu gehören, die mutig genug waren, ihn zu küssen.

»Was hast du gesagt?«

»Entschuldige, ich bin ein Idiot. Wir hätten schon eher eine Pause machen sollen. Da drüben scheint es schattig zu sein.«

Keely nickte nur knapp. »Genau. Da drüben. Schatten. Super.« Sie marschierte entschlossen los, und er folgte ihr.

Er grinste. »Benutzt du jetzt keine Verben mehr?«

Seine dunkle, raue Stimme kitzelte ihre Nervenspitzen, und plötzlich schien es noch viel heißer zu sein. »Im Regenwald drücke ich mich immer möglichst einsilbig aus, und wenn wir nicht bald eine Pause machen, kommen mir die Adjektive auch noch abhanden«, antwortete sie mit einem unschuldigen Lächeln. Dabei hätte sie ihm am liebsten das Hemd vom Leib gerissen und seine Brust geküsst.

Was stimmte nicht mir ihr? Ein Atlanter und der extrem heiße Regenwald, das erregte in ihr ein wahnwitziges sexuelles Verlangen. Und sie hatte in ihrem Leben noch nie einen so attraktiven Mann gesehen. Sie erinnerte sich an die Höhle, wo er gebadet hatte, an seinen nackten, feuchten Körper. Ihr Mund wurde noch trockener.

Na großartig. Sie würde im Regenwald von Guatemala an Dehydration sterben, befördert durch sexuelle Fantasien. Das konnte man keiner Todesanzeige anvertrauen.

Sie war Justice ein paar Schritte voraus und stand vor einer Höhle am Fuß eines Hügels. Es roch ein bisschen modrig, als hätten hier im Laufe der Jahre immer wieder Tiere gelebt. Jetzt schien die Höhle leer zu sein, doch sie erstreckte sich weiter in das Innere des Hügels, als sie vermutet hatte. Aber sie konnte wegen der Dunkelheit wenig sehen.

Er legte ihr eine Hand auf den Arm. »Ich gehe zuerst rein und vergewissere mich, dass keine Tiere da sind, die ihr Territorium verteidigen wollen.«

Sie machte eine zustimmende Geste. »Nur zu. Ich warte hier neben dem Eingang, für den Fall, dass etwas herausgeschossen kommt.«

Er grinste und drückte ihr dann plötzlich einen Kuss auf die Lippen. »Du überraschst mich immer wieder. Wann immer ich erwarte, dass du anderer Meinung bist, sagst du etwas Pragmatisches. Und jedes Mal, wenn ich damit rechne, dass du mir zustimmst, ohne weitere Fragen zu stellen, erklärst du mir, warum ich mich irre. Unser gemeinsames Leben wird nie langweilig werden, was, Frau Dr. McDermott?«

Damit verschwand er in der Höhle, und sie stand da, die Finger an die Lippen gepresst, und fragte sich, warum er so fest von einer gemeinsamen Zukunft ausging.

Und warum sie die Vorstellung kein bisschen ängstigte.

»Keine Tiere da«, rief Justice. »Hier hinten ist ein Durchgang, den du dir bestimmt ansehen willst. Wenn du mich fragst, haben wir eine echte Entdeckung gemacht, aber es ist offensichtlich, dass schon jemand vor uns da war.«

Sie bückte sich ein bisschen, um sich durch den niedrigen Eingang zu zwängen, und war erleichtert, als sie in einem Raum mit ziemlich hoher Decke stand. Und als sie sich umblickte, fiel ihr etwas auf.

Dies war keine Höhle.

Die Wände waren genau das – *Wände.* Sie hatten ein uraltes Gebäude entdeckt, vielleicht sogar, wie man angesichts der Höhe des Hügels vermuten konnte, einen Tempel oder eine Pyramide der Maya.

Sie bekam eine Gänsehaut. Ein historisches Monument, das während vielleicht Tausenden von Jahren vermutlich nur sehr wenige Menschen gesehen hatte. *Dafür* lebte sie, und es war so lebensnotwendig wie Wasser. Sie wollte instinktiv nach ihrem Rucksack greifen, doch der lag in ihrem Zimmer in Atlantis.

Davon hatte sie nichts.

Sie unterdrückte einen Fluch und folgte der Wand bis zu einem Durchgang hinten in dem Raum. Durch die Öffnung fiel schwach blaugrünes Licht.

»Justice?«

»Die magischen Kräfte reichen wieder aus, um ein bisschen Licht zu machen, Keely. Das hier willst du bestimmt sehen.«

Sie orientierte sich an dem Licht und seiner Stimme, als sie die Kammer betrat und konsterniert stehen blieb. Drei der vier Wände waren gesäubert von der Erde und den Pflanzen, welche die vierte bedeckten. Und auf den drei Wänden sah sie je ein Wandbild in lebhaften Farben.

»Wir sind hier nicht in San Bartolo, doch dies ist definitiv auch eine Verbildlichung des *Popol Vuh*«, sagte sie. »Oh,

Justice, warum hat man davon nichts erfahren? Dies ist eine unglaublich wichtige Entdeckung!«

Er trat zu ihr, und sie sah den blaugrünen Lichtkreis um seine Hand. Er hob ihn hoch wie eine Laterne und beugte sich vor, um mit ihr die erste Wand zu betrachten. »*Popol Vuh?*«

»Das ist der Schöpfungsmythos der Maya. Ihr Gott Gukumatz, Mutter und Vater allen Lebens, hat die ersten Menschen aus Ton oder Lehm geschaffen. Aber sie waren schwach und lösten sich im Wasser auf. Siehst du hier die Darstellung des Mannes, der sich in einem Fluss auflöst?«

Er nickte und zeigte auf das nächste Bild. »Und das hier?« Seine Stimme klang fast so aufgeregt wie ihre. »Der aus einem Baumstamm geschnitzte Mann?«

Sie nickte und berührte unbewusst den Fisch an ihrer Halskette. »Ja, als Nächstes hat Gukumatz versucht, Menschen aus Holz zu schaffen, doch da sie kein Herz und keinen Geist hatten, konnten sie ihren Schöpfer nicht preisen. Das mögen Götter nicht.«

Sie lächelte ihn an, doch er war ganz in die Betrachtung des Bildes versunken. »Ich habe manchmal Figuren geschnitzt, von denen ich fast geglaubt hätte, sie könnten zum Leben erwachen und fliegen, schwimmen oder laufen«, murmelte er. »Aber natürlich hatten auch sie weder ein Herz noch einen Geist.«

Sie musste daran denken, wie der geschnitzte Fisch und ihre Visionen von Justice ihr im Laufe der Jahre in schwierigen Situationen geholfen hatten. »An deiner Stelle wäre ich mir da nicht so sicher. Ich habe deine Schnitzereien gesehen.«

Er wandte sich zu ihr um, und sie sah in dem schwachen blaugrünen Licht sein Gesicht, das sich ihrem Herzen schon jetzt in jeder Einzelheit eingebrannt hatte. Sie hielt den Atem an und fragte sich ängstlich, was ihre Miene ihm verraten würde.

Er schaute sie einen Moment an und schüttelte dann den Kopf. »Ich verstehe das nicht. Wie kannst du meine Schnitzereien gesehen haben? Ich verschenke sie sofort, sobald ich damit fertig bin.«

Ihre Finger umklammerten den Fisch. Sie wollte es ihm sagen, wollte ihn wissen lassen, wie viel er ihr während all der Jahre bedeutet hatte. Aber ein Rest an Rationalität hielt sie davon ab.

Sie brauchten Wasser. Und sie mussten den Stern von Artemis finden und versuchen, dadurch Justice' Bewusstseinsspaltung zu heilen.

Dann konnte sie ihm amüsante Geschichten über einen kleinen hölzernen Fisch erzählen, ohne zu verraten, wie mitleiderregend es war, dass der Fisch und ihre Visionen von einem blauhaarigen Krieger in ihrem Leben so wichtig geworden waren.

Sie zwang sich, den Fisch loszulassen, und ließ ihn wieder unter ihrer Bluse verschwinden. »Ich weiß es nicht. Mir ist heiß, und ich bin müde. Wahrscheinlich habe ich mich an etwas erinnert, das Liam über Schnitzereien gesagt hat.« Sie lächelte gezwungen. »Hier, sieh dir das an. Gukumatz hatte schließlich Erfolg, als er aus weißem und gelbem Mais Fleisch und Blut der Menschen schuf. Eine der wichtigsten Gestalten in der Kultur der Maya ist der Maisgott, den du auf der Wand da siehst.«

Er betrachtete die zweite Wand. Glücklicherweise war er nun abgelenkt von ihren Worten über seine Schnitzereien. »Ähnelt diese Darstellung dem Maisgott, von dem du uns im Zusammenhang mit dem Wandbild erzählt hast, das Anubisa darstellt?«

»Ja! Es ist eindeutig vom selben Künstler oder denselben Künstlern. Ich bin mir fast sicher. Natürlich müsste man Fotografien vergleichen können …«

Plötzlich wurde ihr schwindelig. Sie schwankte und rang um Luft.

Er legte einen Arm um ihre Taille. »Fühlst du dich unwohl, Keely?«

Sie strich sich das Haar aus der Stirn und versuchte, regelmäßig zu atmen. Die Hitze, die Dehydration und die Ereignisse der letzten Tage verlangten ihren Tribut. Er hob sie hoch und trug sie zurück zum Höhleneingang, wo die Luft deutlich besser war.

Sie beugte sich vor und atmete tief durch, bis das Schwindelgefühl verschwunden war. »Alles in Ordnung«, sagte sie schließlich. »Aber ich könnte definitiv einen Schluck Wasser gebrauchen.«

Er lächelte. »Auch wenn sich der nereidische Teil meines Ichs immer noch erholen muss, weil ich so verschwenderisch mit den magischen Kräften umgegangen bin, merke ich doch, dass ich wieder auf die Magie der Atlanter zurückgreifen kann. Wenn du Wasser brauchst, sollst du es bekommen.«

Er trat aus der Höhle, blieb in der Mitte der Lichtung mit gespreizten Beinen stehen und hob die Arme. In dem Sonnenlicht wirkte er selbst wie ein Gott der Primitiven, der zu seinem Volk zurückgekehrt war und von ihm angebetet werden wollte. Sein Anblick berührte etwas tief in ihrem Inneren. Ihre Brustwarzen wurden steif, sehnten sich nach seiner Berührung. Sie wurde feucht und sah sich als eine vorzeitliche Jungfrau, die einem lüsternen Gott geopfert wird.

Der Gedanke ließ sie erröten, und sie erinnerte sich daran, dass wissenschaftlich erwiesen war, dass Frauen sich seit Urzeiten in gefährlichen Situationen von starken Männern angezogen fühlten. Sie war Wissenschaftlerin und durfte sich nicht so primitiven Reflexen überlassen.

Während sie noch versuchte, die erotischen Fantasien zu verdrängen, wendete er den Blick vom Himmel ab und schaute ihr direkt in die Augen. Seine waren schwarz geworden, und in der Mitte seiner Pupillen züngelten kleine blaugrüne Flammen. »Erhöre mich, Poseidon«, rief er, ohne den Blick von ihr abzuwenden. Seine Stimme ließ sie an sturmgepeitschte Wellen und heftige Windböen denken. »Spende mir Wasser für die Gesundheit meiner Frau.«

»Ich bin nicht deine Frau«, flüsterte sie, ohne noch daran zu glauben. Jetzt kam wirklich starker Wind auf. Er fegte über die Lichtung und umkreiste Justice. Sie hörte ein Knistern, und er war wie bei einem Miniaturgewitter von silbrigen, blauen und grünen Blitzen umgeben.

»Erhöre mich, Poseidon.« Er warf den Kopf in den Nacken, und irgendwie löste sich das Band um seinen Zopf. Der Wind blies ihm das Haar ins Gesicht, das in den unterschiedlichsten Blautönen schimmerte.

Sie hob den Kopf und folgte seinem Blick, ohne auch nur einen Augenblick Zweifel zu hegen. Er hatte für sie um Wasser gebeten, und sie würde es bekommen. Sie wusste es, und als schließlich kristallklares Wasser vom Himmel niederströmte, lachte sie vor Freude auf.

»Komm zu mir, Keely«, sagte er, und das glühende Verlangen in seinem Blick trieb sie bis zu einem Punkt, wo sie sich nur noch die Kleidung vom Leib reißen und sich vor ihm auf den Boden werfen wollte, damit er sie in dem strömenden Regen nahm. Sie taumelte auf ihn zu, bis sie ganz dicht vor ihm stand.

Er lachte und rief ein Wort, ein wundervoll klingendes Wort, das ihr unbekannt war. Das Wasser strömte wie ein Frühlingsregen auf sie herab, in ihre geöffneten Münder, durchweichte ihre schmutzige Kleidung.

Sie hob mit geschlossenen Augen den Kopf und genoss das köstlichste Wasser, das sie jemals getrunken hatte. Es war reiner als das einer Gebirgsquelle und exquisiter als das teuerste stille Mineralwasser.

Als ihr Durst gelöscht war, öffnete sie die Augen und lächelte ihn an. An ihren Wimpern hingen Regentropfen. »Was für ein Wunder! Kannst du tun, was immer du willst?

Mein Gott, das könnte so viele Probleme …« Sie unterbrach sich, weil er sie anstarrte, als müsste er sterben, wenn er sie nicht sofort küsste.

Er tat es und drückte sie so fest an sich, dass sie seine Körperwärme durch die nassen Kleidungsstücke spürte. Dieser Kuss hatte nichts Sanftes, in ihm lag nichts als Hunger, nacktes Verlangen. Er presste sie noch fester an sich, und sein ganzer Körper erschauderte. Sie zog beunruhigt den Kopf zurück und schaute ihn an.

Er biss die Zähne zusammen, ohne seinen Griff zu lockern. »Ich brauche dich, Keely. Ich muss dich besitzen. Sofort.« Seine dunkle Stimme bebte vor Verlangen. Dann ließ er sie los und ließ den Kopf sinken. »Nein. Wir dürfen es nicht tun. Ich habe Angst, dass die andere Seite die Kontrolle übernimmt. Sag du Nein.«

Wieder flackerten Blitze auf, färbten den Regen silbrigblau. Weit über sich sah sie die Sonne an einem noch immer blauen Himmel. Dieser Regen fiel nicht aus Wolken.

Er hatte es für sie getan, nur für sie. Ihre Knie wurden weich, doch er hielt sie schon wieder so fest, dass sie nicht fallen konnte. Er war für sie da.

Und wartete immer noch auf ihre Antwort. In seinen Augen lag ein verzweifeltes Flehen, aber sie wusste nicht, ob er hoffte, dass sie Ja oder Nein sagen würde.

Sie gab sich einen Ruck. »Ich sage Ja. Auch ich will dich. Wir werden gemeinsam den anderen Teil deiner Seele zähmen.«

Er hob sie hoch und wirbelte sie in dem Wolkenbruch herum, außer sich vor Freude. Dann zog er sie wieder dicht an sich heran und senkte den Kopf, bis ihre Lippen nur noch einen Zentimeter voneinander entfernt waren.

»Gemeinsam können wir es schaffen. Küss mich, Keely. Küss mich, damit ich weiß, dass du es genauso willst wie ich.«

Keine Macht der Welt konnte ihr noch Einhalt gebieten,

keine Vernunft, keine Logik, kein Gedanke daran, was es für ihre Zukunft bedeuten mochte. Sie brauchte ihn mehr als Wasser und Luft, und zum ersten Mal in ihrem Leben nahm sie sich genau das, was sie wollte, ohne Rücksicht auf mögliche Konsequenzen. Sie nahm sein Gesicht in die Hände und lächelte.

Dann küsste sie ihn.

31

Kellys zögerlicher, zärtlicher Kuss berührte Justice so tief, dass er glaubte, seine Seele werde in zwei Teile gerissen. Ein Teil wollte ihr nur die Kleidung vom Leib reißen und sie stundenlang lieben, während der andere davonlaufen und sich vor ihr verstecken wollte.

Weit entfernt von jeder Versuchung.

Weit entfernt von der Gefahr, dass der nereidische Teil seines Ichs die Kontrolle übernehmen und ihr Schaden zufügen würde.

Ich bin ein Teil von dir, flüsterte die Stimme in seinem Kopf. *Je eher du das akzeptierst, desto schneller können wir uns verbünden und mächtiger werden, als du es dir jemals erträumt hast.*

Er hob den Kopf und blickte sie an. »Ich begehre dich mehr als je eine andere Frau zuvor, aber …«

Nimm sie, Idiot! Du weißt, dass du es mit ihr treiben willst, bis sie unseren Namen schreit.

»Nein!«, brüllte er.

Ihre Miene wirkte verwirrt, doch dann begriff sie. »Es geht wieder los, stimmt's?«

»Ja. Auch der andere Teil meines Ichs will dich, aber auf unheimlichere Weise. Ich weiß nicht, ob ich ihn unter Kontrolle behalten kann.«

Sie zitterte leicht, aber ihr Lächeln war voller Vertrauen. »Sag … nein. Lass es mich dem anderen Teil deiner Seele sagen. Euch beiden. Ich will dich. Ganz. Du musst nicht hart sein und mich überwältigen. Liebe mich einfach nur. Bitte.«

Jetzt klang die innere Stimme nicht mehr wütend,

sondern irritiert. *Wie kann sie mich wollen? Selbst du, die andere Hälfte meiner Seele, willst mich nicht.*

Er dachte eingehend darüber nach und antwortete laut, damit auch sie es hören konnte. »Womöglich täusche ich mich. Vielleicht muss ich akzeptieren, dass wir beide Teile desselben Ganzen sind.«

In seinem Kopf ertönte ein finsteres Gelächter. *Wenn sie unser ist, bin ich bereit, alles zu versuchen.*

Dann änderte sich etwas. Zum ersten Mal in seinem Leben glaubte er, dass er seine mentalen Schutzschilde nicht mehr brauchte und dass in seinem Kopf so etwas wie ein Waffenstillstand geschlossen worden war. So etwas wie Friede kam über ihn, eine innerliche Ruhe, die er so nie gekannt hatte.

Sie blickte ihn fragend an.

»Ja«, sagte er heiser. »Wir beide – beide Teile meines Ichs – wollen dich.«

Er neigte den Kopf, küsste sie und wurde von einem Wirbel verschlungen. Ihre Lippen und Zunge schmeckten wie Honig und versprachen alles, was er sich jemals gewünscht hatte. Er bedeckte ihre Wangen mit Küssen, ihre Nase, die Stirn.

Ihre Lippen entflammten ihn.

Sein ganzer Körper spannte sich, und er hatte eine fast schon schmerzhafte Erektion und glaubte, dass er bei der leichtesten Berührung kommen würde. Er wollte sie, brauchte sie. Sie würde ihm gehören und für immer sein bleiben.

»Du bist mein, Keely. In meiner Vision habe ich es gesehen, und dass du die Flamme Poseidons in meinen Augen gesehen hat, bestätigt es. Das Schicksal hat uns für immer füreinander bestimmt.«

Sie wich etwas zurück, doch seine Arme schlossen sich fester um sie. Er würde sie nie wieder loslassen. Sie musste das sehen und verstehen.

»Das ist jetzt ein bisschen heftig, Justice. Auch ich will dich. Ich habe es noch nie so empfunden. Aber können wir das mit dem Schicksal nicht später bereden?« Sie legte die Arme um seinen Hals und zog frustriert die Augenbrauen zusammen. »Ich kann's nicht glauben, dass ich das jetzt sage, aber können wir uns nicht einfach ausziehen und die Diskussion über die Zukunft auf später verschieben?«

Er konnte nichts dagegen tun, musste lachen. »Dein Wunsch ist mein Befehl, Lady. Aber zuerst muss ich noch etwas anderes ablegen.«

Er ließ sie los, griff nach dem Schwert und legte es auf den Boden. Dann zog er seine Kleidungsstücke aus und schleuderte sie so schnell weg, dass er keine Ahnung hatte, wo sie landeten. Als er schließlich nackt vor ihr stand, lächelte er sie an. »Jetzt möchte ich dich ausziehen.«

Keely starrte ihn an und erinnerte sich an ihre spontane Bemerkung über die griechischen Statuen denken. Sein perfekt geformter, muskulöser Körper ließ sie nach Luft schnappen. Seine Erektion war der sichtbare Beweis dafür, wie sehr er sie wollte.

Es gab kein stärkeres Gefühl als die Gewissheit, wirklich begehrt zu werden. Ihre steifen Brustwarzen rieben sich schmerzhaft an dem Spitzenbesatz ihres BHs, und sie wurde feucht. »Du …« Ihr Mund war zu ausgetrocknet, um die Worte auszusprechen, und sie versuchte es erneut. »Willst du meine Klamotten auch in den Dschungel werfen?«

Er lächelte und kam auf sie zu, langsam, wie ein Raubtier auf seine Beute. In seinen Augen brannte eine fast tierische Glut, und sie hielt den Atem an. Er wollte sie und würde sie nehmen. Er war ein äußerst dominanter Mann, und sie begehrte ihn wie noch nie einen anderen zuvor.

Als er vor ihr stand, zog er sie an sich und küsste sie so stürmisch, dass ihr ganz heiß wurde. Ganz so, als müsste er sterben, wenn er sie nicht küsste. Sie spürte seine Finger in ihrem Haar, seine andere Hand an ihrem Hinterkopf. Er zog sie so dicht an sich heran, dass nichts mehr zwischen sie gepasst hätte.

Leidenschaft durchflutete sie, Hitze und ein so wahnwitziges Verlangen, dass ihr die Knie weich zu werden drohten.

»Mehr«, hauchte sie. »Ich will mehr.«

Er packte ihren Hintern, zog sie näher heran und schob seinen Penis zwischen ihre Oberschenkel, um ihr Verlangen noch zu steigern.

»Jetzt?«

»Ja, jetzt, jetzt, jetzt«, sagte sie, jede Vernunft über Bord werfend.

Er zog ihr mit einer flüssigen Bewegung die Bluse über den Kopf, warf sie zur Seite und schaute sie an.

Keely erstarrte – sie hatte nicht mehr an den geschnitzten Fisch gedacht.

Justice starrte auf ihre wunderschönen Brüste, den verrutschten BH. Die steifen Brustwarzen ragten über den Rand der Körbchen hinaus, und er konnte an nichts anderes mehr denken, als sie zu küssen, sie zu beißen. Aber sein Blick wurde von ihrer Halskette angezogen, deren Anhänger ein geschnitzter Fisch war.

Sein Fisch, den er vor Hunderten von Jahren geschnitzt hatte.

Er griff danach und betrachtete ihn, sicher, dass er sich irrte.

Aber jeder Irrtum war ausgeschlossen. »Der gehörte mir. Aber wie ist das möglich?«

Sie biss sich auf die Unterlippe und errötete. »Ich wollte dir davon erzählen. Gefunden habe ich ihn vor einigen Jahren und … Ich hatte eine Vision von dir. Ich habe gesehen, wie du ihn geschnitzt hast, neben einem Lagerfeuer. Ich habe dich für einen Krieger aus einem weit zurückliegenden Jahrhundert gehalten, und der Fisch – du – wurde zu einer Art Talisman für mich. In schwierigen Zeiten hatte ich etwas, woran ich denken konnte.«

Er blickte ihr in die Augen. Ihr Eingeständnis traf ihn mit voller Wucht. Auch sie hatte ihn in einer Vision gesehen. Sie hatte sich auf ihn *gestützt,* wenn sie Sorgen hatte.

»Du bist mein, Keely McDermott«, sagte er leise und mit dunkler Stimme. »Ich werde dich besitzen. Jetzt.«

Er riss sich schnell die letzten Kleidungsstücke vom Leib und nahm sich noch einen Moment Zeit, um ihren geschmeidigen, gebräunten Körper zu bewundern. Sie war fit und behandelte ihren Körper gut.

»Du hast wunderschöne Beine«, murmelte er.

»Danke für das Kompliment. Ich …«

»Ich muss sie auf meiner Haut spüren.«

Er küsste sie erneut und hob sie hoch, und sie schlang ihre Beine um seine Hüften. Er packte ihren prächtigen Hintern und zog sie noch ein Stück höher, bis sein Schwanz etwas Warmes und Feuchtes berührte.

»Ich brauche dich jetzt, Keely«, sagte er, kaum noch in der Lage, sich weiter zurückzuhalten.

»Ich dich auch.« Sie küsste ihn, und er drang in die feuchte Hitze ihres Schoßes ein, bis er glaubte, eine vorzeitige Ejakulation zu bekommen, wie ein unerfahrener Teenager.

Keely schrie auf. Er füllte sie ganz aus, und sie war so feucht, dass sein pralles, hartes Glied sie keinerlei Schmerz, sondern einzig Lust empfinden ließ.

Sie brauchte mehr, wollte, dass er seine Bewegungen intensivierte.

»Mach weiter«, keuchte sie und bewegte sich selber auf und ab. Sein Schwanz war so steif und lang, dass er irgendeine magische Stelle tief in ihrem Inneren berührte. Sie glaubte, den Verstand zu verlieren. »Bitte, mach weiter.«

Er küsste sie leidenschaftlich, während er tiefer in sie eindrang und schließlich einen Rhythmus fand, der sie lustvoll aufstöhnen ließ, immer wieder. Sie hielt es nicht mehr aus, wollte kommen, den unerträglichen Hunger stillen.

Völlig außer sich biss sie ihm in den Hals, und er knurrte etwas in der Sprache der Atlanter vor sich hin, bevor er noch tiefer in sie stieß. Wieder schrie sie auf, und sie stand so kurz vor dem Orgasmus, dass es fast nicht mehr zu ertragen war.

Doch er hielt inne und bewegte sich nicht mehr, bis sie benommen zu ihm aufblickte. »Was ist los? Warum machst du nicht weiter?«

Seine Miene verriet einen Ausdruck unverhüllten männlichen Triumphes, und in seinen Augen funkelte etwas Animalisches. »Sag, dass du mein bist, dann besorg ich's dir, bis du meinen Namen schreist.«

Das machte sie noch mehr an, obwohl sie genau wusste, dass er Besitzansprüche erhob. Er wollte sie endlich zu dem Geständnis zwingen, dass sie seine Frau war.

Doch er ließ ihr die Wahl. Sie konnte es verneinen.

Bei dem Gedanken schnürte ihr etwas die Brust zusammen. Nein, sie konnte dieses Gefühl nicht leugnen. Sie schaute ihm in die Augen, und sein Blick verriet etwas wie bange Erwartung, als sich der Moment in die Länge zog. Doch sie wusste, was zu tun war.

Sie musste die Wahrheit eingestehen, was immer sich daraus ergeben mochte.

»Ja, ich bin dein.«

Er schrie triumphierend auf, küsste sie erneut und stieß mit einer solchen Kraft in sie, dass es ihr den Atem verschlug.

»Und du bist mein«, keuchte sie mühsam.

»Immer. Immer, *mi amara.*«

Es war ein seltsames erotisches Gefühl, als sich ihre behandschuhten Finger in seine Schultern bohrten. Ihre Beine umklammerten seine Taille wie ein Schraubstock. Als sie dann kam, schrie sie seinen Namen, wie er es vorausgesagt hatte. Ihr ganzer Körper wurde krampfartig geschüttelt, und ihm war klar, dass auch er es nicht länger aushalten konnte. Er stieß so tief wie möglich in sie, und dann folgte die machtvollste Ejakulation seines Lebens. Ihr Orgasmus dauerte an, und sie quetschte mit jeder Zuckung mehr Sperma aus ihm heraus. Seine Knie wurden weich und drohten nachzugeben, aber er spreizte entschlossen die Beine, und zog sie noch fester an sich.

Dann explodierte die Welt um sie herum, und er versank in einem Wirbelwind von Farben, von Grün- und Goldtönen. Irgendwie wusste er, dass er ihre Aura sah, ihr wahres Ich, die Vielschichtigkeit ihrer Persönlichkeit.

Er tauchte in ihre Seele ein und sah vor seinem geistigen Auge alles, was sie bisher erlebt hatte. Er sah ihre unglückliche Kindheit, empfand den Schmerz eines kleinen Mädchens, dessen Eltern es für psychisch gestört hielten. Ohnmächtiger Zorn erfasste ihn bei der Vorstellung, dass Eltern es fertigbrachten, ihr eigenes Kind so zu verletzen.

Er erkannte ihre Herzensgüte, ihre außergewöhnliche Großzügigkeit, spürte die zahllosen seelischen Verletzungen, die ihr von unsensiblen Freunden und Kollegen zugefügt worden waren, die ein anderes Bild von ihr hatten. Eine Außenseiterin.

Es brach ihm das Herz, als er ihren Schmerz empfand, weil sie von diesem Mann verlassen worden war, und er schwor sich innerlich, den Dreckskerl aufzustöbern und ihm quälend langsam Arme und Beine aus dem Leib zu reißen.

Aber er wusste sofort, dass Keely absolut nicht damit einverstanden gewesen wäre. Im Gegensatz zu seiner verfinsterten Seele verkörperte ihre das Gute, die Liebe und das Licht. Immer tiefer tauchte er in die hintersten Winkel ihres Ichs ein. Sie war sein, und er würde sie nie mehr loslassen.

Sie erzitterte noch immer unter den Nachbeben eines so

nie erlebten Orgasmus, dessen Dauer und Intensität ihr fast Angst machten. Das Gefühl war zu heftig, zu stark, und sie gab sich zu sehr preis.

Auch sein schwerer Körper bebte noch mächtig durch die Wucht der Ejakulation, und sie kam erneut und klammerte sich an ihn, wollte ihn nie mehr loslassen. Sie spürte, wir ihr Tränen über die Wangen liefen, aber keine Tränen des Schmerzes oder der Traurigkeit, sondern eines intensiven Glücks. Sie wollte irgendetwas sagen, um nach dieser fast schon erschreckenden Intimität wieder zu sich zu finden, doch in diesem Moment öffnete sich der Boden unter ihr, und sie fiel.

Es war, als hätte sich eine Tür zu seiner Seele geöffnet, durch die sie in sein innerstes Wesen blicken konnte. Alles, was sie bisher in ihren Visionen von ihm gesehen hatte – und mehr, sehr viel mehr – umfing sie nun, und sie tauchte tief in den Strom seines Bewusstseins ein. Sie sah seinen Sinn für Ehre und Stolz. Die Liebe, die er für seine Familie empfand, auch wenn es eine Zuneigung war, die zu empfinden er sich nie gestattet hatte. Doch vor allem erkannte sie seine Gefühle für sie.

Es war eine Kombination von Sehnsucht, Liebe und Lust, eine Zusammenballung von Gefühlen, und alles drehte sich um sie, in einem Wirbel bläulich-silbriger Farbtöne. Und doch, fast nicht wahrnehmbar, gab es da noch etwas anderes, Dunkleres im Zentrum seines Ichs.

Den Nereid.

Bist du das?, fragte Keely zögernd. *Du bist ein Teil von ihm.*

Bin ich das?, kam die höhnische Antwort. *Du liebst ihn und fürchtest mich.*

Zuerst wollte sie protestieren.

Ja, es ist Liebe, räumte sie dann ein. *Und da du ein Teil von ihm bist, liebe ich auch dich.*

Die Antwort kam zögernd. *Nein, du könntest mich nicht*

lieben, denn ich habe mit Liebe nichts am Hut. Letzten Endes werde ich ihn überwältigen, und dann nehme ich dich so, wie immer es mir gefällt.

Vor ihrem inneren Auge sah sie harte, brutale Sexszenen, Bilder, in denen sie der Nereid zu jeder Form der Unterwerfung zwang.

Sie zuckte zurück, doch dann war sie wieder von Justice' warmen Farben eingehüllt, und sie sendete ihrerseits Bilder an den nereidischen Teil seiner Seele, doch es waren Bilder von zuneigungsvollem, zärtlichem Sex, gelegentlich unterbrochen von absichtlich provokanten Szenen ungezügelter Leidenschaft.

Auf der anderen Seite wandelte sich die Aggressivität in heftige Sehnsucht, dann in Freude.

Ja, wir werden einander lieben, verkündete der Nereid.

Ja, ich bin dein, so wie du mein bist, sagte Justice.

Die Stimmen verschmolzen in den Farben von Justice' Seele, und Keely überwand die letzten Widerstände und überließ sich zugleich lachend und weinend der Liebe.

Als sie dann endlich halbwegs in die Realität zurückfand, wurde ihr bewusst, dass er sie noch immer in den Armen hielt und dass sie weiter die Beine um seine Hüften geschlungen hatte. Sie hob den Kopf von seiner Schulter und lächelte.

»Völlig nackt mitten im Regenwald. So war ist mir bei einer archäologischen Exkursion noch nie passiert. Ganz zu schweigen davon, dass ich keine Ahnung habe, warum deine Beine noch nicht nachgegeben haben.«

Er hob sie zärtlich etwas hoch, und sie spürte, dass sein Penis wieder steif wurde. »Nach langen Jahren als Krieger hat man starke Beine, und ich brauche sie, weil ich *dich* noch mal brauche.«

Sie lachte und streifte die Handschuhe ab. »Die hatte ich ganz vergessen.«

Er starrte auf ihre Brüste, und ihr wurde wieder ganz heiß.

Es war ein kleiner Schock, denn sie hatte geglaubt, ihr Verlangen sei für mindestens eine Woche gestillt.

»Wie konnte es passieren, dass ich mich gar nicht um diese süßen Möpse gekümmert habe«, murmelte er und drang erneut in sie ein, zugleich heftig eine Brustwarze liebkosend.

Sie stöhnte auf, spürte, wie feucht sie war. Er würde sie wieder und wieder begehren, würde nie genug bekommen. Er hob den Kopf, um zu sehen, wo ihre Kleidungsstücke lagen, und trug sie dorthin, wobei sein Penis mit jedem Schritt tiefer in sie eindrang. Er zog ihn kurz heraus, um sie zärtlich auf die Kleidungsstücke zu betten, wobei er darauf achtete, dass ihre zarte Haut nicht den Boden der Lichtung berührte. Sie blickte zu ihm auf, und ihre smaragdgrünen Augen glänzten vor Leidenschaft. Für einen Augenblick fragte er sich, ob das alles vielleicht nur ein Traum war.

Es war ihm egal. Sie hatte sein Innerstes berührt und die nereidische Seite seiner Seele gezähmt, und er brauchte keine andere Realität mehr als die der tiefen körperlichen Vereinigung, damit sie ihn nie mehr vergessen würde.

Er drückte ihre Beine auseinander und drang so tief in sie ein, dass seine Hodensäcke ihren Hintern berührten. Dann stützte er sich auf einen Unterarm, griff zwischen ihre Beine und bearbeitete ihre Klitoris, bis sie aufschrie. »Ich kann nicht mehr«, stöhnte sie, den Kopf von einer Seite zur anderen werfend. »Es ist zu viel, Justice. Zu viel Lust.«

»Niemals«, sagte er mit einem Blick auf ihre steifen Brustwarzen. »Es ist nie genug.«

Sie bewegten sich in einem durch ihre Leidenschaft perfekt aufeinander abgestimmten Rhythmus, und ihr Stöhnen machte ihn wahnsinnig. Er spürte genau den Moment, als es bei ihr fast so weit war, und stieß noch tiefer in sie, immer schneller, Liebesschwüre in der Sprache der Atlanter vor sich hin murmelnd.

Sie musste wissen, wie sehr er sie begehrte.

Wie sehr er sie brauchte.

Diesmal schrie er *ihren* Namen, als beide kamen, und ihr Orgasmus und seine Ejakulation waren so heftig, dass er glaubte, das Bewusstsein zu verlieren. Als er erschöpft vornüberfiel, achtete er darauf, dass sein Oberkörper neben ihr lag, weil er sie nicht mit seinem Gewicht erdrücken wollte. Er lachte. »Du hast geschafft, was noch keiner gelungen ist. Du hast mich fast um den Verstand gebracht.«

Sie lag schwer atmend da, die Arme fest um ihn geschlungen. Auch sie lachte. »Da sind wir schon zu zweit. Wenn es immer so ist, haben wir ein Problem.«

Sie wurde ernst und blickte ihm in die Augen. »Was war das mit diesen Farben, Justice? Ich … Ich hatte das Gefühl, in deiner Seele zu sein.«

»Das war die Seelenverschmelzung, ein Geschenk Poseidons, das es einem Atlanter und der ihm vom Schicksal bestimmten großen Liebe erlaubt, sich in die Seele des jeweils anderen zu versetzen. Als du sagtest, du hättest die blaugrüne Flamme in meinen Augen gesehen, wusste ich Bescheid. Die Seelenverschmelzung zeichnet das Herz eines Kriegers so dauerhaft wie die Tätowierung von Poseidons Symbol unsere Haut.«

Sie strich über seinen Arme. »Redest du davon? Was bedeutet es?«

»Poseidons Dreizack teilt den Kreis, der für alle Völker der Welt steht, und das Dreieck symbolisiert die Pyramide des Wissens unserer Altvorderen. Alle Krieger Poseidons tragen dieses Symbol auf ihrer Haut, als Zeugnis ihres Schwurs, Poseidon zu dienen und die Menschheit zu beschützen.«

Sie küsste das Symbol, dann seine Brust. Anschließend schmiegte sie sich noch einen Augenblick an ihn, um sich dann von ihm zu lösen und aufzusetzen.

»Eigentlich will ich in diesem Moment nicht von solchen Banalitäten reden, aber wir sitzen hier nackt im Regenwald, und es gibt Moskitos. Ich will nicht, dass sie mir in den Hintern stechen.«

Er war verblüfft über diese Bemerkung und musste erneut lachen. »Ganz zu schweigen davon, dass gleich wieder dein Magen zu knurren beginnen wird, stimmt's?«

Sie grinste. »Nun, wo du gerade davon redest …«

32

Er ließ es erneut regnen, damit sie duschen konnten, und noch immer konnten sie nicht voneinander lassen. Keely hatte in Justice' Seele geblickt und wusste, dass der Friedensschluss mit der nereidischen Seite seines Wesens nur vorübergehend war. Er musste eine Methode finden, die beiden Seiten seines Ichs dauerhaft zu einem Ganzen zusammenzuschließen. Vielleicht konnte der Stern von Artemis da ja wirklich etwas ausrichten.

Sie setzte ihre ganze Hoffnung auf einen Zauberstein, der irgendwo in einem Märchenland lag. Aber sie erinnerte sich daran, dass sie gerade mit einem Atlanter durch Raum und Zeit in den Regenwald von Guatemala gereist war. Das war nicht zu leugnen.

»Wir müssen aufbrechen«, sagte sie schließlich, nachdem sie sich angezogen hatten.

Er küsste sie, bis sie um Atem rang, und ließ sie dann los. Seine Miene wirkte äußerst entschlossen. »Ja, du hast recht. Wir müssen den Stern von Artemis finden, und zwar nicht nur wegen mir, sondern aus sehr viel schwerwiegenderen Gründen. Was mich betrifft, so habe ich jetzt Hoffnung für die Zukunft, weil deine Liebe die nereidische Seite meiner Seele gezähmt hat.«

Sie spürte, wie sie errötete. »Wenn wir jetzt über Sex reden, kommen wir hier gar nicht mehr weg.«

Er hob mit geschlossenen Augen die Hände, und sie wusste, dass er mittels seiner übernatürlichen Sinne erneut zu erfühlen versuchte, wo sich der Stern von Artemis befand. Es dauerte nur ein paar Augenblicke.

»Ich hab's. Das Signal des Steins ist jetzt stärker. Sieht so aus, als kehrten meine magischen Kräfte zurück.« Er zeigte in Richtung Nordosten. »Es kommt von da.«

Sie nickte und hoffte, dass sie auf ihren wackeligen Beinen einen weiteren langen Marsch durchstehen würde. Nach dem exzessiven Sex war ihr ganzer Körper schlaff und wund.

Sie musste lächeln. Was würde er sagen, wenn er gewusst hätte, woran sie dachte? Er wandte sich um und blickte sie fragend an. »Es ist nichts, nur ein nebensächlicher Gedanke. Du gehst vor. Es wird ein langer, anstrengender Marsch.«

»Wir gehen nicht zu Fuß«, sagte er. »Wir reisen stilvoll, nach Art der Atlanter.«

Konsterniert sah sie, wie er sich in einen in allen Farben des Regenbogens schimmernden Wassernebel auflöste, der sie wundersamerweise in die Luft hob und so beschaffen war, dass sie darauf sitzen konnte.

Wir werden fliegen, hörte sie in ihrem Kopf seine Stimme, und sie durchbrach das Laubdach auf einem fliegenden Teppich.

Nach dieser Erfahrung erschienen Zaubersteine schon fast als alltäglich.

Sie flogen über den Regenwald, dicht über den Baumwipfeln, ganz so, wie es sich die Fantasie eines Kindes ausmalen würde. Fasziniert sah sie schnatternde Affen und Vögel mit leuchtend buntem Gefieder, die neben ihnen flogen und sich bestimmt fragten, wer jetzt den Himmel mit ihnen teilte.

»Bis jetzt waren archäologische Exkursionen noch nie so unterhaltsam«, rief sie. Hoffentlich konnte er sie in seinem gegenwärtigen Aggregatzustand verstehen. Aus irgendeinem Grund war sie sich sicher, dass es so war. Alles ging so schnell, dass die Eindrücke nur so an ihr vorbeirauschten, und sie drehte ständig hektisch den Kopf, um sich nichts entgehen zu lassen. Hoffentlich bekam sie kein Schleudertrauma.

Wir sind fast da.

Sie nickte geistesabwesend und blickte auf eine Lichtung hinab, die zwei rassige, muskulöse Jaguare überquerten. »Sie sind wunderschön.«

Wunderschön und gefährlich, hörte sie seine Stimme.

»Wie du«, antwortete sie lächelnd.

Er schleuderte sie in die Luft, und sie kreischte überrascht, doch der fliegende Teppich fing sie so schnell wieder auf, dass die Zeit nicht gereicht hätte, um Angst zu bekommen. »Das war gemein«, rügte sie. »Wart's ab, bis ich die Chance bekomme, dich …«

Sie unterbrach sich mitten im Satz, als sie etwas weiter vor sich unheilvoll dichte schwarze Rauchwolken aufsteigen sah. Möglicherweise war es eine trügerische Hoffnung, dass sie den Stern von Artemis problemlos finden würden.

Der Regenwald stand in Flammen.

Justice roch den Rauch, bevor er ihn sah, setzte sofort zur Landung an und materialisierte sich in seiner körperlichen Gestalt. Er hatte einen sicheren Abstand zu den beiden Raubtieren gewahrt. Instinktiv tastete er nach seinem Schwert, um sich zu vergewissern, ob es nach der Transformation noch da war. So war es, und er zog es aus der Scheide.

»Du musst hier warten, während ich mich umsehe, Keely.«

Sie schüttelte den Kopf. »Vergiss es. Wir erkunden die Gegend gemeinsam.«

Er blickte sie mit jenem grimmigen Blick an, der schon so viele Krieger verängstigt hatte. »Das ist mein Spezialgebiet, Frau Dr. McDermott. Du tust, was ich sage. Ich will nicht, dass dir etwas passiert.«

Ihre trotzige Miene sagte ihm, dass sie kein bisschen eingeschüchtert war. Bei allen Göttern, sie war erstaunlich.

»Und ich habe Routine darin, mich während archäologischer Exkursionen nicht in Lebensgefahr zu bringen«, sagte sie gereizt. »Du hast Kampferfahrung und eine Waffe.

Ich werde nicht allein auf dich warten. Vielleicht gibt es hier außer hungrigen Raubtieren auch noch marodierende Kriminelle. Unser Außenministerium gibt die Reisewarnungen für Guatemala nicht grundlos heraus. Dies ist ein wunderschönes Land mit liebenswerten Menschen. Aber auch ein sehr gefährliches, und ich habe nicht mal den Reisepass dabei, um meine Identität zu bestätigen.«

Sie hatte recht. Er wollte es nicht zugeben, doch wenn er sie hier zurückließ, brachte sie das möglicherweise eher in Gefahr, als wenn er sie mitnahm. »Meinetwegen, aber du tust, was ich sage, und zwar sofort. Ich werde äußerst ungnädig mit jedem umgehen, der dich in Gefahr bringt, und das schließt dich selber ein.«

Sie hob trotzig den Kopf. »Ich bin keine Idiotin oder eine naive Studentin aus einem billigen Horrorfilm. Und ich werde mich nicht schreiend in die Arme des Typs mit der Kettensäge werfen. Ich tue, was du sagst. Zumindest so lange, wie es mir plausibel erscheint.«

Am liebsten hätte er sie geschüttelt. Endlich hatte er die ihm vom Schicksal bestimmte Frau gefunden, und sie reizte ihn bis zur Weißglut.

»Also gut, auf geht's. Bleib dicht hinter mir.« Er ging los, begann dann fast zu rennen. Der Rauch war ihm unheimlich. Er hatte zu viele brennende Schlachtfelder gesehen, zu viele von Vampiren und Metamorphen überfallene Städte und Dörfer.

Keely hatte gesagt, Vampire hätten die Gegend um die Grabungsstätte von San Bartolo übernommen. Vielleicht hatten sie beschlossen, ihr Territorium zu vergrößern. In einem uralten Tempel der Maya fanden sie keine Opfer, in einem vom Schutz durch Regierungstruppen abgeschnittenen Dorf sehr wohl.

Er wandte sich im Laufen um und riss Keely hoch, um sie zu tragen. So waren sie schneller, und er glaubte, keine Zeit mehr verlieren zu dürfen.

33

Als er anhielt und sie wieder auf den Beinen stand, blickten sie geschockt auf die Szenerie vor ihnen. Ein kleines Dorf – oder das, was davon noch übrig war – lag in Trümmern und brannte teilweise immer noch.

»Was ist hier passiert?«, flüsterte sie.

»Mich interessiert eher, wer dahintersteckt«, sagte Justice, der mit düsterem Blick die Umgebung musterte. »Das ist ein gängiger Trick der Vampire. Wenn sich ihre Opfer in Gebäuden verstecken, zünden sie diese an, um sie ins Freie zu zwingen. Da Vampire keine heiligen Stätten betreten können, wie du vermutlich weißt, setzen sie die Kirchen zuerst in Brand.«

Er zeigte auf die Rauchsäule über dem größten Trümmerhaufen, und Keely schnappte nach Luft, als sie die verkohlten Überreste eines großen Kreuzes entdeckte.

»Und … die Menschen? Glaubst du, sie sind alle dem Brand zum Opfer gefallen?«

Tränen rannen über ihre Wangen bei dem Gedanken, alle Dorfbewohner könnten bei lebendigem Leibe in der Kirche verbrannt sein.

Hinter ihnen ertönte ein unverwechselbares Geräusch, als jemand eine Schrotflinte lud. »Nein, Señora, sie haben uns nicht alle erwischt. Haben Sie und Ihr Freund vor, uns zu erledigen?«

Justice knurrte ein paar Worte vor sich hin, deren Bedeutung sie gar nicht kennen wollte. Er stellte sich zwischen sie und den Mann mit der Schrotflinte.

»Wir kommen nicht als Feinde, aber wenn Sie meine Frau bedrohen, kriegen Sie es mit mir zu tun«, sagte er. »Im Vergleich zu dem, was ich mit Ihnen mache, wird Ihnen eine Rückkehr der Vampire als hochwillkommen erscheinen. Wie heißen Sie, und wie lautet der Name des Dorfs?«

Keely studierte über seine Schulter den Mann mit der Schrotflinte. Er war schlank und hatte struppiges dunkles Haar, das ihm in die Stirn fiel. Er trug Jeans und ein weißes Hemd, das sich von seiner bronzefarbenen Haut abhob. Seine Gesichtszüge deuteten unverkennbar darauf hin, dass er ein Maya war.

Der Mann zuckte die Achseln. Entweder hatte ihn Justice' Drohung nicht beeindruckt, oder er hatte Angst. »Ich heiße Alejandro, und der Name des Dorfes ist Las Pinturas. Was das andere angeht, so jagen mir Ihre Drohungen keine Angst ein, Schwert hin oder her. Allerdings hebe ich nie die Hand gegen Frauen, ganz im Gegensatz zu diesen verdammten Vampiren, die uns immer wieder angreifen.«

»Warum sind Sie und die anderen dann noch hier?«, fragte Justice. »Man muss ganz schön dumm sein, um zu glauben, dass sie nicht ständig wiederkommen.«

Alejandros Blick verfinsterte sich. »Glauben Sie, ich würde meine Leute nicht vor der Gefahr in Sicherheit bringen, wenn ich könnte? Zuerst haben sie unsere Fahrzeuge zerstört.« Er zeigte auf ein teilweise hinter einer Häuserwand verborgenes Autowrack, aus dem noch immer Rauch aufstieg. »Wir haben ein Funkgerät und um Hilfe gerufen, aber offensichtlich wird das Land zurzeit von einer Welle der Gewalt überrollt. Wir stehen ganz unten auf der Prioritätenliste.«

»Wir helfen ihnen, ja?« Keely legte Justice eine Hand auf den Arm. »Wir müssen tun, was wir für sie tun können.«

Justice sagte nichts, nickte aber knapp. Seine Miene verriet nichts von seinen Gefühlen. Keely versuchte zögernd, sich in sein Inneres zu versetzen, stieß aber nur auf Finsternis. Er verbarg seine Gedanken vor ihr, und sie wusste nicht genug über die Seelenverschmelzung, um seinen

Schutzschild durchdringen zu können. Aber sie ergriff seine Hand, und dass er ihre sanft drückte, beruhigte sie. Er bereitete sich auf das Schlimmste vor, das war alles.

Und angesichts der Zerstörung um sie herum konnte sie es ihm nicht verdenken.

Alejandro blickte Keely und Justice an. Was immer er in ihren Mienen entdeckte, er schien nicht beunruhigt und ließ die Schrotflinte sinken. »Sie sind in Ordnung«, rief er. »Ihr könnt jetzt rauskommen.«

Nach und nach tauchten aus dem Rauch wie aus dem Nichts knapp zwanzig Erwachsene auf. Erst nachdem sie sich im Kreis um Keely und Justice aufgebaut hatten, traten vorsichtig sechs Kinder zu ihren Eltern.

Keely erschrak, als sie die verängstigten Gesichter der Kinder sah. »Wir tun euch nichts«, sagte sie auf Spanisch. »*Somos amigos.*«

Ein kleines Mädchen, nicht älter als fünf oder sechs, zwängte sich zwischen den Erwachsenen hindurch und blickte aus großen dunklen Augen zu Keely auf. In den Händen hielt sie ein schmutziges Stofftier. Keiner der Dorfbewohner machte Anstalten, sie zurückzuhalten; viele von ihnen schauten sie mehr oder weniger misstrauisch an, und eine alte Frau machte verstohlen die Beschwörungsgeste gegen den bösen Blick und spuckte dann auf den Boden. Das Mädchen zuckte zusammen, und Keely hätte der abergläubischen Alten am liebsten eine Ohrfeige verpasst.

»Geh nicht zu nah an sie heran, Eleni«, sagte Alejandro scharf.

»Aber Justice wird uns sein Wasser bringen und die Brände löschen«, sagte Eleni. »Und Frau Dr. McDermott wird uns helfen, meine Mama zu finden.«

Keely schnappte nach Luft. »Woher kennst du unsere Namen?«

»Eleni weiß oft … bestimmte Dinge«, sagte Alejandro auf

Englisch. »Da sie kein Englisch spricht, erzähle ich Ihnen in dieser Sprache, dass ihr Vater schon vor langer Zeit und ihre Mutter vor ein paar Wochen gestorben ist. Die Vampire haben sie verschleppt und dann ihren Kopf liegen lassen, damit ich ihn finde. Wir haben versucht, ihr das begreiflich zu machen, aber sie kann oder will es nicht verstehen.«

Die Falten auf Alejandros Stirn wurden tiefer, und sein Blick verriet, dass er auf Rache sann. Justice' Miene zeigte den gleichen Ausdruck.

Obwohl sie aus völlig verschiedenen Kulturen kamen, hatten diese beiden viel gemeinsam.

Wenn Atlanter sich vor mehr als elftausend Jahren in den Siedlungsgebieten der Maya niedergelassen hatten … Sie schüttelte die abwegigen Gedanken ab. Das war jetzt nicht der richtige Moment, um sich ablenken zu lassen.

Eleni gab ein leises Geräusch von sich und blickte aus traurigen Augen Keely an. Das Mädchen machte keine Anstalten, dichter an sie heranzutreten. Es zog den Kopf ein, als fürchtete es eine Zurechtweisung. Keely war völlig unfähig zu jeder Distanz, wenn sie dieses bedauerliche Kind ansah, dass sie an jemanden erinnerte, der vor langer Zeit selbst ein kleines Mädchen gewesen war.

Ein Mädchen, dessen Eltern auch befremdet von dem gewesen waren, was sie sah.

Doch sie, Keely, hatte damals immerhin noch Eltern gehabt, auch wenn diese ziemlich unfähig gewesen waren, sie psychisch zu stützen. Die arme Eleni hatte Vater und Mutter verloren. Sie ließ sich auf die Knie fallen und breitete die Arme aus. Das Mädchen trat bereitwillig zu ihr, legte ihr eine kleine Hand auf die Schulter und hielt das Stofftier hoch. Es versetzte Keely einen Stich ins Herz, als sie sah, dass es kein Stofftier, sondern ein ausgetretener, blutverschmierter Pantoffel war.

»Mama hat ihre Pantoffeln liegen lassen«, sagte Eleni. »Ich mache mir Sorgen, dass sie an den Füßen friert.«

Justice schleppte die letzten noch brauchbaren Dinge zu dem einzigen Haus, das die Zerstörungsorgie der Vampire halbwegs unbeschadet überstanden hatte, und übergab sie den Frauen, die sich um die Versorgung der anderen kümmerten – ein paar Konserven, einige am Rand angesengte Decken und verschiedene persönliche Gegenstände, welche die Dorfbewohner aus den Trümmern gerettet hatten.

Was nicht vom Feuer verschlungen worden war, hatte er ruiniert. Als er sah, was von dem Dorf noch übrig war, wurde er von Selbstekel übermannt. Aber ihm war keine andere Wahl geblieben, als erneut Regen heraufzubeschwören, um die Brände zu löschen. Anderenfalls hätten die Dorfbewohner wirklich alles verloren. Aber ihm drehte sich der Magen um, als er einen kleinen Jungen mit seinen halb verbrannten und nun völlig durchweichten Bildern von Baseballstars sah.

Wahrscheinlich stimmte eher, dass es ihm einen Stich ins Herz versetzte, auch wenn er das nicht zugegeben hätte.

Die Menschen hier erinnerten ihn an die amerikanischen Kolonisten, an deren Seite er gekämpft hatte, damals, vor langer Zeit, als er Keelys Fisch schnitzte. Diese Siedler hier waren tapfer und unbeugsam, fest entschlossen, in der Wildnis zu leben, ohne Gängelung durch andere Menschen oder die Regierung. Es waren Bauern, die am Existenzminimum lebten, aber ihren Stolz hatten. Und der stolzeste von allen war vermutlich Alejandro. Er hatte für zehn Männer geschuftet und seinen Leuten Befehle gegeben, damit sie so viel wie möglich retteten und das letzte Haus verbarrikadierten, damit Frauen und Kinder bei Einbruch der Dunkelheit in Sicherheit waren.

Es sind Idioten, flüsterte die nereidische Stimme in seinem Kopf. *Ohne Schutz durch Polizei oder Militär sind sie am Arsch der Welt nur ein gefundenes Fressen für die Vampire.*

»Sie haben heute Morgen über Funk um Hilfe gebeten, nachdem die Vampire verschwunden waren«, sagte Justice, dem sofort klar wurde, dass er gerade laut mit sich selbst redete. »Bald bin ich reif für die Gummizelle, so viel ist sicher.«

Keely trat zu ihm. Ihr Gesicht war mit Dreck und Asche verschmiert, doch für ihn war sie trotzdem wunderschön. Sie hatte ihr Haar zu einem Pferdeschwanz gebunden, und er hätte es am liebsten gelöst und sein Gesicht darin vergraben. Er wollte seinen Duft riechen, nachdem ihm stundenlang nur beißender Rauch in die Nase gestiegen war.

Er neigte den Kopf, um sie zu küssen, es musste sein. Das Gefühl war so stark, dass er einen Druck in der Brust verspürte. Für ihn zählte auf dieser Welt nur noch sie. Ab jetzt würde es in seinem Leben keinen Tag mehr geben, an dem er den Göttern nicht dafür danken musste. Er schloss sie in die Arme und zog sie so fest an sich, dass er ihren Herzschlag spürte.

Dann ließ er sie zögernd los, denn ein Krieger, der sich auf eine Schlacht vorbereitet, braucht einen kühlen Kopf.

»Ich möchte, dass du von hier verschwindest«, sagte er bestimmt schon zum zwanzigsten Mal seit ihrer Ankunft. »Ich habe immer wieder versucht, das Portal anzurufen, bekomme aber keine Antwort. Vielleicht habe ich zu starke psychische Defekte, als dass die Magie der Atlanter mich noch identifizieren könnte.«

»Mit Sicherheit nicht«, sagte sie bestimmt. Ihm wurde ganz warm ums Herz. Sie glaubte an ihn, warum auch immer, und er dankte Poseidon dafür.

»Ich kann auch weder zu Conlan noch zu Alaric Verbindung aufnehmen«, sagte er. »Sie sind zu weit weg, aber vielleicht haben sie sich auch gegen mich gewendet. Sie wissen, dass wir hier sind. Du hast ihnen erzählt, der Stern von Artemis sei in San Bartolo. Ich kann's nicht fassen, dass sie uns nicht zur Hilfe gekommen sind. Dafür gibt es nur die Erklärung, dass sie mich ins Exil verbannt haben.«

»Das ist deine Familie, Justice. Sie werden dich nicht im Stich lassen.« Sie wurde von einer schmerzhaften Erinnerung heimgesucht, versuchte sie aber abzuschütteln. »Ich kenne das Gefühl, sich von seiner Familie verlassen zu glauben. Aber deine Brüder waren bereit, ihr Leben für dich zu geben. Verliere nicht den Glauben an sie, denn sie lassen dich nicht allein.«

In ihm keimte schwache Hoffnung auf, doch er durfte sich nicht darauf stützen, weil er nicht mit enttäuschten Hoffnungen leben wollte. »Darüber können wir später reden, *mi amara.* Ich könnte es nicht ertragen, dass du noch hier bist, wenn die Vampire zurückkommen. Falls dir etwas zustößt, wird mein Zorn die ganze Menschheit treffen, vielleicht sogar die Dorfbewohner hier.«

Sie verschränkte die Arme vor der Brust. »Ich vertraue dir. Du hast den ganzen Nachmittag geschuftet, um ihnen zu helfen. Du würdest ihnen niemals etwas antun. Lass uns nicht wieder mit diesem Thema anfangen. Ich werde bleiben, bist du uns alle von hier wegbringst. Außerdem hast du gesagt, deine magischen Kräfte seien praktisch erschöpft.«

Das stimmte. Er hatte sich der nereidischen Transportmagie bedient, um ein verletztes Kind und dessen Mutter ins nächste Krankenhaus zu bringen, und die Verwendung dieser neuen übernatürlichen Kraft hatte ihn so sehr erschöpft, dass er sich auf dem Rückweg in dem Energiestrom fast selbst verloren hätte. Wenn die Partikel seines Seins im ganzen Universum verstreut worden wären, hätte er nie zu sich selbst zurückgefunden.

Und er hätte Keely nie wiedergefunden. Der Gedanke verängstigte ihn. Nein, er würde es nicht mehr riskieren, sich auf diese Weise fortzubewegen, solange er nicht sicher war, dass er wieder über seine gesamten Energiereserven verfügte.

Sie legte eine Hand auf seinen Arm. »Kannst du dich nicht noch mal in Wassernebel auflösen oder etwas anderes versuchen, um diese Leute von hier fortzubringen? Aber du bist kein Übermensch ...«

Plötzlich musste sie lachen. »Wer weiß, vielleicht doch. Der Durchschnittsmensch kriegt nichts davon hin, was du heute zustande gebracht hast. Eleni nennt dich sogar Señor Superman.«

»Ja, mein Cape ist in der chemischen Reinigung. Ich bin kein Superheld, Keely, sondern ein Ungeheuer. Ein Teil von mir hält diese Menschen hier für Idioten, die es verdient hätten, dass man sie ihrem Schicksal überlässt.«

Sie trat dicht an ihn heran, legte ihre Hände auf seine Wangen und zog seinen Kopf zu sich herab. »Aber du wirst es nicht tun, und das unterscheidet dich von den Ungeheuern.«

Sie lächelte ihn an und küsste ihn zärtlich. Er überließ ihr die Initiative und stand reglos da. Sie küsste seine Lippen, sein Kinn und seine Wangen, bis ihm plötzlich ganz heiß wurde. Sein Verlangen wurde unerträglich. Er hob sie hoch und trug sie schnell über die Lichtung und hinter die ersten Bäume des Regenwalds, wo sie nicht zu sehen waren.

»Justice«, sagte sie, nach Luft schnappend, aber er drückte sie nur mit dem Rücken an einen Baumstamm und küsste sie so stürmisch und leidenschaftlich wie ein Teenager seine erste große Liebe.

Er begehrte sie mehr als jede andere Frau zuvor. Warum überließ er sich ganz und gar seinen Gefühlen? Sein Verlangen war zu groß, zu übermächtig, und wenn er sie nicht bald nackt unter sich spürte, würde der Schmerz wiederkommen, die psychische Verwirrung, die Finsternis. Er spürte sie mit jeder Faser seines Körpers.

Er musste sie besitzen, sonst war er für immer verloren.

Aber sie hatte ihn doch schon gerettet, war sein Ein und Alles. Sie küsste ihn von sich aus, und damit war in seiner

Welt alles in Ordnung. Ihre warmen Lippen schmeckten nach Schokolade, weil sie zu dem spartanischen Essen eine Tasse heißen Kakao getrunken hatte. Ihre Küsse folterten ihn und steigerten sein Verlangen dermaßen, dass sein ganzer Körper erschauderte. Er hob den Kopf und schnappte nach Luft.

»Keely, ich muss … Ich muss dich …«

»Señor Justice?«

Das dünne Stimmchen ertönte hinter ihm, doch in seiner Verwirrung brauchte er einen Moment, um sich dessen bewusst zu werden.

»Lass mich los, Justice«, flüsterte Keely eindringlich. »Das ist Eleni.«

Für einem Moment drückte er sie noch fester an sich, dann löste er seine Arme zögernd von ihr, schwer atmend und darum bemüht, die Fassung wiederzugewinnen. Keely lief zu dem Mädchen und kniete vor ihm nieder.

»Alles in Ordnung, Eleni?«, fragte sie in melodiösem Spanisch. »Stimmt was nicht?«

Eleni umklammerte krampfhaft den traurigen Pantoffel. »Sie kommen, Keely. Das Böse kehrt zurück. Sie sind schon fast da.«

34

Keely nahm Eleni in die Arme und sehnte sich verzweifelt danach, sie an einen entlegenen Ort bringen zu können, weit entfernt von Las Pinturas, wo sie in Gefahr schwebte und wo der Aberglaube dominierte.

Justice' Miene wurde hart. Er zog sein Schwert aus der Scheide und starrte finster auf die geschwärzte Klinge. »Ich hätte gedacht, der Überfall der letzten Nacht hätte ihren Blutdurst für mindestens eine Woche gestillt«, sagte er grimmig. »Entweder gehören mehr Vampire zu diesem Blutsrudel, als Alejandro wusste, oder es sind äußerst gierige Blutsauger.«

Eleni begann zu zittern, und Keely schaute Justice missbilligend an. Das Mädchen musste nichts darüber hören; sie hatte es bereits miterleben müssen und durch die Vampire ihre Eltern verloren. Er nickte knapp, trat auf die Lichtung und ging in Richtung Dorf. Keely trug Eleni, die sich mit ihren dünnen Armen und Beinen an sie klammerte wie eines der hier lebenden Äffchen. Und in der Hand hielt sie den unvermeidlichen Pantoffel, der den an Rost erinnernden Geruch getrockneten Blutes ausströmte.

In der Abenddämmerung wirkte das Dorf fast friedlich. Ein paar Menschen gingen herum oder standen in kleinen Gruppen zusammen und unterhielten sich leise. Zwei Männer schoben Wache und hoben instinktiv ihre Schrotflinten, als sie Justice und Keely sahen, ließen sie aber wieder sinken, als sie die beiden erkannten.

Plötzlich tauchte wie aus dem Nichts Alejandro auf. »Wir werden wachsam sein, bis wir sicher in den Fahrzeugen dieser Spezialeinheit sitzen«, sagte er. Dann wandte er sich Justice zu. »Ich weiß, dass Sie für fünf Männern gearbeitet haben, und habe keine Ahnung, wie sehr sie der Gebrauch Ihrer erstaunlichen übernatürlichen Kräfte erschöpft, aber wären Sie vielleicht bereit, die Wache abzulösen? Ihr Schwert …«

Justice schnitt ihm das Wort ab. »Sie sind schon fast da. Eleni hat uns gewarnt, und wir gehen davon aus, dass sie recht hat. Holen Sie alle gesunden Männer …«

»Und Frauen«, unterbrach Keely. »Hier wird jeder gebraucht, um den Angriff abzuwehren.«

Justice blickte sie böse an, reagierte aber nicht auf ihre Worte, sondern wandte sich an Alejandro. »Sie haben gesagt, letzte Nacht wäre es höchstens ein Dutzend Vampire gewesen?«

»Ja, und mehr haben wir hier noch nie gesehen. Meiner Meinung nach war es das komplette Blutsrudel.«

»In Atlantis würden wir das für eine gute Nachricht halten. Damit werden wir beide und zwei oder drei Ihrer besten Schützen spielend fertig. Sie werden es schwer bereuen, nach Las Pinturas gekommen zu sein.«

Alejandro lachte, und seine strahlend weißen Zähne blitzten in der zunehmenden Dunkelheit. »Ich mag Sie sehr, stehe aber Ihrer Behauptung skeptisch gegenüber, dass Sie von dem versunkenen Kontinent auf dem Meeresgrund kommen.«

»Darüber können wir später reden«, sagte Justice. »Geh zu den anderen ins Haus, Keely. Und nimm das Mädchen mit.«

»Um Eleni können sich die anderen Frauen kümmern«, protestierte sie. »Ich kann verdammt gut schießen und mich nutzlich machen.«

»Es ist mir egal, ob du einem Vampir auf zweihundert Meter ein Auge aus dem Kopf schießen kannst«, knurrte Justice. »Wenn du nicht in Sicherheit bist, ist es um meine geistige Gesundheit geschehen, und ich werde im Umkreis von etlichen Kilometern alles niedermachen, was sich bewegt.«

Alejandro erstarrte und umklammerte krampfhaft seine Schrotflinte. Er wandte sich Keely zu. »Ich bezweifle nicht, dass er es ernst meint, Señora. Bitte tun Sie, was er sagt.«

»Meinetwegen«, erwiderte sie gereizt. Sie hatte nicht vor, wertvolle Zeit mit Diskussionen zu vergeuden, wenn es nur noch eine Frage von Minuten war, bis die Vampire hier waren. Sie würde Eleni in Sicherheit bringen und sich dann eine Waffe suchen, denn sie hatte nicht vor, wie ein verängstigtes Kaninchen in einer Ecke zu kauern.

Als sie über die Lichtung lief, hörte sie Justice und Alejandro schon Befehle brüllen. Die Dorfbewohner kamen herbeigeeilt, mit gezückten Waffen und grimmig entschlossenen Mienen.

Eine der Frauen öffnete Keely die Tür und streckte die Arme aus, um ihr Eleni abzunehmen. »Komm her, meine Kleine«, säuselte sie. »Lass Frau Dr. McDermott mal eine Weile in Ruhe.«

Eleni schrie auf und bohrte ihre Füße in Keelys Nieren. »Nein, nein, nein! Ich will bei Keely bleiben!«

»Schon gut.« Keely trat in das Haus und suchte nach Decken, auf die sie das Mädchen legen konnte. »Hör gut zu, Eleni. Ich muss Justice helfen …«

»Señor Superman braucht keine Hilfe«, sagte Eleni widerspenstig. »Sie bleiben bei mir.«

Keely kniete nieder und versuchte behutsam, Elenis Arme von ihrem Hals zu lösen. »Bitte, meine Süße, ich verspreche ja, bald zurückzukommen. Aber selbst Superman braucht manchmal Unterstützung.«

Eleni ließ Keely abrupt los, schlang die Arme um ihren Oberkörper und begann zu zittern. »Sie werden nicht zurückkommen. Zu mir kommt nie jemand zurück.«

Keely nahm sie noch einmal in den Arm, doch ihr Körper hatte sich total versteift, war hart wie ein Brett. »Ich werde zurückkommen. Ich verspreche es dir.«

Aber Eleni hatte die Augen weit aufgerissen und begann,

eine seltsame Melodie vor sich hin zu summen. Keely wusste, dass ihr keine Zeit mehr blieb, um an sie heranzukommen. Das Mädchen würde sich nur beruhigen, wenn sie wie versprochen zu ihm zurückkehrte.

Die gütige Frau, die ihr die Tür geöffnet hatte, kniete neben Eleni nieder, und sie hielt eine Schrotflinte in den Händen. »Ich werde mich um sie kümmern, Frau Dr. McDermott. Ich bin nicht so abergläubisch wie die anderen. Nehmen Sie diese Waffe und helfen Sie den anderen, uns vor diesen Teufeln zu schützen.«

Keely nickte, hatte aber einen solchen Kloß im Hals, dass sie kein Wort herausbrachte. Sie küsste Eleni auf die Stirn, nahm der Frau die Schrotflinte aus den Händen und rannte zur Tür. Hoffentlich war es noch nicht zu spät.

Justice wartete am Rand der Lichtung. Er hatte vor, den nächsten Regenguss heraufzubeschwören und war erleichtert, dass seine Bitte umgehend erhört wurde. Zumindest eine magische Kraft der Atlanter konnte er noch nutzen, aber die launische Magie des Portals von Atlantis ließ ihn noch immer im Stich. Er hatte keine Rückmeldung bekommen. Mittlerweile war es stockfinster. Der erdige Geruch des Regenwaldes verdrängte den Gestank der verkohlten Trümmer. Mit ihren Häusern waren alle Träume der Dorfbewohner zerstört worden.

Ein Dutzend Schritte weiter kniete Alejandro hinter einem umgekippten Wagen. Er zielte mit seiner Schrotflinte in die Richtung, aus welcher die Vampire in der letzten Nacht gekommen waren. Natürlich waren auch die Blutsauger clever genug, ihre Taktik zu variieren, aber sie waren darauf vorbereitet, innerhalb weniger Sekunden zu reagieren.

»Ich höre sie kommen«, sagte Justice leise. »Macht euch bereit.«

Alejandro nickte und informierte die anderen, die entschlossenen Widerstand leisten würden, auch wenn sie bleich vor Angst waren. Alle hatten bei den Überfällen der Vampire Angehörige verloren. Sie wussten, was ihnen bevorstand, und konnten sich nur mit ihren Schrotflinten und Holzknüppeln verteidigen.

Wenn du weiter darauf bestehst, diesen mitleiderregenden Menschen zu helfen, habe ich eine Überraschung für dich, sagte die nereidische Stimme selbstgefällig.

Wovon redest du?, fragte Justice. *Hoffentlich ist es eine nützliche Überraschung.*

Du entscheidest, sagte die Stimme. Dann schoss eine Reihe von Visionen durch seinen Kopf, und zwar in einem so atemberaubenden Tempo, dass ihm schwindelig wurde.

Plötzlich wusste er es. Es war, als hätte er schon immer gewusst, wie er die übernatürlichen Kräfte der anderen Seite seines Ichs mobilisieren konnte, das nereidische Erbe.

Er beherrschte das Wasser wie ein Atlanter.

Und er konnte Wahnsinn verbreiten, eine Fähigkeit, die auf seine nereidische Herkunft zurückging.

Mit der Kombination von beidem konnte er die Vampire vernichten, die gerade in diesem Moment durch die Baumwipfel geflogen kamen und gut drei Meter vor ihm auf der Lichtung landeten. Wahnsinn und Verwirrung, alles würde so einfach sein.

Trotzdem liebte er auch das Gefühl, sein Schwert in der Hand zu halten.

»Du kommst nicht von hier«, zischte der Anführer der Vampire. Außer ihm zählte Justice noch neun weitere lachende Blutsauger, die sie einzukreisen begannen. »Du gehörst nicht zu den Dorfbewohnern, bist nicht mal ein Bürger dieses Landes.«

Justice hob sein Schwert, und der Vampir wich einen Schritt zurück. »Ich gehöre überall und nirgends hin, Blutsauger. Du dagegen bist ein Maya und massakrierst deine eigenen Leute. Ein schlimmerer Verrat ist nicht vorstellbar.«

Alejandro stand auf und richtete seine Schrotflinte auf den Kopf des Vampirs. »Ich schlage einen Tauschhandel vor«, sagte er ruhig.

Er drückte ab, und der Kopf des Vampirs explodierte. Knochensplitter und Gehirnmasse flogen durch die Luft. Justice schaute Alejandro an, doch der zuckte nur die Achseln, als der kopflose Körper des Vampirs zu Boden fiel und sich in Schleim auflöste. »Meine Patrone gegen seinen Kopf. Schien mir ein faires Geschäft zu sein.«

Seine Ruhe war unheimlich, und er zielte erneut und schoss dem nächsten Vampir den Kopf von den Schultern.

Justice hob sein Schwert und stieß einen Schlachtruf aus.

»Es lebe Las Pinturas!« Er stürzte auf die Vampire zu, in alle Richtungen Schwerthiebe austeilend, immer wieder zustechend. In jeder seiner Bewegungen schienen Jahrhunderte der Übung und Kampferfahrung auf. Was immer Anubisa ihm angetan hatte, was immer sich im Kampf der beiden Teile seines Ichs abspielte, er war ein Atlantiskrieger. Ein Krieger Poseidons.

Und von diesen Vampiren würde keiner überleben.

Zwei von ihnen wollten ihn in die Zange nehmen. Er wich dem ersten aus und traf seinen Hals, als er an ihm vorbeiflog. Dann wirbelte er elegant herum und bohrte dem anderen sein Schwert in die Brust. Der Vampir schrie noch einmal auf und war tot. In diesem Moment schoss ein Energiestoß durch die Klinge in seinen Arm, und zwar mit solcher Wucht, dass er fast das Schwert fallen gelassen hätte. Er reckte den Arm in die Luft und schrie triumphierend auf, als auf der Klinge des Schwertes jene Symbole erschienen, welche er schon in der Ödnis gesehen hatte. Und dann war die Klinge auf einmal nicht mehr schwarz, sondern – silbrig-blau.

»Für Atlantis!«, schrie er, und jetzt erst beschwor er den Wolkenbruch herauf und streckte den linken Arm in

Richtung der noch lebenden Vampire aus. Dass Wasser verwandelte sich in glitzernde, tödliche Eispfeile.

Als diese drei Blutsaugern die Köpfe abrissen, hörte er Schüsse aus zwei Schrotflinten. Alejandro hatte einem weiteren Vampir den Kopf weggeblasen, ein anderer Dorfbewohner hatte einen Blutsauger in die Brust getroffen. Unglücklicherweise hatte er das Herz verfehlt, und die Wunde schloss sich vor ihren Augen.

Jetzt hörte Justice einen Schuss aus einer dritten Schrotflinte, und er war hinter ihm abgegeben worden. Er wirbelte herum und sah Keely vor dem letzten verbliebenen Haus stehen. Keine anderthalb Meter vor ihr löste sich ein Vampir in grünlichen Schleim auf.

Keely presste den Kolben einer Schrotflinte an ihre Schulter und blickte Justice aus weit aufgerissenen Augen an. »Ich … Ich hab ihn erwischt«, sagte sie mit zittriger Stimme.

Justice kochte vor Wut, weil einer der Vampire so dicht an sie herangekommen war.

»Jetzt wird's richtig ernst«, sagte er. Nachdem er sein Schwert fallen gelassen hatte, reckte er die Hände hoch und stieß einen Schrei aus, der die Bäume erzittern ließ. Dann fuhr er mit beiden Armen durch die Luft und löste so eine mörderische Druckwelle aus, die erst die Dorfbewohner von den Beinen riss und dann auf die Vampire zurollte.

Die durch seinen Zorn heraufbeschworene Druckwelle traf die Vampire mit der Wucht einer Sturmflut und ließ ihre Körper explodieren. Justice hörte Schreie, wusste aber nicht, ob sie ein anderer ausstieß oder er selbst, weil er Kräfte entfesselt hatte, die ihm den Verstand zu rauben drohten.

Der Wahnsinn lachte über das rationale Denken, und seine unglaubliche Macht war verführerisch. Er wirbelte herum und lachte, ohne wieder aufhören zu können. Der kosmische Strom des Universums durchflutete ihn und umgab ihn.

Warum hast du mir nichts davon erzählt?, fragte er den nereidischen Teil seiner Seele. *Wir sind allmächtig. Wir werden sie alle töten und uns alles nehmen, was wir wollen!*

Die innere Stimme antwortete nicht sofort. Dann: *Aber was ist, wenn alles, was wir wollen, nicht von uns genommen werden darf, sondern uns gegeben werden muss?*

Diese Worte ließen Justice erstarren. Dann brach eine leise Stimme durch den Wahnsinn. »Komm zurück zu mir Justice. Wir brauchen dich. Ich brauche dich. Bitte komm zurück.«

Statt weiter den Energiestoß des Universums zu schauen, zwang er sich, wieder seine Umgebung zu sehen. Er wollte wissen, warum die Stimme ihn so verzweifelt rief.

Es war Keely, und sie weinte. »Bitte, bitte, komm zu uns zurück. Du hast mir und den anderen Angst gemacht.«

Als er die Tränen über ihre Wangen rinnen sah, versetzte es ihm einen Stich ins Herz. Er löste sich von seinen übernatürlichen Kräften, aus den Fängen des Wahnsinns, und zwang sich, wieder einen klaren Kopf zu bekommen.

Sie ist unser und hat uns ihre Liebe geschenkt, sagte die innere Stimme freudig erregt. *Verglichen damit ist alles andere unwichtig.*

Justice streckte die Arme aus, und Keely kam zu ihm. »Ist es wahr, liebst du mich wirklich?«, fragte er, obwohl einige Dorfbewohner direkt neben ihnen standen.

Für einen Augenblick packte sie sein Hemd, dann trat sie einen Schritt zurück und blickte ihn fassungslos an. »Ob ich dich liebe? Ob ich dich *wirklich* liebe? Machst du Witze? Während der letzten paar Tage bin ich durch die Hölle gegangen. Glaubst du, ich würde das für einen x-Beliebigen tun?«

Sie machte auf dem Absatz kehrt und wollte zum Haus zurückkehren, aber er rannte hinter ihr her und packte ihren Arm. Er musste es aus ihrem Mund hören. »Sag es. Ist es wahr? Liebst du mich?«

»Ja, ich liebe dich«, sagte sie, aber in einem sehr aggressiven Ton. So hatte er sich ihre Liebeserklärung zwar nicht vorgestellt, aber es war ein Anfang.

»Keely, du musst wissen …«

»Halt die Klappe«, fuhr sie ihn an. Dann holte sie aus und schlug ihm ins Gesicht.

35

Justice rieb sich das schmerzende Kinn. Für eine Wissenschaftlerin konnte sie verdammt hart zuschlagen. Er lächelte, wodurch seine aufgeplatzte Lippe schmerzte, doch es war ihm egal.

Bei allen Göttern. Sie war eine erstaunliche Frau.

Alejandro ließ die Schrotflinte sinken und pfiff hinter Keely her. »Wenn sie mir zuerst begegnet wäre, hättest du jetzt ein echtes Problem«, sagte er bewundernd. »Was für eine Frau.«

Justice' Miene verdüsterte sich. »Falls du meiner Frau zu nahe kommst, werde ich dich …«

»Schon gut, schon gut, spiel nicht verrückt«, fiel ihm Alejandro ins Wort. »Wir haben eine Geisel. Und wenn du mir den Trick mit der Druckwelle beibringen könntest, würde ich meinen rechten Arm dafür hergeben.«

»Dieser Trick, wie du es nennst, ist eine magische Kraft, die auf meine nereidischen Vorfahren zurückgeht«, antwortete Justice, der zum ersten Mal in seinem Leben stolz das Erbe seiner mütterlichen Herkunft pries. Ihm wurde warm, als es ihm bewusst wurde. »Ich kann das niemanden lehren, der kein Atlanter oder nereidischer Herkunft ist.«

»Zu schade«, sagte Alejandro mit einem traurigen Grinsen. »Trotzdem danke, dass wir nicht auch alle in Stücke gegangen sind. Als du sahst, dass Keely in Gefahr war, hatte ich ernsthafte Sorge, wir könnten zu einem Kollateralschaden werden.«

»Eine berechtigte Sorge«, räumte Justice ein, während er sich umblickte. »Was war das mit der Geisel?«

»Hier ist sie.« Zwei Männer trugen einen der Vampire,

jenen, der in die Brust, aber nicht ins Herz getroffen worden war und dessen Wunde sich wieder geschlossen hatte. »Er muss durch die Verwundung zu Boden gefallen und dadurch der Todeswelle, wie Sie es nennen, entkommen sein«, sagte einer der Männer, der sich leicht vor Justice verbeugte, aber einen sicheren Abstand wahrte.

Alejandro zog den Hahn seiner Schrotflinte zurück. »Da hat er ja nochmal Glück gehabt«, sagte er. »Tretet mal eine paar Schritte zurück.«

»Nein«, sagte Justice. »Ich habe eine bessere Idee. Wir schicken ihn mit einer Botschaft zurück.«

»Okay, hier ist meine Botschaft«, sagte Alejandro, der die Schrotflinte hob und abdrückte.

Er traf das rechte Bein des Vampirs, der wie am Spieß zu schreien begann.

»Ich hatte eher an eine verbale Botschaft gedacht, aber das ist auch okay«, sagte Justice. »Du kannst ziemlich gut mit der Schrotflinte umgehen.«

»Wir machen euch alle kalt«, kreischte der Vampir. »Wir werden mit dem kompletten Blutsrudel zurückkommen und euch in Stücke reißen …«

»Willst du, dass ich ihn auffordere, dir das Gehirn wegzupusten?«, fragte Justice, der den Kopf zur Seite neigte, als wäre er wirklich an der Antwort interessiert.

Der Vampir schwieg, umklammerte sein verletztes Bein, das bereits zu heilen begann, und schaute sie mit blutrünstigen Blicken an.

»Gut, hier ist die Botschaft«, sagte Justice. »Du und deine Bande, ihr werdet euch für immer von Las Pinturas fernhalten. Wenn wir auch nur einen Hinweis bekommen, dass ihr euch nähert, bringen wir euch zur Strecke. Und was hier eben passiert ist, war nur ein Kinderspiel gegen das, was euch dann blüht.«

Sein ruhiger Ton verängstigte scheinbar den Vampir, der mit dem Kopf wackelte und ein unterwürfiges Lächeln aufzusetzen versuchte. »Ja, ich habe verstanden und werde die Botschaft überbringen«, winselte er. »Wenn Sie mich jetzt gehen lassen, verbreite ich sie in der ganzen Region.«

Justice blickte Alejandro an.

»Zufrieden?«

»Damit kann ich leben. Soll ich noch mal abdrücken?«

Justice zuckte die Achseln. »Mach, was du willst, das ist dein Dorf.«

Der Vampir schrie auf und fiel zu Boden. Aus seinen Augen rannen rote, blutige Tränen. »Bitte nicht. Ich kann die Botschaft nicht überbringen, wenn ich zu schwer verletzt bin.«

Alejandro ging auf ihn zu und trat ihm ins Gesicht. »Du hast meine Leute umgebracht, untoter Bastard. Solltest du jemals zurückkommen, schneide ich dir höchstpersönlich die Eier ab.«

»Ja, ja, ich meine, nein, nein, wie immer Sie sagen«, jammerte der Vampir, und Alejandro gab seinen Männern ein Zeichen, dass sie zurücktreten sollten.

»Dann hau ab, und vergiss nicht, die Botschaft zu überbringen«, sagte Justice.

Der Vampir wich schluchzend zurück, das verletzte Bein hinter sich her ziehend. Aus seiner gebrochenen Nase tröpfelte grünliches Blut. »Ja, ja, ja«, wiederholte er, bis er die Bäume erreicht hatte und mit einem wütenden, trotzigen Schrei in der Nacht verschwand.

Die anderen blickten ihm noch lange nach, und dann hob Alejandro einen Arm und schaute auf die Überreste der toten Vampire, die seinen Ärmel und seinen Arm bedeckten. »Noch mal zu dem Trick, mit dem du die Brände gelöscht hast. Klappt das auch, wenn man eine Dusche nehmen will?«

Justice lachte und beschwor den nächsten Sturzguss herauf. »Zu Befehl. Heiß oder kalt, wie immer Sie zu duschen belieben.«

Während sie sich wuschen, wurde Justice klar, dass ihm die beängstigendste Begegnung seines Lebens bevorstand.

Er musste sich bei Keely entschuldigen.

Bevor sie zu Eleni ging, wusch sich Keely mit Wasser aus einem Eimer, denn sie wollte das kleine Mädchen nicht noch mehr traumatisieren. Sie war so wütend, dass es sie überraschte, dass das Wasser nicht sofort zu kochen begann, sobald es ihre Haut berührte.

In irrwitzigem Tempo gingen ihr Fragen durch den Kopf. Liebte sie ihn? Liebte sie ihn *wirklich?* Er war ein törichter, blinder Typ, kein richtiger Mensch, sondern ein Atlanter. Wie auch immer. Zum Teufel mit ihm. Musste sie es wirklich aussprechen? Hatte sie nicht wieder und wieder bewiesen, was sie für ihn empfand? Was war mit der stundelangen Sexorgie im Regenwald? Glaubte er, dass sie ständig Sex im Regenwald hatte?

Ihre Haut begann schon zu kribbeln, bevor sie seine Schritte hörte. »Lass mich in Ruhe, Justice«, warnte sie. »Ich bin im Moment nicht in der richtigen Stimmung. Ich habe gerade meinen ersten Vampir getötet, eine ziemlich traumatische Erfahrung, da ich bisher noch nie jemandem etwas zuleide getan habe. Und dann musste ich mich noch mit dir und deinen dummen Fragen herumschlagen.«

»Keely«, sagte er. Nur das. Nur ihren Namen.

Doch in seiner Stimme lag so viel Schmerz und Sehnsucht, dass sie den Kopf senkte und ihren Zorn vergaß, als hätte es ihn nie gegeben. Sie überlegte, was sie sagen wollte. Noch immer kehrte sie ihm den Rücken zu, neben dem Eimer kniend. »Ich weiß, Justice. Ich weiß, dass du diesen Kampf in deinem Inneren austragen musst, und mir ist bewusst, dass du den nereidischen Teil deiner Seele manchmal nicht kontrollieren kannst, aber du musst mir vertrauen. Kannst du das?«

Sie wartete, bekam aber keine Antwort. Erneut wurde sie

wütend, und sie stand auf und kickte frustriert den Eimer um. »Hör zu, du musst mir entgegenkommen …«

Sie wirbelte herum, um ihm Vorwürfe zu machen, doch in diesem Moment fiel er rückwärts zu Boden. Sie konnte es nicht mehr verhindern, und er schlug mit einem dumpfen Geräusch auf, das sie vor Mitleid zusammenzucken ließ. Mein Gott, er würde üble Kopfschmerzen haben, wenn er wieder zu sich kam. Er hatte ihr erzählt, dass der Gebrauch der nereidischen Magie ihn erschöpfen würde. Und sie glaubte, dass der Trick mit der Druckwelle seine Energiereserven verbraucht hatte.

Wieder hörte sie Schritte, und dann kam Alejandro um die Ecke und blieb wie angewurzelt stehen. Es entstand ein langes Schweigen, als er zwischen Justice und Keely hin und her blickte.

»Ich muss mich korrigieren, Frau Dr. McDermott«, sagte er ernst, obwohl seine Augen immer noch glänzten. »Mit einer Frau wie Ihnen wäre ich überfordert.«

»Ich kann nichts dafür«, protestierte sie, doch er nickte nur und hob die Hände, als wäre er machtlos. Sie konnte nichts dagegen tun und musste hemmungslos lachen. Die Angst, der Zorn und die Erschöpfung hatten sie völlig ausgelaugt. Sie lachte und lachte, bis ihr Tränen über die Wangen rannen. Alejandro kauerte sich neben ihr nieder und streichelte mit einer Hand ihre Wange.

»Sie sind sehr tapfer, aber irgendwann bricht jeder zusammen. Ich helfe Ihnen, Ihren Mann an einen Ort zu bringen, wo er sich besser erholen kann.«

»Er ist nicht mein Mann, sondern ein dickfelliger Büffel«, sagte sie, und jetzt musste Alejandro lachen.

»Manchmal sind alle Männer dickfellige Büffel«, sagte er leise. »Ein gutes Herz kann nicht lügen, und man sieht es an Ihrem Gesicht, wenn Sie ihn anblicken. Und an seinem, wenn er Sie ansieht.«

Sie seufzte. Alejandro rief einen seiner Männer, damit er

half. Zu dritt hoben sie Justice' schweren Körper hoch und schleppten ihn zu ein paar Decken in einer Ecke. Als Eleni sie sah, befreite sie sich aus der Umarmung der Frau, die sich um sie gekümmert hatte, und eilte zu ihnen.

»Señor Justice, Señor Justice! Sie können nicht verletzt sein, ich habe es nicht gesehen«, rief sie. Dann warf sie sich auf Justice' Brust und legte einen Arm um ihn. In der anderen Hand hielt sie noch immer den armseligen Pantoffel, und sie warf Keely einen vorwurfsvollen Blick zu. »Es sei denn, dass Sie ihn geschlagen haben. Sie hätten es nicht tun sollen, es ist nicht richtig. Wir müssen Streit mit Worten beilegen«, sagte sie in einem singenden Tonfall. Bestimmt plapperte sie nach, was sie irgendwo aufgeschnappt hatte.

Alejandro und der andere Mann verschwanden, wahrscheinlich wollten sie die Wache übernehmen. Keely sank neben Justice auf die Knie. »Du hast recht, Eleni. Ich habe unrecht getan, ihn zu schlagen, und werde mich entschuldigen, sobald er zu sich kommt. In Ordnung?«

Eleni nickte, und die Tränenflecken auf ihren Wangen verrieten, dass sie geweint hatte. »Ich hatte solche Angst, auch wenn ich nicht gesehen habe, dass Sie verletzt wurden. Aber Sie sind zurückgekommen, wie Sie es mir versprochen haben.«

Keely tätschelte ihren Rücken und leistete einen stillen Schwur. »Ich werde immer zurückkommen, Eleni. Wenn du magst, kannst du von nun an bei mir bleiben.«

Aber Eleni war eingeschlafen und antwortete nicht. Wahrscheinlich hatte sie ihre Worte nicht mehr gehört, und das war gut so. Sie fragte sich, ob sie verrückt war. Sie hatte sich in einen Atlantiskrieger verliebt und ihn geschlagen. In ihrem ganzen Leben hatte sie noch nie jemanden geschlagen. Und dann gab sie einem traumatisierten Kind ein Versprechen, das sie wahrscheinlich nicht halten konnte.

Und doch war sie permanent mit dem eigentlich Unmöglichen konfrontiert gewesen seit dem Tag, als Liam in ihrem Büro aufgetaucht war und von Atlantis erzählt hatte. Es konnte nicht so schwierig sein, ein Waisenkind mit zu sich nach Hause zu nehmen.

Sie verdrängte diese Gedanken, ließ sich neben Eleni und Justice zu Boden sinken und legte einen Arm über beide. Sie war erschöpft und brauchte Schlaf. Über den Rest konnte sie am nächsten Morgen nachdenken. Dann spürte sie, wie Justice' warme Hand ihre an seine Brust zog, an sein Herz. Es war ein beruhigendes Gefühl, und sie sank in einen tiefen Schlaf.

Einige Kilometer entfernt, im Tempel von San Bartolo, beendete der verwundete Vampir den Bericht an den Anführer seines Blutsrudels, in dem er ihn über die Ereignisse der letzten Nacht informiert hatte. Der Anführer war so aufgebracht, dass er sich mit seinen langen gelben Fangzähnen die Unterlippe aufriss. Er heulte vor Wut so laut auf, dass die Mitglieder seines Blutsrudels auf die Knie fielen und sich zusammenkauerten.

»Sie wagen es?«, schrie er. »Sie wagen es, mir zu drohen? Wir werden sehen, wer nach dieser Nacht noch lebt und Drohungen ausstoßen kann!«

»Ja, vielleicht«, sagte der Vampir, dessen Bein noch nicht geheilt war. »Möglicherweise sollten wir warten, bis der Rest von uns in der Morgendämmerung zurückkehrt. Dann könnten wir in der übernächsten Nacht in voller Stärke zuschlagen.«

Die roten Augen des Anführers funkelten gefährlich. »Du wagst es, meine Entscheidungen in Zweifel zu ziehen?«, zischte er.

»Das würde ich nie tun. Niemals. Aber wenn Ihr diese Druckwelle gesehen hättet … Ich schlage ja nur vor, dass wir vollzählig zurückkehren, damit für Euch keinerlei Gefahr besteht.«

Die Miene des Anführers wirkte nachdenklich. »Vielleicht hast du recht. Der wahre Führer geht kein Risiko ein. Ich bin viel zu unersetzlich, als dass ich den wirklichen Tod riskieren könnte.«

Er wandte sich langsam zu dem Wandbild um, auf dem die Vampirgöttin Anubisa kurz davor stand, dem schmächtigen Maisgott der Maya das Blut auszusaugen. »Wir werden diese Feinde in deinem Namen vernichten.«

Die anderen Vampire gaben zustimmende Geräusche von sich, doch er ignorierte es. Eines Tages würde auch er ein Gott sein. Wie andere Vampire vor ihm, die von diesen törichten Schafen der Maya verehrt worden waren.

Eines Tages. Vielleicht schon morgen.

36

Keely wachte so langsam auf, dass es schien, als würden ihr erschöpfter Körper und Geist dagegen protestieren. Als sie schließlich die Augen öffnete, sah sie Streifen goldenen Sonnenlichts auf dem Holzboden. Justice und Eleni waren verschwunden. Einer von ihnen hatte ihr eine Decke um die Schultern gelegt. Sie setzte sich auf und zog eine Grimasse, weil sie einen schlechten Geschmack im Mund hatte. Ein übeler Gestank stieg ihr in die Nase, und sie wünschte, duschen und sich die Zähne putzen zu können.

»Möchten Sie mitkommen, damit Sie sich waschen können, Señora?« Keely blickte auf und sah die schüchterne Frau, die sie am Vortag kennengelernt hatte, an einem zerkratzten Tisch sitzen. Sie legte Kleidungsstücke zusammen und sortierte sie. »Wir haben uns gedacht, Sie würden vielleicht gern frische Kleidung anziehen.«

Sie verzog das Gesicht, als ihr bewusst wurde, dass es ihr eigener Körper war, der so schlecht roch. Gewaltmärsche durch den Dschungel, blutige Auseinandersetzungen mit Vampiren … Da duftete man nicht nach Maiglöckchen.

»Ja, das wäre schön«, sagte sie dankbar. »Entschuldigung, aber ich weiß nicht, wie Sie heißen.«

»Maria«, antwortete die Frau, die eigentlich eher noch ein Mädchen war. Sie konnte nicht älter als achtzehn oder neunzehn sein. »Kommen Sie bitte mit.«

Gemeinsam mit Maria trat sie aus dem Haus in den strahlenden Sonnenschein. Automatisch blickte sie zum Himmel auf. Es musste etwa elf Uhr sein. Sie konnte nicht glauben, dass sie so lange geschlafen hatte. Sie ließ den Blick über die Lichtung schweifen, doch von Justice oder Eleni war nichts zu sehen. Dann folgte sie Maria einen Pfad hinab, der in den Regenwald führte.

»Wissen Sie, wo Justice ist?«

Maria warf ihr einen Blick über die Schulter zu und lächelte. »Er und Eleni begleiten Alejandro auf seiner Patrouille. Dieser Justice ist ein richtiger Mann, was? Sie können sich glücklich schätzen, seine Frau zu sein. Und auch er hatte Glück, eine Frau zu finden, deren Geist genauso feurig ist wie ihre Haarfarbe.«

»Ich bin nicht seine Frau«, murrte Keely. Der Pfad zwischen den Bäumen war fast zugewachsen. Sie blickte sich um und wünschte sich, eine Schrotflinte in den Händen zu halten. »Dieser Pfad wird nicht zufällig von Jaguaren bevorzugt?«

Maria lachte. »Nein, die halten sich von dem Dorf und unseren Wegen fern. Der Geruch, wenn wir über offenem Feuer kochen …«

Sie unterbrach sich, und Keely wurde bewusst, dass sie beide an andere Feuer dachten.

»Es tut mir so leid«, sagte sie. »Ich kann mir kaum vorstellen, wie sehr Sie und die anderen gelitten haben müssen.«

Maria ließ die Schultern hängen, straffte sie aber sofort wieder. »Alejandro wird uns von hier fortbringen. Bisher hat uns höchstens mal ein einzelner Vampir einen Besuch abgestattet, und auch das ist in meinem Leben erst zweimal vorgekommen. Das jetzt ist aber ein geplanter Krieg, und wir sind wehrlos. Wenn Ihr Mann mit seinen magischen Kräften bleiben und uns beschützen könnte … Aber Sie können nicht bleiben, oder?«

»Nein, leider nicht. Wir werden bleiben, bis diese Spezialeinheit hier ist, aber wir müssen unsere … Mission beenden und nach Hause zurückkehren.«

Maria nickte. »Verstehe. Alejandro wird uns retten.«

Ihre Stimme hatte einen seltsamen Klang, und plötzlich wusste Keely Bescheid. »Alejandro ist *Ihr* Mann, stimmt's?«

»Schön wär's«, sagte Maria errötend. »Er sieht mich immer noch als ein Kind.«

Hinter einer Biegung des Pfades lag ein im Sonnenlicht glitzernder Fluss vor ihnen. Keely blieb stehen und atmete befreit auf. Endlich etwas Schönes nach einer Nacht des Schreckens.

»Wir werden baden, und dann können Sie diese Sache anziehen, wenn Sie mögen«, sagte Maria schüchtern, während sie ihr ein Bündel entgegenstreckte. »Sie gehören mir, und wir haben ziemlich genau dieselbe Größe.«

Keely blickte auf Marias üppige Rundungen und bezweifelte, dass ihr die Kleidungsstücke passen würden. Trotzdem warf sie Maria einen dankbaren Blick zu, als sie ihr das Bündel aus den Händen nahm. Sie hatte wahrlich andere Probleme als Klamotten, die wie angegossen saßen. Und doch wollte ihre verbliebene Eitelkeit, dass Justice sie mindestens fast so attraktiv fand wie die wunderschöne Maria.

Sie zogen sich bis auf die Unterwäsche aus und wateten in den Fluss, um sich zu waschen. Sie benutzten gemeinsam ein Stück Seife, das sich seidig weich anfühlte und nach im Regenwald wachsenden Blumen duftete. Keely wusch sich auch die Haare und war froh, sich endlich wieder sauber zu fühlen. Dann kehrten sie ans Ufer zurück und plauderten über alltägliche Dinge, was nach der Nacht des Schreckens eine Erleichterung war.

Dann hörten sie das laute Knacken eines zerbrochenen Zweiges, und sie erstarrten. Maria begann zu weinen, und Keely nahm sie in den Arm. »Mitten am Tag können es keine Vampire sein«, sagte sie beruhigend. Aber sie fragte sich, welche anderen Gefahren hier drohen konnten.

Aber ihre Sorge war überflüssig, denn sie sah Alejandro und Justice, dessen Anblick ihr den Atem verschlug, als würde sie ihn zum ersten Mal sehen. Auch er hatte sich umgezogen. Jetzt trug er eine Jeans und ein schwarzes T-Shirt. Sein langes blaues Haar war feucht und reichte bis zur

Hüfte. Die Brust und seine muskulösen Arme weckten in ihr den Wunsch, ihm das T-Shirt vom Leib zu reißen.

Und die anderen Klamotten auch.

Sie verschränkte die Arme vor der Brust, da sich unter dem nassen Stoff ihres Büstenhalters deutlich ihre erigierten Brustwarzen abzeichneten. Sie musste ihn nur anschauen, und schon begehrte sie ihn.

Als sie ihn schließlich mit einem schüchternen Lächeln anblickte, zuckte sie zusammen. Sein Blick war von Zorn verdüstert, und auch die zusammengebissenen Zähne ließen sie vermuten, dass er ernsthaft sauer war.

Wahrscheinlich auf sie.

Sie hob trotzig den Kopf. »Warum schaust du mich so an? Weil ich dich gestern geschlagen habe …?«

»Hast du auch nur eine Sekunde daran gedacht, dass es gefährlich sein könnte, hier halb nackt zu baden?«, stieß er wütend hervor. Seine Augen musterten sie von Kopf bis Fuß, als wollte er sie mit seinen Blicken ausziehen.

Und wahrscheinlich war es genau so. Aber vielleicht wollte er sie auch vor Wut anbrüllen. Dafür war sie nicht in der richtigen Stimmung. Und sich von ihm ausziehen zu lassen, war im Moment auch keine besonders gute Idee, selbst dann, wenn ihre Hormone bei dem Gedanken verrückt spielten.

Als sie Alejandro anblickte, wurde ihr plötzlich bewusst, dass auch er sie in nasser und fast transparenter Unterwäsche sah, doch darum musste sie sich keine Gedanken machen, denn er hatte nur Augen für Maria. Er starrte sie an, als hätte er sie nie zuvor gesehen, und Keely hätte darauf gewettet, dass er sie so tatsächlich noch nicht gesehen hatte. Der BH und der Slip mit Spitzenbesatz ließen ihre Rundungen im besten Licht erscheinen. Es schien ihr nichts auszumachen, auch wenn sie ganz leicht errötet war.

»Gefällt dir, was du siehst?«, fragte sie mit etwas bebender Stimme.

»*Dios mios,* du solltest, du solltest …« Alejandro schien nicht mehr in der Lage zu sein, einen ganzen Satz zu bilden, und in seinen Augen funkelte Lust.

Keely musste lächeln. Wenn diese beiden sich fanden, brachte der Tag immerhin etwas Positives. Doch bevor sie etwas sagen konnte, schoss Justice wie der Blitz auf sie zu, riss sie hoch und rannte mit ihr durch den Regenwald.

Als er schließlich anhielt und sie wieder auf den Beinen stand, hatte sich in ihr reichlich Zorn angestaut, und sie musste Dampf abzulassen. »Warum führst du dich auf wie ein Höhlenmensch? Du bist hier nicht der Boss. Und auch nicht mein Vater …«

»Bedank dich bei Poseidon«, sagte er mit einem lüsternen Blick auf ihre Brüste.

Für einen Moment verlor sie den Faden, und er packte ihre Brüste und hob sie, während sie noch einen entschlossenen Versuch machte. »Du bist nicht mein …«

Er küsste ihre Brustwarze und zog sie in seinen Mund.

Sie warf den Kopf zurück und stöhnte, gab aber noch nicht auf. »Du bist nicht mein …«

Er zog ihren Slip herunter, schob seine Finger in den feuchten Spalt und rieb ihre Klitoris, bis ihre Knie nachgaben.

Er fing sie mit einem Arm auf, sie unten und oben im selben Rhythmus liebkosend, und nun hatte es ihr endgültig die Sprache verschlagen. Ohne noch zu wissen, was sie hatte sagen wollen, konnte sie nur noch lustvoll stöhnen. Jetzt zählte nur noch, was er mit ihrem Körper machte, und wenn sie ihn nicht sehr bald in sich spürte, würde sie mit Sicherheit den Verstand verlieren.

»Bitte, Justice«, sagte sie fast flehend. Ihr war alles egal, wenn er nur nicht aufhörte. Jetzt hatte er sich die andere Brustwarze vorgenommen, und wieder spürte sie erst einen, dann zwei Finger über ihre Klitoris reiben, und sie presste fest die Oberschenkel zusammen. Dann schrie sie auf, als sie kam, doch er dachte gar nicht daran, sie loszulassen oder die Finger zurückzuziehen.

Stattdessen hob er sie hoch und küsste sie, wobei sich seine Zunge in ihrem Mund im selben Rhythmus bewegte wie die Finger in ihrem feuchten Spalt. Wieder baute sich eine fast unerträgliche Spannung aus, besonders in ihren Brüsten und zwischen den Beinen, und sie konnte weder sprechen noch denken. Nur stöhnen.

»Bitte, bitte, ich brauche dich«, bettelte sie erneut. Er zog den Kopf zurück, sein Atem ging stoßweiße. Die Muskeln unter ihren Händen waren hart wie Stein.

»Ich brauche dich auch, *mi amara.* Die Vorstellung, ein anderer hätte dich halb nackt in dem Fluss gesehen …« Er erschauderte. »Ich brauche dich so sehr, dass ich es vielleicht den ganzen Tag mit dir treiben muss, um über den Schreck hinwegzukommen.«

Sie lachte und wimmerte dann, als er erneut ihre Klitoris streichelte, bis es in ihr nichts mehr als Verlangen gab.

»Ich muss dich da unten küssen, Keely. Ich will, dass du unter der Berührung meiner Zunge kommst.« Er fiel auf die Knie und schob seinen Kopf zwischen ihre Oberschenkel.

Er küsste und leckte ihre Klitoris, saugte heftig daran, wie zuvor bei den Brustwarzen. Auch seine Finger steckten noch in dem nassen Spalt, und sie erbebte und packte sein wundervolles Haar und zog ihn noch fester an sich heran. Als sie kam, waren ihre Schreie so laut, dass es das ganze Dorf hören musste, doch es war ihr egal.

Sie kam und kam, während er sie weiter leckte und streichelte, ein scheinbar endloser, überirdischer Orgasmus.

»Mein Gott«, flüsterte sie, als es schließlich vorbei war.

Sein Lächeln verriet selbstgefällige männliche Befriedigung und Lust. »Ein Geschmack wie Ambrosia«, sagte er, und schon das löste ein Nachbeben aus.

Er öffnete seinen Reißverschluss, streifte die Hose ab und

zog sie herab, bis sie rittlings auf ihm saß. »Reite auf mir und zeig mir, dass du mich genauso brauchst wie ich dich.«

Langsam, ganz langsam führte sie seinen steifen Schwanz in den nassen Spalt zwischen ihren Oberschenkeln ein, bis er sie ganz ausfüllte. Für einen Moment legte sie ihren Kopf auf seine Schulter und atmete tief durch. Dann blickte sie in seine wundervollen dunkelblauen Augen, in deren Zentrum grüne Flammen züngelten.

»Ich brauche dich, sofort.« Sie bewegte sich auf und ab, in einem Rhythmus, der älter war als die Zeit, die Schöpfungsmythen und die Ruinen der Maya. Sie musste ihn in sich spüren, sonst hätte sie der Verlust umgebracht.

Er wusste, dass sie wieder kurz davor stand zu kommen, und ihm war auch klar, dass ihr Orgasmus bei ihm die Ejakulation auslösen würde. Er wollte sie hinauszögern, damit es auch für sie länger dauerte, doch er war hilflos wie ein Halbwüchsiger, weiter gegen die Woge der Lust anzukämpfen. Er packte ihre Hüften und zog sie in einen schnelleren Rhythmus, immer tiefer in sie eindringend, bis er nicht mehr wusste, wo er aufhörte und sie begann. Sie waren eins und würden es immer sein, und er hatte nicht übertrieben, als er gesagt hatte, er müsse es vielleicht den ganzen Tag mit ihr treiben, um über die Angst hinwegzukommen, sie zu verlieren. Die Angst, dass sie ihn verlassen würde.

Sie wird uns nicht verlassen, sagte die nereidische Stimme in seinem Inneren. *Falls sie es jemals versucht, werden wir sie selbst am Ende der Welt finden.*

»Versprich mir, dass du mich nie verlässt«, sagte er.

Sie ließ seine Schultern los, nahm sein Gesicht in die Hände und blickte ihm in die Augen. »Ich werde dich nie verlassen«, sagte sie völlig außer Atem, weil sie so dicht vor dem Orgasmus stand.

Ihr Oberkörper wurde zurückgerissen, als alles vibrierte, als ihr Körper von krampfhaften Zuckungen erfasst wurde, und sie schrie auf. »Mein Gott, Justice. Schon wieder.«

Er verströmte seinen Samen tief in ihrem Körper und bat um Poseidons Segen, weil er zusammen mit ihr ein Kind haben wollte.

Dann sah er ihre Farben, und die Seelenverschmelzung vollzog sich erneut, bis sie schließlich in die Wirklichkeit zurückfanden. Auf ihrer zarten Haut sah er die Spuren seiner Küsse und Bisse, das sichtbare Zeichen dafür, dass sie ihm gehörte. Es erfüllte ihn erst mit Freude, dann mit Bedauern, weil er ihr vielleicht wehgetan hatte. Nacheinander küsste er die Stellen an ihrem Hals und auf ihren Brüsten.

Er musste es noch einmal sagen. »Keely, *mi amara,* ich liebe dich.«

Sie blickte ihn an und lachte. Dann nahm sie sein Gesicht in die Hände und drückte ihm einen schmatzenden Kuss auf die Lippen.

»Ich weiß, mein großer, starker Krieger.«

37

Keely und Justice ließen sich Zeit, als sie zum Dorf zurückkehrten, und genossen die ruhigen Augenblicke. Er hatte ihr erzählt, Eleni habe über eine Magenverstimmung geklagt, aber es sei nichts Ernstes, das Kind habe sich nur hinlegen wollen. Somit fühlte sich Keely nicht veranlasst, sofort zu ihr zu eilen.

In der Mittagshitze bestand keine Gefahr, dass die Vampire zurückkehren würden. Sie, Justice und die Dorfbewohner würden darauf vorbereitet sein, dass sie in der Dunkelheit wiederkamen, doch bis dahin konnten sie etwas Atem schöpfen. Irgendwann am nächsten Morgen würde die Spezialeinheit eintreffen und die Dorfbewohner in Sicherheit bringen.

Justice' T-Shirt hing ihr bis zu den Knien herab, und deshalb gingen sie zum Fluss zurück, um ihre Kleidungsstücke zu holen. Oder, um genau zu sein, *Justice* ging zum Fluss zurück, denn er trug sie, weil er nicht wollte, dass sie mit ihren nackten Füßen in einen Splitter trat. Sie war hin- und hergerissen, weil ihr dieses übertriebene Bedürfnis, sie zu beschützen, zuweilen schwer auf die Nerven ging. Es machte ihr großen Spaß, ihm Paroli zu bieten, doch im Moment hatte sie keine Lust dazu, weil sie es genoss, ihre Wange an seine nackte Brust zu legen.

Sie wurde zu einer Hedonistin, und es störte sie kein bisschen. Was hätte Dr. Koontz dazu zu sagen gehabt?

Sie musste laut lachen.

»Was ist so lustig?«, fragte Justice.

»Es würde zu lange dauern, das zu erklären, und es geht um eine absolut unerhebliche Person. Ich hoffe wirklich, dass Maria die Klamotten am Flussufer liegen gelassen hat.«

»Du gefällst mir in meinem T-Shirt«, sagte er. »Ich denke, du solltest nie etwas anderes tragen.«

»Daran zweifle ich nicht, aber ich will nicht mit nichts als deinem T-Shirt am Leib ins Dorf zurückkehren. Natürlich sehen mich dort mittlerweile alle als deine Frau, aber ich bin keine Exhibitionistin.«

»Das ist gut, denn ich würde jeden Mann töten, der dich nackt sieht. Und Conlan mag es gar nicht, wenn wir potenzielle Verbündete töten.« Seine Stimme klang ruhig, und sie wusste nicht, ob er scherzte oder ob es ihm ernst war.

»Bist du …«

Er hob eine Hand, um sie zum Schweigen zu bringen. »Der Fluss liegt direkt hinter den Bäumen da. Ich höre Alejandro und Maria reden. Ich hatte gehofft, sie wären mittlerweile verschwunden. Ich pirsche mich heran und hole deine Kleidungsstücke und Schuhe.«

Als sie wieder auf den Beinen stand, küsste er sie, und dann löste er sich erneut in Wassernebel auf. Verblüfft schaute sie zu. Sie würde das nie begreifen, und wenn sie es eine Million Male gesehen hätte. Diese Magie verschlug ihr einfach die Sprache.

In einer knappen Minute war er zurück und drückte ihr das Bündel in die Hände, bevor er wieder seine körperliche Gestalt annahm. Für einen Sekundenbruchteil umgab ihn ein schimmerndes Licht wie ein Heiligenschein, und sie musste erneut den Atem anhalten.

»Was zum Teufel stimmt nicht mit diesem Typ?«, grummelte er.

»Wovon redest du?«

»Sie sind immer noch zugange«, sagte er angewidert.

Sie lachte und bedeckte ihren Mund mit einer Hand, damit Alejandro und Maria sie nicht hörten. »Was gibt's dagegen zu sagen?«

»Nichts«, antwortete er gereizt. »Los, zieh dich an.«

Sie zog sein T-Shirt über den Kopf und gab es ihm. Dann zog sie Marias zu weiten weißen Rock und ihre rote Bluse an, weiter darüber nachdenkend, warum er so verärgert war.

Plötzlich kam ihr eine Idee. »Bist du etwa eifersüchtig?«

»Was? Mach dich nicht lächerlich. Auf wen?«

»Darauf, dass Alejandro so viel … Stehvermögen hat.« Sie musste sich alle Mühe geben, nicht wieder zu lachen. »Mach dir deswegen keine Gedanken, Honey. Immerhin bist du einige hundert Jahre älter als er. Und man sagt, dass die Manneskraft zuerst …«

Sein Blick verdüsterte sich. »Das ist nicht halb so lustig, wie du glaubst.«

»Wer weiß. Du solltest mal dein Gesicht sehen.«

»Ich bin nicht eifersüchtig auf das Stehvermögen eines Menschen!«

Sie musste noch stärker lachen, dann kam sie endlich wieder zu Atem. »Wahrscheinlich hat es lange genug gedauert, bis die beiden zur Sache gekommen sind. Maria hat gesagt, sie hätte den Eindruck gehabt, Alejandro habe sie bisher immer noch als Kind gesehen. Ich bin sicher, dass sich das geändert hat, als er sie in der nassen Unterwäsche sah.«

»Was?«, sagte er verständnislos. »Was ist mit ihr?«

Sie hatte eine Bemerkung machen wollen, verkniff es sich aber, als sie seinen Blick sah. Es war ihm gar nicht aufgefallen, was für eine wunderschöne Frau Maria war. Er hatte sie keines Blickes gewürdigt, weil es für ihn nur eine Frau gab.

Sie umarmte ihn und küsste ihn leidenschaftlich. Als sich ihre Lippen schließlich voneinander lösten, neigte er den Kopf.

»Nicht dass ich mich beklage, aber womit hatte ich diesen Kuss verdient?«

»Weil du Maria nicht wahrgenommen hast.« Sie gab ihm sein T-Shirt zurück, bedauerte es aber sofort, als er es überzog. »Es müsste ein Gesetz geben, dass du nur nackt herumlaufen darfst.«

Damit wandte sie sich um und ging vor sich hin summend auf das Dorf zu.

Hinter ihr gab Justice ein merkwürdiges Geräusch von sich. »Frauen«, murmelte er. »Ich werde sie nie verstehen.«

Keely lächelte nur.

Er folgte ihr und erfreute sich an ihrer guten Laune, ohne zu wissen, worauf diese zurückging. Nun, *zum Teil* wusste er es. Er grinste, als er ihren Hintern betrachtete, und fragte sich, ob er sie vor der Rückkehr ins Dorf überreden konnte, noch eine Nummer zu schieben.

Wahrscheinlich nicht. Er atmete tief durch und fragte sich, was dafür oder dagegen sprach, sie einfach zu packen und in die Büsche zu ziehen. Doch bevor er weiter darüber nachdenken konnte, rief ihnen eine der Patrouillen einen Gruß zu. Keely antwortete, und etwas an ihrer Aussprache des Spanischen erregte ihn. Vielleicht sollte er sie bitten, Spanisch zu sprechen, wenn sie sich das nächste Mal liebten. Und dann traf ihn mit voller Wucht ein anderer Gedanke. Bei allen Göttern, wenn sie die lyrische Sprache der Atlanter lernte, war er verdammt. Dann würde er ihr den ganzen Tag nachstellen, sieben Tage in der Woche.

»Kommst du, Justice?«, rief sie. »Ich sehe nach Eleni.«

Er zwang sich, seine Gedanken abzuschütteln. »Tu das. Ich übernehme eine Patrouille.«

Sie warf ihm ein betörendes Lächeln zu und ging zu dem einzigen noch stehenden Haus. Da fiel ihm noch etwas ein.

Sie hatte ihn »Honey« genannt.

Als er mit einem törichten Grinsen auf die Lichtung trat, lächelten die Männer ihn wissend an, ohne etwas zu sagen. Er winkte ihnen zu und schlenderte zu einem Tisch hinüber, wo einige Frauen zu Mittag aßen. Es roch köstlich nach einem würzigen Gemüsegericht, und sein Magen begann zu knurren. Auch das erinnerte ihn an sie.

Aber eigentlich ließ ihn alles an sie denken. Vielleicht sollte Alaric sich genauer mit seiner Psyche befassen und ihm erklären, warum er sich in einen liebestollen Trottel verwandelt hatte.

Alaric. Das Portal. Sein Lächeln verschwand, als ihm bewusst wurde, dass er heute noch nicht versucht hatte, Kontakt aufzunehmen. Ihm war halbwegs bewusst, dass es zum Teil daran lag, dass er Angst hatte, keine Antwort zu bekommen.

Und wenn die Antwort kam, wollte etwas in ihm bestimmt den Konsequenzen ausweichen.

Welcher Teil bin ich?, fragte die nereidische Stimme in seinem Kopf, die seit der letzten Nacht geschwiegen hatte. *Dein Gewissen oder dein Ansporn?*

Weder-noch, antwortete er. *Oder beides. Du bist ein Teil meiner selbst, den ich nicht verleugnen kann, wenn ich nicht zerbrechen will.*

Er schloss die Augen und konzentrierte sich ganz darauf, die Magie des Portals aufzufangen, in der Hoffnung, eine Antwort zu bekommen. Etwas schimmerte am Rande seines Bewusstseins, ohne dass er es hätte fassen können. Es entzog sich. Er musste sich stärker konzentrieren, dann würde er es fassen. Er ballte die Hände zu Fäusten und beugte sich vor, mobilisierte all seine Willenskraft. Da war etwas, er glaubte fast, es mit Händen greifen zu können.

Und dann hörte er Keelys Schreie.

38

Keely umklammerte krampfhaft die zerfetzte Decke. Sie konnte es nicht fassen, obwohl sie doch den Beweis in Händen hielt. Erneut begann sie zu schreien.

»Es tut mir so leid, Señora«, sagte die weinende Frau. »Sie schlief, und wir alle haben direkt vor dem Haus gearbeitet. Deshalb haben wir uns überhaupt keine Sorgen darum gemacht, sie allein zu lassen.«

Keely war unfähig zu antworten. Sie hätte sich etwas einfallen lassen sollen, um sich zu beruhigen, hätte sich sagen sollen, es sei nicht ihre Schuld. Aber sie hatte das arme Waisenkind Eleni im Stich gelassen.

Hatte es ohne Ende mit Justice getrieben und es so zugelassen, dass ein wehrloses Kind verschleppt worden war. Das würde sie sich nie verzeihen können.

Sie hatte es nicht verdient, dass ihr vergeben wurde.

Sie konnte nicht denken, war unfähig, den abgrundtiefen Schmerz zu ertragen.

Also schrie sie wieder.

Justice stürmte mit gezogenem Schwert durch die Tür und blieb vor ihr stehen. »Was ist los? Bist du verletzt? Sag's mir, *mi amara.*«

Sie hörte auf zu schreien und hielt stumm die zerrissene Decke hoch, sodass die Worte auf dem Bettlaken darunter zu lesen waren. Hasserfüllte Worte in schwarzer Schrift, welche die Überlebenden in dem niedergebrannten Dorf verhöhnten.

WIR HABEN DAS KIND.
SAN BARTOLO IN DER DÄMMERUNG.

Justice ließ das Schwert sinken, und sein Arm zitterte durch den immensen innerlichen Druck. »Sie haben Eleni entführt.«

Keely nickte, brachte aber wegen des Kloßes in ihrem Hals kein Wort hervor. Dann zeigte sie mit einem zitternden Finger auf den blutverschmierten Pantoffel von Elenis verstorbener Mutter. Als sie ihn gesehen hatte, hatte sie zu schreien begonnen.

Zum Teil war das Blut frisch.

Wut und Schmerz ließen Justice so laut aufschreien, dass sie zusammenzuckte und sich die Ohren zuhielt. Sie konnte es nicht ertragen. Ihr Herz, endlich befreit, wurde erneut in Stücke gerissen.

Dann schritt ihr Gehirn ein und verdrängte die quälenden Gedanken. Sie begann kühl und logisch zu planen. Sie würde nicht untätig hier auf dem Hintern sitzen, wenn es galt, ein Kind zu retten.

Sie wischte sich die Tränen aus den Augenwinkeln, atmete tief durch und stand auf.

»Wir müssen uns etwas einfallen lassen«, sagte sie mit tonloser Stimme.

»Wir *werden* uns etwas einfallen lassen«, antwortete Justice im Ton eiskalter Entschlossenheit.

Eine Stunde später war auch die Dämmerung ein Stück näher gerückt, und Justice war total aggressiv. Es war wirklich schlimm.

Sie hatten die anderen Kinder in das Haus gebracht und überall Wachen postiert, ohne sich um die alten Frauen zu scheren, die unbedingt wollten, dass sie etwas aßen. Eine von ihnen, ein altes Weib mit verbiesterter Miene, hatte gesagt, Eleni sei ein Kind des Teufels und verdiene es nicht, gerettet zu werden. Keely hatte sie so aggressiv angefahren, dass die Alte davongelaufen war, wobei sie vor sich hin gemurmelt hatte, man solle die Kinder beschützen, die Schutz verdienten.

Am Tisch sitzend, hatten sie gestritten, geplant, eine wertvolle Stunde vergeudet. Noch immer waren sie sich nicht einig, wie sie dieses sogenannte Tauschgeschäft handeln sollten.

Keely und Alejandro waren fast so weit, sich gegenseitig anzubrüllen, als Justice die Nase voll hatte. »Es reicht jetzt.«

Das klang herrischer als beabsichtigt, aber in diesem Moment war es ihm völlig egal.

Alle verstummten und starrten ihn an. Ihm wurde bewusst, dass seine Hand das Schwert hielt, und er zwang sich, es loszulassen. Diese Menschen waren schließlich nicht seine Feinde.

Es gehört nicht zu unserer Mission, ein entführtes Kind zu befreien, sagte die Stimme in seinem Kopf. *Wir müssen den Stern von Artemis finden, um ihn in den Dreizack einzusetzen und unseren rechtmäßigen Platz als Prinz von Atlantis einzunehmen. Das Schicksal dieses Kindes ist bedauernswert, aber überall auf der Welt sterben Kinder. Wir können sie nicht alle retten.*

»Wir können dieses Kind retten«, sagte Justice grimmig. Als Keely und die anderen ihn irritiert anblickten, wurde ihm bewusst, dass er erneut laut mit sich selbst geredet hatte.

Wir können dieses Kind retten, wiederholte er, aber diesmal, ohne es auszusprechen. *Entweder bist du für mich oder gegen mich. Ich bin nur noch einen kleinen Schritt davon entfernt, mich deiner für immer zu entledigen.*

Die nereidische Stimme verstummte, und Justice beschloss, wieder mit denen zu reden, die *nicht* in seinem Kopf lebten.

»Hört zu, wir treten seit einer Stunde auf der Stelle. Diese Diskussion bringt nichts.«

Er zeigte auf Alejandro, dessen dunkle Augen rachsüchtig blitzten. »*Du* willst, dass wir uns mit Gewalt Zutritt verschaffen, aus allen Rohren feuernd, mit jedem einzelnen Mann, der uns zur Verfügung steht. Vor der Dämmerung, um sie zu überraschen. Und dann befreien wir Eleni. Habe ich das richtig verstanden?«

Alejandro nickte. »*Sì.* Das ist die einzige Möglichkeit. Wir überwältigen sie und ...«

Justice schnitt ihm das Wort ab.

»Die einzige Möglichkeit. Glaubst du. So wirst du auch noch den Rest deiner Männer verlieren. Vampire gehen nie törichte Risiken ein. Ihr Selbstschutzinstinkt wird nur noch übertroffen von ihrer Feigheit und Degeneration. Sie hätten uns nicht mit dieser Nachricht verspottet, wenn sie uns nicht zahlenmäßig weit überlegen wären. Offenbar wird ihnen von anderer Seite geholfen, vielleicht von Menschen. Sonst wäre es ihnen nicht möglich gewesen, Eleni am helllichten Tag zu verschleppen. Und sie werden nicht friedlich am Treffpunkt auf uns warten und ihr beim Seilchenspringen zuschauen.«

Er blickte alle der Reihe nach an. »Wenn wir sie zu überrennen versuchen, werden sie uns alle töten. Danach töten sie Eleni, wo immer sie sie versteckt halten. Und dann kommen sie nur so zum Spaß hierher und schlachten die restlichen Dorfbewohner ab.«

Keely rieb sich die geröteten Augen und nickte. »Ich habe ihm gesagt, dass ...«

Justice schnitt auch ihr das Wort ab. »Du hast ihm gesagt, dass wir den Vampiren drohen, mit ihnen argumentieren sollen. Dass wir sie wissen lassen, dass morgen diese Spezialeinheit kommt. Dass wir sie nicht ausräuchern werden, wenn sie Eleni freilassen. Sehe ich das richtig?«

Keely nickte, und ihre Miene verfinsterte sich. Wahrscheinlich würde ihr nicht gefallen, was er als Nächstes zu sagen hatte.

Sie sollte recht behalten.

»Wenn sie wütend sind und auf Rache sinnen, sind Vampire keiner Logik und Vernunft zugänglich. Natürlich können wir ihnen mit der Spezialeinheit drohen. Dann werden sie versuchen, Opfer in den eigenen Reihen zu vermeiden, und sich an einen anderen Ort begeben, wo wir sie nicht finden. Aber natürlich werden sie erst Eleni das Blut aus dem Leib saugen und ihre Leiche als Willkommensgeschenk für uns liegen lassen. Aber sie selbst werden verschwunden sein.«

Keely wurde leichenblass.

Justice wurde von heftigen Selbstvorwürfen gequält, geißelte sich damit. Er war ein mieser Dreckskerl, der die Dorfbewohner im Stich gelassen und egoistisch nur an sein eigenes Vergnügen gedacht hatte. Den Preis dafür musste nun ein kleines Mädchen bezahlen.

Ein Waisenkind, wie er früher. Doch er hatte wenigstens Adoptiveltern gehabt, die ihn liebten. Auf Eleni warteten nur Schmerzen, Folter und Tod, wenn er ihr nicht half.

Und mit so etwas kannte er sich aus.

Er zog das Schwert aus der Scheide und legte es vor sich auf den Tisch. »Hört jetzt gut zu. Ihr seid entweder dabei oder schert euch zum Teufel, aber dies *ist* der Plan. Vermutlich wollen sie im Gegenzug für Eleni mich haben, denn ich habe ihnen hier die Hölle heiß gemacht.«

Alejandro schlug mit der Faust auf den Tisch. »Nein, sie wollen mich! Das Wort ›Tauschhandel‹ haben sie mit Bedacht gewählt. Falls du vorhaben solltest, dich allein zu den Vampiren aufzumachen, bist du schief gewickelt. Dies sind meine Leute, und ich habe sie im Stich gelassen, weil ich … weil ich …« Er warf der schluchzenden Maria einen gequälten Blick zu. »Weil ich meine Pflicht vernachlässigt habe«, sagte er errötend.

Justice schaute Alejandro an, und in diesem Moment verstanden sie sich vollkommen. Sie waren beide Krieger, die andere enttäuscht hatten. Sie würden ihr Leben dafür riskieren, den Fehler wiedergutzumachen.

»Wie genau sieht der Plan denn jetzt aus?«, fragte Keely, die dunkle Ringe unter den Augen hatte. »Warum sagst du es uns nicht endlich?«

Noch vor wenigen Stunden hatte die Liebe ihre Augen leuchten lassen, jetzt lag nur noch Traurigkeit in ihrem Blick.

Wahrscheinlich wird sie von genauso schlimmen Schuldgefühlen geplagt wie ich, dachte er.

Nicht nur er quälte sich mit dem Schicksal des unschuldigen Kindes.

»Wenn sie einen Tauschhandel wollen, sollen sie ihn haben«, sagte er mit ausdrucksloser Stimme. »Im Gegenzug für Elenis Freilassung bekommen sie mich.«

Alle am Tisch protestierten lautstark. Nur Keely blickte auf ihre Hände und schwieg. Sie war zusammengezuckt, als hätte man ihr einen Schlag versetzt.

»Sie werden dich töten«, sagte Alejandro. »Erst dich, dann Eleni, dann den Rest von uns. Ich mache mir keine Illusionen. Mit ein paar Schrotflinten kann man ein Blutsrudel wütender Vampire nicht aufhalten.«

»Vielleicht hast du recht, aber dann reiße ich sie mit in den Tod«, antwortete Justice. »Wie auch immer, Plan A sieht vor, dass außer Vampiren niemand stirbt. Für mich gibt es plötzlich etwas, wofür zu leben sich lohnt.«

Keely schaute ihn an, und die abgründige Leere in ihrem Blick verängstigte ihn mehr als hundert Vampire.

»Gib mir eine Schrotflinte«, sagte sie.

»Du wirst schön hierbleiben«, sagte Justice. »Ich werde nicht zulassen …«

Jetzt war es an ihr, ihm ins Wort zu fallen. Sie tat so, als säße er gar nicht mit am Tisch, und wandte sich Maria zu, die immer noch weinte. »Hör endlich zu heulen auf und besorg mir eine Schrotflinte«, sagte sie verächtlich. Dann legte sie etwas vor sich auf den Tisch, wie Justice es mit dem Schwert getan hatte.

Den blutverschmierten Pantoffel.

Maria war so geschockt, dass sie zu weinen aufhörte. Sie schaute Keely lang an, straffte die Schultern und eilte davon. Keely griff nach einem Stück Brot und begann mit grimmiger Entschlossenheit zu kauen.

»Wir müssen essen«, sagte sie, noch immer mit dieser tonlosen Stimme. »Wir haben den ganzen Tag nichts zu uns genommen. Bis zur Dämmerung bleibt uns noch eine Stunde, und ich werde nicht so dumm sein, Eleni mit leerem Magen befreien zu wollen.«

Justice, der bis zu sechs Tagen ohne Essen auskommen konnte, ohne dass es seine körperliche Leistungsfähigkeit beeinträchtigte, beschloss trotzdem, ihrem Beispiel zu folgen. Vielleicht half es Keely, wenn sie glaubte, dass sie das Sagen hatte, selbst wenn es dabei nur um eine Banalität wie das Essen ging.

Nachdem sie das Stück Brot gegessen hatte, wandte sie sich der vor ihr stehenden Schüssel mit Eintopf zu. Langsam und mechanisch führte sie immer wieder den Löffel zum Mund. Es war, als würde man einem Zombie oder Roboter aus jenen Kinofilmen zusehen, die Ven so mochte. Ihr Gesicht war leer, verriet kein menschliches Gefühl, weder Angst noch Trauer.

Kalter Eintopf, ein Löffel nach dem anderen.

Sein Mund war so trocken, dass er fast nicht schlucken konnte. Wenn er durch seinen Fehler das Kind und Keely verlor, hatte das Leben für ihn keinen Sinn mehr. Er wurde von Gedanken gequält, die sich um eine Welt ohne Keely drehten, um eine Ödnis, die schlimmer war als die von Anubisa geschaffene.

Alejandro blickte erst ihn, dann Keely an. Schließlich nickte er, als hätte er eine Entscheidung getroffen. Er brach ein Stück Brot von dem Laib ab und begann zu essen.

Keelys Löffel stieß immer wieder gegen den Boden des Blechnapfes, ein monotones Geräusch, das einen verfolgte. Schließlich richtete sie ihren erloschenen Blick auf Justice, in dessen Brust sich etwas zusammenzog.

»Du hast uns erzählt, was du vorhast. Sag uns jetzt, wie wir uns dabei nützlich machen können.«

39

San Bartolo,
kurz vor Einbruch der Dämmerung

Die Dorfbewohner hatten sich so gut wie möglich hinter den Bäumen und in dem hohen Gras um den Tempel herum versteckt, doch der Plan, Justice Feuerschutz zu geben, ließ sich nicht umsetzen. Das Gelände war ungeeignet; wenn sie ihre Feinde gut sehen wollten, mussten sie ihre Deckung verlassen und sich zeigen. Sonst hätten sie aufs Geratewohl gefeuert und wären das Risiko eingegangen, Justice oder Eleni zu treffen.

Und wenn die Vampire Justice zwangen, sie in dem Tempel zu treffen, unter dem Wandbild, war er völlig auf sich allein gestellt.

Keely lag mit ihrer Schrotflinte in dem hohen Gras. Neben ihr kniete Alejandro, zwischen ihnen lag Ersatzmunition. Justice hatte sie vor der Konfrontation mit den Vampiren noch einmal umarmt, doch sie war teilnahmslos gewesen. Er hatte sie auf die Stirn geküsst und dann losgelassen, tief enttäuscht über diesen vielleicht letzten gemeinsamen Augenblick.

Er kauerte neben den beiden nieder. »Es wird Zeit. Seid ihr so weit?«

Alejandro fluchte und schüttelte den Kopf. »Nein, sind wir nicht. Wir können hier fast nichts ausrichten. Ich muss dich begleiten.«

»Nein. Wir haben alles besprochen. Wenn mir etwas passiert, musst du Eleni holen und sie in Sicherheit bringen. Und für Keelys Sicherheit sorgen. Gib mit dein Wort darauf.«

Alejandro schien widersprechen zu wollen, nickte dann aber. »Du hast mein Wort. Ich werde bis zum letzten Atemzug das Kind und Keely beschützen. Jetzt vergewissere ich mich noch mal, dass alle an Ort und Stelle sind. In zwei Minuten bin ich wieder da.«

Justice nickte, und Alejandro entfernte sich lautlos wie ein Jaguar auf der Jagd.

Keely sah ihm nach und schaute dann Justice an, noch immer mit leerem Blick. »Ich kann selbst auf mich aufpassen, und ich gehöre niemandem. Tu, was du tun musst. Wir kümmern uns um unsere Angelegenheiten.«

Er wollte sie nur packen und wegbringen von diesem elenden Ort, irgendwohin, wo es keine entführten Kinder gab, wo keine Vampire und der Tod lauerten. Er hatte endlich die richtige Frau gefunden und würde sie so schnell wieder verlieren. Ihm war bewusst, dass der optimistische Plan, von dem er die anderen zu überzeugen versucht hatte, zum Scheitern verurteilt war. Die Vampire waren bestens vorbereitet.

Er war nicht zum ersten Mal in so einer Lage, doch früher waren immer seine Brüder und die anderen Mitglieder der Sieben an seiner Seite gewesen.

Solange sie zusammen waren, wurden sie mit jedem Problem fertig.

Allein war er nichts als ein gefundenes Fressen für die Vampire.

Es gab so viele Dinge, die er gern noch gesagt hätte, doch es blieb keine Zeit mehr. Er stand abrupt auf. »Du solltest eines wissen, Keely. Was immer du denken oder fühlen magst, dich trifft keine Schuld. Ich habe dich dazu verführt, und damit habe ich es versäumt, die Dorfbewohner und das Kind zu beschützen. Meine Aufgabe ist es, die Menschheit zu beschützen, und doch habe ich egoistisch nur an mich gedacht, statt meine Pflicht zu erfüllen.«

In ihren Augen flackerte etwas auf, und sie schüttelte

nachdenklich den Kopf. »Ich wusste, wie sehr sie litt, Justice. Sie ist wie ich, abgesehen davon, dass sie ihre Eltern verloren hat und wie eine Aussätzige behandelt wird. Ich wusste es, und doch habe ich sie allein gelassen.«

Er nahm ihr die Schrotflinte aus den Händen, drückte sie fest an sich und gab ihr einen Kuss, in dem seine ganze Liebe und Sehnsucht lag. Dann zwang er sich, sie loszulassen. Noch nie in seinem langen, trostlosen Leben war ihm etwas so schwergefallen.

Als er sich umdrehte, packte sie seinen Arm. »Justice«, sagte sie kaum hörbar. »Ich liebe dich auch.«

Er sagte nichts. Es gab nichts mehr zu sagen, seine Seele bereitete sich auf den Tod vor. Er ging langsam auf den Tempel von San Bartolo zu, ein Verdammter auf dem Weg zur Exekution.

Doch vorher musste er noch das Kind retten. Wenn die anderen später an sein nutzloses Leben dachten, wussten sie doch zumindest, dass Eleni ihm ihr Leben verdankte.

Es war seine letzte Aufgabe, er musste es versuchen. Er blieb stehen und schloss die Augen, um den letzten Rest an Energie und magischen Kräften heraufzubeschwören. Dann rief er das Portal.

Diesmal bekam er eine Antwort. Als die vertraute ovale Form sich schimmernd materialisierte, sah er die verdutzten Gesichter der beiden Wachtposten auf der anderen Seite. Sie erkannten ihn und ließen die Waffen sinken. Als er keine Anstalten machte, die Schwelle zu übertreten, rief ihm einer der Männer etwas zu.

»Lord Justice? Eure Brüder werden sehr glücklich sein, wenn sie erfahren, dass Ihr zurück seid. Seit Eurem Abschied war das Portal für alle geschlossen, selbst für Alaric.«

Damit war eine seiner Fragen beantwortet. Sie hatten gewusst, dass er in San Bartolo war. Etwas in ihm hatte gehofft – nein, erwartet –, dass sie dort auftauchen würden, um ihm beizustehen.

»Wollt Ihr eintreten?«, fragte der andere Mann. »Gibt es Ärger?«

»Ja«, antwortete Justice schließlich. »Ja, es gibt Ärger. Sagt Conlan und Ven, dass ich Verstärkung brauche. Der Stern von Artemis ist hier, wird aber von einem Rudel von Vampiren bewacht.«

»Wir kommen sofort«, sagte der erste Wachtposten. Er trat entschlossen einen Schritt vor, wurde aber durch etwas wie einen starken Stromschlag so heftig zurückgeschleudert, dass er zu Boden stürzte.

»Sieht mir nicht so aus«, antwortete Justice nicht weiter überrascht. »Aus irgendeinem Grund soll ich diese Aufgabe wohl allein bewältigen. Ich glaube, dass Poseidon mir eine besonders schwierige Aufgabe stellt.«

»Aber …«

»Sagt Conlan und Ven …« Justice musste sich zwingen, es auszusprechen. »Sagt ihnen, dass ich sie liebe. Dass ich stolz darauf bin, ihr Bruder zu sein, und dass es mir leid tut. Das war's.«

»Lord Justice!«

Doch der schüttelte nur den Kopf und ging davon. Er wollte nicht einmal mehr sehen, wie sich das Portal hinter ihm schloss. Während er mit den Atlantern gesprochen hatte, war die Dunkelheit hereingebrochen.

Eleni wartete.

Wenn sie noch lebte.

Wenn nicht, würde er mit der geballten Macht seines Zorns die ganze Erde in Brand stecken.

In seinem Kopf meldete sich die nereidische Stimme, und sie klang resigniert, als hätte sich jemand mit dem Schicksal abgefunden. *Dann müssen wir nun also sterben, doch wenigstens wird es ein ruhmreicher Tod sein. Es war mir eine Ehre, ein Teil von dir zu sein, Justice von Atlantis.*

»Es war mir eine Ehre, ein Teil von dir zu sein«, sagte Justice in dem Bewusstsein, dass er es ernst meinte.

Für unseren letzten großen Auftritt sollten wir wirklich zu einer Einheit verschmelzen. Gemeinsam sind wir stärker.

Justice lachte. »Wenn's schon sein muss, dann wenigstens ein Abgang mit Stil. Okay, auf geht's.«

Beide Seiten seines Ichs – beide Teile seiner Seele – rissen gemeinsam die Barrieren ein, die sie im Laufe seines langen Lebens errichtet hatten. Energie durchströmte seinen Körper, und er glaubte sich so mächtig wie eine Naturgewalt.

Er musste vor Freude laut auflachen. Plötzlich wusste er, was er vielleicht versuchen konnte.

Er hatte eine Chance. Nur eine kleine, aber immerhin. Eine Chance, diese Geschichte zu überleben.

Er bückte sich und griff nach einem Stein, der hier auf dem Boden lag, weit entfernt von dem Fluss, wo das Wasser ihn glatt gewaschen hatte. Er öffnete seine Seele und sein Herz und ließ seine tiefsten Gefühle in den Stein fließen. *Ich liebe dich, Keely, und werde dich so lange lieben, bis alle Meere von der einsamen Erdoberfläche verschwinden. Du sollst für immer wissen, dass du mein Ein und Alles bist, mein Herz, meine Seele, mein Leben.*

Er umklammerte den Stein so fest, dass seine Hand zu schmerzen begann. Dann öffnete er langsam die Faust. Wenn sein Plan scheiterte, würde das genügen.

Es würde genügen müssen.

40

Als er den Tempel erreichte, lachte er immer noch vor Freude, weil so viel Energie durch seinen Körper flutete. Am Eingang standen zwei Vampire, die ihn höhnisch anblickten.

»Noch lachst du, Sterblicher. Wenn unser Anführer dich quälend langsam tötet, wird dir das Lachen vergehen.«

»Hübsch gesagt, mit einem Hauch von Melodramatik. Übergebt mir jetzt das Mädchen.«

»Tritt zurück, und dann auf die Knie, du Narr«, befahl der hässlichere der beiden Vampire. »Er kommt jetzt.«

»Ich knie allenfalls vor Poseidon nieder«, sagte Justice ruhig. Dann zog er sein Schwert. Poseidons Zorn funkelte wie poliertes Silber im Mondlicht. »Übergebt mir sofort das Mädchen. Sonst kratzt ihr beide ab und verflucht vorher noch eure Namen.«

Die beiden blickten sich verunsichert an. Offenbar war ihnen nicht entgangen, dass Justice es ernst meinte. Doch dann drang aus dem Eingang ein Stimmengewirr zu ihnen hinüber, und ein Schwarm von Vampiren trat aus dem Tempel.

Er hatte mit seiner Schätzung völlig danebengelegen. Es waren etwa hundert Vampire, ein paar mehr oder weniger.

Er war nur noch ein lebender Toter.

Bei allen Göttern, er konnte es immer noch mit einem Bluff versuchen.

»Übergebt mir sofort das Mädchen«, wiederholte er. Diesmal richtete er seine Worte an einen eitlen Mann in einem pseudohistorischen Maya-Gewand. Vielleicht glaubte er, so einen gewichtigeren Eindruck zu hinterlassen. Vielleicht gar einen königlichen.

Justice war es völlig egal, wie der Typ aussah. Ihn interessierte nur Eleni.

»Bringt das Mädchen her, sonst löse ich eine so gigantische Druckwelle aus, dass ihr alle explodiert und euch in einen stinkenden Haufen Schleim auflöst.«

Der eitle Fatzke entblößte seine Reißzähne. »Ich bin Gultep'can, und du bist ein Bittsteller, der vor meiner Größe am Boden liegt und mir die Füße küsst.«

Justice zuckte die Achseln. »Was für ein Geschwätz. Ich erkenne nur die Größe Poseidons an.«

»Verglichen mit der Größe Anubisas ist dein Meeresgott ein armseliger Schwächling.«, höhnte Gultep'can.

»Ich kenne deine Göttin persönlich, sozusagen aus nächster Nähe«, sagte Justice verächtlich. »Aber wir können uns später noch streiten, welcher Gott oder welchen Göttin größer ist. Jetzt bleiben dir zehn Sekunden, um das Mädchen herzubringen, lebend und unversehrt. Sonst sterbt ihr in der elften Sekunde alle den wahren Tod.«

Gultep'cans Blick flackerte unmerklich, und Justice wusste, dass er auf den Bluff hereinfiel.

»Bringt das Mädchen her«, befahl Gultep'can. »Ich bin der mächtige Gultep'can. Ich habe diesen Tauschhandel vorgeschlagen und halte mein Wort. So geschehe es.«

Ein Versuch, das Gesicht zu wahren. Aber Justice war es völlig gleichgültig, wie Sache über die Bühne ging. Hauptsache, sie ging über die Bühne. Bis jetzt hielten die Vampire vorsichtig Abstand. Natürlich wussten sie, was ihren Kumpels in der letzten Nacht widerfahren war.

Doch das würde nicht lange so bleiben, wenn es ihm nicht gelang, seinen Drohungen durch Taten Nachdruck zu verleihen. Das Problem war nur, dass er nicht wusste, ob die Druckwelle vielleicht auch Eleni töten würde. Letzte Nacht waren ihr ausschließlich Vampire zum Opfer gefallen, aber war das vielleicht nur ein glücklicher Zufall gewesen? Bis er seine neuen magischen Kräfte völlig begriffen hatte und sie kontrollieren konnte, würde er das Leben des Mädchens nicht aufs Spiel setzen. Blieb zu hoffen, *dass* sie noch lebte.

Als er still bis neun gezählt hatte, hörte er das wundervollste Geräusch überhaupt. Elenis dünnes Stimmchen.

»Señor Justice! Sie sind gekommen! Ich habe es gewusst!«

Im Eingang erschien einer der Vampire. Er zerrte Eleni hinter sich her und ließ ihr dünnes Kleid los, als Gultep'can es ihm mit einer Geste befahl. Sie rannte auf Justice zu, so schnell ihre kleinen Beine sie trugen. Dann warf sie sich ihm in die Arme. Er drückte sie kurz und schob sie dann links neben sich, weil er in der Rechten das Schwert hielt und Bewegungsspielraum brauchte.

Sie ergriff seine Hand und blickte vertrauensvoll zu ihm auf. »Wenn Sie wieder diese wundervollen Wasserfontänen zaubern, darf ich dann zusehen?«

Er drückte ihre Hand. »Für so was habe ich im Moment keine Zeit. Tu mir einen Gefallen und geh ins Dorf zurück. Es liegt dort hinter dem Hügel.« Er zeigte auf die Anhöhe, genau auf jene Stelle, wo Keely und Alejandro in Deckung lagen.

»Aber ich möchte bleiben und helfen.«

Justice wollte gegenüber dem traumatisierten Kind nicht ungeduldig erscheinen, doch das war nicht leicht, weil Dutzende von Vampiren immer näher kamen. Er drückte Eleni den Stein in die Hand.

»Du bist ein sehr tapferes Mädchen, aber du kannst mir am besten helfen, wenn du tust, was ich sage. Gib diesen Stein Keely. Es ist sehr wichtig, Eleni. Bitte geh jetzt zu …«

»Keely und Alejandro. Ich weiß genau, wo sie sind«, sagte sie arglos, fest den Stein umklammernd. »Werden sie mich ihnen helfen lassen, die Schrotflinten zu laden?«

Diese unschuldige Frage, ein Resultat ihrer hellseherischen Fähigkeiten, elektrisierte die Vampire.

»Du wagst es, dich nicht an die Abmachung zu halten?«, schrie Gultep'can. »Tötet sie!«

»Lauf weg, Eleni!«, brüllte Justice. »*Sofort.* Dir passiert nichts. *Renn los!*«

Sie gehorchte. Er versperrte den vorrückenden Vampiren den Weg und tötete mit dem Schwert jeden, der an ihm vorbeizukommen versuchte. Er kämpfte wie nie zuvor in seinem Leben, doch es waren zu viele. Sie kamen von allen Seiten, senkten ihre Reißzähne in sein Fleisch, verletzten ihn mit ihren Klauen. Er blutete aus einem Dutzend Wunden, schaffte es aber, zu verhindern, dass auch nur einer der Vampire Eleni folgte.

»Hier sind wir!«, rief Keely. Justice sah sie hinter einem Baum hervortreten, mit angelegter Schrotflinte. »Komm zu mir, Eleni! Lauf schneller!«

Gultep'can stieß Befehle aus, und seine Handlanger rannten in alle Richtungen. »Schnappt sie euch! Schnappt euch das Mädchen! Und legt Justice um, bevor er wieder eine Druckwelle auslöst!«

Vier Vampire packten seine Arme und Beine und senkten erneut ihre Reißzähne in sein Fleisch. Er warf den Kopf zurück und schrie vor Schmerz und Wut, aber die Vampire waren stark, und er blutete aus Dutzenden von Wunden. Vier gegen einen, da war nichts zu machen.

Jetzt wand ihm noch ein anderer Vampir das Schwert aus der Hand, doch der Griff setzte die Hand des Blutsaugers in Brand, und die Flammen züngelten an seinem Körper empor und verschlangen ihn. Dann sah man nur noch einen stinkenden Haufen Asche, auf dem das Schwert lag.

Voller Angst sah Justice, dass weitere Vampire sich dem Hügel näherten. »Keely!«, schrie er. »Verschwindet von hier.«

Jetzt war Eleni bei Keely angekommen und ließ sich sofort zu Boden fallen. Ein Schuss aus einer Schrotflinte, dann noch einer. Auch Alejandro hatte sich eingeschaltet. Dann verließen nacheinander alle Dorfbewohner ihre Deckung und feuerten.

Sie glaubten, Keely zu beschützen. Verzweiflung übermannte ihn. Sie würden alle sterben, und Keely mit ihnen.

Keelys Herz begann wieder etwas ruhiger zu schlagen, als Eleni bei ihr war, offenbar einigermaßen wohlauf. Doch dann blieb es fast stehen, als sie sah, wie eine Unmenge von Vampiren Justice das Fleisch vom Leibe riss.

Das konnte niemand überleben.

Mit zitternden Händen drückte sie den Kolben der Schrotflinte fester an ihre Schulter, zielte und feuerte. Der Knall ließ ihr fast das Trommelfell platzen, und sie zuckte instinktiv zusammen. Als sie die Augen öffnete, sah sie den Rumpf eines Vampirs zu Boden fallen.

Dicht neben ihr wurde ebenfalls gefeuert, und der Kopf eines weiteren Vampirs explodierte. Alejandro.

Sie schaute zu ihm hinüber, und er reckte grimmig lächelnd den Daumen hoch. »Wenn wir schon abkratzen müssen, sollten wir ihnen wenigstens noch einen anständigen Kampf liefern.«

Sie nickte wortlos und nahm den nächsten Vampir ins Visier.

Innerhalb von Sekunden hatte zwei der Vampire der endgültige Tod ereilt. Justice musste grinsen. Keely und Alejandro standen praktisch Schulter an Schulter und feuerten auf die Vampire.

Zwei gegen einen, das war immer noch heikel, ganz zu schweigen davon, dass er mittlerweile auch eine stark blutende Kopfwunde hatte. Dann fiel ihm ein einfacher Trick ein. Er ließ sich fallen, riss die beiden Vampire mit und brach einem das Genick. Danach rollte er über den anderen, packte sein Schwert und hieb ihm den Kopf ab. Sofort war er wieder auf den Beinen, um weitere Vampire zu massakrieren.

Gultep'cans Augen glühten in einem tückischen Rot. Er

kam auf Justice zu und stieß andere Vampire aus dem Weg. »Ich mach dich höchstpersönlich kalt«, knurrte er.

»Komm doch«, spottete Justice.

Die anderen Vampire standen nun um sie herum, wie bei einer der Prügeleien auf dem Schulhof in Justice' Jugend. In diesem Leben wiederholte sich alles. Es hatte mit Prügeleien begonnen, und nun würde er in einem Kampf sterben.

Aber er würde Gultep'can mit in den Tod nehmen.

Er sah, dass die Vampire sich nicht mehr für Keely interessierten, weil sie alle den Kampf ihres Anführers mit ihm sehen wollten.

»Deute den Stein«, rief er so laut wie möglich. »Und verschwindet von hier. Sofort!«

Aus dem Augenwinkel sah er etwas durch die Luft sausen, und er wirbelte schnell herum, aber nicht schnell genug, um dem Dolch auszuweichen, den Gultep'can auf ihn geschleudert hatte. Die Klinge bohrte sich in seine Rippen, und er taumelte zurück. Er riss sich den Dolch aus dem Brustkorb, warf ihn zu Boden und lachte. »Mehr hast du nicht zu bieten? Der große, böse Möchtegern-Vampirgott, und er hat nicht mehr zu bieten als ein Spielzeugmesser?«

Gultep'can heulte und kreischte vor Wut und stürzte sich auf ihn. Justice konnte den Schlag abblocken und schlitzte dem Vamp mit dem Schwert den Bauch auf.

»Dafür wirst du qualvoll sterben«, schrie Gultep'can, dem schon die Eingeweide aus dem Bauch quollen.

Justice lachte erneut. Die Verletzungen forderten ihren Tribut, und die durch den Adrenalinstoß befeuerte Kraft schwand. Gegen Vampirbisse war er immer immun gewesen, doch allein der Blutverlust konnte ihn das Leben kosten. Plötzlich wurde ihm schwindelig, und er stolperte. Diese Chance ließen sich die Vampire nicht entgehen. Sie stürzten sich auf ihn und senkten erneut ihre Reißzähne in sein Fleisch.

Zuletzt hörte er noch die innere Stimme. *Einen solchen Tod haben wir nicht verdient.*

Keely sah, dass Justice gegen die Übermacht der Vampire nichts ausrichten konnte. Sie fiel auf die Knie, die Schrotflinte entglitt ihren gefühllosen Fingern. Etwas schnürte ihr die Brust zusammen, und sie begann zu weinen.

Eleni schmiegte sich an sie und nahm sie in den Arm. »Nicht weinen, Keely. Der Meeresgott kommt, doch erst wird Justice diese wunderschönen Wasserfontänen herbeizaubern.«

Das Kind drückte ihr etwas Rundes und Glattes in die Hand, und sie schloss instinktiv die Finger darum. Ein Stein. Eleni war so traumatisiert, dass sie wirres Zeug vor sich hin brabbelte, und dieses Mädchen hatte ihr gerade den Stein gegeben, um sie zu trösten. Sie wusste nicht, ob sie lachen oder weinen sollte.

Dann verströmte der Stein mit voller Intensität Justice' Liebe, die durch den Handschuh drang und sie aufrichtete.

»Ich will so nicht sterben«, stieß Justice zwischen zusammengebissenen Zähnen hervor. Er schüttelte einen der Vampire ab, der ihm dabei noch ein Stück Fleisch aus dem Leib riss, doch wenigstens war es nun einer weniger. Einem anderen rammte er seinen Ellbogen ins Gesicht, und plötzlich hatte er für einen Moment die Arme frei.

Er warf sie in die Luft und rief ein einziges Wort. Ein Wort der uralten nereidischen Sprache. Ein Wort, von dem ihm gar nicht bewusst gewesen war, dass er es kannte, das aber plötzlich in ihm aufgestiegen war. Ein gefährliches, tödliches Wort.

Das Wort hing sichtbar in der Luft, nachdem es seinen Mund verlassen hatte, über der Stelle, wo er sterbend am Boden lag.

Ermordet.

Als er die zahllosen blutenden Wunden betrachtete, nahm das Wort klar umrissene Form an und entfesselte dunkle und schreckliche Naturgewalten.

Ein gigantischer Donner ließ die Erde, die Bäume und selbst den Himmel erzittern, und um das Wort herum entwickelte sich in konzentrischen Kreisen eine Druckwelle, welche die Welt in ein silberblaues Licht tauchte.

Überall explodierten Vampire, doch verwandelten sie sich jetzt nicht in säuerlich stinkenden Schleim, sondern in klare Wasserfontänen.

Als er mit letzter Kraft den Kopf hob und sich umblickte, sah er sie überall, die Wasserfontänen, überall dort, wo ein Vampir gestanden hatte. Als Letzter verreckte Gultep'can, der bis zum Schluss trotzig geschrien hatte.

»Ein großartiger Abgang«, sagte Justice, bevor sein Kopf mit einem dumpfen Geräusch auf den Boden schlug. Er drehte sich in Richtung des Hügels und sah sie, seine geliebte Keely. Sie hatte den Arm um Eleni gelegt, und die beiden kamen den Abhang hinab auf ihn zu.

Sie lebten. Beide.

Justice lächelte, voller Bedauern, aber auch zufrieden. Er hatte sie gerettet.

Er hatte es geschafft.

41

Keely sah konsterniert, wie ein Vampir nach dem anderen explodierte und sich in silberblaue Wasserfontänen verwandelte. Justice hatte es irgendwie geschafft. Sie wusste es.

Dann sah sie ihn, am Boden liegend und so stark blutend, dass es unmöglich schien, dass er noch lebte. Sie rannte den Hügel hinab, immer schneller. Ihr war kaum bewusst, dass Eleni ihr folgte.

»Justice! Du darfst nicht sterben! Du musst leben! Für mich!« Banale Worte, aber sie konnte nicht aufhören, bis sie schließlich bei ihm war und neben ihm niederkniete.

Zuerst glaubte sie, er sei tot, und der Schmerz war so stark, dass sie glaubte, es nicht ertragen zu können. Dann sah sie, wie sich sein Kopf bewegte. Kaum merklich, aber er hatte sich bewegt.

»Bitte, bitte, bitte, du darfst nicht gehen.« Sie streichelte seine Stirn, scheinbar der einzige Teil seines Körpers, der nicht verletzt war.

Neben ihr blieb Alejandro stehen. »Ist er …?«

»Nein!«, schrie Keely. »Nein, ist er nicht. Und sprich es nicht aus!«

»Du solltest Eleni ins Dorf zurückbringen, Keely«, sagte Alejandro, in dessen Stimme Güte und Mitgefühl lagen. »Wir können nichts mehr für ihn tun. Diese Wunde ist so tief, dass seine Lunge betroffen sein muss.«

»Nein, ich werde ihn nicht allein lassen.« Sie küsste Eleni auf die Stirn, um sie zu beruhigen – wenn man ein kleines Mädchen nach solchen Ereignissen beruhigen konnte. »Ich komme zurück. Aber im Moment muss ich bei Justice bleiben, damit er nicht allein ist.« Sie konnte nicht weiterreden und nahm Eleni in den Arm. Ihre Tränen benetzten die Haare des Mädchens.

Alejandro sagte etwas, doch irgendwie war es diesmal nicht Alejandro. Sie hatte keine Ahnung, warum sie es wusste, doch es war so. Sie riss den Kopf hoch, um Alejandro anzublicken, der plötzlich in silbriges Licht getaucht war.

»ICH HABE EINE GUTE WAHL GETROFFEN, ALS ICH JUSTICE MEIN SCHWERT GAB«, ertönte eine dröhnende Stimme, die Stimme des Meeresgottes.

»Poseidon?« Keely kannte die Stimme, hatte sie in ihren Visionen gehört.

»JA, OBJEKTDEUTERIN. ICH BIN DER MEERESGOTT, UND JUSTICE IST EINER MEINER KRIEGER. JETZT, WO DAS SCHWERT SEINE PFLICHT ERFÜLLT HAT, SOLL ES SEINE WUNDEN HEILEN.«

Das silbrige Licht verwandelte sich über Justice, Keely und Eleni in eine in allen Regenbogenfarben schillernde Kuppel, und die eisige Kälte der Meerestiefen ließ sie frösteln. Eleni schnappte nach Luft, schmiegte sich an Keely und begrub ihr Gesicht in deren Bluse.

Justice' Schwert, das neben ihm lag, begann zu leuchten. Die magischen Zeichen auf der Klinge strahlten so intensiv, dass sie die Auge schließen und beschirmen mussten. Nach einem langen Moment erkannte Keely durch die geschlossenen Lider, dass das grelle Licht erlosch, und sie wagte es vorsichtig, die Augen zu öffnen.

Ja, das Licht war erloschen. Alejandro stand reglos da.

»Ich wäre fast gestorben, und meine Frau macht schon dem nächsten Mann schöne Augen«, sagte Justice scherzend. »Das gefällt mir gar nicht.«

Sie drehte fast ängstlich den Kopf und konnte es nicht fassen. Justice setzte sich auf, gesund und munter. Selbst das Blut, das seinen ganzen Körper bedeckt hatte, war plötzlich verschwunden.

»Du … du … du«, stotterte sie und warf sich in seine Arme.

»Das gefällt mir schon besser.« Er gab ihr einen langen, zärtlichen Kuss.

Wieder ertönte die dröhnende Stimme. »MIT DIESER FRAU HAST DU EINE GUTE WAHL GETROFFEN, DOCH SAGE IHR, DASS SIE DIE FINGER VON MEINEM DREIZACK LASSEN SOLL. EINIGE GEHEIMNISSE SIND SO GEFÄHRLICH, DASS AUCH EINE OBJEKTDEUTERIN SIE NICHT KENNEN DARF. SIE WÜRDE ES NICHT ÜBERLEBEN.«

Justice stand auf, zog Keely hoch und nahm Eleni in die Arme. »Was sollte das?«, fragte er Alejandro, der nicht Alejandro war. »War es eine Bewährungsprobe? Nachdem ich dir Hunderte von Jahren treu gedient habe, glaubst du nun, dich meiner vergewissern zu müssen und bringst meine Frau und diese Unschuldigen in solche Gefahr?«

»NICHT ICH HABE SIE IN SOLCHE GEFAHR GEBRACHT, DOCH ES WAR DEINE AUFGABE, SIE ZU BESCHÜTZEN. DIESES SCHWERT, DAS ICH AUF DEN NAMEN »POSEIDONS ZORN« GETAUFT HABE, IST MEINES, UND ALLE FÜNFHUNDERT JAHRE ENTSCHEIDE ICH, WER ES TRAGEN UND WEITERGEBEN DARF.«

Die Stimme des Meeresgottes klang herrisch und ließ keinen Zweifel daran, dass er zu keiner Diskussion bereit war. Aber wahrscheinlich lag das in der Natur der Sache.

»Danke«, sagte sie, ohne zu wissen, ob man Poseidon überhaupt ansprechen durfte. Doch sie musste es sagen. »Ich bin so dankbar, dass er lebt.«

»SEIN LEBEN VERDANKT ER ALLEIN FRAU DR. KEELY MCDERMOTT AUS OHIO. ICH HABE NUR EIN PAAR WUNDEN GEHEILT.«

Poseidon hob Alejandros Arme hoch und musterte seinen Körper. »DIESER MANN IST STARK, UND ICH HÄTTE NICHTS DAGEGEN GEHABT, IHN ZU MEINEN KRIEGERN ZU ZÄHLEN.« Es war eine so seltsame Szene, dass Keely fast gelacht hätte, doch womöglich wäre das Gotteslästerung gewesen.

»GENUG JETZT, ICH HABE ANDERES ZU TUN. DOCH EINES MUSS ICH ZUM SCHLUSS NOCH SAGEN.«

Er bediente sich Alejandros Hand, um Elenis Gesicht zu berühren. »DU WIRST EINE SEHR WEISE FRAU WERDEN, MEINE KLEINE. KÖNIGE WERDEN UM DEINEN RAT BITTEN. DENKE AN MEINE WORTE.«

Eleni lachte und klatschte in die Hände. »Darf ich mitkommen und mit den Delphinen spielen, Señor Meeresgott?«

Poseidon brach in Gelächter aus. »ABER JA DOCH, MEINE KLEINE. ABER JA.«

Alejandro taumelte, blickte sich hektisch um und hob die Schrotflinte.

»Was? Was ist passiert? Wo ist er?«

Justice drückte Keely an sich. »Wir werden uns jetzt etwas ausruhen, und dann machen wir uns an die Arbeit.«

»Arbeit?« Sie hatte keine Ahnung, was er meinte.

»Der Stern, Keely. Wir müssen den Stern von Artemis finden und ihn nach Atlantis zurückbringen.«

»Der Stern«, wiederholte sie. »Den hatte ich fast vergessen.«

Aus dem Tempel ertönten tiefe Stimmen, und sie reagierten sofort und griffen nach ihren Waffen. Als dann Conlan, Ven und Alaric im Eingang auftauchten, blickten sie in die Mündung von Schrotflinten. Und auf ein Schwert.

Keely lächelte, weil sie sich an eine andere überraschende Ankunft erinnerte.

»Wir haben uns gedacht, ihr könntet Hilfe gebrauchen«, sagte Ven jovial. »Aber es sieht ja ganz so aus, als hättet ihr alles unter Kontrolle.«

Alejandro, mit der Schrotflinte auf Conlan zielend, blickte Justice an. »Kennst du diese Männer, oder muss ich wieder abdrücken?«

Justice lachte. »Nein, mein Freund. Die gehören zur … Familie.«

Alarics Augen verengten sich zu Schlitzen. »Hier ist sehr viel mehr passiert, als es jetzt den Anschein hat.«

Conlan neigte den Kopf. »Das wird wohl stimmen. Hätte jemand die Güte, uns zu erzählen, was geschehen ist?«

Justice und Keely brachen in Gelächter aus, und die drei Atlanter schauten sie an, als hätten sie den Verstand verloren.

»Ich werde euch die Geschichte von San Bartolo und den außerordentlich heimtückischen Vampiren erzählen«, sagte Justice, als er wieder sprechen konnte. »Doch zuerst müssen wir etwas essen und uns ausruhen. Dann kommen wir zurück, um den Stern zu holen.«

»Der Stern von Artemis ist hier?«, fragte Alaric. »Dann holen wir ihn sofort.«

»Justice wäre fast gestorben«, sagte Keely ernst. »Der Stern von Artemis ist seit Tausenden von Jahren in diesem Fels eingeschlossen. Eine Nacht mehr oder weniger spielt da keine Rolle.«

Alaric wollte protestieren, doch Conlan hob eine Hand. »Sie hat recht. Ich würde jetzt auch gern etwas essen, mit meinem *Bruder* und seiner Frau.«

»Teufel, Bruder, nenn sie nicht seine Frau«, sagte Ven spöttisch.

Keely gab Justice einen Kuss und blickte dann Ven an. »Schon okay, ich wehre mich nicht mehr dagegen. Da Poseidon persönlich mich seine Frau genannt hat, habe ich mich damit abgefunden.«

Justice blickte sie so liebevoll an, dass ihre Knie weich zu werden drohten. Sie gehörte zu ihm. »*Mi amara,* du bist mein, und ich bin dein. Für immer.«

»Für immer«, sagte sie.

Sie nahmen Eleni in die Mitte und gingen los, um etwas zu essen und sich auszuruhen.

Epilog

San Bartolo, zwei Wochen später

Als Keely aus dem Tempel in die strahlende Nachmittagssonne trat, musste sie lächeln, als sie sah, dass Justice auf der Lichtung mit Eleni Ball spielte. Ihr harter Krieger wurde ganz weich, wenn es um das Kind ging.

»Werden Sie bei diesem Projekt mit uns zusammenarbeiten?«, fragte Señor Hector, der guatemaltekische Staatssekretär für Denkmalschutz und Archäologie. Er war erleichtert, dass die Vampire verschwunden waren, und konnte es nicht abwarten, die Arbeit mit seinem Team fortführen zu können.

»Nein, tut mir leid«, antwortete sie. »Da mein Institutsleiter auf mysteriöse Weise verschwunden ist, habe ich an der Ohio State University eine Menge zu tun. Außerdem beschäftigt mich ein anderes Projekt. Sie und Ihr Team werden hier eine aufregende Zeit haben. Bitte halten Sie mich auf dem Laufenden, wie es hier weitergeht.«

E nickte und eilte zu seinen Mitarbeitern, die gerade ihre Werkzeuge auspackten. Keely ging zu Justice, und ihr Lächeln wurde mit jedem Schritt breiter.

»Habt ihr beiden Spaß?«

Justice hob sie hoch und wirbelte sie herum. »Möchtest du mit mir spielen?«, fragte er mit seidenweicher Stimme, und sein Blick sagte alles. Sie wusste stets sofort, ob er an Sex dachte.

Natürlich war das fast immer so, und um das zu erkennen, brauchte man keine hellseherischen Fähigkeiten.

»Später«, sagte sie lächelnd. »Komm, lass mich los.«

Er tat es, nicht, ohne ihr vorher noch einen langen Kuss gegeben zu haben.

»Wann wird Alejandro zurückkommen?«

Justice warf Eleni den Ball zu, die ihn sofort fallen ließ und losrannte, um mit den Archäologie-Studenten zu plaudern.

Nach allem, was sie durchgemacht hatte, erholte sie sich allmählich, und Keely hoffte, dass die Zeit, die große Heilerin, dafür sorgen würde, dass sie doch noch etwas wie eine normale, glückliche Kindheit haben und dass ihre Traurigkeit eines Tages verschwinden würde. Sie hatten einen Antrag gestellt, um Eleni zu adoptieren, und man hatte ihnen versichert, die Sache zügig abzuwickeln, im Interesse des Kindes und in Anerkennung dessen, was sie und Justice für die Menschen der Region Peten getan hatten. Allmählich glaubte Eleni daran, dass sie ein neues Zuhause und eine Familie haben würde.

Vor ein paar Tagen war sie zu ihnen gekommen und hatte sie gebeten, mit ihr den Pantoffel zu begraben und ihrer verstorbenen Mutter zu gedenken. Keely hatte mit ihr geweint, nachdem sie Blumen auf den kleinen Erdhügel gelegt und sich von ihrer Mutter verabschiedet hatten, die nun im Himmel mit ihrem Vater vereint war. Selbst Justice hatte sich ein paar Tränen aus den Augenwinkeln wischen müssen. Er hatte Eleni gesagt, kein tapferer Krieger müsse sich schämen, seine Gefühle zu zeigen. Keely hoffte, dass das Kind nach dieser Zeremonie zur Ruhe kommen und dass der Heilungsprozess beginnen würde.

»Alejandro ist noch bei der Spezialeinheit, die den Tempel bewachen wird«, sagte Justice. »In etwa einer Woche müsste er zurück sein, doch dann sind wir nicht mehr hier.«

»Was hat Alaric gesagt, nachdem er sich mit deinem gespaltenen Bewusstsein beschäftigt hatte?« Der Gedanke ließ sie immer noch erschaudern, aber vermutlich war er mit einer kurzen Untersuchung besser dran als sie, die man als

Kind mit Medikamenten vollgepumpt und von einem Psychiater zum anderen geschickt hatte.

Er zuckte die Achseln. »Er kann sich keinen Reim darauf machen, meine zerrissene Seele ist ihm zu fremd. Ich denke, er wird mich einfach in Ruhe lassen.«

Sie umarmte ihn. »Scheint mir die beste Lösung zu sein. Wo wir gerade davon reden, bist du bereit?«

Er antwortete nicht sofort, nickte dann aber. »Ja, ich bin bereit. Wie nie zuvor in meinem Leben.«

Keely blickte fragend zu Señor Hector hinüber. Seine Miene war ernst, aber er nickte. Es war so weit.

Hand in Hand betraten Keely und Justice den Tempel, bis sie schließlich vor dem atemberaubenden Wandbild standen. Obwohl sie es jetzt schon so oft gesehen hatten, erstaunte es sie immer wieder.

»Dass die Menschen vor so langer Zeit so etwas zustande gebracht haben«, sagte Keely. »Es flößt mir Ehrfurcht und Demut ein.«

»Warte, bis du dich eingehender in Atlantis umgeschaut hast«, bemerkte Justice grinsend. »Das wird deine Welt völlig aus den Fugen geraten lassen.«

Sie wies mit ernster Miene auf eine kleine Öffnung in dem Wandbild, direkt im Auge eines Fischs. »Da ist er. Ich habe genug davon freigelegt, um ihn mit etwas Wasser zu lösen. Er dürfte eigentlich keinen Schaden nehmen.«

»Ich kann es immer noch nicht glauben, dass Hector damit einverstanden war. Oder dass Alaric und Conlan so lange gewartet haben.«

»Hector stand in unserer Schuld«, sagte sie. »Ohne dich hätten er und sein Team nie mehr Zugang zu dieser Grabungsstätte gehabt. Und lass mich in Ruhe mit Alaric.«

Justice beschwor seine magischen Kräfte herauf, und ein dünner Wasserstrahl begann den Saphir aus der Wand zu lösen, mit der Präzision eines Skalpells in der Hand eines erstklassigen Chirurgen.

Sie schauten atemlos zu, doch nach ein oder zwei scheinbar endlosen Minuten hielt Keely in ihrer behandschuhten Hand den funkelnden Saphir von der Größe eines Golfballs.

»Oh, Justice«, flüsterte sie. »Er ist so schön. Der Stern von Artemis. Endlich.«

»Ich kann es immer noch nicht glauben, dass Conlan und Alaric nicht einfach das Wandbild zerstört und sich gewaltsam in seinen Besitz gebracht haben«, sagte Justice.

»Sie mussten dir den Vortritt lassen.«

»Du bist immer bereit, für mich einzutreten, *mi amara.*«

Sie streckte ihm den Saphir entgegen. »Nun werden wir sehen, ob er ein gespaltenes Bewusstsein heilen kann.«

Justice blickte lange auf den Edelstein und schüttelte dann bedächtig den Kopf. »Nein, meine Liebste. Mein Ich ist nicht mehr gespalten, und ich möchte es nicht riskieren, dass der Stern von Artemis es vielleicht wieder auseinanderreißt.«

Er beugte sich zu ihr herab und drückte ihr einen Kuss auf die Lippen. »Deine Liebe hat geheilt, was in mir zerbrochen war. Ich brauche diesen Edelstein nicht. Weder jetzt noch später.«

Keely berührte ihre Halskette und umklammerte dann den kleinen geschnitzten Fisch. »Ich kann es nicht fassen, dass dieser kleine Fisch mir das Gesicht des Mannes gezeigt hat, der mein Ein und Alles werden sollte. Du hast geheilt, was in mir zerbrochen war. Ein Leben ohne dich kann ich mir nicht mehr vorstellen. Weder jetzt noch später.«

Ihre Worte klangen wie Schwüre. Keely begriff, dass Jahrhunderte der Schlachten und die Schrecken seiner Kindheit zwei Ungeheuer in Justice' Innerem entfesselt hatten. Nun hatte ihre Liebe es vermocht, sein zerrissenes Ich zu einem Ganzen zu machen. Das Ich jenes Mannes, den sie für immer lieben würde.

Sie umarmte und küsste ihn, und es war wie ein Versprechen, dass ihre Liebe ewig dauern würde. Sekunden, Minuten oder Stunden später hörten sie vom Eingang des Tempels her Elenis ungeduldige Stimme.

»Kommt schon«, sagte sie. »Ich möchte Ball spielen.«

Keely und Justice traten lachend aus den Tempel, Hand in Hand. Draußen schien die Sonne, und es warteten ihr Kind und ihre gemeinsame Zukunft.

Glossar

aknasha – Empath: Wesen, das die Gefühle anderer empfindet und meist auch eigene Emotionen auf die Gedanken und Herzen anderer übertragen kann. Seit mehr als zehntausend Jahren verzeichnet die Geschichte von Atlantis kein Auftreten von *aknasha'an* mehr.

Atlanter – Nicht-menschliche Rasse, die direkt aus der Verbindung von Poseidon mit einer Nereide, deren Name im Lauf der Jahrhunderte verloren ging, entstanden sein soll. Die Atlanter haben einige Wesenszüge ihrer Ahnen ererbt: zum einen die Fähigkeit, alle Elemente außer dem Feuer zu beherrschen – allen voran das Wasser; dann die Fähigkeit, sich in Wassernebel aufzulösen und sich in diesem Aggregatzustand auch fortzubewegen; und schließlich übermenschliche Kräfte und Schnelligkeit. Altertümliche Schriften deuten noch auf weitere Anlagen hin, doch haben diese sich entweder mit der Zeit verloren, oder sie sind bei den heutigen Bewohnern von Atlantis inaktiv.

Atlantis – Die sieben Inseln von Atlantis versanken im Verlauf einer Naturkatastrophe durch Erdbeben und vulkanische Aktivitäten, welche die tektonischen Platten der Erde auseinandertrieben, im Atlantik. Das Herrscherhaus der größten Insel, ebenfalls Atlantis genannt, stellt den König der Könige über die gesamte Inselkette, doch wird jede Insel durch ihr eigenes Herrscherhaus regiert.

Blutsrudel – Die von einem Meistervampir gezeugte Vampirnachkommenschaft.

Krieger Poseidons – Krieger, die sich dem Dienst an Poseidon und dem Schutz der Menschheit verschrieben haben. Sie tragen das Zeichen Poseidons auf den Körper eingebrannt.

Landläufer – Atlantische Bezeichnung für Menschen.

Metamorphen – Eine vom Menschen abstammende Spezies, die sich aufgrund eines Fluchs bei Vollmond in Raubtiere verwandelt. Vielen Metamorphen gelingt es, diese Verwandlung während anderer Mondphasen zu unterdrücken, nicht jedoch den Neulingen unter ihnen. Metamorphen verfügen über übermenschliche Kräfte und Bewegungsgeschwindigkeit und können, falls sie nicht verletzt oder gewaltsam getötet werden, bis zu dreihundert Jahre alt werden. Mit den Vampiren verbindet sie eine jahrhundertealte Blutfehde, doch in neuerer Zeit kommt Bewegung in die alten Strukturen.

Die Sieben – Elitegarde des herrschenden Prinzen oder Königs von Atlantis. Viele der anderen Könige im Inselreich haben in ihrem Herrschaftsbereich ähnlichem Elitegarden geschaffen.

Vampire – Eine uralte Rasse, die aus der inzestuösen Verbindung zwischen dem Gott Chaos und seiner Tochter Anubisa, der Göttin der Nacht, hervorgegangen ist. Vampire verlangt es ständig nach politischem Zwist und Machtgewinn. Sie sind extrem langlebig. Sie haben die Fähigkeit, sich zu entmaterialisieren und über lange Strecken hinweg zu teleportieren, nicht jedoch über große Wasser.

Danksagung

Ich bedanke mich ganz herzlich bei meiner Lektorin Cindy Hwang und Steve Axelrod, meinem Literaturagenten. Was kann ich sagen? Die beiden sind ganz wunderbar, und ich bin ihnen unendlich dankbar.

Weiter geht mein Dank an meinen australischen Freund Prudence Scott, der als Archäologe wissenschaftliche Details zur Charakterisierung Keelys beigetragen hat. Alle Fehler gehen ausschließlich auf mein Konto und sind mir trotz seines umsichtigen Beistandes unterlaufen.

Erkenntlich zeigen möchte ich mich auch bei Leis Pederson, Lori Antonson und Elsie Turoci, die mir in schwierigen Situationen beigestanden haben.

Ich bedanke mich bei jenen Freundinnen, die mich vor der Gummizelle bewahren, wenn ich quer durchs Land reisen muss, wenn das Dach undicht ist oder ich Probleme mit der Kindererziehung habe: Barbara Ferrer, Cindy Holby, Michelle Cunnah und Eileen Rendahl. Ohne sie hätte ich keines meiner Bücher schreiben können.

Und zu guter Letzt darf ich nicht Ann Thayer-Cohen, meine wunderbare Lesergruppe bei alyssaday@yahoogroups.com und meine Freunde bei MySpace vergessen, die mich unterhalten, inspirieren und mit Titelvorschlägen für meine nächsten Bücher versorgen.

Liebe Leserin, lieber Leser,

einmal mehr willkommen in der Welt der Poseidonkrieger! Danke, dass Sie so viel Geduld aufgebracht haben, während ich an diesem Buch arbeitete – Justice ist ein komplexer Charakter, was das Schreiben kompliziert machte. Ich weiß es zu schätzen, dass Sie weiter meine Bücher lesen und mich wissen lassen, wie sehr Sie diese Romane über die Atlantiskrieger und die sie liebenden Frauen schätzen.

Das Wandbild der Maya in San Bartolo existiert tatsächlich, und es wurde entdeckt von Dr. William Saturno, den ich in meinem Roman erwähne. Demgegenüber habe ich mir einige dichterische Freiheiten gestattet bezüglich der in der Nähe gelegenen Dörfer (die meines Wissens im echten Leben nicht von Vampiren übernommen worden sind).

Sollten Sie – wie ich – ein Wissenschafts- und Geschichtsfan sein, können Sie ein erstaunliches Video des Wandbildes auf der Webseite www.pbs.org sehen, und zwar in der Rubrik »Nova ScienceNOW. Manche Wissenschaftler glauben, die Maya-Bevölkerung in dieser Region habe zahlenmäßig die des heutigen New York übertroffen. Doch dann war innerhalb von ein paar kurzen Jahrzehnten fast alles verschwunden, und niemand kann den Grund dafür genau benennen. Eine Theorie besagt, viele Maya seien Hungers gestorben, weil infolge der Überbeanspruchung ihrer natürlichen Ressourcen die Böden ausgelaugt gewesen seien und eine verheerende Dürreperiode eingetreten sei (ich bin mir ziemlich sicher, die Erste zu sein, die glaubt, Vampire könnten etwas damit zu tun gehabt haben, aber ich schreibe Romane und kann mir deshalb ausmalen, was ich will).

Schöpfungsmythen, Kunst und uralte Legenden gänzlich

verschiedener Kulturen auf der ganzen Welt weisen andererseits so viele unerklärliche Gemeinsamkeiten auf, dass ich fest daran glaube, eine hoch entwickelte Kultur wie die von Atlantis könnte etwas zu tun haben mit diesen erstaunlichen Ähnlichkeiten. Man sagt, die Realität sei fantastischer als jede Fiktion, doch für mich befruchtet die Realität die Fiktion, und das macht die Welt von Atlantis so aufregend. Danke, dass Sie mit dabei sind!

Bitte informieren Sie sich über die bald erscheinenden nächsten beiden Bände meiner Atlantis-Saga in Ihrer Buchhandlung oder auf meiner Webseite www.alyssaday.com, wo Mitglieder sich Leseproben, Kurzgeschichten und Bildschirmschoner herunterladen können. Weiterhin können Sie mich auf der Seite www.myspace.com/authoralyssaday besuchen

Herzlichst,
Ihre Alyssa